U0783218

高原雪魂

郭保林 著

孔繁森

山西出版传媒集团 △ 北岳文艺出版社

·太原·

图书在版编目（CIP）数据

高原雪魂孔繁森 / 郭保林著 . -- 太原：北岳文艺
出版社，2025.5. -- ISBN 978-7-5378-6998-0

Ⅰ . I25

中国国家版本馆 CIP 数据核字第 20242B5B86 号

高原雪魂孔繁森
GAOYUAN XUEHUN KONG FANSEN

郭保林 / 著

//

出品人
董利斌

选题策划
李向丽

责任编辑
李向丽

装帧设计
张永文

印装监制
郭 勇

出版发行：山西出版传媒集团·北岳文艺出版社

地址：山西省太原市并州南路 57 号

邮编：030012

电话：0351-5628696（发行部）　　0351-5628688（总编室）

传真：0351-5628680

经销商：新华书店

印刷装订：山西人民印刷有限责任公司

成品尺寸：160mm×230mm

字数：340 千

印张：27

版次：2025 年 5 月第 1 版

印次：2025 年 5 月山西第 1 次印刷

书号：ISBN 978-7-5378-6998-0

定价：88.00 元

本书版权为本社独家所有，未经本社同意不得转载、摘编或复制

1979 年，即将赴西藏工作的孔繁森

1981 年，第一次援藏回来的孔繁森

担任拉萨市副市长的孔繁森调研教育情况

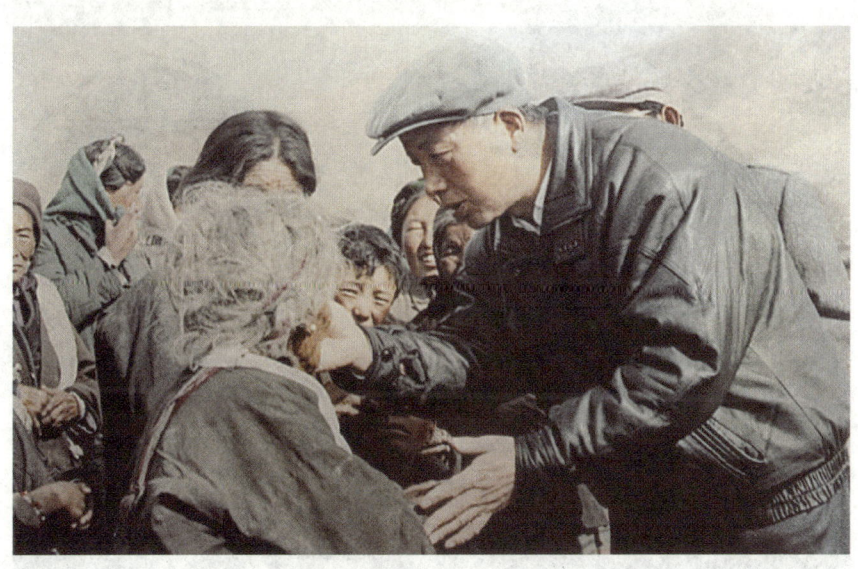

1990 年，孔繁森在拉萨尼木县调研

孔繁森与农业专家在拉萨田间调研科学种田

孔繁森为藏族老人治病

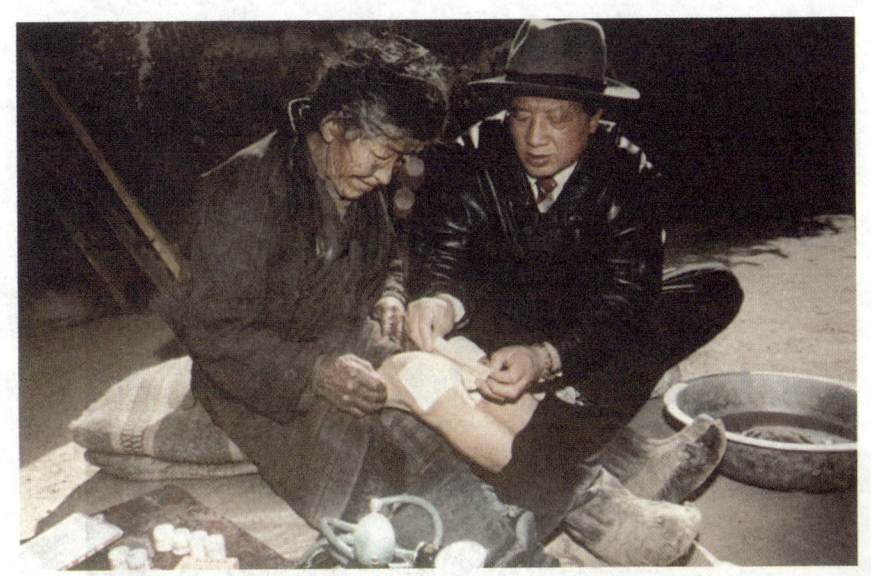

1992 年，孔繁森在墨竹工卡县为益西卓玛老人治疗腿疾

孔繁森与收养的地震孤儿在一起

③ 所有民团准予加口粮在公商后所亚
   救生后务必之退加股机

   2.26日夜3点、

小梁：   不知为什么我头痛
nm怎么也睡不着觉 我是在海拔
近6000公尺nm地方给你写的信。
人有旦夕祸福 天有不测风云 我
有事相托。万一我发生了不幸 第
一仟不要难过。第二仟给地行领
导讲 不幸的消息 不要给我爱多讲要
不能让我坦亲和孩孩子知道。
第三仟要主月以我加名必给我孔
写一封很平安的信。第四 我在那里
发生的不幸就把我埋在那里。切记
切记！

1994年2月26日凌晨3点，孔繁森在抗灾一线写下的"遗书"

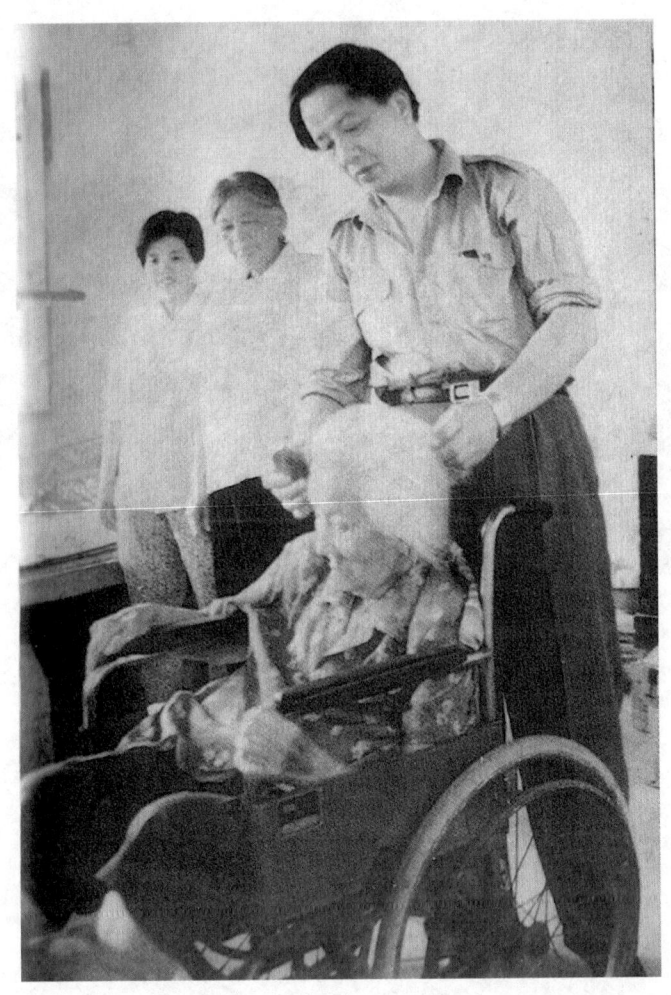

1994 年 8 月，孔繁森回老家探望母亲，临别时为母亲梳头，这是母子二人最后一次相见

孔繁森永远活在人们心中

孔繁森同志的荣誉

1994年9月，被国务院授予"全国民族团结进步先进个人"称号。

1995年，中共中央组织部追授为"模范共产党员""优秀领导干部"称号。

1995年4月24日，被国务院追授为"全国先进工作者"。

2009年9月10日，被评为"新中国成立以来感动中国人物"。

2018年12月18日，在庆祝改革开放40周年大会上，党中央、国务院授予"改革先锋"称号，颁授"改革先锋"奖章，并获评"党员领导干部的楷模"。

2019年9月25日，被评为"最美奋斗者"个人 。

2021年，中国共产党成立一百周年前夕，荣列100位重要英雄模范名单。

前　言

　　长篇报告文学《高原雪魂——孔繁森》出版后，在社会各界引起强烈反响，新华社、人民日报、中央电视台等全国近百家电台、电视台、报纸、杂志宣传报道了此书。

　　这部作品能够产生强烈的反响，首先是孔繁森可歌可泣的英雄事迹，崇高的精神境界，正确的生命价值观，超人的道德风范，博大的爱心，强烈的公仆意识，廉洁自律、一尘不染的人格情操，以及无私的奉献和牺牲精神，深深感动了广大读者，反映了新时代人们对真善美的精神追求。人民需要孔繁森式的好干部，党需要孔繁森这样的好儿子，时代呼唤孔繁森这样的好公仆。这部作品正是适应了时代和人民的需求，全面地、艺术地再现了孔繁森光辉的一生。

　　再则，这部作品具有鲜明的艺术特色：构思恢宏，大气磅礴，激情洋溢，诗意盎然。作者与孔繁森是同乡，曾一度是同事，既熟悉鲁西平原的风土人情，又了解孔繁森的为人，加之他创作功力深厚，既能熟练地驾驭小说、散文的艺术表现手法，又有诗人的激情和丰富的想象力。尽管作品反映的时空跨度大、素材繁多，但他驾轻就熟，剪裁适范，取舍得当。不论叙事描写，还是抒情议论，都能挥洒自如，行当所行，止当所止。对于人物形象塑造，心理刻画，笔触细腻，入情入理，真实感人；而对高原雪域大自然景观和人文景观的描摹，更是生动、逼真，读罢如临其境。在这部作品中还可以看出，作者深谙报告文学要以真人真事为创作基础，但又不局限于此，而是在写孔繁森光辉事迹和精神品貌的同时，也将自己爱憎分明的感情世界写了进去，使读者更容易理解孔繁森，走近孔繁森，所以，读者在了解孔繁森这一光辉形象后，一定会产生巨大的震撼和反响。

此外，为了进一步展示孔繁森崇高伟大的精神世界，更加完美地塑造人民公仆的光辉形象，我们策划再版此书。作者对书稿做了进一步的加工修改，同时，邀请相关研究专家对书稿进行了认真审读，精益求精，尽可能地使这部作品能够伴随着孔繁森的伟大精神久远流传。

在此，我们对各方的热情支持和关心深表谢意。

编者

2024 年 10 月

目　录

序章　风萧萧兮阿里寒

　　——他说：为国为民滴尽最后一滴血，让别人洒下诚实的泪珠，数一数，那就是人生价值的珍珠。为神圣使命而牺牲，无论在哪里都值得。

　　凛冽的朔风低哑地呼啸着，不时夹有大片大片的雪花飘落下来，灰蒙蒙的冻云滞滞地移动着，悲凉凄凄的氛围笼罩着中国西南的这座边陲小镇。小镇上的人们战栗着、哭泣着。

　　这是公元 1994 年 12 月 5 日。

　　阿里地区首府所在地狮泉河。

　　不足五千人的边陲小镇，藏族、汉族、维吾尔族……十多个民族聚居的小镇，有两千多人自发去参加孔繁森同志的追悼仪式。他们中有干部、边防官兵、工人、居民、个体商户，老人、孩子、活佛、喇嘛……他们或手捧哈达，或臂戴黑纱，或胸缀白花，自发地排起长长的队伍，步履沉重、缓缓地向地区艺术馆大礼堂走去。皱纹叠叠的、粗犷黝黑的、童稚鲜润的脸都挂着泪痕，都罩着愁云惨雾，悲痛早已榨干了他们的泪水，神情似乎有些麻木、呆滞。

　　高原雪域，风冷刺骨，人们的心似乎也结成了冰。

谁都不说话，沉默，悲哀，肃穆。

突然，凄婉沉郁的哀乐奏响了，更加重了这悲痛的氛围，似乎每个音符都是人们流下的泪珠。

六天前，即11月29日，他们亲爱的地委书记、阿里军分区第一政委、阿里地区政协主席——山东省援藏干部孔繁森在去新疆维吾尔自治区塔城考察边贸口岸途中，惨遭车祸，不幸以身殉职，年仅五十岁。这噩耗传到阿里，很快传遍雪原极域的山山水水，犹如飓风海啸，霹雳轰顶，人们蒙了！呆了！傻了！好几天，人们都不敢相信这样的好书记会遽然离他们而去……

几天前，有多少人还站在街头，晨雾里、黄昏中，面迎飒飒寒风，焦虑地翘首西望，望断峰峦跌宕间的新藏公路，祈盼着那辆熟悉的"丰田"车会突然出现眼前。

就在几天前，他们的孔书记还从遥远的乌鲁木齐打来电话，询问"九五"规划方案修订情况。干部们日夜忙碌，整理材料，迎接从新疆考察洽谈项目的书记归来，共同描绘阿里发展的宏图。

就在几天前，阿里地区完小的老师和学生还念叨着，他们的书记回来要给他们讲述阿里美好的前景……

就在几天前，边防哨卡的将士们，伫立崖头，盼着他们的亲人归来，一千多辆车过去都不是，冷了官兵一片期望的心。

……

一连几天，小小的狮泉河乡，阴霾密布，悲风呜咽，空气像凝固了，生命之钟也突然停摆了似的。人们聚集在街头，忧虑和焦躁吞噬着人们的心……

风卷沙飞，残阳如血；雪峰垂首，冰河缄默。

在这万籁沉寂之中，渐渐传来一丝微弱、颤动的旋律，像飓风掠过遥远的海面，波涛呻吟着、骚动着，转眼间，轰然作响，摇天撼地，那压抑在人们心头的泪水像惊涛骇浪撞击在礁石上，在高高的苍穹下回荡起悲怆的和声……

风萧萧兮阿里寒！

人们怎能接受这一无情的事实？六万阿里儿女怎能忍受这噩耗带来的巨大悲痛？

孔书记啊，就在昨天，你还深入帐篷，嘘寒问暖，给那些缺医少药的藏胞们诊脉打针；就在昨天，你还来往于孤寡老人之间，给他们送来水果、食品和衣物；就在昨天，你还顶着狂风暴雪，跋山涉水，察看灾情，阿里三十多万平方公里的山山水水，七个县一百零六个乡，数百个牧村，哪里没留下你的足迹和笑语；就在昨天，你还在会议上畅谈阿里的未来，部署改变阿里面貌的宏图大计，铿锵的话语、幽默的笑声、豪迈的气度，依然激荡着人们的情怀……

可是，你走了，真的走了！你走得这样急，人们手足无措；你走得这样突然，让人难以置信！

滞重的空气中回荡着低沉的哀乐，礼堂大门两侧垂挂着白色的挽幛，上书："高风亮节光明磊落如日月行空；抚孤恤贫爱民胜子似甘霖济世。"成排的花圈分放在礼堂墙壁旁，舞台的中央摆放着熟悉的、放大的黑白遗像，镜框上搭着洁白的哈达，遗像下边摆满松枝和鲜花，舞台两侧高高悬垂着一副长长的挽联，笔酣墨饱，醒目动心：

一尘不染两袖清风视名利安危淡似狮泉河水

二离桑梓独恋雪域置民族事业重如冈底斯山

10时半，追悼会开始，地委、行署以及阿里军分区负责同志才旺桑珠、次仁、贵桑、丹增旺扎、仁青扎西、平措、赤来、倪惠康、麻富省、次仁多吉等分别向孔繁森的遗像敬献花圈，各部、委、办，各县、区机关团体也都敬献了花圈。

人们向孔繁森的遗像鞠躬默哀。

撕肝裂胆的哀乐声沉郁、低回。

冈底斯山垂下肃穆的头颅。

狮泉河水流淌着呜咽的泪水。

几位藏族老人扑倒在灵堂桌前，面对着孔繁森的遗像，热泪如注，大声呼喊：

"孔书记，你对我们阿里人恩重如山，我们不能没有你呀！"

"孔书记，你不该走呀，我们的菩萨书记呀……"

一位藏族老军人带着全家跪倒在遗像前，一边叩头，一边哭诉着："我在阿里工作几十年，孔书记是我见到的最好的书记，最好的干部！"

一位儿子在阿里公安处工作的藏族老波拉长跪不起，老泪横流，哭声嘶哑："孔书记，你回来啊！你不是答应还来看望我吗！"

七十多岁的原全国政协委员、爱国人士、老活佛丹增旺扎站在遗像前，随着一阵儿痛绝战栗，瘦削的脸颊抽搐着，泣不成声，蓦然，整个身子像被谁推了一下，摇晃着，扑倒在遗像前，一阵儿哽咽……

几十个少先队员，冻红的小脸上泪水如泻，他们小小心灵从未承受过这山峦般沉重的悲痛，不知道该怎样寄托绵绵的哀思，只是用稚嫩的嘶哑的喉咙，一遍遍地大声呼喊："孔爷爷，你不能走！孔爷爷，你不能走呀……"

孔书记，你听见了吗？孩子们在喊你呢！苍天啊！你咋不唤醒我们的好书记？

一片哭的浪涛。

一片泪的漩涡。

人神落泪，天地觳觫。

一个孩子用战栗的双手托着一包皱褶叠叠的人民币——两千四百多元，恭恭敬敬地放在孔爷爷遗像前的灵桌上，一颗幼小的心灵滴沥着血与泪，伴着无声的语言，倾吐着几十个孩子还有老师们一片真挚而悲苦的心声：

> 怀在心底的是沉痛的哀念，
> 送去孩子们一颗颗纯真的心，
> 还有我们老师们……
> 多好的书记！
> 似乎昨日他那最贴心的话，
> 还荡在耳旁，
> 可命运却是这样的不公，
> 多好的书记啊！
> ……
> 送去我们一片小小的心愿，
> 望它能给老母亲那颗枯瘦的心
> 一点宽慰，一丝暖意……
> 凄婉的哀乐郁郁地回荡着。
> 悲痛压弯了旋律。
> 泪水打湿了音符。

整理孔繁森遗物的是几位干部，他们的眼泪已经流干了，他们呜咽着。

啊，孔书记，这是你的牙刷，用了七年了，牙刷上的毛毛都稀疏脱落了，磨短了；这是你用过的毛巾，破旧得成了丝丝缕缕；这是你洗脸用的肥皂，你两次进藏十年间没舍得买过一块香皂；这是你的一件背心，已是千疮百孔，公务员给扔掉了，你又捡回来，洗干净，缝补好再穿，你带走吧；还有一双带补丁的袜子，两条补丁摞补丁的裤头，你带走吧；这里还有你没吸完的半盒"黄果树"香烟；还有那只小小的药箱，药箱里还有几盒药品，你还未来得及给波拉、姆拉们送去……除此之外，你只留下了八元六角钱……啊，这就是一个地委书记留下的全部遗产！

阿里地区烈士陵园里的衣冠冢。人们挑来选去，没有找出几件像样的衣物，小小的黑色棺木里，只有一套洗得发白的破西服，还有那两条带补丁的裤头、一双破旧的胶鞋、一顶你最喜欢的藏式礼帽。

一锨一锨沙土撒在黑色的棺木上，一捧一捧冷土拌着热泪撒进墓穴。

黑压压，人们跪倒在墓前……

又是一片泪水的狂澜，又是一片悲天恸地的哭声。

雪山垂泪，残阳沥血。

一个衣衫褴褛的老姆拉磕磕绊绊地朝墓前走去，扑通一声跪倒在地，好半天伸出瘦骨嶙峋的双手掬起一捧冻土，颤抖地撒在棺木上——老人没有哭，皱纹叠叠的脸上布满干涸的泪痕，呆滞的双眼布满重重叠叠的忧郁，冷风飒飒吹乱一头白发，有几缕银丝贴在脸上。

一个男人干涩地呜咽着，像沙漠里低鸣的风，催人肝肠寸断。母亲去世，他尚未悲痛如此。此时此刻，他趴在墓前，任谁都拉不起来："孔书记，你走得太急了。孔书记，你回来呀！我们没有照顾好你……"他哭着，喊着，猛然抬起头来，双眼几欲滴血。

几丛枯萎的红柳挂满厚厚的哀思，摇曳着沉沉的忧郁。冷风呜咽着，苍茫的暮色里，纸幡飘动着，树枝上挂满一朵朵素洁的纸花……

地区统计局一位年轻的局长一连几天吃不下，睡不好，神情恍惚，失魂落魄。他一次次到孔繁森住的小屋里默默静坐，一坐就是几个小时，他眼前总是出现和孔书记一道下乡的日日夜夜。清晨，孔繁森总是第一个起床，为年轻人打来洗脸水，把牙膏一一给他们挤在牙刷上，然后亲昵地喊叫："兔崽子们，起床了！"晚上，孔繁森又是最后一个睡觉，临睡前又慈父般地给年轻人披好被子，整理衣服……年轻的局长困惑、迷惘：都说好人一生平安，为什么这样好的人竟会死去？他跑到一个喇嘛寺里，向一位老喇嘛请教："为什么好人命不长？"老喇嘛手捻佛珠，闭目沉思，好一阵儿才说："正因为是好人，所以神、鬼、人都争着要……"年轻的局长哭叫着："鬼神呀！你为什么要夺去我们的好书记！……孔书记，你回来呀！"

他哭天抢地，老喇嘛也热泪盈眶。

孔书记，你回来呀！阿里的发展蓝图刚刚绘就，一笔一画里都渗透着你的心血和汗水。

孔书记，你回来呀！阿里高原六万儿女盼你归，你给我们农牧民送来多少关怀和暖意。

孔书记，你回来呀！边防哨卡的将士们离不开你，你为边防建设呕心沥血。万里边防，哪座哨卡没有留下你的暖声笑语？一声声嘱托，一句句抚慰，你给高原卫士送来多少温暖和勇气。

孔书记，你回来呀！你荣获国务院颁发的"全国民族团结进步模范称号"的奖状还未来得及领取。你关心我们僧侣活佛，你尊重我们爱国人士。心相连，情相依，荣辱与共，矢志不移，这片宗天秘地离不开你。

孔书记，你回来呀！我们的"老班长"，你带领着风雨同舟的战友，踏遍雪原极域山山水水，山知你，水知你，月知你，星知你。山水挽留，星月呼唤，谁知你一去不回头。

孔书记，你回来呀！敬老院的孤寡老人思念你，梦里哭，昼里泣，情难割，意难舍。你视天下父母为父母，你视天下儿女为儿女，几多关怀，几多抚慰。一抔黄土掩忠魂，千呼万唤你不归。

孔书记，你回来呀！你抚育的两个藏族孤儿，日里思，夜里念，几回回梦醒呼唤你。你给孩子爱，你给孤儿情，情千斛，意万种，拳拳慈父心，眷眷骨肉爱，而今山高水阔路远，你一去不复回……

一条条洁白的哈达，流淌着绵绵不尽的泪水；

一朵朵圣洁的素花，绽放着缱绻深深的缅怀；

一块块黑纱，凝聚着阿里六万儿女的敬意；

一副副挽联，载不动人们重如山阿的悲痛。

……

水涸狮泉，云散冈底。

千山万水留不住，云呼水唤魂不归。你留给阿里高原的只是一片深深的怀念、哀叹和惋惜……不，还有一座巍峨如同冈底斯山一样高大的丰碑！

雪山有情，千尺素装裹身；江河有泪，万里流水奏哀。三十多万平方公里的雪原极域，山山水水都在呼喊你——

孔繁森——我们的好书记！

第一章　高原倚天长呼唤

　　——在他心目中，共产党员就是董存瑞，就是黄继光，就是雷锋、焦裕禄……他看见喜马拉雅山举手招呼，他听见雅鲁藏布江扬波呐喊……

人民的需要，就是我的志愿

　　1988年10月。泉城。

　　中共山东省委组织部接到中央组织部的一封公函，要求山东省委在这批援藏干部中选派一名副厅级干部，担任拉萨市副市长。条件是：熟悉西藏情况，党性强，有魄力，富有开创精神和独立工作经验，年龄四十岁左右，且具备那种"特别能吃苦，特别能战斗，特别能忍耐，特别能团结，特别能奉献"的"老西藏人"的品格。

　　——条件有点苛刻。

　　时任山东省委常委、组织部副部长王克玉手捧公函，踌躇了。对要求选派的干部，他不能不慎重考虑，这不仅关系到山东干部的声誉，还是关系着民族团结的大事。

　　他又展开公函，反复看了几遍。蓦然间，大脑里跳出一个熟悉的名字，接着出现一张熟悉亲切的面孔——带着鲁西平原的憨厚朴实，带着一个共产党员的满腔赤诚和对工作对同志热情如火，还有那种幽默、爽朗、坚毅的神采和任劳任怨的吃苦精神——推开重重叠叠的人影向他走来，越来越清晰，越来越庄重！好一个铮铮的山东汉子！

他眼睛豁然一亮，眉毛顿时舒展开来，顺手拿起笔，在纸上写下三个大字：孔繁森。

一阵儿微微的激动，副部长缓缓地放下笔，眉额却慢慢地皱起来：孔繁森现任聊城市林业局局长，1979 年—1981 年，曾作为第一批援藏干部，担任过日喀则地区岗巴县委副书记。两次援藏，山东和全国尚无先例，也不知道他家庭有没有困难。西藏生活条件比内地艰苦得多，上次援藏，他深入基层时，从马上摔下来受伤了，不知有没有后遗症，最近身体状况如何……

好一阵儿，副部长才迟疑地拿起电话，拨到了聊城。

时任中共聊城地委书记的王乐泉很快赶到济南。

"乐泉，给你一封信看看。"

王乐泉接过那封来函，认真地看了一遍，那宽阔的下巴微微一扬，脱口说道："我看孔繁森同志完全符合这些条件。繁森同志援过藏，有西藏工作的经验，也有开拓精神，担任拉萨市副市长，应当说是最适合的人选啊！"

王克玉笑了："我也这样考虑。繁森同志，我过去在聊城工作时，深知他工作作风扎实，善于团结干部、联系群众，能吃苦，任劳任怨，勤政廉洁，我相信他能担负这一重任。"

不谋而合。

副部长和地委书记就这样圈定了"目标"。但按照要求，还要与本人谈话，征求本人的意见，然后上报省委，由省委书记签字，方可委派。

正在北京出差的孔繁森被急电召回济南。

王克玉和孔繁森是老同事，早在十多年前，孔繁森担任聊城地委宣传部副部长时，他还是孔繁森的部下呢！两人见面，亲热得不得了。王克玉急忙拉过一把椅子让孔繁森坐下，接着又递给孔繁森一支烟，自己也点燃一支，目光透过缭绕的烟雾亲切地打量着多日不见的"老部长"。他衣着依然朴素整洁，一身银灰色的西服，质料虽不高贵，但熨洗得平平整整，一条极为普通的领带打得板板正正，既透出一种干练的气质，也流露出一种潇洒的风度。他脸颊虽然有些消瘦，神色也有些疲惫，但一双眼睛依然神采奕奕。因为同事多年，知根知底，王克玉没有过多的寒暄，客套，便很坦诚地把想法告诉他：

"组织上想派你执行第二次援藏任务，担任拉萨市副市长。这次援藏干部共三十五人，还打算让你担任领队，有什么困难和要求吗？"副部长还告诉他，现在尚未最后确定，如果家里有困难可提出来，组织上可以另考虑人选。

"没困难，没困难。"孔繁森连声说道，眼里闪烁着激动的火花，"我非常感激组织的信任，服从组织的决定。事先不知道援藏的事，不然，就是组织上不点名，我也会报名的。再说，上次援藏是藏族同胞救了我的命，我理应为他们多做些事……哦，请领导放心，我不会辜负省委的期望！"

真诚、热烈、爽朗、坦率。

声音不高，但句句入情入理，发自肺腑。

副部长也深受感动，不禁想起他第一次报名援藏的情景——

那是 1979 年，山东省委根据中央指示，组织干部援藏，孔繁森得悉后立即报名。那时，三十多岁的孔繁森已是聊城地委宣传部副部长。

他是个幸运儿，仕途上一帆风顺，只要一如既往地干下去，几年后就是正处级、副厅级……可他偏要抛家舍业，远行万里，到条件最艰苦的西藏去工作。当时许多人不理解，上有年近九旬的老母亲，下有三个孩子，大的十岁，小的四岁，都在农村，妻子身体也不好，这个家离不开他！便规劝他不该报名。他反而激动地说："我们国家正处在拨乱反正、百废待兴之时，党既然组织干部援藏，说明西藏缺少干部，急需支援。我这样年轻的县级干部不报名，难道让党来点名？还要组织上费口舌，做思想工作？至于说西藏自然环境差，生活条件不好，用不着考虑。人家能吃的苦，我孔繁森也能吃。说起家里的事，我想平常日子还过得去，有个沟沟坎坎，你们这些朋友帮一把就行了。再说，谁没有家？要以此为理由不去西藏，山东还能集合起人来？……"一番炽热滚烫的话，说得朋友们张口结舌，无言以对。

孔繁森家里何尝没有困难呢？老母亲已七十有七，瘫痪在床，不能自理；妻子常年病魔缠身，十分虚弱；身边又有三个未成年的孩子，一家六口人，老的老，弱的弱，吃喝拉撒衣住行，柴米油盐酱醋茶，这个家离开他行吗？此行一万六千里，一去五六年，这个家谁来照管？只要他把情况一讲，组织上是会考虑他的困难，另做安排的。

而孔繁森只字未提。

说起再次援藏，他脑子里立即出现雅鲁藏布江的流水，拉萨河的波涛，布达拉宫的辉煌壮丽，绿茵茵的草场，如云如霞的羊群牛群，还有一曲曲在蓝天下草原上飘荡的牧歌，热情剽悍的藏族汉子，纯朴好客的波拉姆拉们……他第一次援藏回来，夜里常常梦到那些和他情同手足的藏族同胞。给那些患病的波拉、姆拉们寄药，寄衣物，寄毛毯，寄棉被；给查果拉边防战士寄去家乡的土特产；给县里、区里、乡里的干部出主意，想办法，使藏胞们尽快地脱贫致富……心相连，情相牵，而今又让他回到那片高原厚土，回到第二故乡，他怎能不激动？

他向副部长滔滔不绝地讲起他对西藏的感情来，谈起西藏的风土人情更是眉飞色舞。一张悄悄爬上岁月犁痕的脸，被激情燃烧的热血涨得通红；两只眼睛闪烁着湿漉漉的光芒，他洞开心扉，直抒胸臆，让人触手可及那一颗炽热滚烫的心！

他说："我对西藏人民有着浓厚的感情。我忘不了那些可敬可爱的藏族同胞，我的第二次生命是他们给的。我在那里结交了很多朋友，他们待人热诚、真挚，性情淳朴、憨厚，只要你真心实意地为他们办实事，办真事，他们会把一颗心掏给你。"

他说："西藏是个神秘而又美丽的地方，高山大河，草原帐篷，蓝天白云，牛群羊群……我虽然离开六七年了，心还留在那里，晚上一合眼就梦见在帐篷里和波拉、姆拉一块喝酥油茶的情景……那是我难割难舍的第二故乡。"

他说："西藏地大物博，资源丰富，是祖国的一块宝地，现在落后，正需要我们去开发，去建设。为了国家的发达，民族的兴旺，我们应当去拼搏，去奋斗……我相信，21世纪的西藏将会出现一个崭新的面貌……"

他不仅是个西藏通，还是个西藏迷。他心系西藏，情钟边陲，而今机会到来，能让他重返那片魂牵梦绕的神山圣水，一展宏图，能不豪情满怀？他目光灼灼，一颗心早已飞过苍茫的山山水水，飞到那片高原极地……

副部长递过来一支烟，提醒他：

"你要和爱人商量一下，做好思想工作！"

"啊，你放心，你放心，她是不会拖我后腿的！"他沉思片刻，接着哈哈一笑，说道，"要相信群众嘛！"

"是七尺男儿生能舍己，做千秋鬼雄死不还乡！"

孔繁森第二次援藏的消息不胫而走。

地委、行署，大大小小机关的同事、朋友，远远近近的同学、同乡，纷至沓来，络绎不绝。他在行署的那间小屋，常常是熙熙攘攘，人影幢幢，可谓"说客盈门"。

"孔主任，你不能去呀，你就不考虑家里的困难吗？"担任过行署办公室副主任的同事苦口婆心地规劝道。

"谁家没有困难？西藏需要我，说明那里工作有困难。咱们不去谁去？"

"孔局长，你已经援过藏了，西藏的滋味还没尝够吗？"

"不就是苦点嘛！不苦，还要咱共产党员干啥哩？这滋味我还没尝够呢！"说罢爽朗一笑，在他心目中，共产党员就是董存瑞，就是黄继光，就是雷锋，就是焦裕禄，哪里艰苦就应该扑向哪里，哪里有困难就应该奔向哪里。

"孔部长，你身体能撑得住？"他在宣传部工作时的老部下试探地说。

"身体没事，不信咱俩摔个跤，比试比试！"孔繁森依然微笑着，"趁咱现在身强力壮，多为党和人民做点工作，多办点实事，要无愧于党和人民哪！"

"孔书记，"他在莘县担任县委副书记时结交的一大批朋友也纷纷赶到聊城，"你呀，太较真儿啦，现在还兴这个？"

"你说什么？咋个不兴？"孔繁森反问道。他看到近些年来有些共

产党员出现享乐主义、拜金主义，不正之风愈演愈烈，腐败现象日趋
严重，早就忿然在心，他激愤不已，振振有词："共产党就讲认真，认
认真真做人，认认真真做事，认认真真当好人民公仆。"接着又说道：
我们共产党员不为真理而斗争，难道要为假恶丑去奋斗？共产党员视
党的事业为生命，来不得一丝一毫的虚假！

对方脸红了，不再吱声了。

"三哥，你不为老婆孩子着想，也得想想年老的母亲啊！"

这些称他"三哥"的人，都是他的同事或部下。他当官不像官，不
管走到哪里，担任什么职务，他总是与那些司机、通信员、传达员、
勤杂人员、炊事人员等相处得十分融洽。年轻的同志不喜欢称他"孔书
记"，而亲切地喊他"三哥"，因为他在家里排行老三。"三哥"，既无江
湖哥们儿之义气，更无那种庸俗之含义。他像大哥一样关怀体贴周围
的同志。这称呼里饱含深情。这称呼又把一个人民公仆与群众的心贴
得那么近，那么紧！

然而这句话倒很灵。孔繁森好一阵儿不说话，目光变得暗淡，眼
睛湿润了，心里涌出一种酸酸的味儿。古人云："父母在，不远游。"
高堂老母，风烛残年，自己不能奉孝床前，尽人子之义，七尺男儿，
能不惭愧？

孔繁森是有名的"大孝子"。无论他当宣传部副部长，抑或担任
岗巴县委副书记，从西藏探亲回家，只要一有闲暇，便帮老人洗脸、
洗脚、梳头、剪指甲，背着老人看电影，推着小车载着老母亲看花
灯……他不仅身体力行，还经常教育其他干部。他曾严厉批评过一个
对父母不孝敬的干部，他说，一个连自己亲生父母都不孝敬的人，肯
定对同志没有诚意，对党的事业也不会忠诚。

沉吟良久，他轻轻地叹口气："我对不起母亲大人，我不是个好儿

子！但西藏有更多的老人需要我照顾，有更多的孩子需要我抚育，我想，她老人家会原谅我的！"说着眼泪簌簌地滴落下来。他接着又说："自古忠孝不能两全，不得为忠，安得为孝？国家有急，党有号召，高原在呼唤，我怎能袖手事外？"

第二天，秋雨霏霏。孔繁森将离别生于斯、长于斯、工作于斯的故土，他约一位朋友一块骑自行车回到距聊城市区四十余里的故乡五里墩，看望病榻上的老母亲。

母亲，谁没有母亲呢？孔繁森走进那间简陋低矮的土屋里，只见满头白发、皱纹叠叠的老母亲瘫痪在床，顿时热泪盈眶。他一脚跪在床前，双手抱住母亲。母亲伸出瘦骨嶙峋的双手，紧紧地抱住自己的小儿子，生怕他远走高飞，泪眼婆娑，声音哽咽。这位乡下老母亲，一生没走出方圆百里，谈起西藏，对她来说那简直是神话传说。但孔繁森却瞒着老母亲，强忍着一腔热泪：

"娘，我要到很远很远的地方去学习，要翻过好几座山，涉过十几条大河，来回要好多天，土路，不好走……"

"不去不行吗？孩子们学习，你凑啥热闹？"

"不去不行……这是公家的事。回来，我再看望您，您老人家可要保重啊！"说到这里，孔繁森再也止不住，泪如泉涌。

"啊，去吧，公家的事耽误不得。"老母亲抚摸着儿子的头，声音哽咽道，"出远门，要多带点衣裳，多带点干粮，路上，不要喝凉水……"

天下何处觅真情？一片慈母心。

儿女都是娘身上掉下来的肉啊！

这位善良的白发苍苍的老母亲哪里知道，儿子一去就是万里之遥啊！

起身返回聊城时，孔繁森对这位朋友说："老赵，你是山东大学毕业的，能否请书法家蒋维崧先生为我题写一帧条幅？要写就写这两句话：'是七尺男儿生能舍己，做千秋鬼雄死不还乡'！麻烦老友了！"

这位老友专程去济南，请老书法家蒋维崧先生写下这帧条幅，立即托人装裱，送给孔繁森。

深夜。

来探望的同事、朋友、领导都散去了，孩子们也都睡去了。房间里只剩孔繁森和他的妻子王庆芝。

一个人坐在床沿上。

一个人坐在椅子上。

一阵儿沉默。

四目相对。

孔繁森望着妻子那双泪水蒙蒙的眼睛，心里百感交集。这些年他风风火火在外面工作，对这个家庭投入太少了，对妻子照顾得太少了，三个孩子，一把屎，一把尿，全是妻子一个人拉巴起来的。她吃了多少苦，受了多少累，耗费了多少心血啊！他感到一阵阵揪心的内疚：

"啊，这些年你吃苦受累了，我对不起你……"孔繁森眼里泪光闪烁，声音有点发颤。

一句话，妻子倒嘤嘤地哭出声来，瘦削的肩膀抽搐着，眼泪从她那张发黄的皱纹初生的脸颊上流淌下来。她是一个勤劳、善良、贤惠的农家女儿。丈夫第一次援藏，按国家政策规定，她才由农村户口转为城市户口，在地委印刷所当了工人。家庭收入拮据，为了养家糊口，多年来，她常常加班加点地工作，繁忙的劳动和沉重的家务，使她积劳成疾，患有肝炎、胃病，身体十分虚弱。但她从来一声不哼，默默地用羸弱的双肩撑起六口之家的一片蓝天。他们结婚二十多年（直到孔繁森去世也才二十六年），相处不到四五年。人生不相见，动如参与商。现在丈夫又要远行，山高水阔路遥，一别经年，何时再相聚？怎能不让人悲伤痛苦！

"庆芝，你别哭，你一哭，我心里更不是滋味儿！"说着，他自己也止不住泪水盈盈。

人的心理真怪，也真复杂。这位秉性坚韧、顽强，有股山东汉子的狠劲、猛劲、倔劲，哪块骨头硬专啃哪块，哪里困难专往哪里扑去，干起工作来永远不知疲倦，人称"拼命三郎"的孔繁森，感情却很脆弱，有着一副菩萨心肠，见不得妻子落泪，见不得人家愁苦。他对党的事业满腔忠贞，对母亲又是一片孝心；他爱家庭，爱妻子，爱孩子，更酷爱人民的事业。刚与柔，情与怨，笑与泪，相辅相成，犹如高峰峡谷。峰峦越高，峡谷愈幽邃，而他只能用一己的痛苦和牺牲来化解这种矛盾，从而和谐地奏响一曲曲高亢激越的生命乐章。

妻子停止抽泣，抬起泪眼望着他，说："你去吧，你是党的人……我不拖你的后腿。家里，我照管，再苦再累，我担着……"

孔繁森拭拭眼角，声音依然有些发颤：

"庆芝，过几天把咱娘接来，天冷了，咱这里有暖气，比乡下条件好得多……每到冬天，你都要把她老人家接来。"

"嗯，俺知道。"

"要把孩子培养好，管好他们的学习，平时要少给他们零花钱，不要娇惯他们……"

"嗯。俺明白。"

"庆芝，你要记住，这一条顶顶重要，啥时候也不能向组织提出任何要求，更不能提家里困难……我去拉萨工作，不是给自己换取什么。多为老百姓办点事，心里坦然，活得踏实。"

"嗯。俺记心里啦！"

"你身子骨也不好，家务事能让孩子帮着干的，就让他们干……待明年，我有机会接你去西藏，逛逛拉萨，看看拉萨新面貌……"孔繁森破涕为笑，想起舞台屏幕上那个著名的歌舞节目。

王庆芝忧郁的脸上也泛起悦色，点点头："俺要去的。"接着又说道，"你也要照顾好自己，俺不在你身边，做饭洗衣都帮不上你，可别生一口冷一口的，你也是四十多岁的人啦……"该是妻子嘱咐他了，声音里浸满泪水，也浸满深情。

"你上次在西藏骑马摔得脑震荡，怪吓人的。以后出门要小心，沟沟坎坎都当心点。"

孔繁森点点头。

"家里你就别挂念了……孩子一天天大起来，慢慢就省心了……哦，还有你那痔疮，到那里去医院看一看，别不在意。"

"咱鲁西有一句乡谚：十人九痔。一点小毛病，没事，你甭惦记。"

"西藏比咱这里冷得多，连织的带买的有三件毛衣，你倒替着穿……"妻子拭拭眼角，"到那里就往家写封信，家里这份工资我和孩子都不花（按规定援藏干部原单位仍保留基本工资），我买些营养品给你寄去。"

"不，不！"孔繁森摇摇头，"我身体还好，吃什么营养品啊！就那百十元钱，还有咱娘和三个孩子……够紧巴的，别考虑我了。"

……

夜深了。窗外秋月一轮，满庭清辉。夜风飒飒吹来，带着料峭的寒意。窗前梧桐，一树秋叶瑟瑟缩缩，奏响凄婉悲壮的声韵。

远方，高原在呼唤

1988 年 10 月 17 日。

孔繁森要告别故乡前往西藏了，现在要去济南集合，和山东援藏干部一起出征。

本来这些天，地委和行署领导安排他休息，可是他一天也未休息，反而更加忙碌了。先是去北京，后又跑济南，与有关部门洽谈聊城地区林业发展项目，当他忙完一切公务，启程的日期已经到了。

这天早晨，行署大院孔繁森那三间小平房里挤满了送行的人，地委、行署负责同志，地直各局、部、办、委的领导，也有普通干部、工人、武警战士、同学、同乡……小小胡同里，大院门里门外，熙熙攘攘。他曾工作过的莘县县委的同志、他曾下乡蹲点的老房东，也都赶来为他送行。

车子已停在胡同口。

孔繁森前几天把母亲接到聊城，现在母亲躺在里间小屋的床上，刚刚醒来，然而年老的母亲并不知道此情此景意味着什么。谁都不敢告诉她实情。

屋里送行的人都出去了。有的站在小院天井里，有的站在胡同里，怕体弱多病的妻子难以承受分别的痛苦，人们早已把她安排到邻居家里了。

屋里出现短暂的静寂。

孔繁森却迟迟不肯走出屋门，心里像有许多话尚未和老母亲说完。他突然推开里间屋的小门，扑通一声跪在地上，向老母亲连磕了三个头："娘啊！儿对不起您……"话未说完，泪如泉涌，声音呜咽了。

多情自古伤离别。男儿的眼泪更令人柔肠寸断。谁能不眷恋自己的母亲呢？今日相别，何时相见？天各一方，云山万里，年近九旬的老母亲，风烛残年，谁能料，这一别不是诀别？亲情，友情，爱情，乡情，情有千千结，意有万万端，割不断，丝相连，怎能不让远行的游子热泪潸然！

这时，站在屋门口的当年的莘县县委书记闫廷琛，一边把着门不让外面的人进来，一边喊道："繁森，繁森……"

孔繁森擦干泪，一步三回首地走出屋门。

送行的人们围得水泄不通。

"孔书记，你要多保重啊！"

"老孔，常联系啊！"

"三哥，别忘了给咱写信！"

"孔部长，祝你一路平安！"

"一路平安！"

……

山路遥遥，水路遥遥，风路遥遥，雨路遥遥。此行一去一万六千里，怎能不让家乡父老牵挂？一句句殷切的嘱托，一声声饱含深意的乡音，一双双充满炽情的眼睛，一张张熟悉亲切的面孔，像当年母亲送儿去参军，妻子送郎上战场，多少情意，多少话语，孔繁森强忍着眼泪，一一向人们握别，心里一遍一遍地重复道："再见吧，故乡！再见吧，亲人！我孔繁森不会辜负你们的期望！"

孔繁森和山东援藏干部一起踏上西去的列车，已是 20 日下午。

一路列车飞奔。平原、高山、溪流、江河……孔繁森从北国古运河畔向大西南崇山峻岭飞驰而去。

远方，在向他呼唤。车轮的隆隆声，伴随着他怦怦的心跳声。车窗外闪过的画面是那样多姿多彩，斑斓悦目。时而是刚刚播下种子的麦田，时而是黄绿参差的晚熟秋禾，时而是滔滔江河，时而是林木苍苍的山峦。村庄里升起袅袅炊烟，田野上飘荡着层层雾霭，采棉姑娘的笑声从烟氲雾霭里渗出来，老黄牛的哞哞声从山野里传来……

孔繁森倚在窗前，但他没有心思欣赏这窗外变幻多姿的风光，这不单因他是领队，领队就是班长啊——他要照顾同行的三十几名干部，他们都是第一次远离故乡，他们都很年轻，除了在地图上认识西藏，再就是从中小学课本上读过的有关诗文。他怕他们感到长途旅行的寂寞，一会儿给他们唱藏族歌曲，一会儿给大家描绘圣地拉萨的风光，介绍藏胞们的民风民俗，车厢里不时爆发出一阵儿阵儿笑声。一旦沉静下来，他的思绪又穿过茫茫山水飞到圣地拉萨，飞到世界屋脊的神山圣水。他知道，一个共产党员的神圣职责，他知道一个七尺男儿肩头的重担，那些淳朴憨厚的藏胞们在祈盼着他，边陲的山山水水都在呼唤着他……

他拿起日记本，上面有他出发前写的诗，他轻声读了起来：

> 我不喜欢孤独的吟唱，
> 我不喜欢哀怨和忧伤，
> 我喜欢尽情的（地）欢笑，火热的（地）生活，
> 我喜欢祖国的西南边疆……

趁火车在千里铁道线上飞奔之际，让我们打开他尘封的昨天和前天，读一读他那闪光的青春吧——

第二章 打开昨天的青春

——英雄，人人崇拜敬慕，但英雄不是那么好当的。每个人的今天都是由昨天和前天奠基。你要了解"孔繁森之谜"，谜底就在他青少年时代的口袋里。

今天是由昨天和前天奠基

古老的马颊河从村前悠悠流过，河滩上是平阔的土地，那是一片贫瘠荒凉的盐碱涝洼地，春天一片白茫茫，夏天一片水汪汪。早在清朝康乾年间，这里便是官家的放马场。荒草萋萋，鼠兔出没，阔野苍天，一群群战马仰天长啸，构成一幅苍凉悲壮的画面。

这就是鲁西平原一个小乡村五里墩的背景。

由小村南行五里便是旧堂邑县城，当年人们对这座古老的小城并不恭维，有民谣云："堂邑县，破猪圈，砖头瓦块一大片。"但堂邑县城也曾一度辉煌过，曾有雅号"白雀城"。传说建城初始，有一群白雀飞来，栖落城头，这是吉祥之兆。然而这传说的荒诞犹如它的邻居聊城曾名之曰"凤凰城"一样，是乡间的穷秀才们用玫瑰色的童话和风雅的掌故，以慰藉这片贫瘠的故土。不管怎样，这座古城，以"城"的姿态坐落在这片黄土地上，已历经上千个春华秋月。至于街道房屋的破烂不堪，并不影响这一带乡民们对它的崇拜和向往。风雨千年，唯一让乡民自豪的是 20 世纪末，这里出现一个"奇人"——叫花子武训，行乞聚资，集腋成裘，几十年矢志不移，最后志达愿成，办起了三处"义学院"。他的事业成功了！惊动了紫禁城里的那位老佛爷慈禧太后。老佛爷一时兴起："赏黄马褂一件。"于是官衔策马飞来，黄龙旗在风中飞卷，马蹄扬起一路烟尘，让鲜为人知的小城顿时光耀一番……

你来了。那是本世纪中叶，抗日战争烽火硝烟正弥漫在这片荒凉贫瘠的土地上。你哭叫着，呐喊着，来到人间。满目疮痍，硝烟炮火，这片苦难的茹血含泪的土地，强忍着伤口的疼痛接纳了你。

你家祖祖辈辈是农民，你爹是个满头高粱花子、两手老茧的庄稼人，本分、老实、憨厚，像牛一样，面朝黄土背朝天，汗珠子落地摔八瓣，在这片涝洼碱地上耕耘，播下希望也播下痛苦。瘠薄的土地并没有带来丰厚的回报，依然是糠菜伴着泪水苦熬着春夏秋冬。你母亲纺花织布，闲暇时也帮着父亲刮碱土，淋小盐，然后到堂邑县城去卖，换回三升高粱、二升黄豆。

一年之后，当你牙牙学语之时，堂邑县城忽然腾起一片霞光，锣鼓喧天，鞭炮齐鸣，人们欢呼雀跃：

"日本鬼子投降了！"

"抗战胜利了！"

……

大刀，红缨枪，穿着灰色军装的八路军，还有扭秧歌的姑娘小伙子、唱歌的学生……墙壁上贴满花花绿绿的标语。你娘抱着你，挤在人群里，看呀，看呀，眼泪哗哗地流下来，也打湿了你的小脸……

八年啊，饥荒、兵燹、灾难，血与火，泪和恨，揪心撕胆的枪炮声，惊心动魄的半夜砸门声……这一切都噩梦般地过去了，娘怎能不高兴、不激动得热泪涌流呢？

你爹你娘没有念过书，武训行乞办学的故事却知道不少。庄稼人不识字吃了地主老财多少亏，受了多少气呀！

> 我要饭，你行善，
> 修个义学你看看。

> 竖一个，一个钱。
> 竖十个，十个钱。
> 竖得多，钱也多，
> 谁说不能修义学。

> 不强要，不强化，
> 不用生气不用怕。
> 俺化缘，你行善，
> 大家修个义学院。
> ……

娘给你讲武训的故事，学唱武训行乞兴办义学的歌谣。八岁那年，娘用家织的粗布给你缝了一个小书包，还用紫花布给你做了一身小裤小褂，拉着你的手，走过晨露打湿的田间小路，走过那座颤颤悠悠的独木小桥，把你送到几里外的路庄完小。

土屋、土院墙、土桌子、土台子，简陋，寒碜，这里却是你心中的圣堂、知识的宫殿。

娘说："要听先生的话，用功读书！"

先生抚摸着你的小脑袋说："好好念书，长大了为国家做事！"

"俺记住了！"你对娘说，"您回去吧，俺听老师的话，好好念书！"

娘笑了。你望着母亲扭动着小脚消失在雾霭迷蒙的田野，小小心灵里，暗暗地下定决心："一定好好念书，学好本领，长大了为老百姓、为国家干一番大事业！"

果然，第一学期，你就拿了个"双百""满堂红"！

老师喜欢，娘高兴。

你喜欢唱歌，喜欢跳舞，后来当上班里的文娱委员。老师喜欢你诚实、聪明，小伙伴们喜欢你随和、从不欺侮比你年龄小的同学，还主持"正义"。你很快成了"学生头儿""活跃分子"。

歌声伴着你走过杏花初放的三月，伴着你走过落叶纷飞的深秋。

放学了，你肩背着草筐，书包里装着书本和干粮，拿着镰刀，向地里走去。你跑到运河滩上割牛草，初级社里养着几头大犍牛，每天放学后，你和小伙伴们便割回一筐筐青草。黄昏，你小小肩膀背着比你身体还重的一大筐青草送到合作社的饲养棚里。

这天黄昏，你割满一筐青草，坐在河边念起课文来，念一阵儿，太阳就落山了，淡紫色的暮霭降临，远处的白杨林变得幽暗起来。

平原的黄昏很美。河水悠悠地拍打着堤岸，发出轻快欢乐的声音。晚霞落进流水里，像洒了一河玫瑰花瓣儿，红艳艳的，河水载着花瓣儿流呀流呀，载不完，流不尽。

你呆呆地望着河水，小小心灵里产生许多美妙的憧憬，也挂起很多问号：这河水从哪里来？要流到哪里去？外面的世界是什么样的？

你那颗小小的心灵也带着美丽的梦幻，随着河水漂向远方……

初绽的梦

那是中国人民难以忘记的年代。"大炼钢铁"，深翻土地，男女老少吃住在田间。一排排用芦席搭的窝棚，满田遍野的红旗，到处是标语牌……

十三岁的孔繁森已考入堂邑镇农中。学生和社员们一样整天在地里干活。那时候农村里组织"罗成队""黄忠队""花木兰队"等，孔繁森参加了"罗成队"。长期超负荷地劳动，加上正在发育期，粗茶淡饭难以支撑过度的体力消耗，你长得瘦弱，像一根豆芽菜。

那年倒是丰收年，大马牙棒子长得尺把长，狼尾巴谷穗子沉甸甸的，还有"胜利百号"大地瓜，个个像小孩头，怪喜人哩……

"黄忠队"的老人挥锨翻着地，汗流浃背，气喘不止。

"爷爷，你歇歇，我替你翻！"

你瘦弱的躯体，细长的胳膊，接过铁锨猛挖起来，一双小手很快磨出血泡，血泡破了，血渍、汗水混在一起，疼得不敢摸锨把，你用一块旧布裹在手中，但一用力仍疼得钻心。

这天黄昏，你坐在地头上遐想。

田野上升起薄薄的雾霭，雾纱笼罩着故乡的小路，日夜奔腾的大运河流水，还有堤坝上那片茂茂腾腾的白杨林，夕阳下，黄昏里，一切都变得扑朔迷离。你想起老师经常介绍北方那位"老大哥"家里的情况：楼上楼下，电灯电话，耕地不用牛，点灯不用油，浇地不用推水车，磨面不用驴拉人推……那"集体农庄"的生活多幸福，多美妙啊！

如果有了电，有了拖拉机该多好啊，大伯大娘们干活就不这么累了。嘿，我将来要学电，当电工，给家乡拉来高压线，让家乡机械化、电气化……

那个夜晚，你竟然做了个梦，梦见电犁子在田野里纵横驰骋，梦见电磨隆隆转动，雪白的面粉像瀑布般地涌流出来，梦见电动脱粒机，麦粒、谷粒、玉米粒像决堤的河水，金灿灿、亮晃晃地流淌着……

梦，断了。醒来，窝棚外是一轮明月，银河横斜，夜露初降，黎明尚未到来……

1959 年 7 月。

饥馑已悄悄向中国大地袭来。

农中尚未毕业的你，听说聊城成立了技工学校，学校里设有农机、电工、化工、果树栽培、机械制造等好多专业，你心里发狠："我要当电工，让家乡也实现电气化！"

你觉得这是一生最崇高的理想、最伟大的抉择。能为乡亲们解除劳累之苦，这是你最大的幸福！

你说："我要报考技工学校！"

瘦弱的躯体却有一颗倔强的灵魂。

早晨，天不亮，你就动身了，背上干粮和书包，娘把你送到运河崖。

白昼和黑夜正在交替，天地缝隙的接合处，出现一道乳白色的光带，像浮着一匹白绸。白绸渐渐变宽，又渐渐着色，先是粉红，继而变得浓艳起来。七月的晨雾在树林里、河面上一团团一缕缕漾动着，被霞光一照，又像飘动的红纱，天地间是一片朦胧的光晕。

"娘，你回去吧！"你松开娘的手。

娘停住脚步，用微微颤抖的声音说："要好好考，别慌张，细心点……考完了就早回来。"娘又从衣襟里摸出带着体温、皱巴巴的几张毛票，这是娘夜里掐草帽辫卖的钱："带上这六毛钱，出门用得着！"

"不，不，娘，有干粮……"你摇头。

"买口热水，别喝凉水，要闹肚子的。"娘硬往你小手里塞。

你望望娘，她满是皱纹的脸抽搐了几下，两眼流出湿漉漉的光，目光里分明含着热切的期望和庄重的嘱托。你轻轻地叫了一声"娘"，擦擦泪眼，转过身，沿着河堤大步向前走去，走出老远，回首看，娘还站在一棵白杨树下向你张望，晨风吹动着一头华发……

四个小时后，你走进了技工学校的大门。一切都处于草创时期。7月的阳光照耀着空荡荡的校园，树很少，也很小。操场上长满野草。新建的教室，屋前屋后还堆放着砖头瓦块，还有灰浆。一群报考的学生躲在屋后的背阴处，坐在砖头上，有的倚着墙，谈论着什么。

"你为啥不上完中学就报考技校？"招生办公室的一个戴眼镜的老师问道。

"我想当电工，让家乡实现电气化！村里大爷大娘干活太累了！"你挺着小胸脯，理由十足，声音洪亮。你想到家乡父老对你的期望，盼你学好本事，为百姓出力。

在场的人都笑了！

你小脸涨得通红，汗水顺着脸颊往下流，你抬手狠狠擦了一把，又十分严肃地说道："为了祖国早日实现电气化！"这是一句很时髦的话。

人们没有再笑。

"好，好，你填张表吧！"

你接过表格，掏出钢笔，拔开笔帽，在表格上一笔一画地填写起来。

就这样，你跨进山东聊城技工学校的大门，成了家乡第一名中专生。你成了五里墩村的骄傲，成了爹娘的骄傲。

十四岁的你开始走上人生的第一个台阶。

课堂上，老师讲述着"电"。从电的发现，到电灯、电话、电报、电车、电机等的发明和创造，但是这些发明者的名字，很少是两个字或三个字的中国人的名字。你小小的心灵里不禁问道：我们中国人的脑瓜笨吗？为啥都让人家洋人占了先？不行，我将来也要当个发明家，我要为中国人争气，争光！

除了在课堂上你认真听讲，记笔记，背诵那些定理、定义、公式；课外活动时，你一头扎进图书馆阅览室，凡是带"电"字的书、杂志，你都翻遍、读遍了，一本又一本，你读得入了迷。你的笔记本上密密麻麻地记着各种奇形怪状的符号，画满各种电路图，这是一个多么玄奥神秘的世界啊！你被这个看不见摸不着、无形无状的东西缠得食不甘味，夜不能寐，神魂颠倒……

考试了，你的专业课成绩名列全班第一。

你更加努力拼搏，驾着梦幻的小舟向理想的彼岸拼命地划桨。浪花打湿你的头脸，激流卷来，浸湿你的衣服，你抹一把汗，甩一把水，划呀，划呀，茫茫的学海，知识的迷宫，神奇的魅力，五彩缤纷的诱惑，像风一样鼓动着你生命的帆……

你的梦，在青春的枝头扑棱棱绽开了……

新的起点

1961 年，命运之神在冥冥之中悄悄给你安排了另一条道路。

你初绽的梦，五彩缤纷、绚丽璀璨的梦，将要变成现实。你将要把电引入自己的家乡，你将为古老的土地插上电气化的翅膀……乡亲们企盼着你，大运河的流水呼唤着你。黄昏里，满头华发的母亲倚着门框，凝望暮色初降的村野小路……

但是，这一天，老校长把你叫到他的办公室：

"你今年多大了？"

"周岁十七，属猴的。"

你的胸脯挺得老高。

老校长笑了，用慈祥的目光打量着你，三年的饥馑影响了一代青年人的发育，十七岁，应该个头更高，身子骨更结实，但你依然细瘦，还有点孱弱。不过胳膊、腿儿该舒展的也舒展开了。

"快毕业了，你将来要干什么？"

"当电工呀！……不，当发明家！"你感到奇怪，明明校长知道你学的是电工，干吗还要问这个？你心里像揣了只小兔。

老校长点燃一支烟，吸了一口，抬起眼睛，说道："如果组织不让你当电工，而安排你做别的工作呢？"

"我服从分配！"你脱口说道，愣了一刻，又补充道，"我听从组织安排。"

你连续三年被评为"三好学生"，又担任学生干部，只要学校布置的、老师安排的工作，你都争先恐后地干，从不打折扣，但不知老校长有何打算？

"今年部队要从学校招收一部分青年学生入伍，你愿当兵去吗？"

"当兵？"这突如其来的消息，使你惊讶而又激动，你没有任何思想准备。但绿军装、红五星，在那个时代曾是一代青年最神圣的追求、最动人的诱惑，你脑瓜里顿时出现董存瑞、黄继光、罗盛教……一大串英雄人物的名字。自己如果能成为这支队伍中的一员，该是何等荣光。

你二话没说："我报名！"

人生命运的转折，往往就是这样简单，简单得令人不可思议，很快你穿上了绿军装。

你和许多来自这片黄土地的青年人乘上大卡车，走进了军营。

当然，你离开故乡时，母亲含着热泪一遍遍的嘱咐，乡亲们一声声的祝福，亲人们一程程的送行……那种热烈，那种眷恋，那种期望，让你泪涌不止，让你情潮翻腾……

你被分配到济南部队某部九〇医院当后勤兵。

你小小的心灵向往那野战兵团的真枪实弹，那种英雄式的冲锋陷阵，渴望董存瑞、黄继光那种光照千秋的壮举……后勤兵算什么兵呢？

开始，你心里的"小九九"总拨拉不开。

指导员说："我们这支队伍，不论是炊事员、通信员，还是电话员，都是为人民服务的，军人的天职就是服从命令。"

你的情绪很快稳定下来。

在医院里，你站岗放哨；下了岗，你就跑到病房里，当起"义务护理员"。你拖地板、刷痰盂、擦玻璃、拭桌椅，给住院的伤病员战士、首长端屎、倒尿，什么活儿脏你抢着干什么，什么活儿累你争着干什么，你细瘦的躯体里像安着一个马达，永远不知疲倦，不知劳累，干着这一切都属于分外的工作……

晚上，别的战士都睡觉了，你在蚊帐里拧亮手电筒，读书，记笔记，写学习心得体会……和那个时代的所有军人一样，"为人民服务"五个大字，你不是仅仅从书本上学，而是在实际行动中体现……

紧张，劳累，这一切都成了军人的必修课。当年你被评上"五好战士"。

这项荣誉，你并未像其他战士一样，把喜报寄到家里，而是悄悄地藏起来。你心里发着狠，要当一名真正的英雄。

1963年3月，国家发出号召："向雷锋同志学习"。七个气壮山河的大字，在中国大地卷起海啸，响彻惊雷。从军营到学校，从机关到企事业单位，亿万人民掀起了学习雷锋活动的高潮。

1964年8月，你和全班战士根据上级的命令调入济南军区警卫营，你担任了四连一排三班副班长。

钢铁＋毅力＝男子汉

某部四连是一个钢铁连队，在抗美援朝时是一个敢打硬拼的英雄连队。指导员秦国凤是抗美援朝的老战士，带兵严，要求高，作风硬。

而这个连却分布很散，连部在济南近郊，几个排分别在济阳、黄河孤岛执行生产任务。为了减轻国家负担，军区号召部队建立自己的生产基地，自力更生，种菜、种粮、养猪、喂鸡，解决生活问题。

每年秋收结束后，全连才能集合到济南近郊的连部，进行冬季军事训练。

几年的后勤兵生活，很少进行军事训练，导致你们三班在射击、投弹等技术上总赶不上其他班。

"军事技术不过硬，这是军人的耻辱！"指导员脸上挂着严霜。

"没有过硬的本领怎么能打仗？战场上比的是智、勇，还有过硬的军事技术！"连长口气很重，每个字就是钢，就是铁。

那时你是全连体质较弱的一个，别人投弹五十米，你却只有三十多米。你不服气，你苦练，你拼命。你说：一个人的成绩上不去，影响全班；一个班的成绩上不去，影响全排，影响全连。我们三班要迎头赶上。

这个连队没有训练场地，北面是一家工厂，南边便是小清河，只有一段废弃的河堤可做临时掷弹场地，但投弹稍一偏斜，便会落在水中。

寒风凛冽的黎明，你不等起床号吹响便悄悄地爬起来，提上一兜手榴弹，跑到河堤上。

一颗手榴弹重达七百克。

河堤上一片静寂。

你高高举起一颗手榴弹，猛力地摇着胳膊，拼尽力气投去。

一颗，两颗，三颗，四颗，五颗……十颗……

黄昏，你又是这样苦练。

胳膊肿了，肩膀肿了，手上磨出了泡，晚饭时，饭碗都端不起来。

你默默地承受着。

你咬着牙，第二天照样练。

手榴弹掷偏了，掉进冰水里，你鞋子一扒，裤腿一挽，便跳进冰水寻找，一个个摸上来，接着又用力向远处掷去……

谁知你熬过多少个黎明和黄昏，只知道你晚上胳膊和肩膀疼得难以入眠，疼得端不起饭碗，拿筷子的手指都颤抖……

这年冬天年终测试，你终于及格了。

及格，难道是一个战士的最高要求吗？

"不，我要达到优秀！"

你照样练！星期天，别人上街，买些生活小用品，牙膏啦，肥皂啦，或者逛逛大街；你不去，你在这片空旷的河滩上继续练……

第二年，你的投弹成绩终于达到了优秀。

你在射击比赛中又荣获"优等射手"的称号。

营房的后面便是指导员和连队干部家属的宿舍。

你常到秦指导员家，你成了他家三个孩子的大朋友，他们围着你一口一个"孔叔叔"叫个不停，你给他们讲故事，做游戏，教他们唱歌、写字。孩子几天不见你，就像失去了什么一样。

指导员的爱人张素英当时是燕山中学党支部书记，一位资深的老教师。

你酷爱读书，每次来总忘不了向张老师借书，语文啦，数学啦，什么书都爱看。

"张老师，您这里有《钢铁是怎样炼成的》这本书吗？"

"有啊！"张老师走近书架，随手抽出这本书，又翻找了一下："哦，小孔呀，还有一本《把一切献给党》，作者吴运铎就是中国的保尔·柯察金，你要好好读读这两本书。"

你接过书，如获至宝，激动地点点头说："张老师，我一定要好好读。"

秦指导员嘴角挂着微笑，但口气依然是那种老军人的严肃："小孔呀，你记住，要做一个保尔·柯察金式的战士，做一个吴运铎式的战士。我们的一切都属于党，属于人民。"

"是，指导员，我一定向保尔·柯察金学习，向吴运铎学习，把一切献给党，献给人民。"

夜晚，静悄悄的，你在灯光下读；早晨，你借着曙光读，读呀读呀，你完全被书中主人公的英雄事迹感动了，你一次次为他们流泪……你的小笔记本上记下了他们的许多名言，然而让你终生难以忘记的是那段著名的格言：

> 人最宝贵的是生命，生命对每个人只有一次。人的一生应当这样度过：当回忆往事的时候，他不会因为虚度年华而悔恨，也不会因碌碌无为而羞愧；在临死的时候，他能够说："我的整个生命和全部精力，都已经献给了世界上最壮丽的事业——为人类的解放而斗争。

你的小笔记本上还记着一句话，那是你的学习心得：钢铁＋毅力＝男子汉。

抓住"小偷"之后

1967 年，你们排被调到济阳县孙耿公社，那里有部队一块生产基地。

翻地，打埂，播种，耕耘，拔草，施肥……从春到秋，每个环节都是那样紧张、劳累。你干起活儿来像只小老虎，瘦弱的躯体似乎潜藏着永不枯竭的能量。

你不服输。

你有一股倔劲，有一股牛劲。

星期天，别人休息，你跳进猪圈，两腿插进粪坑，呼哧呼哧抡起铁锨挖圈肥，一干就是小半天。夜里站岗，为了让战友们多睡一会儿，你常常一站就是两班、三班。每轮到你站岗，你从来不叫下班岗。当你的战友忽然醒来想起要站岗，急忙爬起来，向岗哨走去时，你还站得笔挺如一尊塑像。

"你咋不叫岗呀？"

"嘿嘿，你多睡一会儿吧，我替你站岗！"

一天，孙耿大集。

司务长李玉忠和你一块赶集买菜，这天轮到你担任"值日"班长（帮助炊事班监督伙食账目）。

集市上人头攒动，熙熙攘攘。

你口袋里只有三十元钱，那是公款，已花掉十多元，买了一些青菜，正要去买另一些蔬菜。忽然旁边一位老汉吆喝道："谁丢钱了？"

你一摸口袋，钱不翼而飞。这时又有人喊道："小偷！抓小偷！"

原来是一个十几岁的孩子偷了你的钱，掉下的几张毛票被老汉发现了。

小偷被抓住了。

司务长李玉忠狠狠批评了这个孩子。

你教育道："小兄弟，你这样做不好。如果有困难，可以向乡亲们借钱……"

那孩子吓哭了，老老实实地把钱还给了你。

你悄悄问司务长：

"你还有十元钱吗？"

"咋？"

"你先借给我十元钱。我发了津贴还你。"

"你买什么？"

"你看这孩子怪可怜的，穿得这么破烂，给他十元钱吧！"

司务长也感动了，没想到你这样对待"小偷"。

那孩子接过十元钱，哭着说："解放军叔叔，谢谢你，我保证不再偷东西了，……俺娘病了，俺没钱给娘买药……"

打发走"小偷"，司务长笑着对你说道："你真是菩萨心肠呀！"

指导员的"批评"

1964年4月下旬，遍地麦浪，一片丰收景象。

这是部队的另一片生产基地。劳动休息间，指导员秦国凤喊道：

"小孔，你过来！"

"指导员，有事吗？"

秦指导员坐在田埂上，他前些时候准假让你回家探亲，你是老战士，第一次回去探亲，他当然很关心你的家里情况。

"你回家看了看，你母亲身体怎么样？你父亲也很好吧？家里生活怎么样？"

一向严肃的指导员口气变得很平和，满脸慈祥。他对战士要求很严，但又"爱兵如子"，对每一个战士，他都体贴入微。刚一接触，有些战士还惧怕他呢，可是过一个阶段，战士们都围着他，把他当成自己的贴心人，无话不谈。他也常请战士们到家里玩，星期天、节假日，和战士们一块包水饺，改善生活。战士的冷暖、家庭状况，他一一挂念在心。

你低下头，两只手掐着一根草，不说话。

指导员莫名其妙，平时谈吐爽快的孔繁森咋"哑巴"了？

"指导员，我没回家……"

指导员愣了，瞪大眼睛：

"这半个月，你到哪里去了？我准你假回家探亲，你没回家，到哪里去了？"

"我，我去汶上县了……"

"啊？"指导员眉毛竖起来，强忍着火气，"你到汶上县干什么去啦？"

"我那天在车站买票要回家，正遇上汶上县的一位老大爷，家里很穷，又生病，病倒在车站上，我把他送回家，照料老人半个月……假期到了，我急着赶回来了。"

指导员火气消失，依然一脸严霜，口气很重：

"你无组织，无纪律，你做好事，应该表扬，但为啥不告诉连队？万一出了事，我怎么交代？我得对你负责！"

你脸涨得通红，眼含泪水，你觉得受了莫大的委屈，可是指导员对你是一片火辣辣的爱心啊！

"指导员，我没有来得及请假，我错了……"

秦指导员口气缓和了，脸上的严霜也融化了，亲切地说：

"小孔啊，你一向遵守纪律，年年被评为'五好战士'，我为你的进步感到高兴。你学雷锋，做好事，为人民服务，更无可责备，主要是我怕你单独一人出去，万一有什么好歹，我咋向部队交代，咋向你父母交代？"

几句话，你的眼泪簌簌地掉下来。

指导员接着鼓励道："来，别抹鼻子啦，擦擦泪，干活儿吧！"

这是你入伍七年来第一次受批评，也是唯一一次受批评。

把自己的名字去掉

雪，纷纷扬扬下了一天，直到黄昏才停下。阴云尚未散尽，天地间是一片白茫茫的世界。房屋，树林，河坝，都被白皑皑的雪罩住了。

夜晚寒风刺骨，薄薄的军大衣难以抵御严冬的酷寒。你站完一班岗，仍然像往常一样不去叫岗，谁知你的战友非常"警惕"，按时接岗来了，你不得不下岗。

你踏着积雪咯吱咯吱向宿舍走去。走到门口，你愣了一阵儿，又返回来了，趑过一个房角，向亮着灯光的司务长李玉忠住的炊事班小屋走去。

你们单独在外面执行生产任务，连长、指导员都不在跟前，只有司务长李玉忠这个党支部委员在。

今天，班、排进行评比总结，你又被全票通过，被评为"五好战士"。这是1967年的冬天，也是复员前的最后一次年终总结。六年间，你六次被评为"五好战士"。你要向支部反映，把自己的名字去掉。班里有一个后进战士，今年变化很大，如果评他为"五好战士"，岂不是更能调动他的积极性？

你要找李玉忠，让他替你说句话，走走他的"后门"。

门，被拉开了。

李玉忠还未睡觉，正在灯下读书，旁边的两个炊事员已鼾声如雷。

"繁森，这么晚了，你咋还没睡？"

"我刚下岗。"

"快坐下，暖和暖和。"司务长拉过一把椅子，"有什么事吗？班里总结搞完了？"

"搞完了。"你坐下来。

"'五好战士'评出来了？"

"评出来了。"

"都是谁呀？"

"我就是为这事找您呢……有我。"你抬起眼睛，用乞求的目光盯着司务长，"司务长，您是支委，请在支部开会时替我说一句话，把我的名字换成某某某，他是个后进战士，评上'五好战士'，对调动他的积极性更有利……"

你滔滔不绝地讲，反复申明理由。

司务长却笑道："你这种见荣誉就让的精神非常可嘉，但是'五好战士'是民主评选，我虽然是支部委员，也不能不尊重民意。再说，你个人请求，支部也不会同意。"

你无可奈何。

窗外又飘起雪花，纷纷扬扬，在夜色里闪着光。

你踏着积雪，咯吱咯吱声一路响去，雪地上留下一个个清晰、坚实的脚印。

第三章　润物无声三春雨

　　——他说：职务有大小，但宗旨是一样的。我不是来做官，而是来做事的。他说：我要用实际行动来证明共产党人是为人民服务的。我要用满腔心血化为甘霖，去滋润那春芽萌动的未来……

"怎么像个村党支部书记？"

　　10 月 26 日，孔繁森一行从成都抵达拉萨。

　　在飞机上俯瞰大地，群山雾列，雪峰叠叠，蜡象银蛇，空旷苍凉，怎能不令人感慨？二次出征边关，重返这片雪域高原，开始他人生路上的艰难跋涉，又怎能不使他心潮澎湃，涛激浪卷？西藏选择了他，他也选择了西藏。这种"双向"选择，又将使他的生命绽开何等璀璨的火花？

　　贡嘎机场，当年离藏时，这里还是一个很小的军用机场，现已建成大型的空中航港。物非人也非，迎候他们的拉萨市政府的同志，也大都是新人。

　　"我叫孔繁森！"

迎候他的同志上下打量他一番，简直不敢相信，他就是新上任的副市长，心里嘀咕道："山东怎么派来一位'村党支部书记'？"

这不能怪他们，单从着装上看，谁能相信他就是一个堂堂的副市长呢？

一身价值不超过六七十元的西服，还是他在莘县担任县委副书记时做的，穿在身上已经三四年了，虽然来时由妻子刚刚熨洗过，但那种质料却掩饰不住一种寒碜。一条领带也是价格低廉的产品。脚上是一双半新不旧的布胶鞋，有一只还打着补丁。更令人注目的是那只人造革手提兜，是典型的20世纪70年代产品，边边角角上的胶漆已经脱落，露出灰不溜丢的布丝，外革内麻的提手想必也快断裂，外面裹缝了一层黑布，针脚又粗又大。

迎候的同志疑惑的目光停留好一阵儿，才尴尬地笑笑，吆喝大家帮他们装卸行李。

事后那位同志跟他开玩笑道："当初，我真误认为您是个村党支部书记呢！"孔繁森笑道："难道共产党的市长，还像大清朝的官员，顶戴花翎，有一套'标志服'吗？村党支部书记和市长虽职务不同，宗旨一样，都是为老百姓办事的！"

孔繁森当官不像官，不仅在岗巴县留有美誉，在聊城地区更是人所共知。他担任莘县县委副书记时，常常骑着一辆"除了铃铛不响，其他零件都响"的破自行车，走村串乡，深入基层，田头一蹲，炕沿一坐，拿起镰刀能割麦，抄起木锨能扬场，头戴一顶破草帽，脚蹬一双旧胶鞋，风里雨里，泥里土里，和群众一起摸爬滚打，不管老百姓还是乡村干部，从没把他当成县委书记，年轻人都喊他"三哥"。有一次他骑上自行车，车后架上夹着一件小棉袄，来到徂店乡。办公室的秘书新来乍到，不认识这位父母官，也曾误认为是哪个村干部或是村民来讨要化肥、柴油的，对他不冷不热，既不倒茶，又不让座。孔繁森倒很主动，拉过一把椅子坐下来，掏出一支香烟，先敬这位秘书。那秘书更摆起架子来，接过香烟，转着圈瞅一阵儿牌子，是二角三分钱一盒的泉城牌香烟，随手放在桌上，眼皮也没抬，说道："化肥指标都分到村里了，有事找村长去。"孔繁森仍然不急不火，笑道："我来找乡党委书记……""书记不在。"秘书依然头也不抬，翻起一叠报纸，心不在焉地浏览起来。孔繁森很耐心地坐着，不时问几句乡里情况，秘书有一言无一语地答着。好半天，乡党委书记风尘仆仆地走进来，一看孔书记坐在这儿，惊呼道："孔书记，你啥时来的？咋不打个电话？"这时秘书才惊愕地瞪大眼睛，脸上顿时像冒了火，急忙倒茶，像换了个人似的——这故事，在20世纪50年代小说家的作品中不乏其情节，谁能想到20世纪80年代还会出现？如今，即使村干部来乡里办事，也不见骑着自行车，更何况骑着自行车下乡的县委书记？

更有一件让莘县县城老幼皆知、铭心不忘的故事。那年冬天，孔繁森把乡下老母亲接到县里来住，且不说早晚给八十多岁的老母亲洗脚、梳头、倒便盆等，照顾得无微不至。有一次看电影，从宿舍到电影院足有一二里远，要一辆车送到影院，谁也不会有什么异议，可孔繁森却背着老母亲去看电影，街上的人都看到了，说："这个孔书记真是个清官、孝子呀！"

汽车载着援藏干部们沿着崎岖的公路向拉萨市区驶去。

孔繁森一路上询问市里的情况，又看到那些熟悉的土屋、帐篷，那堆在路旁的玛尼石，飘在屋顶上的经幡，穿着藏袍的男女，他对这里的一切都那么熟悉、亲切，心里涌起一股股热浪。

一条河流弯弯曲曲出现在前面，孔繁森眼睛一亮，心里轻轻喊了一声：“啊，美丽的拉萨河！”

10月的拉萨河尚未结冰，那碧蓝的流水在阳光下显得更温柔、明丽，微风拂面，细波潋潋，像一匹蓝色的丝绸飘逸着。河岸上的杨柳，叶子已经泛黄，有几片叶子随风飘落，犹如金色的蝴蝶翩翩飞舞，一切都是那样安详、迷人。远处出现巍峨壮丽的布达拉宫，祥云缭绕，浮荡着一片佛光瑞霭……

“拉萨，我回来了！”孔繁森激动得差一点叫出声来。

圣地，情有千千结

拉萨，藏语，意为圣地。

这个坐落在世界屋脊、雅鲁藏布江的支流拉萨河北岸的著名的佛教文化圣城，已经历了一千三百多年的风霜雨雪，历史上对它使用过如下的汉语名称：逻娑、逻些、拉萨。古称“逻娑”，意为“山羊地”，或“羊土”。相传文成公主进藏时，当时的吐蕃王都还是一片荒草沙滩。不久，应松赞干布和赤尊公主的请求，筹划在卧错湖上为赤尊公主建一寺庙，这就是后来的大昭寺。文成公主懂得天文地理及五行学说，通过观察天象地气，认为拉萨地形像母夜叉仰卧，是不吉之兆，不利于创基立国，应建寺镇之。又认为卧错乃母夜义的心脏，湖水是妖女的血液，应建寺庙镇其心脏。又根据五行相生相克的理论，认为庙宇工程宜用白羊背土填湖。以后人们便用山羊背土的行动对其命名。山羊，藏语“惹”，土称“萨”，即称圣地为“惹萨”，后又演变为“拉萨”。

每天早晨，藏族男女手持转经筒，沿着帕廓街诵经。一年四季，无论冰天雪地，四面八方的信徒都会来朝圣。有的长跪而来，有的远至数百里乃至上千里，一步一个长头，花上大半年的时间才“跪”到拉萨，倾注他们对圣地和活佛的一片虔诚。

当历史进入20世纪末，这座圣城已发生了天翻地覆的变化。成片的商肆酒馆鳞次栉比，机关、学校、医院，楼房林立。这里不仅是佛教文化圣地，也是一座具有现代文明的旅游城市。历史在这里翻开了新的篇章。

孔繁森对于圣地拉萨并不陌生，但几年不见，拉萨的变化又令他震惊。新建的楼房，新辟的街道，新建的商场，新架的高压线——这一切都在向他展现着拉萨前进的脚步。高原冬日的阳光依然灿烂温馨，照耀着巍峨的布达拉宫和大、小昭寺，白色的墙壁，白色的塔顶，更添一抹圣光。

市政府分工，由他分管文教、卫生、民政等工作。

他把简单的行李安顿在那间十几平方米的小屋，顾不得休息和整理房间，也顾不得高原反应带来的恶心头晕——虽然是第二次进藏，但事过七年，平原生活使他的生理机能已不适应高原环境——便走马赴任了。

组织部负责同志和市政府秘书长说："你先休息几天，别急嘛！"

"我是'老西藏'了，那道'程序'就省了（按照惯例，从其他省份来西藏工作的人，必须休息一个星期，不出屋，不活动，适应以后，才能上班）！"孔繁森第二天早上便到了办公室。

当天下午，他骑着自行车，从教育局转到卫生局，晚上又跑到民政局局长家里。他心里像燃着一团火，想尽快地投入工作，及早熟悉各部门的情况。

他有个"串门"的习惯。在聊城担任宣传部副部长时，或任莘县县委副书记时，就喜欢到同事、领导、部下，也包括勤杂人员家里转转，目的是了解更多情况，熟悉各部门负责同志的性格、脾气、工作能力等等，以便更好地协调诸多关系，开展工作。

他敲开教育局局长家的大门。一番寒暄之后，便询问起全市教育发展状况，有多少学校，中学几所，完小几所，在校学生多少，在职教师多少，有多少民办教师，教师住房，工资待遇，近年来的升学率，适龄儿童入学率……简直像个统计局局长，问得那么细。

有些问题，教育局局长也难一一回答。他的小笔记本上接着便出现很多"？""△""☆"等，只有他自己明白的符号。

出了教育局局长的门，又走进民政局局长家的小院。

民政工作在西藏尤为重要，它直接关系到党的民族政策的贯彻落实，是衔接汉藏民族关系的重要环节，工作十分具体和繁杂。

民政局局长群旦是一位藏族女干部，身材高大，性情温和，一口汉语说得十分流利。她20世纪60年代曾在藏族中学读书，后来就读于中央民族学院（现中央民族大学），是个能吃苦耐劳、作风扎实精干的女同志。

谈起当前民政扶贫、抚孤等问题，这位女局长眉头也不免紧蹙起来：

"全市共有五十五所敬老院和福利院，因财政紧张，还有不少孤寡老人未能安排入住。目前敬老院中的福利设施也很差，向孤寡老人发放的钱粮有时还不能及时到位，有的县、乡的敬老院有名无实，眼下已进入冬天，不少老人还缺少棉衣棉被……"

孔繁森将了解到的情况一一记在小本子上，并逐一询问各敬老院的地址。群旦局长很健谈，对情况也了如指掌，问什么，她都能一一回答。

孔繁森在小笔记本上记录着，不时地说："这个问题，我在市长办公会议上要讲一讲！""好，我去和财政部门协商一下。"或者说，"我明天去粮食局，给他们做做工作。"

也就是在这天，他的笔记本上出现这样几句话：

"不为民解忧，何言公仆哉？"

"治政之要在于安民，安民之道在于察民疾苦。"

字写得很大，用力很重，有的字划破纸页。

走出群旦局长家，已经很晚了，他没有骑自行车，而是推着车子慢慢向市政府走去。寒冬的夜色笼罩着圣地拉萨。由于电力紧缺，连主要街道的路灯也熄灭了。幽暗之中有一条黑色带子穿城而过，飘向月光渺茫的郊外，这便是著名的川藏公路。与另一条渺茫的带子交汇的地方，构成一个"十"字花，那便是青藏公路。

月光下的布达拉宫巍峨壮丽，犹如神话中的仙宫玉阙。宫殿的后面便是巍然耸立的雪峰红山，月光下更显得神秘而苍茫。历史在这里交汇。现代文明与古老的宗教圣迹铸成一个巨大的十字架，重重地压在这块土地上。

孔繁森不时驻足街头，许多店肆已经关门打烊，每一个窗口都是黑幽幽的，再加上不时传来的狗吠声，更使这座古城显得幽静、神秘，甚至让人惶恐。他环顾四周后，淡淡的双眉拧出一股忧愁和沉重。他有点累了，万里迢迢一路风尘尚未抖落，再加高原反应，他的头有些晕胀。他倚树而立，像一尊黑色的雕塑。

一阵儿冷风飒飒吹来。一辆运货的卡车从他身边驶过。

这古老的宗教圣地，虽然有着悠久的历史，积淀了丰厚的宗教文化，但是由于自然条件差，交通能源紧张，比起内地省会城市仍然显得十分贫穷落后。更重要的是人才匮乏，教育滞后，适龄儿童入学率竟然不足百分之四十。振兴西藏经济，没有人才岂不是空谈？未来的竞争，是人才的竞争。自己身为分管教育、卫生、民政的副市长，为官一任，造福一方，在位期间如果不能改变拉萨的教育状况，上愧于党中央，下愧于藏族同胞，那不仅是对西藏的今天，也是对西藏未来的罪过啊！

他读过西藏的历史，所以熟悉拉萨的昨天。一千三百年前，文成公主进藏时，唐太宗曾以释迦牟尼像、珍宝及经书、经典三百六十卷作为嫁妆，并带来了关于营造与工技的著作，以及数以百计的医方、医疗器械，还赠送了大批绸帛、衣物和粮食。过了一百多年，赤德祖赞即位，又派官员去长安求婚。金城公主踏着姑奶奶的足迹赴藏，又带去大批绸缎、工技书籍和应用器物，还带去大批工匠、乐师、医生等专业人员，对当时的吐蕃王朝的经济、文化发展又起了极其深刻的影响。

一千多年过去了，历史的马蹄踏过岁月的风尘，进入了20世纪末叶。

历史和现实交织在一起，形成一股巨大的浪猛烈地撞击着这个山东汉子的心。他心潮翻腾，目光穿过迷茫的夜色，望着远处的红山雪峰，皑皑的积雪在夜色里闪烁着幽幽的亮光，再远处便是绵延上千公里、起伏跌宕的念青唐古拉山。一种蜿蜒、伟岸、峥嵘、奇崛的雄姿，为这苍茫、雄浑、空旷的高原撰写了一部立体的传奇，成为一道永恒的风景。千百年来，这片古老的土地默默地吞咽着层层叠叠的风霜雨雪，吞咽着重重叠叠的苦难艰辛：贫瘠的草场，荒凉的山壑，低矮的土屋，破旧的帐篷，帐篷里嗷嗷待哺的孩子，山路上跋涉的衣衫褴褛的老人……而这里富有的是精神，是神话，是绵延不尽的古老传说，是冥冥中的期望，是殷殷期望中的幸福来世。但是生命却是天地间的馈赠，在这荒凉贫瘠的土地上一代代地繁衍着，那样持久，那样坚毅，那样沉静，那样顽强。他感到，这古老的土地蕴含着一种伟大的气质、伟大的精神、伟大的力量。

　　他想到自己已经四十四岁了。四十四年前，他来到这世界上，精赤条条，再过若干年，就要回归天地。在有生之年，他给这个世界留下什么？一个共产党人应该想什么？做什么？也像有些官儿那样混吗？混位子，混票子，混房子，混车子……难道也像他们那样吃喝玩乐，当和尚而不撞钟，吃桑叶而不吐丝？那样，对得起衣食父母？对得起藏族百姓？对得起这片高原厚土？对得起"共产党员"这个称号？他仰望天空，问星，问月；他鸟瞰大地，问山，问水。他只觉得心口突突地狂跳，有一股热血在翻涌，他真想剖开血管，蘸着一腔滚烫的热血，写一部共产党人的《天问》！

　　回到宿舍，他辗转反侧，难以成眠，起身披衣，点亮蜡烛，挥笔写道："我孔繁森今日进藏，既没带来财产，也没带来金钱，却有一颗赤诚的心，一团炽烈的情，一腔火热的爱，我要通过自己的工作和行动，把党的温暖和关怀送到每一个藏胞心中，证明我们共产党人是人民的公仆……"

沉重的一幕

　　按说，副市长是一个稳稳当当的太平官，上有市委书记、市长，下有各分管局长，放在谁头上都觉得是个"美差"。再说又是个援藏干部，期满之后即可打道回府。可是孔繁森偏偏不这样想，那样对得起拉萨人民的信任，对得起党性良心吗？目前正处在改革的伟大时代，西藏的工作又极为复杂，如何适应改革开放的新形势？如何做好稳定和发展？加强民族团结，做好西藏文化教育？在工作方式上，有哪些路数要探索？在工作作风上，有哪些新课题要研究？在工作内容上，有哪些新的构想要提出？

绵绵的思绪像燃烧的烈焰，把孔繁森的心烧成一团炽热的岩浆，常常使他夜不能寝，食不甘味。新官上任，本来应酬就多，谁知这把新交椅，对他而言如坐针毡。他坐不住，闲不下，因为他一天不下基层，就如同缺了点什么。

二十几年的官场生涯，他最讨厌的是那种"一杯茶、一盒烟、一张报纸看半天"的官僚作风，最厌恶那些"研究研究""商量商量"的官场套话。他喜欢一竿子插到底。他与藏族同胞的关系正如后来迟浩田将军来拉萨视察工作时给他题写的条幅："同呼吸，共命运，心连心"。共产党的干部脱离群众，还算什么"公仆"？

二十几年来，他给自己定了一条不成文的规矩：把时间分成两半，每年至少有半年沉在基层。

他下去了，到基层，到群众中去。

这是隆冬季节。

高原凛冽的寒风犹如刀割锥扎。

一辆破旧的吉普车在卵石累累的简易公路上奔驰，车子颠得厉害，像跳迪斯科。车子密封不好，透风漏气，车内车外温度相差无几。孔繁森裹着一件破大衣，目光透过车窗扫描着拉萨河谷两岸灰褐色的崇山秃岭，一片荒凉、空旷的景观。河滩上几丛红柳在寒风中瑟缩着，远处的雪峰在阳光下闪烁着粼粼的青光。

偶尔有几顶帐篷，一群瘦弱的羊在灰黄色的草场上滞滞地游动，几个长途跋涉的藏胞一步一磕头向拉萨方向缓缓跪拜而去。他们的双手都套着木屐，用以保护手掌。他们两手合十，然后高高举过头顶，接着两臂前伸，"啪"的一声，"五体投地"，额头上洇出淡淡的血渍。一起一伏，手上的木屐撞击着路上的石子，发出"咔啦咔啦"的声响，枯燥单调而令人心悸。然而这些虔诚的信徒们目不斜视，心无杂念。他们风餐露宿，含辛茹苦，一步一步，不远百里、千里向伟大的偶像跪拜着。朝圣者的队列里有一位老人，已过古稀之年，脸、脖子、手和脚上的皮肤都枯皱了，呈黑褐色，仿佛是晒干了多年的老牛皮。他没戴帽子，花白的头发里，掺着用牦牛毛编织的线绳，盘在头顶，辫梢上还有一些叫不上名堂的装饰，叮叮当当地响着，身上的光板羊皮袄，补丁摞补丁，腰里的布带子旧得看不清颜色。

朝圣者队伍里还有一个男孩，十多岁的样子，脏乱的头发缠着几束红绳，小脸黑瘦脏污。他和大人一样，前身围着一张老羊皮，两只冻肿皲裂的小手戴着木屐。也和大人一样，瘦小的身躯起起伏伏，虔诚地重复着那些动作。只是那双黑幽幽亮晶晶的大眼睛里，流露着孩子所特有的那种纯真的、梦幻般的光。

路旁的玛尼石堆，是信徒们掷聚而成的石堆。每掷一块石子意味着念一遍经文。玛尼石堆上插着树枝，挂着红黄蓝绿白五色经幡。日晒雨淋，有的褪色，有的化为丝丝缕缕，风吹哗哗有声，似乎向着蓝天，向着太阳，向着苍茫的山水反复吟诵着，祈祷着。这是这个精神王国永恒的主题。

朝圣者队伍里还有一个"后勤组"，几个同样衣衫褴褛的藏胞，牵着几头驮着帐篷和衣物、锅灶和食品的牦牛或毛驴。

孔繁森让车子停下，走下车来，无言地目睹着这悲壮的场面，心里涌起一种难言的苦涩。

"你们从哪里来的？"孔繁森问。

"从墨脱县。""后勤组"的人答道。

"啊，好远呀！"孔繁森眉头紧锁，惊愕地轻叫一声。

熟悉西藏地理的孔繁森，知道墨脱县位于喜马拉雅山脉的东段，南迦巴瓦峰南端，雅鲁藏布江下游，是一个群山雪岭环抱、交通险阻封闭的地方。墨脱一年之中除三四个月冰雪消融时能够与外界相互往来外，其余时间都被无情的冰峰雪岭深锁，是全国少有的不通公路的县之一。凡到过墨脱且能返回的人无不谈论一路的艰险，要翻越几座六千米高的雪山，要穿过几条雪水河，有不少人死于跋涉的山道上，死于雪崩之中……其艰难险阻之状，令言者色变，闻者生畏。

孔繁森一面震惊于这些朝圣者对佛祖的虔诚和长途跋涉的毅力，一面又对他们的行动有着说不出的悲悯。他是共产党员，不是佛国圣徒，他不相信冥冥之中会有神灵佛祖操纵人的命运。可是出于对当地老百姓宗教信仰的尊重，他又不能去劝阻、制止，便急忙翻遍口袋，把身上的几百元钱掏给他们："只带了这点钱，你们收下吧，路上买些吃的东西！"那"后勤组"的一位波拉双手合十，千恩万谢，连声说道："突吉切（藏语为谢谢之意），突吉切！"

木屐的孛嗒孛嗒声远去了……

孔繁森依然伫立在荒野寒风中，久久地目送着远去的朝圣者。他的心情变得更加复杂沉重了。他不由得想起几天前，陪同送他们来藏的山东省委组织部一位处长参观布达拉宫和大昭寺，看到那些匍匐在青石板上、跪拜不止的藏胞们，曾感叹道：每当我看到这些衣衫褴褛的虔诚的藏胞，心里五味杂陈。这些善良的人们对神灵如此虔诚，是因为什么？是禳灾、追求安乐和幸福，更多的是一种精神的慰藉吧。我们共产党人应该多为老百姓办点实事、好事，使他们得到安康和幸福。

"孔市长，上车吧！"陪同他下乡的教育局张局长，也是援藏干部，湖南人，个不高，圆圆的脸庞，神色悲戚。

孔繁森没有说话，转过身来，轻轻叹息一声，步履沉缓地上了车。

车子晃荡着，孔繁森的心潮也翻腾着。

他第一次援藏在岗巴县担任县委副书记期间，虽无暇阅读佛教经典，但耳濡目染，也粗懂佛教教义，那就是"慈悲"，就是"博爱"。爱人类、爱生命、爱天地万物。"大慈，与一切众生乐；大悲，拔一切众生苦"，"救苦救难""普度众生"，而自己是孔圣人的后裔，先祖不也提倡"仁者，爱人"吗？孟夫子说得更明确，"老吾老以及人之老，幼吾幼以及人之幼"，难怪有人说，一切宗教都倡导一个"爱"字，劝人为善。我们共产党人自从在这个世界上诞生以来，就高举着一面庄严的旗帜：解放全人类。这正是一种博大的爱，无与伦比的爱，一种至高至上至圣的无私的爱。

一阵儿颠簸，打断了他的思绪。他抬眼望去，前面依然是荒凉的大山。灰褐色、赭红色、土黄色、淡青色的巨大的山体，巍巍然，凛凛然，无树无草，赤裸裸的山体遍布着粗糙皲裂的褶皱。千百万年来，风砍、雨劈、霜磕、雪剁，大自然的各种酷刑，已使它们伤痕累累，但这些山秉性不移，依然峥嵘，挺拔，雄浑，是一尊尊摄人心魄的雕塑巨构，阔大而肃穆地排列着。

"教育上不去，我们就要受外国人的气！"

路，越来越艰难，坑坑洼洼，坎坎坷坷，从拉萨到尼木县只有一百多公里，走了足足十个小时才进县城。这时太阳已经落山，夜色已经笼罩这个高原荒凉而简陋的小城镇。

车子开到街口，孔繁森突然对司机说："停车！"

"还没到学校呢！"张局长不解，说道，"前面是县教育局，直接开到教育局吃饭吧！"

"老张，"孔繁森笑笑说，"现在快到九点了，学校和教育局都开过饭了，咱去了不是给人家添麻烦吗？来，我这里还带着面包、烧饼，咱们一块儿填饱肚子，再进学校！"

"孔市长，啊，啊，你呀……真是……"张局长脸上有点发热，口吃似的感叹道。

"老张，你我都是分管教育工作的，是为学校服务的，咱不能让人家为咱服务啊！"

当晚便召开了校长和教师座谈会。

会上，孔繁森开门见山，先来个"自报家门"："老师们，我是山东来援藏的干部，组织上安排我分管文教，我是一个新兵，首先当好老师们的学生，然后当好老师们的后勤。咱们是一家人，不说两家话，大家有什么难处，来找我孔繁森，我一定办，一定解决老师们的后顾之忧。"

在座的校长、教师甚感震惊，谁也未料想到，这位新任的孔副市长如此谦逊、朴实，又如此坦率，一下子，彼此的距离被拉近了，气氛很快变得亲热融洽。孔繁森话音未落，几个年轻教师带头鼓起掌来。几个老教师也交头接耳，窃声称赞。

"老师们都很辛苦，为了咱们拉萨市教育事业的发展，都付出了很大代价，市委、市政府都非常感激你们。"孔繁森接着掏出笔记本，问起学校情况来：

"在校学生有多少？"

"三百二十六人。"

"教师有多少？"

"三十一名。"

"学生升学率是多少？"

"百分之三十七。"

"教师住房问题解决得怎样？"

"不太理想，有十多个教师住房很紧张，人均不足四平方米。"

"不行，太困难了，要想办法尽快解决。"孔繁森转身对张局长说，"记住这个情况，回去向市政府写报告，帮助他们建宿舍，解决教师住房紧张问题。"

"学生'三包'经费落实没有？"

"落实了，"校长如实地回答，"只是很紧张，物价上涨，各种费用增加，学生伙食标准也下降了。"

"现在学生的棉衣、被褥问题解决得怎样？"

"还未来得及增添……也是因为经费紧张。"

"不能让学生冻着、饿着，我们勒紧裤腰带，也不能让孩子们受委屈！"孔繁森叹了一口气，"现在世界是一个大竞技场。竞争，实质上就是人才竞争，说到底是教育的竞争。我们的教育事业太落后了……我这副市长责任重大呀！说实话，教育上不去，我这个分管教育的副市长无颜面对藏族父老啊！"

座谈会一谈就是两三个小时。校长和教师从未见过这样深入基层的领导干部。他们见这新任孔副市长待人亲切、热情，说真话，办实事，都感到振奋。大家掏心亮肺把学校情况、存在的困难、教师学生的思想状况，以及教育改革的设想和建议滔滔不绝地讲出来。

孔繁森在小笔记本上密密麻麻地记了一页又一页。

十一点多了，奔波一天的同行者都感到疲惫不堪，孔繁森却提议察看学生宿舍。

校长说："天这么晚了，孔市长，您先休息吧，明天再查看学生宿舍。"

"不，不，"孔繁森执拗地说，接着口气又变得幽默，"我不看看学生娃娃，睡不好觉啊。校长呀，今晚我要失眠了，你可要负责哟！"一句话又逗得在场的人笑起来。没办法，校长又陪他们走向学生宿舍。

孔繁森打着手电筒挨屋察看，只见那些孩子蜷缩在破旧的被窝里，有的两个学生一条破棉被，裹住脚，裹不住头，屋里没有取暖设备，脸盆里的水都结了冰。

"这怎么行呢？"孔繁森捏捏被角，薄薄的，不由得心里升起一股酸酸的滋味，心里想：人呀，都有父母、子女，要是自己的孩子挨冻受苦，当父母的能不心疼吗？

他回头对张局长说："老张呀，咱们要想办法增拨教育经费，提高教师和学生的生活待遇，不能苦了孩子，不能苦了教育！"

张局长连连点头。

孔繁森又对校长说："你们也写个材料，包括教师住房、学生伙食、衣被用品、教学设施、图书订购等方面的困难，写清楚，明天交给我。"

直到零点以后，他们才敲开县招待所的大门。可是，这一夜，孔繁森又失眠了……

离开尼木县城，孔繁森又驱车向卡如乡奔去。他在县里听说这个乡有一所仅有一名女教师、六名学生的村办小学。这位教师的家境十分贫寒，有四个孩子无人照管，但这位女教师不顾家境困难，每天要跑两三里山路坚持到校上课。他很受感动，在乡里买了些礼品，要去看望这位教师和她的学生。

从乡里到制南村小学要翻过一座海拔四千多米的高山，随从的人再三劝他不要去，车子也过不去，别说县里人，就是区里人也很少去过那里。

孔繁森笑道："怪啦！这位教师能在海拔四千多米的高原上教书，我怎么不能看望她一下呢？"

车子开到山脚下，已无路可走了。

山，拔地而起，高耸云表，那陡峭的山石泛着吓人的青黛色，没有树，没有草，光秃秃的，山顶和凹洼处，这儿一片雪，那儿一片雪，像飘浮的云朵。

"回去吧，孔市长！"

"哪有打退堂鼓的？车爬不上还有双腿呢！腿不够用还有两只手呢！"孔繁森说着，手脚并用，抓着石棱向山上爬去。

爬了不到五分钟，他已感到体力不支，脸色变得青灰，嘴唇发紫，本来就严重缺氧，又要消耗巨大的体力，谁能受得了？

"下来吧，孔市长，不行！"人们喊道。

孔繁森却十分亲切地说："阿佳拉（大姐），我首先感谢你，我代表市政府感谢你，你为党的教育事业做出了很大贡献！""来得仓促，也没有给你带来什么礼品，只给学生们买了些铅笔、笔记本，你分给他们吧！"女教师连声说道："突吉切，突吉切！"接过铅笔和笔记本，一一分给孩子们。

这里偏僻闭塞，除了课本，孩子们不知道还有什么书，他们没见过汽车，也看不到电视，他们不知道外面的世界。但孩子们都很可爱，一双双渴求知识的眼睛，流露着好奇的光芒。孔繁森掏出照相机，与女教师和她的学生们照了几张合影。

女教师说："这都是牧民的孩子，家里很苦，上学很不易，可是他们学习很用功。"她指着一个头发蓬乱的小男孩，说："他叫达娃丹巴，父亲去世了，母亲带着他们兄弟三个，两个哥哥放羊，只有他自己读书，去年全乡统考得了第三名。"

孔繁森拉过达娃丹巴，揽到怀里抚摸着他的头，亲切地说："好孩子，要争口气，学好本领，将来为国家做一番事业。"

翻译把话译过去，达娃丹巴扑闪着两只大眼睛，望着这位"大本布拉"，很懂事地点点头。

孔繁森又问女教师："你的孩子呢？谁来照管？"

女教师道："大的在乡小学念书，小的由她姥姥照看，有时也带来，坐在教室里，或是在外面玩耍。"

孔繁森又询问女教师的经济收入，女教师做了回答。他沉思一阵儿："待遇太低了！我们教师的待遇太低了！"他的声音有点激动："要改善办学条件，提高老师和学生的待遇。"接着对随他而来的乡长说："能不能先从乡财政里补贴点？"

乡长说："我们想办法吧！"

临别时，孔繁森握着女教师的手，鼓励道："一个人只有乐于奉献，生命才有价值。回去，我要让报社、电视台的记者下来采访，把你的事迹宣传出去！"

寒冷的冬夜。

拉萨。

记不清有多少次了，每天吃过晚饭，他总是骑着自行车，跑西郊，走东郊，到每所学校走访教职工，了解学校情况，解决学校存在的问题，向教职工征求发展教育的良策。

孔繁森今晚又来到拉萨师范学校。他静静地站在教室窗外，透过玻璃窗，望着正在夜读的学生，心里涌出一股欣悦的暖流。

教室里一片寂静，只有钢笔在练习本上发出窸窸窣窣的声音。孔繁森会心地笑了，仿佛看到润物无声的春雨滋润着萌动的幼芽，仿佛看到一群雏鹰拍打着未丰的羽翼，跃跃欲试地向万里长空飞起……

但前些日子，学校里出现很多不良现象。有的同学花钱大手大脚，把吃剩的饭菜随地乱倒，一看饭菜不合口味，便下馆子，一种阔少作风，使他十分生气。那天晚上，他当即召集学生开会。他是很少发脾气的，此时脸上肌肉线条绷紧，眉头紧锁，扫视着会场，声音里也蕴含着愠怒：

"同学们，你们是师范学校的学生，毕业后要当教师，当校长，为人师表。假如你们走上工作岗位，看到你们的学生出现这种状况，作何感想？我们国家还很穷，你们的学习费用、生活费用、衣食住行的钱哪里来的？是多少人省吃俭用……国家培养你们不容易啊！"

他说："一个人的道德品质、人格情操，要从一点一滴做起。艰苦奋斗仍是我们这一代人的传家宝，即使将来国家富强了，生活富裕了，也不能浪费，这是败家子的作风。你们中间出现这种现象，责任在学校，在教师，当然，我这个副市长更负有责任，我们的思想教育工作都没做好……"说着，孔繁森眼睛湿润了，用手拭了拭眼睛。

一连几次，他都来到班上与同学们谈心。

一个女同学含着泪说道："孔市长，我，我错了……我一定改正……"这个女学生是干部子女，家里生活优越，也娇惯得很。孔繁森给她讲述了许多农牧民孩子因家里穷上不起学的情况，这位女同学深受感动。后来，她把父母给的零花钱都积攒起来，一次向"希望工程"捐出几十元。

去门巴乡，要翻两条大沟，沟很深，倘若是夏天雨季，沟里积满水，且不说汽车开不过去，骑马也难穿越。

"孔市长，不要去了，那地方，县教育局的人都很少去！"司机劝阻道。孔繁森不无生气地说："他们不去是他们失职，我不去是我的失职。我分管教育，不了解学校情况，怎能做好工作？"这个温和的汉子脾气犟起来，十头牦牛也拉不转。

天已黑了，又失去联络。知道学校已经放学了，他们也不知道孔市长要来这里，晚饭自然不会准备。

走进学校，已近晚上十点钟了。孔繁森又把校长、教师召集起来。

又是召开教师座谈会。

又是察看学生宿舍。

又是询问教师、学生的思想状况。

又是了解学校的实际困难。

……

有一位教师谈起，他母亲患了重病，需要一味中药——麝香，不知拉萨好买不。不想孔市长脱口答道："回拉萨，我马上去办！"接着又说："你的母亲就是我的母亲，这事，你放心！"果然两三天后，孔繁森买到麝香，又专程送到学校。这位教师拉着孔繁森的手，热泪盈眶："孔市长，您真是我们教师的贴心人！"并要求和孔繁森合影留念，把照片送给老母亲，让老人家也"认识认识这个好人"——不过这是后话。

这一夜，他们就住在学校一间简陋的办公室里，几把椅子一对便成了床铺。

司机冻得睡不着，孔繁森把大衣脱下来盖在司机身上。自己也冻得睡不着，索性不睡了，他点起蜡烛，办起"公"来。他向市政府起草了一份关于拉萨教育状况的调查报告：

……

一、切实加强中小学教学工作。拉萨市特别是市辖县基础教育薄弱，师资缺口还较大，在人力、物力、财力等方面应加大基础教育投入，同时抓紧解决一批民办教师的转正问题，这样既减轻群众的负担，又能调动教师的积极性；二、抓紧教材的编译工作，有时开学了，学生尚不能及时得到课本；三、调整、改革中小学体制和内部结构，逐步建立一个比较完整、比较适合于拉萨实际的教育体系；四、改善教师住房，提高教师待遇，目前拉萨市所辖的六个县，还有数百名教师住房尚未达到国家规定的标准，不少教师生活困难，住房十分简陋；五、必须建立和健全各县区教育行政机构，进一步加强和充实行政领导，完善教育管理体制；六、增加学校建设投资，目前学生入学率不足百分之四十，"八五"规划期间力争达到百分之八十以上，做到村村有小学，县县有中学……

屋里寒气袭人，孔繁森手脚冻得麻木了，他哈口气，又继续写下去……

写着写着，他两手冻得拿不住笔了，他站起来，搓搓手，哈口气，在屋里轻轻地来回走动，思绪浩茫，心潮翻腾，一幅幅画面、一帧帧特写镜头不时在眼前闪现：朝圣者队伍中的老人和孩子，木屐沉重而迟缓的沓嗒声，泗出血渍的额头，转经路上的祈祷声……他认为，只有科学和文化才能拯救一个民族的灵魂，才能洞开他们智慧和幸福的门扉……

他点燃一支烟，深深地吸了一口，烟雾缭绕，迷蒙里，他耳旁似乎传来隐隐的声音："穷人没有文化就要受地主老财的气！"这是在遥远的童年，母亲送他入学时说的一句话，几十年来已深深镌刻在他的心头。他眉头紧蹙："必须改变这种状况！中华民族文化落后，同样要受外国人的气！"他把烟蒂狠狠揿灭，拿起笔，又唰唰地写起来……

"我不是来做官，而是来做事的！"

1991年7月7日，拉萨市数十个考场里，莘莘学子们正挥汗如雨，在试卷上书写着。这是个星期天，孔繁森不愿打扰司机，司机奔波一个星期，让人家好好休息一天吧！吃过早饭，他便租了一辆三轮车向考场奔去。他头戴一顶破草帽，黝黑的脸膛挂满汗珠，半袖衬衫也被汗水浸湿了。高原上强烈的紫外线令人晕眩。

"孔市长，你干啥去？"半路上遇到一位援藏的山东干部。

"今天是中考第一天，我去考场转转！"

"你怎么没坐小车？堂堂一位市长坐三轮车太掉价了。"

孔繁森笑道："要你说，市长就应该坐小车，坐不得三轮车，这算什么掉价儿？如果谁当了官摆架子，就得先把这个架子打掉！"

"你呀，还是那个脾气，当官不像官！"老乡揶揄道。

"我不是来做官，而是来做事的！"孔繁森虽然面带微笑，口气里却不乏严肃。

类似这样的事，孔繁森早已视为寻常。早在1976年，他任地委宣传部副部长，带队到高唐县赵寨子公社帮助"农业学大寨"，同去的还有两位干事，但每次劳动归来，两位干事都发现泡在脸盆里的衣服、鞋袜被洗得干干净净，晒干后叠好了。两个干事莫名其妙："这是谁洗的？""怕是'雷锋'吧？"殊不知，每当深夜，二人入睡后，孔繁森就悄悄地爬起来，端着两盆衣物到院子里水管边，借着月光洗起来……

当他们得知是孔部长洗的，大为感动："老孔你呀，哪像个部长哟！"

就在那年冬天，开展冬季造肥工作，要挖掘清理一个苇坑，里面苇茬子丛生，积水成冰。孔繁森把衣服一脱，第一个跳下去，挥镐舞锨地干起来，脚上扎破了口子，鲜血湿了鞋袜，别人把他拽上岸来，他撕块手绢，包扎一下又跳下去。社员们都感动地说："这哪像个官呀？"孔繁森心里道："我不是来做官，而是来做事的！"

孔繁森乘着三轮车来到考场，下了车，付了钱。那三轮车工人感到奇怪，竟然未要发票，心里想，这下省了几角钱的税金了。孔繁森因公办事，多少次自己掏腰包，从未报销过一分钱！

监考的教师看到孔市长来了，不无感慨地说："孔市长，今天是星期天，你怎么来了？"

孔繁森摘下草帽，扇着风，说道："你们不也是星期天工作吗？我咋不能来呢？"

第四章　爱，是第二颗太阳

——爱，就是牺牲，就是奉献，就是彻底地忘我。当你把所有的爱赋予对方时，也就是你最富有之时。

拉萨市最忙的人

在市政府办公大楼后面有一幢二层小楼，青砖灰瓦，陈旧简陋，那是 20 世纪 50 年代市政府草创时期盖的。现在居住着几十户人家，大都是市政府青年干部和勤杂人员。孔繁森的居室就在小楼二层，不足十六平方米，一分为二，里间是卧室兼办公室：一张木板双人床，一张三屉桌，一只小书架，床头还摞着两个纸箱；外间是会客厅兼“餐厅”，一张半月形的小桌，不知是哪个年代的产品，油漆剥落，板缝皲裂，宽处可伸进一个手指，桌两旁是两把椅子，另外靠西墙有一长条板凳，还有一张简易小橱，里面存放茶具等什物。没有冰箱，没有洗衣机，没有沙发，全部家当不足三百元。人们说：“扔到大街上，也只有收破烂的才会光顾。”而那间只有两平方米的小厨房更为可怜，一只煤气罐，两口小锅，再就是屋角堆着一些蔫了的土豆、胡萝卜和几根大葱。

然而这简朴的住室，却像童话中的小房子，具有巨大的魔力、魅力和吸引力，常常是宾客盈门。且不说山东援藏干部和进藏干部、职工，就是河南、河北、江苏、安徽、陕西、甘肃、四川等外省市的援藏干部、部队指战员也都常来这小屋，把孔繁森当成贴心人、主心骨。有话愿跟他谈，有事愿让他拿主意。

在内地工作时就有"拼命三郎"之称的孔繁森，来到拉萨后干起工作来更是不要命。市政府领导相对较少，他先是分管文教、卫生、民政，现在公安、外经、外贸等工作也压在他的肩头上。且不说数不清的会议、文件、报告，就是与干部谈话，协调各方面关系，迎来送往也要花费不少精力，而且要拿出大量时间和精力去基层调查研究，进行现场办公。他从来不挤占下乡深入基层的时间，在基层期间积累的公务，只有回来加班加点昼夜不分地赶做，弥补。常常一天到晚忙得手脚不沾地，夜深人静，整个大院一片漆黑（当时拉萨电力不足，晚上常常停电），只有他的小屋还亮着烛光。烛火如豆，他戴上花镜（四十多岁的他眼睛已开始花了），批阅公文，撰写报告，常常通宵达旦。

他性情温厚，待人真诚，心肠如火，人们找他办事，有求必应，应了就办，这更使他忙上加忙。只要他一回机关，那间小屋便早晚来客不断，敲门声、电话铃声不断。饭前饭后更是紧张繁忙的时候。有时刚打开炉子，米还未下锅，来人了。常常不是忘了下米，就是忘了看锅。煮米饭，米饭烧成锅巴；下面条，面条成了糨糊。

他与人谈话，嘴里常常是含着饭粒，你走了，他才端起饭碗，还未扒拉几口饭，又来了人，又得放下碗筷……

古人有"一沐三握发"之说，孔繁森却是"一饭三停箸"。时间，对他来说太重要了！他像一部开足马力的机器，日夜不停地运转。

一位老乡批评他："孔市长，现在哪有你这样拼命的？"

"党派咱来西藏工作不是消闲享福的，不拼搏不奋斗，有愧于党，有愧于人民啊！"他口气十分严肃，"不爱工作的不是好同志，不一心扑在工作上的党员不是好党员，我们共产党员生来就是人民的牛，不然要我们这种人干什么？"

老乡拗不过他。

藏族干部、妇联主任康英（她起了个汉族名字）来劝告他："孔市长，你这么没黑没白地干，不行啊，得注意身体啊！"

孔繁森笑道："哈哈，佛祖也知道我忙，没有给我留下得病的时间！"

康英苦笑道："你呀，一干起工作就不要命了！"她曾和孔市长一起工作过。那是1991年自治区和平解放四十周年，组织上安排孔繁森任"大庆"办公室指挥部副总指挥，实际上是后勤部长，大到会场布置，街道治理，资金筹措，文艺节目排练，外宾接待；小到购买礼花、礼炮，书写标语，印发宣传材料……事无巨细，必躬体力行。连续几十天，眼睛一睁就忙到深夜。有时大衣一裹，在办公室连椅上打个盹。有几次康英到他家去找他，他还未来得及吃饭，就往口袋里塞包方便面，跟着出去办事了。事办完了，肚里闹起"暴乱"来，才想起口袋里的方便面，不管水热不热，泡上一碗，就算平息了"暴乱"。

1989年秋天，妻子和女儿从鲁西平原一路辗转来到高原拉萨。两个星期过去了，孔繁森不是忙着开会就是下乡深入基层，把她们母女俩扔在家里，没有时间陪伴。这天，他忽然对妻子说："明天是星期天，我陪你们娘儿俩逛逛拉萨。我还向你许过愿呢，这次一定兑现！"

妻子和女儿都非常高兴。

女儿激动地跳过来，一下子搂住爸爸的脖子，兴奋地嚷道："好爸爸，好爸爸！"两个小鼻翼扇出的气息吹得他耳根儿痒丝丝的。

一年不见，小女儿玲玲又长高了，五官也似乎舒展开来，白净净的瓜子脸上依然弥漫着天真和童稚，两只黑黝黝水汪汪的大眼睛，流溢着明明亮亮的欢乐。

孔繁森亲昵地抚摸着女儿变粗变黑的小辫儿，又重新替女儿扎紧松弛下来的蝴蝶结，慈祥地笑着，说道："玲玲，好乖乖，明天爸爸还要带你去帕廓街，那是拉萨最大的商场，爸爸给你买一个漂亮的藏包，还要买一条项链……"

玲玲松开爸爸的脖子，撒娇地嘟起小嘴，用小手指头点着爸爸的脑门，埋怨道："爸，你呀，谁都对得起，就对不起俺妈，对不起俺姊妹们！"

"是呀，是呀，爸爸不是好爸爸，我的玲玲批评得对！"孔繁森一脸愧色，老老实实地道歉，"这些年来，叫你妈妈受苦受累了，我对不起你妈。"

"你呀，连你自己都对不起。"妻子在一旁嗔怪道，"瞧你这个'家'，哪像个副市长哟！当官的多着呢，少见过你这样的！"

孔繁森收起一脸笑意，一本正经地说："唉，当官的要是太富了，老百姓就穷了！"这话意味深长。孔繁森说罢，好一阵儿沉默。

女儿看爸爸好一阵儿不说话，眉峰耸动，脸色阴沉，吃惊地问道："爸爸，你怎么啦？"

"哦，没什么，孩子……"

妻子看丈夫脸色不好，关切地问道："你身体不舒服吗？"

孔繁森摇摇头，说："不，不！庆芝呀，我是个苦命人，你跟着我是享不了福的。"说着长长地叹息一声："看看那土屋帐篷里的老百姓吧，他们连肚子都填不饱呢！"

妻子和女儿不再说话。

第二天一早，母女俩着意打扮梳洗了一番，准备享受一天天伦之乐。谁知孔繁森又"变卦"了，他打电话找来在市保险公司工作的老乡杨书春。

"书春，我原打算陪你嫂子和侄女玩一天，今天又有事了，你能不能陪你嫂子转一转？"

"行啊！"杨书春满口答应。杨书春是 1977 年进藏工作的中专生，在市保险公司任副经理，山东聊城人，和孔繁森好得像一个娘的孩子，无话不谈，口里答应，却又埋怨道："俺三嫂大老远来看你，你再忙也得陪人家玩一天嘛！"

"我已答应人家，这个星期天去看望他们。"

"谁？"

"墨竹工卡县子贡乡的两个独居老人，我前些时下乡答应过两位老人的事。"

"你呀，太死心眼了！我当啥大不了的事呢？"

"不行！"孔繁森脸色一绷，"咱说到就要做到，不然就失信于民啊！"说到这里他思忖片刻，望望妻子和女儿，忽然眨一眨眼睛："嘿，你看，我倒忘了，庆芝，你好不容易来一趟，不到牧区看一看，还算不上到了西藏。书春，你会开车，弄辆吉普来，带着你嫂子、侄女，咱们一块去墨竹工卡，一路风光，让她们开开眼界！"说完又幽默地笑起来："这不是两全其美呀！"

孔繁森立即到商店买了一大包点心、饼干、罐头、水果，另外还有一斤花糖，携妻带女一路向墨竹工卡县驶去。

两个小时后，他敲开了两位老人的门。

"波拉、姆拉，我看望您老人家来了！"

两位七十多岁的老人颤颤巍巍地迎出来，拉着孔繁森的手，激动得老泪纵横：

"我说孔市长要来，孔市长要来，这不来了！"老人擦着眼泪连声哽咽道。

孔繁森把点心水果交给老人，这时又围上一群孩子，孔繁森将糖果一一分给孩子们。他看到两位老人衣服单薄又破烂，波拉赤着脚，连双袜子都没有，心里顿时涌起一股酸楚，先脱下自己的褂子，又脱下脚上的袜子交给老人，转过身来，对妻子说道："庆芝，把你这件褂子也脱给姆拉吧，你这件颜色太老，不赶'时髦'了，回去后，我给你买件好的！"孔繁森倒很会"做工作"。王庆芝苦笑道："你二十几年就给俺买过一件羊毛衫，说是花了一百元，高兴得俺没法，谁知后来一打听是十八元的处理品！""老底"被揭穿了，孔繁森只是嘿嘿地笑。

王庆芝也是心地善良的人，经不起丈夫两句好话，当着众人脱下外套。后来只穿着一件半新不旧的腈纶衫上了汽车。

又是一个星期天。庆芝和女儿心想：这次该兑现了吧？来了三个星期了，还没领着俺逛逛布达拉宫呢。可是星期天一起床，孔繁森便和妻子一块剁肉、剁菜，包大包子，一连包了两锅，又让妻子蒸了一锅馒头。

孔繁森从锅里拿起一个包子，很烫，他从这手倒那手，噗噗地吹着热气，接着咬了一口："真香哩！"三口两口，一个包子进肚了。他正想拿起第二个，忽然愣住了，脑子里一闪，出现了敬老院那些衣衫褴褛的老波拉、老姆拉们……

"哦，庆芝，今天，我领你们娘儿俩串串门去。"

"这里还有啥亲戚吗？"

"亲戚有的是，今儿个咱就走一趟亲戚。"孔繁森素来幽默，口气却挺认真。

"啥亲戚，俺咋没听说过？"

"去了你就知道了。"

孔繁森借了三辆自行车，妻子和女儿各一辆，他自己骑一辆，车把、车后座上的大包小篮里装满了包子和馒头，他们向市区外的堆龙德庆敬老院奔去……

赶到敬老院时，包子和馒头还热乎乎的呢！

老人们吃着孔市长送来的三鲜馅的大包子和暄腾腾的热馒头，激动得不知说啥好，一个个泪花闪闪。

孔繁森又拿起照相机，让妻子、女儿和这些老人合影留念。直到妻子和女儿离开拉萨时，他竟然忙得没有抽出空陪她们逛逛帕廓街，甚至没有去机场送行，气得女儿玲玲和他吵起来："哪家的爸爸像你啊？以后，我再不理你了！"

父女俩吵得"天翻地覆"，妻子王庆芝只好含着泪劝解。

回到山东聊城，玲玲后悔不该惹爸爸生气，他太忙了，也太苦了，便给爸爸写了封信：

爸爸：

不知您近来身体如何？工作是否还是那么繁忙？我们走后，您自己可要照顾好自己呀！不要挂念我们，请您相信您的女儿不会让她的要强的爸爸丢人的。前几天，我和哥哥回了次老家，奶奶身体还好，只是盼着您早点回来。过几天，我准备借台照相机给奶奶拍些照片，再录盘磁带，给您寄去。爸爸，您独自一个呆（待）在那儿，想奶奶时就听听。

爸爸，我回聊城后，一直很想给您写封信，但又怕您因那天晚上的谈话还在生我的气，所以未敢写，请您能原谅我……爸爸，我太对不起您了，其实，您在那里够苦了，身边没有一个亲人。爸爸，您瘦了，老了，也黑了，由于缺氧，身体也不如以前了……我知道您最挂念的还是我，也最疼我，如果，您觉得可以的话，我可以去西藏陪您。您不要为我的学习和前途担忧。

爸爸，中秋节快到了，不知道您需要什么……真希望您能回来，您不在，家里冷冷清清的。唉！爸爸，您那里需要什么，就打个电话，我们会给您寄去的……

爸爸，祝您在西藏佳节愉快，

身体健康，

工作顺利，

万事如意！

女儿玲玲

(19)89 年 9 月 10 日

孔繁森读罢信，呆呆地望着压在玻璃板下面小女儿玲玲的照片：多可爱的女儿呀！那白皙的小瓜子脸，甜甜的酒窝，长长的睫毛，黑黝黝的眸子，那双琥珀色瞳仁里闪烁着童稚的光芒，她总带有一种从梦幻中惊醒般可爱的神态。

才十四岁的孩子呀！就像二月的小草、三月的杏蕾，她需要阳光的爱抚，需要春雨的润泽，这一切做父亲的都应该给她。可是这些年来，自己应尽的责任、义务呢？应该付出的父爱呢……而孩子却是那么懂事，那么体贴自己！一种揪心的内疚，一种难以言状的不安袭上心头，他痛苦地闭上眼睛……

"爸爸——爸爸——"蓦地，他仿佛听到一阵儿阵儿童稚的呼唤，从遥远的地方传来，隐隐约约，隔着千山万水，隔着云海雾涛，像一只受伤的鸟儿颤抖着翅膀，高一声、低一声地叫着，亲切而凄婉。他不觉有两行泪水涌流出来，扑簌簌滴落在玻璃板上，女儿的影像变得模糊起来……

难忘的中秋节之夜

1989 年中秋节前夕。

孔繁森在日喀则开完会，并未急着回拉萨，他对司机说："明天，咱们去趟岗巴县。"司机说："去岗巴干吗？你又不分管岗巴的工作！""我走趟亲戚，那儿是我第二故乡，我忘不了那里的亲人哩，是那里的父老乡亲给了我第二条生命哩！"

开会期间，晚上一合眼他就梦见昌龙乡的藏族父老，梦见老支书格热。他在岗巴县任县委副书记时曾在昌龙乡蹲过点，帮助他们搞责任制，和乡亲们一个锅里吃饭，一块下地劳动，平整农田，挖泥塘，晚上坐在老支书家里一起畅谈昌龙乡的发展规划……十年过去了，昌龙乡有何变化？昌龙乡今年收成怎样？又添新房了没有？老支书已经七十多岁了，身板还结实吗？还有那几位他曾给打过针、看过病的老波拉、老姆拉还都健在吗……魂牵梦绕，他夜夜睡不安稳。

农历八月十四日，是八十九岁老母亲的生日，唉，怎么把这事忘了？该给家里打个电话，给老人买点礼品寄去？他跑到邮局，一摸口袋，钱不多了。他踌躇了：明天要去岗巴县，总不能空着手吧？打个电话，电话费又得用去十多元……他在邮局门前徘徊一阵儿，泪花在眼里打起转来，心里道："娘啊娘，你儿子对不住您老人家，您的生日，不能尽点孝心，儿在万里之外，只好默默祈祷，祝您老人家健康长寿了！"

手里没有钱，顾得岗巴的乡亲，顾不得家中老母亲，让这位副市长好为难啊！最终抉择：把仅有的几十元钱全部用来买了一箱月饼和一些糖果，向岗巴县奔驰而去。

岗巴县离日喀则市只有两百多公里，是日喀则地区最穷的一个县，平均海拔在四千七百米以上，它紧靠着尼泊尔、不丹、锡金，是个边境县。

1979 年，孔繁森第一次援藏，按组织部的通知，他担任日喀则地委宣传部副部长。这本身属于平调，对于某些人来说是难以接受的。副部长——副书记——副书记，别人都是小跑步上官阶，他却是原地踏步，在副县级位子上一干就是十几年。水往低处流，人往高处走。孔繁森也是肉胎凡身，生活在这尘俗的世界里，能没有怨言吗？但他常常想：是真金不怕火炼，是金子总会发光。当官是可以更好地为人民服务，重要的是当不当官都要为人民服务。他依然风风火火地工作，忙忙碌碌地工作。当他来到日喀则报到时，地委组织部负责同志一见这位身强力壮的山东汉子，脑子里顿时出现了一个新的想法：岗巴县正缺一名县委副书记，而且历来往岗巴县派干部都是让组织部最感头疼的事。那里太穷了，条件太差了！把这位山东汉子派往岗巴县，不知他同意不？

"行，我去！"地委组织部负责同志话音未落，孔繁森便一挺厚实的胸脯，脱口答道。没有怨言，没有豪言壮语，没有信誓旦旦，似乎也未假思索。

组织部的负责同志也不无惊讶，稍有点西藏地理常识的人都知道，日喀则是西藏第二大城市，仅次于拉萨，海拔三千五百米，是班禅大师管辖的"后藏"政治、文化中心，人口有五万之众，生活条件比起岗巴县可谓天壤之别。

孔繁森的行李卷尚未解开，第二天便乘车驶向岗巴。

三年来，孔繁森走遍岗巴县的山山水水。四千七百米高原的乡乡村村，他转了个遍。牧区缺医少药，他托人从内地购买了上千元的药品，又买了一只小药箱，走村串户，凭着自己当兵时在济南军区九〇医院耳闻目睹学到的一点医学知识，给老百姓打针、号脉、敷药。倒也治好了许多牧民的常见病、多发病，牧民们亲切地称他"康木机（医生）书记"。

去牧区没有道路，重重叠叠的高山，纵横交错的沟壑，车开不过去，骑马也难行走。那年，孔繁森到一个牧村，山高路险，刚刚学会骑马的他不顾人们的劝阻，硬要看山那边的牧民，结果摔下马来。人滚到深沟，当场昏迷过去了。

当他苏醒过来时，已躺在县医院的病床上。屋里屋外、走廊过道都挤满了来看望他的藏胞。那些衣衫褴褛的牧民们手捧哈达，提着酥油茶、奶酪站在床头，有几位老人哭得眼圈都肿了。当他知道是几个牧民发现了他昏迷在山沟里，背起他，连夜送到医院时，孔繁森顿时泪如泉涌：

"突吉切，突吉切！是乡亲们救了我！"

当他援藏期满调往内地时，远远近近的藏胞，成群结队地赶到县城，为他送行，一条条洁白的哈达，一杯杯醇香的青稞酒，伴着一声声热乎乎的呼唤：

"孔书记，您再来啊！"

"孔书记，俺岗巴人想您呀！"

"孔书记，带上这个，路上用！"

"孔书记，再喝一口青稞酒！"

……

十里长亭，哭声相送。

在告别岗巴县的前夕，他专程去了曾蹲点的昌龙村。他那天破例没有下地和群众一块干活，而把名叫班典的小伙子留下，两个人一大早便动手剁肉、剁菜，包起水饺来。整整忙活一天，直到晚上九点，把水饺煮好，把全村男女老少召集在一起，吃了顿"团圆饭"。

"孔书记，您再来啊，俺岗巴人想您啊！"

十年过去了，这话仍然响在耳边。在故乡的平原上，在机关里，每当夜深人静，他睡不着时，总是站在窗前，遥望西天的星星和月亮：啊，明月啊，你能带去我的问候吗？星星啊，你能捎去我的祝福吗？那片洒着我泪水和汗水的土地有我不了的缘分啊！那里的乡亲待我像儿子一样，哪有儿女忘记父母的？我想念你们啊！他一次次写信，给岗巴县委，给昌龙村老支书，问那里的经济发展情况，问牧民的生活状况，问昌龙村的小尼玛上中学没有，问班典结婚没有，问八十多岁的波旺堆老人还健在不，问桑吉老姆拉病好了吗……山山水水都问遍，草草木木都挂心哪！

太阳西斜了，光芒变得微弱了。风从荒凉的山野上打着轻轻的呼哨飞掠过去。远处淡蓝色的湖水、蓝幽幽的山冈，在斜阳里跳荡着烁烁的光斑，泛着迷蒙的光晕。峡谷中升起一股淡淡的雾霭，一只鹞鹰掠过湖面，在空中停住了，凝视着大地，仿佛在思索着什么，然后，又拍打着翅膀向苍茫的远天飞去。

草滩深处不时传来几声牧歌，咿咿啰啰，听不清歌词，但那跌宕的旋律回荡在这苍茫的天地间，带有一种忧郁和苍凉的韵味。

"近乡情更怯。"孔繁森望着眼前熟悉的大山，熟悉的旷野，成熟的青稞，游弋的羊群，飘扬着经幡的帐篷，墙壁上画着巨大"蝎精"（避邪）的土屋，眼睛潮润了，心跳加剧了，他不时用手绢拭拭眼睛。

黄昏，他来到昌龙村，村民们见老书记回来了，小小牧村沸腾起来，把孔繁森围得里三层外三层。一位老姆拉一手拽着孔繁森的胳膊，一手颤颤抖抖抚摸着他的胸脯，就像看到亲人似的，眼泪汪汪地说："孔书记，扎西德勒（吉祥如意）！"

"姆拉，扎西德勒！扎西德勒！"

孔繁森让老支书格热陪着，挨家挨户走个遍，看看牛羊肥不肥，房子翻盖了没有；走进屋里，瞅瞅被褥新不新，面缸满不满。他记得离开昌龙村时，他为一位老人看过病，打过针，回山东后，还给老人寄过药。

"嘉措老人还在吗？"

老支书说："不在了，去年春上去世的，老人死前还念叨您呢！"

孔繁森听罢，一阵儿戚然。

接着，他又看望了八十多岁的波旺堆老人，老态龙钟的波旺堆，眼睛已不好使了，好半天才认出是孔书记。哆哆嗦嗦地伸出双手，抓住孔繁森的胳膊："啊，啊，孔书记……"眼泪接着涌流出米。十年前，他给老人看过病，送过奶粉和白糖，老人还健在，还能捻牦牛线编绳，还能干拍牛粪饼一类的家务活儿。他知道老人的身世，十一岁给头人放羊，挨过皮鞭，坐过土牢，也讨过饭，民主改革后才有了家。

"从前，咱昌龙村能吃上糌粑的没有几家。乌拉差役又多，我们时常讨饭吃；过去住的是羊圈，现在住的是新房……"老人眼泪汪汪地指指点点着向孔繁森诉说着。

孔繁森脸上露出欣喜的笑容，抓着波旺堆老人的双手，轻轻摇着："阿爸拉，祝你健康长寿！"

一家一家走过。

一户一户看过。

晚宴开始了。老支书门外的坝子上点起了篝火，姑娘、小伙子、老人、孩子围了一圈。高原的夜晚来得迟缓，一轮又圆又大的月亮姗姗地爬上东边的雪山，淡黄色的月光梦幻般地笼罩下来，山峦、草场变得一片迷茫，不知名的鸟雀唱着迷人的歌谣。大家坐在草地上，吃着孔繁森带来的月饼，听他讲述内地改革开放带来的新变化，畅叙别情离绪，接着是歌舞欢娱。

一位老人怀抱着装满青稞、插着青稞穗的切玛盒——五谷斗，另一只手摇着缠了彩绸的名叫"达达"的彩箭——这些都是吉祥之物。孔繁森不仅粗通藏语，会唱藏歌，跳藏舞，更懂得藏族风俗。他用拇指和无名指蘸着青稞酒，每蘸一次，弹一下，连续三次，以示敬天上人间地下诸神，口中还诵着祝词：

> 扎西德勒平松措，
>
> 阿姆巴珠贡够桑，
>
> 坦达达娃涂巴笑，
>
> 顿桑达竹荼茹茹。

那意思是：吉祥如意，兴旺发达，身体健康，永世安乐！

接着便和年轻人跳起"果谐"舞。自然，孔繁森成了舞蹈的中心，他跳得那么欢畅、热烈，情感那么投入。他熟稔的舞步，摇曳的身姿，舒展的双臂，时而像陀螺般旋转，时而像苍鹰般展翅，时而又像风吹草浪般飘逸。

老书记的到来，更使人们欢乐激动，像盛大的节日一样，男女老少都跳了起来。他们欢喜若狂地跺着脚，手臂和大腿变换着不可思议的奇妙的动作，简洁的舞步，遒劲有力的舞姿，展示了这个游牧民族的生命力，剽悍的秉性，热烈奔放的情感，也体现了他们对雪山、草原，对大地深深依恋的心理。

月亮已爬上草原的上空，天空变成一片空蒙蒙的白，远山幽幽，近水晃晃。草原的秋夜虽有几分寒意，但空气的清醇、格桑花的馥香、苦艾的青苍气息扑鼻而来，使人感到有一种思绪、一种情感在这辽阔的草原上荡漾开来。

跳罢舞，姑娘和小伙子们又坐在草地上唱起"布谷鸟"来。

藏族人民对布谷鸟特别喜欢，说是吉祥鸟，春天的使者。每年春天，高原上还未呈现绿色，布谷鸟便从南方森林里飞来，在柳丛中发出美妙的歌声，唤醒满山遍野的牧草和鲜花。而今老书记回来，更是激动欢乐，称孔繁森像那吉祥的布谷鸟又飞回他们的身边，姑娘们亮开嗓子唱道：

> 可爱的布谷鸟飞到了高原，
> 一声声啼啭将冬眠的大地呼唤，
> 这报喜的使者把冬眠的大地惊醒，
> 大地听了焕发出翡翠般的容颜。

小伙子们接着唱道：

可爱的布谷鸟，

不是春天不啼啭，

当阔别了阳春南归时，

你那悦耳的歌声还萦绕在雪山，

布谷鸟你能永远留恋草原？

……

一曲歌谣唱得孔繁森热泪涌流。

动人的歌声，优美的舞蹈，热情的话语，使他感到藏族同胞对自己寄予多少厚望，又有几许深情厚谊，他更加热爱这雪山草原。

一个人只有把自己那颗炽热的心献给人民，他的生活才能充实，精神才会富有。

夜阑人静，他和老支书格热聊起来。从村里现状谈到未来发展规划，从教育谈到村办企业，从医疗保健谈到创办敬老院……直到凌晨4点，老支书才回到自己房里睡去。孔繁森却睡不着，怕早晨离别时惊动乡亲备礼相送，便悄悄爬起来，写了一份昌龙村发展规划方案，留给老支书。写毕后，便唤醒熟睡的司机，悄悄地离开昌龙村。这时，曙色还未浸透山野。

老支书格热和老伴知道了，追到村口：

"孔书记，别人的礼品你可以不收，我这两只老母鸡你要带走，你为俺昌龙村办了这么多好事，我们打心眼里感激您啊！"说着，格热老人哭了。晨风吹拂着他苍白的头发，热泪在皱纹纵横的脸上流淌。

孔繁森抓住格热的双手，泪花闪闪烁烁："格热，我还会回来看望你，看望乡亲们的。"他接着又说道："你我都是党员，为老百姓办点实事，是咱们的本分，你的心意我领了。礼，我绝对不收！"

格热老伴硬将两只老母鸡往车尾巴里塞，孔繁森慌忙松开格热的手，两手压着车后盖，双方争执一番，格热和老伴拗不过他，提着两只老母鸡，泪眼汪汪地望着孔繁森的车子远去了……

"市长康木机呀咕嘟！"

有一天，孔繁森又找来时任民政局局长群旦，问道："全市有多少孤寡老人？多少孤儿和残疾人？"

民政局局长沉思半天，没有回答出具体数字。

孔繁森眉头微微一蹙，沉吟道："唉，这些老人生活不易呀，受了半辈子苦，我们要多关心他们。明天，我去敬老院看一看……"

他买好饼干、点心、糖果和一大桶酥油。司机问道："你买这么多东西干啥？那里有老乡或者亲戚吗？"

"是呀，比亲戚还要亲！"孔繁森笑笑，不再说话。

熟悉孔繁森的人知道，他每次下乡，无论是查看学校，还是深入牧区帐篷，除了买些礼品，还带着一只小药箱。当时西藏不少地区缺医少药，条件极其落后。藏胞中流传着一个传说——"龙神"掌握着人间瘟疫和疾病。不少人认定某一座山或某一块巨石为"龙神"的化身，认为在它们身上插上红柳枝，挂上经幡，献上哈达，就能祛病禳灾。家家屋顶上都有一米多高的土柱，像烟囱似的，上插经幡；而院门两旁，画着两只巨大的蝎子，犹如汉族的门神"钟馗"。为了解决乡亲们的实际困难，在岗巴县工作时，他背着药箱，给牧民们诊脉打针。拉萨市牧区的藏胞亲切地喊他"市长康木机（医生）呀咕嘟（好）"。不到四个月的时间，他跑遍了拉萨市七个县区的中小学；五十五个敬老院，他走访了四十八个。

通往堆龙德庆的路途并不远，只有二十多里，可是出了拉萨市，柏油马路摇身一变成了砂石路，路面坑坑洼洼，石子大如鹅卵，小如枣核，车子颠颠簸簸，好一阵儿才来到县城。说是县城，还不如内地的一个乡镇大。

正是腊月数九寒冬，北风呼啸，大雪纷飞，天地间一片苍茫。山野铺满了雪，道路结了冰。

孔繁森来到敬老院，挨门挨户走进一个个孤寡老人的屋里：

"波拉，姆拉，我看望你们老人家来啦！"

司机是个藏族青年，向老人翻译道："这是孔市长，来看望大家。"这些当年的农奴们，曾经挨过王爷的皮鞭，坐过头人的土牢，曾因交不够青稞租子，被吊在树上，何曾见过这样的官？他们不懂什么叫"市长"，市长就是"大本布拉"（大官）吗？怎么来看我们？

几个老姆拉听说来了"头人"，也从屋里走出来，把孔繁森围了起来。孔繁森把带来的点心、饼干、水果一份一份地分给老人。然后又一一给他们诊病。

听诊器在老人瘦骨嶙峋、粗糙、黝黑的胸脯上轻轻地滑来滑去，他听到了一颗颗心脏扑扑的跳动声，贴得那么近，听得那么真切……

他挨屋察看。

他推开旺姆老人的门，听到屋里传来一阵儿咳嗽声，便急忙跨进房间一看，躺在卡垫床上的旺姆老人上气不接下气地咳嗽不止。一检查，发现老人肺部有感染症状，心脏也不好。孔繁森忙从药箱里取出消炎药、止咳药，从暖水瓶里倒出一杯水，一粒一粒地把药片喂进老人嘴里。然后把老人扶起来，靠在被子上。老人说："腰疼！"孔繁森问道："多长时间了？"旺姆说："好些年了，老毛病了！"孔繁森一阵儿心酸，眼睛湿润了："这么多病怎么不去医院看一看？"在旁的敬老院负责同志说："没钱。"

"再缺钱也得看病啊！"孔繁森忍住火气，心想，回到县里一定指示县政府领导，增拨敬老院的经费，保障卫生医疗。他翻遍药箱没找到治疗心脏病的药品，只好把消炎药、止咳药全部留下，回到拉萨后再给老人送来治疗心脏病的药品。

"姆拉，我过几天再来看您！"孔繁森离开旺姆老人的小屋时，旺姆伸出瘦骨嶙峋的胳膊，连声说道："菩萨，活菩萨！唵嘛呢叭咪吽……"竟然嘟念起六字真言来。

"姆拉，我不是菩萨，是共产党派来的干部！"司机将话翻译给老人。旺姆热泪满面："共产党呀咕嘟，孔市长呀咕嘟！"

离开旺姆老人，又走进穷宗老人的小屋。穷宗是个哑巴，已经七十多岁了，上身穿着一件破旧的绒衣，脚用一床被子包着，正坐在床上。孔繁森坐在床边："姆拉，你好吗？"司机用手势比画着翻译给穷宗，说是"市里大本布拉来看望您啦"。穷宗十分感动，急忙下床穿鞋，孔繁森弯腰帮助找鞋，这时才发现老人的鞋是一双没有鞋后跟的破胶鞋，心里咯噔一下："这鞋怎么能穿呢？"再看看老人的双脚已冻得像个面包，一片红肿，怪不得老人用被子包着脚呢？这怎么能过得了冬？

他急忙点火烧水，给老人洗脚，一遍又一遍，洗罢又给老人的脚趾涂上冻疮膏，用布包好，又扶老人上床，安慰老人。

回到拉萨的第二天，孔繁森便将妻子从万里之外给自己捎来的唯一一双棉鞋命公务员小徐给穷宗老人送去。

"给老人送去，你怎么过冬？"公务员不愿去送，"让敬老院给老人弄双鞋得了！"

孔繁森深知敬老院的难处，他发火了：

"我是人民的市长，能看着他们受苦不管吗？敬老院如果没有困难不早解决了？不要多嘴，马上送去！"

穷宗老人接过这双新棉鞋，工作人员用手势比画着说是市里那位大本布拉送来的。穷宗连连点头，伸出大拇指，"啊啊"地称赞。

"我的电话是热线，记住我的电话号码！"

又是一个星期天，这天天气晴朗，万里无云。冬天，拉萨的阳光依然那么丰沛，紫外线依然强烈。

孔繁森吃过早饭，便骑上自行车，车把上挂着两只塑料兜，装满了香蕉、橘子和奶粉；肩上挎着那只小药箱，既像出诊的大夫，又像走亲戚的客人。

穿街过巷，他直奔拉萨市福利院。

这是孔繁森第几次来福利院？那些孤寡老人和残疾人都记不清了，院里几个服务人员也记不清了。

院长是位新调来不久的中年妇女，藏族，名叫巴桑，和电影《农奴》中的那位女主人公重名。

孔繁森一走进院里，正遇巴桑出来，巴桑接过自行车，激动地说："孔市长，星期天，您也不休息一下，又这么远跑来，您待藏族老人这么好，叫我们说啥好呢……"

"我和这些老人一块过个星期天，不更快活吗？"孔繁森乐呵呵地说，"巴桑，你新来乍到，工作上有什么困难，这些孤寡老人有什么要求，你都要及时告诉我，别不好意思！"孔繁森说着摘下车把上的塑料兜，交给巴桑："你把这些东西分给老人们，这些老人不容易呀，受了半辈子苦，他们没儿没女，咱们就是他们的儿女。把他们照顾好，也算尽了咱们共产党员的一份孝心！"一席话说得巴桑热泪盈眶。

孔繁森又照例挨屋察看老人的衣食住和身体状况，给老人和残疾人号脉、听诊、打针、喂药，一箱药品不出两个钟头就用完了。

这时，他发现了一位七十多岁的老波拉，名叫贡觉，是个盲人，不久前从乡下转到这里。老人的被褥很脏，衣服也很脏，孔繁森于心不忍，很快帮老人脱下脏衣服，找来个脸盆便在院子里水管旁搓洗起来。

"孔市长，你不要洗，我们来洗！"巴桑和工作人员走过来，从他手里抢去脸盆。

"不，我自己洗，你们去照顾别的老人。"孔繁森又从他们手里夺过脸盆。

水冰凉，孔繁森一双手浸在水里，不一会儿便冻得通红。

敬老院里，工作人员也急忙帮助老人拆洗被褥，孔繁森一边搓洗衣服，一边对她们说：

"党的阳光，党的温暖，党的恩情，这些字眼不能只限于报刊、电视荧屏上，而要我们每一个党员干部去一一兑现，要用我们这些人一点一滴的实际行动，给老百姓办实事，办真事，解决他们的实际困难。"

临走时，他对新来的院长巴桑说：

"你拿笔来，记下我的电话号码：39678，有事给我打电话，我的电话永远是'热线'！"

这天，孔繁森果然接到巴桑的电话，说是福利院最近又增添了三十一位孤寡老人，这些人来自其他几个县的农村，户口没有转来；粮食局要户口证明，没有证明，解决不了平价粮。

孔繁森接到巴桑的电话，立即赶来，问明情况，接着给粮食局局长打电话：

"我是孔繁森，有点小事需要你帮助。市福利院刚转来三十一名孤寡老人，户口还未办理。他们粮食很紧张，请你马上想办法拨给他们三千斤平价青稞！"

粮食局长犹豫不决。

"户口问题，我去找公安局尽快办理，粮食问题马上解决！"

孔繁森口气十分严肃，又补充一句："这个事就落实到你身上了！办不好，我找你！"说着便挂断电话，显示出市长的"权威"。

权力，这是多么神圣、多么令人感到诱惑的字眼啊！多少人朝思暮想，夜不成寐，食不甘味，为攫取权力耗尽心血。可是权力一旦被坏人掌握，落在那些贪官污吏手里，他们就会以权谋私，甚至以权代法，权钱交易，什么坏事都干得出来，以致给人民带来灾难和祸殃。而权力掌握在那些廉洁奉公、视民如伤的人民公仆手里，它给人民带来的是幸福和安乐。孔繁森早在聊城任宣传部副部长、县委副书记、行署办公室副主任、林业局局长、行署副专员时，群众就曾送他一个雅号"及时雨"，他就像润物无声的春雨，将党的甘霖点点滴滴洒进老百姓的心田！

粮食局长很快调来三千斤平价青稞供应给福利院。

也是个严寒的日子，孔繁森驱车去尼木县察看教育情况，路过一个小牧村，他照例进村给群众诊病送药。

在一间小土屋里，他发现一位七十多岁的老人肺病突发，浓痰堵塞了喉咙，人已昏迷，生命危在旦夕。孔繁森随身带来的只是常用药品，往县医院送又怕来不及。

他当机立断，将听诊器取下来，一端插进老人的喉管，一端含进自己嘴里，这样一口一口将浓痰吸出来，接着又给老人服了消炎药，老人不久苏醒了过来。

翻译告诉老人，是市里孔市长救了他的命，老人扑通一下跪在地上，孔繁森急忙扶起老人，老人泪流满面。孔繁森热泪盈眶，心里直责备自己：我们共产党员为人民做点好事，老百姓就这样感激我们，多好的群众啊！只是我们有一些党员干部的心离群众太远了，该做的事做得太差了！

这天的日记中，孔繁森写道：

> "为人民服务"这五个字好记好认，但真正做起来很难，雷锋用他的一生树起了"为人民服务"的丰碑。群众不是空洞的概念，是很多活生生的人，治政之要在于安民，安民之道在于体察民之疾苦。

一枝一叶都关情

1990 年夏季的一天。

两辆丰田吉普沿着崎岖的山路向墨竹工卡县驶去。

透过车窗玻璃，孔繁森环顾着：虽然已是盛夏，严重的干旱残酷地蹂躏着空旷的山野。灰褐色的山峦，像木然的哑巴在强烈的阳光下默默地伫立着。拉萨河谷两岸，刚刚萌发的牧草，被羊群啃噬，往年青草丰美的季节，羊群只啃个草尖，而眼下，羊群用舌头舔舐着，连草根都化为枵腹之物了。

孔繁森焦虑的目光扫过干旱的山野，心情沉重地说道："牲口缺草，老百姓缺水啊！"

随车同去的卫生局局长和财政局局长脸色也都十分严峻。

前些时，孔繁森下乡调查发现续迈乡的农民牧民大都患有大骨节病。有的村有六七十个严重的病人，老人，孩子，妇女，也有青壮年。严重者，腰椎变形，成了"对虾"：有的下肢萎缩，趴着走路，有的瘫痪在床。孔繁森心急如焚，怎么解决？水质含有大量的氟，远远超过了国家规定的饮用水标准。要发展生产，劳动力却严重不足，严峻的问题摆在这位副市长面前。

村庄越来越近了，山，依然是焦渴的灰褐色的山。

孔繁森让司机停下车。

他们一行向村里走去。

孔繁森背着药箱走进一户牧民家里，一个老人爬着出来，开了门。

"你们看看，这就是我们的群众……"孔繁森眼泪再也止不住了，扑簌簌地滴落下来。他急忙俯下身，把老人抱到床上，接着又掏出听诊器给老人听诊。老人心脏没什么毛病，瘦骨嶙峋的双腿，巨大的骨节，忧郁呆滞的眼睛，愁云惨淡的脸庞，令人目不忍睹。

"解放四十多年了，西藏民主改革也三十多年了，我们还未解决老百姓的吃水问题。我们这些当官的心里有愧呀！我们对不起群众呀！"

孔繁森泪眼蒙蒙，满脸愧赧。

在场的人也都戚然落泪。

孔繁森又领着几位局长走家串户，一幅幅让人心酸的画面展现在他们面前：

突兀的骨节，变形的躯体，像枣木疙瘩似的一张张呆滞麻木的面孔。那爬着走路的老人，那蜷曲着身子的青壮年，那些像患了婴儿瘫似的儿童——这些孩子早已过了上学年龄，一双聪慧而又充满渴望的眼睛，也浮动着和他们年龄极不相符的阴翳。还有那些伸出骨结硕硕双手的姆拉们……

这就是我们的同胞啊！

目睹这样的场面，谁能不黯然神伤、揪心动情呢？

"怎么办？"孔繁森擦擦泪眼，像是问自己，又像是问身边的几位局长，接着激动地说："我们要勒紧裤腰带，压缩办公费用，再难也要挤出些钱来，解决群众的困难！"

现场办公。

孔繁森当即便和几位局长研究解决方案：

一、立即组织卫生部门专家化验水质；二、由水利部门勘探新的水源；三、决定搬迁，由财政部门筹集搬迁费、打井款项；四、由孔繁森直接起草报告，送交市政府和财政厅；五、回去立即派电视台记者下来采访录像。

直到黄昏，两辆车才返回拉萨。

当夜，孔繁森便写出了《续迈乡综合防治大骨结病方案》，不久便送交市政府办公会议讨论，签字后，他又骑着自行车，把报告交给自治区财政厅厅长。

自治区财政厅有关领导看到报告和录像后，很快决定拨款十九万元，十万元用于农牧民搬迁，九万元用于打井。

当清凉甘甜的井水送到搬进新居的农牧民的木碗中时，那些病患者捧着水碗，长跪在地，向着圣地拉萨磕着头，祈祷不止……

7月。

这是进入夏季的第一场大雨。

麻秆子雨敲打着焦渴的山崖和旷野，拉萨河上游涨水了，雪山融冻了，雨水、雪水汇涌着，波涛翻腾着向东流去。灰暗的天空飘荡着雨云。

孔繁森听完县委书记的汇报，合上笔记本。书记要留下他吃饭，待雨停后再走，孔繁森掏出面包和一包榨菜说："带着饭呢！"又说："我要到乃村看看！"

乃村离县城还有二十多公里，要翻过一座大山，道路崎岖，这似乎是个被遗忘的小山村，县里区里的干部也只有搞什么统计材料时才想起它。但孔繁森去过，而且还挂记着几位孤寡老人和困难户。既然来到县里，怎能不顺便去看望他们一下呢？

他掏出口袋里仅有的五十元钱，让司机买回些饼干、蜂蜜、奶粉和两听罐头，便掉转车头向小山村颠颠簸簸地奔去。

雨，越下越大，刮雨器不停地擦拭着车窗玻璃，远山近岭全罩在灰蒙蒙的雨霭里。土路又浓又滑，车速很慢，二十公里，走了一个多小时才赶到乃村。

村里只有十来户人家，以牧为生，十分贫苦。村头有一座玛尼堆，褪了色的经幡被雨一淋，无精打采地低垂着。村里没有一棵树，用石头和黄泥垒砌的小土屋，半躺半倚在山坡上，像患了偏瘫症似的。临近中午，却不见几缕炊烟。引人注目的只是村后山坡上一座白色的玛尼佛塔，孤独寂寞地伫立在风雨中。路旁以及视线触及的山野上是稀疏矮小的牧草，斑斑点点，一片荒凉的沉寂。

听见汽车喇叭声，有几个妇女从矮矮的墙头里探出脸来，露出蓬乱的头发和忧郁的眼神。

孔繁森下了车，提着礼品看望了几户特困户。

这是多吉家。

两间破旧不堪的土房，没有窗户，一扇门，木板已裂开好几道缝隙，挡不住风雨。

屋里很暗。孔繁森走进屋里，好不容易才看清土炕上一床脏得看不见布丝的破棉被，几个孩子似乎还未起床，蹲在炕上。一个小女孩，干草似的小辫，黑瘦的小脸，只是那双眼睛圆圆的、亮亮的，像两团跳跃的小火苗。用几块石头垒砌的锅灶偎在门后墙角旁，灶里不见火星，孔繁森打开锅盖，空空如也。看看炕边的口袋，只有一点青稞面，不觉心酸起来。

"卡拉沙，查斯麦（吃饭了没有）？"

孩子们瞪着眼，摇着头，不说话。

多吉进屋了。这位五十多岁的牧民，显得十分苍老，背有点驼，脸上过早密布着皱纹，一束红线绳裹扎着蓬乱而肮脏的头发。

"你们村长呢？"

"村长不在家。"多吉结结巴巴地回答。

"支部书记呢？"

多吉听不懂，支支吾吾不知如何回答，只是干搓着两只脏兮兮的手。

"除了村长，这里没有再大的官了！"来看热闹的一个青年说。

孔繁森转身对司机说："你把乡长给我找来！"

好一阵儿，乡长来了。

"你看过这个家庭吗？"

乡长搓搓手，脸红了。

孔繁森压住心头的怒火，没有直接批评乡长，却自我责备道："我这个副市长失职呀，这样的困难户，我不知乡里还有多少？"

乡长脸上起火了，头微微垂下。

孔繁森又说："共产党为啥能取得人民的拥护和爱戴？最重要的一条是代表人民利益，关心群众疾苦……现在我们有些干部只顾当官做老爷，早把群众疾苦抛到脑后，不管群众死活……这是腐败的表现，腐败不仅仅是指贪污受贿呀……"

乡长手足无措了。

孔繁森盯着乡长："你立即想法儿给这家送三袋青稞来。然后到各村查一查，还有多少困难户，帮助他们解决困难。解决不了报告县里，或者打电话给我！"

乡长连连点头。

孔繁森又缓缓口气，说道："要想脱贫，关键是发展生产，现在雨季来了，牧草长势会变好的，要抓住季节，促膘促肥，还要抓好青稞的后期管理，争取丰收。"

乡长连连点头称"是"。

他的门总是敞开着

一位哲人说过："爱别人的人发现自己的门总是敞开的。"

孔繁森小屋的门总是敞开着的。上下左右，东西南北，四面八方的朋友，都把他的小屋当成自己的家。他待人像一团炽热的火焰，不管认识不认识的人，总是尽一切力量去帮助他们，关心他们。他并不分管军政工作，但拉萨驻军战士却称他是"编外政委"，一些团首长也亲切地喊他"老班长"。

孔繁森虽然政务繁重，常常忙得饭顾不上吃，觉顾不上睡，连理发的时间都抽不出来，但他却时常抽空去部队看望战士——这完全是"分外""圈外"的工作，谁也没安排他去做。

周末、节假日，他的小屋不仅是市政府警卫战士的家，还成了驻军战士的家。小屋里常挤满"一星级"的青年战士，交织着好几个省的方言，像不同的音符，和谐地组成一曲动人的生活乐章。

这些年轻的战士远离故土，来到高原边陲，能不思亲想家吗？孔繁森爱每一个战士，把他们当成自己的兄弟、孩子。几年来，他给一些家庭困难的战士家里寄去一千五百多元钱，还有大量的礼品。

现在让我们听一听当年的市政府武警战士，现任堆龙德庆县劳改所看守员杜建强给笔者讲述的故事：这个小伙子刚刚结婚，孔繁森殉职的噩耗传来，他悲痛欲绝，给领导说了一声，便和另一位武警战士崔建勇，自费买了飞机票飞往乌鲁木齐向孔繁森遗体告别。也是他俩怀抱着孔繁森的骨灰盒护送回拉萨的。当我们采访他时，他和小崔说飞机票都是自己掏腰包购买的，因为不是组织上安排的，无处报销。这两个收入微薄的战士为何对孔繁森有如此深厚的感情？

——我老家在四川省乐山市沙湾区，我父母都是工人，企业不景气，父母身体都有慢性病，常年不能上班。孔书记每次到内地出差，在成都下了飞机，总要提着礼品，乘车几百里看望我父母，有时还为我父母带些药品。我爸说："孩子在你身边，我放心。有这样好的首长（开始还误认为孔繁森是穿着便服的部队首长呢），孩子算有了福气！"我家里经常收到孔市长寄来的钱，当初我父母不知道，以为是我寄的——每次寄钱都是用我的名字——有次回家探亲，爸爸妈妈问我："孩子，你当个兵，津贴很少，咋一次寄这么多钱？"我一听愣了，我何时寄过钱呀？爸爸说："我刚刚收到三百元钱，汇款单上明明写着你的名字嘛！"这使我更吃惊了："钱取回了？""取回了。""你没注意单子上的字？"爸爸说："我看字迹不像你的，我心思是你托人代写的。"越说我越觉得蹊跷。父亲又说："已收到好几次了，这是第四次吧，上三次有一百元的，也有两百元的。"我说："去邮局查询一下吧？"爸说："上几次不好查了，这最近的一份应该能查到……"结果，从笔迹上看出来是孔市长的字。

我入伍前只读过小学二年级，家里穷，上不起学，孔市长看我文化程度低，给我买来小学课本、中学课本，还有笔记本。要我学文化。他有时亲自辅导我，再忙也忘不了问我学习情况，有没有进步，还时常检查我的笔记本，一笔一画地教我写字，改正错别字。

孔市长都是凌晨三四点才睡觉，不是读书就是看文件、看报，或是写什么报告。我有时困倦了，偷懒了，孔市长总是批评我。他不是那种虎着脸吼叫，训人，只是说那么一两句："小杜，你这么大了，要靠自觉，你看你写的这字儿！"一句话，我心里像挨了一鞭子，我不好好学习，怎对得住孔市长呀？

我们市政府警卫班里的战士小李家也很困难，孔市长也偷偷给小李家寄过钱，寄多少，我不知道。他退伍时，我亲眼见孔市长买了一大包药，其中有很贵重的藏红花——那药一两就近一千元，交给小李："你母亲身体不好，带上这药！"小李当场掉泪了："孔市长，你，你……我这当儿子的都没想到给母亲买这么贵重的药……"

孔市长的小屋是我们战士最爱去的地方。我们连队有好几个考上大学的战士，都是孔市长督促他们学文化。听说，他们在大学学习时，孔市长出差也常去看望，还给他们寄过钱。我现在已达到了初中水平，我还准备报考中专——政法学校。

一九九三年孔市长调阿里担任地委书记，我要求随他去阿里，他不同意，说："那里条件更苦，你有肠胃病，怕不适应，我给你安排个工作，你去上班……"

他到了阿里，给我来信，仍然很关心我的学习。孔市长待我比父母还亲。生我是父母，培养我成人的是孔市长呀！

——说到这里小杜已泣不成声，沉默了好一阵儿，才又哽咽着继续说道：

今年我结婚，孔书记在阿里，我怕他操心挂念，没敢告诉他。他从北京开会回到拉萨，知道我结了婚，又专门自己掏钱给我操办了一桌，临走时又留给我几百元钱……

果然，我们走进小杜的新房，只见迎面墙上挂着孔市长一张遗像，用镜框镶着。这是他从乌鲁木齐带回来的。遗像上有一朵白花，下面放着一张小桌，小桌上摆着一个香炉，香炉里还点着一炷香……

只有博大的胸怀才有博大的爱。他将满腔的爱化为炽热的火焰，辐射给每一个人，给大家送去关怀和温暖。

让我们从孔繁森的遗物——两大箱的来信中，随意摘录两封吧。

敬爱的孔市长：

您老好！

怀着不安和内疚的心情给您老写信联系，耽误您的宝贵时间，敬请原谅。

悠悠岁月……一晃来到杭州学习已有半年了。这段时间，说心里话，我无时不在想念您老，每当我想起您对我的关怀，培养，就觉得非常对不起您老……

孔市长，您对我的恩德，岂能让我忘怀。无论几度夕阳红，不论几度芳草绿，您老对我的关心和帮助将永远留在我的心中……

"钢和铁加上毅力就是男子汉。"我一定将您的话，化为我行动的力量。在学校里努力学习，奋力拼搏，力争以好的成绩报答您老对我的一片爱心。上学期我担任了班长，代职排长，数学考了九十五分，体能测试全部过关，本学期已把射击、革命史考了，我都是优秀成绩。总之，我在学校里一切都好，学习、训练都能跟上。我一定把您的爱心，化为行动的力量，为您老争光，以优秀成绩向您汇报……

战士陈能怀愚笔

1991 年 4 月 21 日

这是驻中国与不丹、印度边境线某部哨卡连指战员的来信。孔繁森担任岗巴县委副书记时常去看望边防官兵，不管战士换了几茬儿，连队干部换了几任，孔繁森始终牵挂边防将士，经常给他们写信，或赠寄家乡土特产，慰问这些高原卫士。

孔繁森同志：

首先我们代表全连战士祝您工作顺利，身体健康！

春节前收到您的来信和从拉萨寄来的家乡特产，真高兴。(感谢)您能在百忙中送来温暖，关心我们查果拉连队全体战士，送来温暖之心，带来体贴之情，鼓舞着我们连队优秀地完成了去年进藏新兵的训练(任务)，使他们成为一名合格的军人，真正的"高原卫士"。

一年来，我连在上级领导和各方同志的热心关怀下，又荣获了集体二等功，连长扎多荣获二等功，赵显富(荣获)军区一等功。

艰苦的环境考验着我们，恶劣的气候威胁着我们，但查果拉军人的坚强意志鼓舞着我们，"老西藏""老边关"精神激励着我们，"艰苦奋斗、无私奉献"的光荣传统影响着我们。我相信，查果拉连队会在这一年里取得更大的成绩，来报答您对我们的关心。

　　此致
军礼

高原红色边防队

党支部

1991 年 4 月 18 日

弹壳上的和平鸽

拉萨驻军 56095 部队远在西郊，这个团的指战员与孔繁森结下了深情厚谊。战士们称他是"编外政委""编外团长"，团部首长却亲切地称他"我们的老班长"。

一天，"老班长"孔繁森突然打电话给团参谋长贾国栋：

"贾参谋长，有个战士名叫邹登国，你认识不？"

"知道这个战士。"

"他家庭情况你了解不？"

"……"

"这个战士家是四川开江县农村的，他很小没有了母亲，父亲身体也不好，家里很穷。他又是老大，下面还有一个弟弟、一个妹妹……啊，我想走你个'后门'，能不能让这个战士学点技术，将来复员后好找个饭碗。"

"好，我马上找他谈话，了解下情况。"

贾国栋到某连找到邹登国，了解到他的家庭困难，着手安排他到运输连学开汽车。这天他正要给孔繁森汇报安排情况，孔繁森却又来了电话：

"老贾，怎么样？"

"已经安排他到汽车运输连学开车了。"

"这就好，这就好！这我就放心了。"

"这个战士表现很好，我们准备留下他，将来转成志愿兵。"

"那更好了。我说，老贾，每个战士都是我们的亲人，人家是来奉献的，咱能帮助多少，就尽最大努力帮助人家。你们要深入下面了解情况，关心战士们的疾苦，他们才能安心服役。"

"是，是，孔市长，请您放心！"

几天之后，孔繁森又打来电话。

"孔市长，您别客气，有啥事尽管吩咐！"

"你们那里有个战士名叫刘志乐，家也是四川农村的，家里也很苦，父亲有病，他想回家看一趟父母，可又没有路费，是否让他回去一趟？路费，我想办法给他解决！"

怪哉，孔市长咋这么了解战士的情况？比我们这团首长、连队指导员都熟悉。贾国栋很感动地回答：

"孔市长，我们研究一下给您回话。"

"那好，到时你把情况告诉我一声。"

原来战士们每到星期天都去孔市长那里，像回到自己亲人身边一样，不愿和连长、指导员谈的话，都愿掏心亮肺地向孔繁森诉说。孔繁森自然掌握很多战士的情况，他的小笔记本上也记着许多战士的姓名、籍贯、家庭情况。

当贾国栋向孔繁森汇报，连队已批准刘志乐回家探亲时，孔繁森高兴地说："好，我代表这位战士向你们表示谢意！"

当这位战士离开拉萨时，孔繁森又买了一些礼品，让他捎给战士的父母。刘志乐眼含热泪激动地说："孔市长，我并不在你身边工作，你待我们却像父母一样……"

一个星期日的晚上。

贾国栋敲响孔繁森的屋门。

孔繁森急忙迎进屋来。

"坐，快坐下！"孔繁森热情地拉着贾国栋的手。其实屋里已经没有座位了，小小房间里挤满了山东老乡和各省的援藏干部。有来求孔繁森办事的，有来闲聊天的，也有来看望他的。

孔繁森和贾国栋坐在床上。

贾国栋是河南范县人，三十多岁，身躯魁伟，标准的军人举止，操着一口豫鲁夹杂的口音。

"老贾，有事吗？"

"没事，几天不见您，怪想得慌呗！"

"部队的战士都好吧？"

"好，好。"

"柳团长和高政委都好吗？"

"都好，都好。"贾国栋连声说道。过一阵儿忽然想起一名叫唐成龙的战士，因患阑尾炎，在军区总医院做过两次手术，都未成功，便随意谈起这件事。

孔繁森一听脸上顿时火辣辣的："怎么搞的？这点小手术都做不好，是哪个大夫开的刀？"

"不清楚。"

"唐成龙现在情况怎样？"

"第二次手术感染，伤口没有愈合，准备做第三次。"

"明天我去找总医院李树俊主任，让他亲自主刀！"

第二天还未上班，一辆丰田车出现在56095部队的院子里。

团里几位首长看到孔市长来了，都迎了出来，有的不知孔市长到来有何事。这时贾国栋还未来到。

"哪个战士叫唐成龙？我来看看他，听说阑尾炎手术未做好，我已给总医院李主任打了电话，让他亲自来做。现在李主任正等着呢！"

唐成龙被找来，孔繁森扶他上了车，便直接开到总医院。

李主任是"高原一把刀"，有名的外科大夫。孔繁森早就和李树俊认识，他是山东临沂人。

当天，这位老主任便成功地给战士唐成龙做了手术。

当战士唐成龙出院后，孔繁森又驱车看望他。唐成龙感动得热泪盈眶："孔市长，托您的福，我的病好了！"

后来，孔繁森调离拉萨赴任阿里地委书记前夕，战士唐成龙花了四天四夜的时间用炮弹壳做了一只和平鸽，是一件非常精致的艺术品，上面还雕刻着字：

和平理解
——敬赠孔繁森同志
（19）93.12

孔繁森端详一阵儿，笑了："刻上我的名字，别人不好意思拿去了！"孔繁森屋里不管是小小的纪念品、工艺品，谁相中谁就随便拿，他从不在乎。唯有这件工艺品在孔繁森遇难后作为遗物被送回故乡聊城。

"孔市长的话，我坚决听！"

1992 年 4 月 29 日，为迎接"五一"国际劳动节，56095 部队战士自发组织起来，到街上打扫卫生，清除垃圾。

拉萨市娘热路，几位战士扫的扫，铲的铲，大家干得热火朝天。五月的阳光直射下来，个个汗流满面。

一辆出租车飞驶而来，一个战士一下子被车撞昏在地，嘴角磕出血来。

几个战士围了过来，出租汽车司机蛮不讲理：

"是你们挡道，怎么怨我？"

"不管怎样，你把我们的战士撞倒，请你马上送他去医院！"

出租汽车司机怕承担责任，仍然十分蛮横地说："我没有时间，要送你们送去！"说着就要开车逃离现场。

正在这时，一辆丰田车驶来，吱的一声，车刹住了。

"怎么回事？"孔繁森从车上跳下来，问清楚了情况，浓眉倒竖，大发脾气：

"人家部队这么辛苦整理市容，你把人家撞了，难道把人家送到医院都不行？"接着转身告诉自己的司机："你先把这位战士送到医院！"孔繁森和几个战士把受伤的战士抬上汽车。

孔繁森送走受伤的战士后，对出租车司机声色俱厉："这个战士受伤住院，你必须支付医疗费。你这样对待部队战士，太不像话了！"

出租车司机是拉萨市汽车出租行业的"大哥大"，是个天不怕地不怕的人物，看来者出言不逊，虽然胆怯，但表面上依然"气壮如牛"：

"你是什么人，关你什么事？"

别人说："这是孔副市长！"

"啊？"出租车司机顿然悔悟，"孔市长，我错了，您的大名我早有所闻……别人的话我可以不听，您的话我坚决听！我马上到车辆监理所去，接受处罚！"

果然，这位出租车司机去了车辆监理所，随后又买了礼品去医院看望受伤的战士。

第二天，孔繁森买上礼品，开车去医院看望那位受伤战士，结果没有找到。又到部队去寻找，他先找到贾国栋参谋长。

贾国栋对孔繁森说："这个战士伤不重，当天就出院了。"

"你该给我打个电话说一声。"孔繁森说，"你马上把这个战士找来，我看看！"

"你先到我家坐坐，我把战士叫到家里。"贾参谋长说着，找那位战士去了。

战士来后，孔繁森拉着他的手，左瞧右看，问道："有事吗？"

"没事，没事，当时只感到肚子疼，医生检查后说没有内伤。孔市长，我谢谢您了！"战士说着眼泪涌流下来。

孔繁森却深感内疚，连连道歉："我们地方做得不好，对不起你们。我来看看你，请你原谅！"又把一包罐头、麦乳精、水果交给战士。"这点心意，你别嫌少。"战士接过提包，感动得不知如何是好。

贾国栋说："孔市长，你来看看就是啦，还带礼物干啥？"

孔繁森说："我代表政府的一点心意。我看那天他昏过去了，你再领着这位战士去医院检查一下，脑子有问题吗？内部有问题吗？别出了啥事。"

晚上，孔繁森给贾国栋打来电话：

"你给战士检查了没有？有问题不？"

贾国栋回答说："检查了，没问题。"

"你别骗我！"

"我骗你干啥！放心，孔市长，绝对没问题！"

"好，我算了却一桩心事！"孔繁森放下电话，轻轻地舒了一口气。

以下是 1989 年春节前夕孔繁森写的一篇日记。

　　我从来不爱做梦，不知为什么，自从来到高原后，每当夜幕降临，我就回到了家乡。梦见家乡的铁路通了车，听见新电厂的机器轰鸣，梦见了范筑先烈士陵园已落成，家乡小城增添了美丽的光彩；梦见凤城湖的鱼跃、舟戏；梦见与亲朋好友正举杯共饮；梦见老母亲微笑着把我呼唤……

　　家乡的规划蓝图已经绘好了吧？节日的物资已备齐了吧？正月十五的彩灯扎好了吧？绿化大地的第二战役准备工作就绪了吧？

　　家乡的菊花凋零了吧？迎春花开了吧？

家乡的一草一木、老老少少都魂牵梦绕。我从来不信神，但我在这里默默地祈祷老人幸福长寿，青年人跃马扬鞭……

高原风是冷的，气候是寒的，然而，我一想起党组织对我的嘱咐，亲朋好友对我的厚爱，我就忘记了前进路上的艰辛和坎坷，我觉得我身上有使不完的力，我早已把艰苦危险置之度外……

……遥远的小乡村。夕阳。晚风。薄雾。土屋。小路。汩汩流淌的古老的马颊河，河堤上那凝着落晖的白杨林，还有那一窗温暖的灯火。母亲慈祥的目光，花白的头发，亲人盈盈的笑靥。还有散溢着泥土气息的乡音……生命之舟是从故乡这片土地上起碇，青春之树吮吸着故乡的雨露成长，哪个游子不思恋故土呢？

一个个镜头在他脑海里闪过，感情的浪涛像马颊河的流水一样拍打着心灵的堤岸。拳拳寸草心，依依故乡情。乌鸦尚有反哺之义，秋叶尚有归根之念，何况人乎？在这风雪高原，远隔故土万里，亲人只在梦里，而今佳节即至，怎能不激起他乡思万斛？

孔繁森忽然想起前几天电视里播放的一首歌曲，他轻轻地低吟着，泪水伴着音符：

> 春露秋霜，寒来暑往，
> 娘啊，娘啊，白发亲娘，
> 朝思暮想，泪眼迷茫……
> 儿想你却不能去把你探望……

无情未必真丈夫。

现在春节来临了，孔繁森决定要在高原上度过80年代最后一个春节。

孔繁森是山东援藏干部的领队，临离开故乡山东时，山东省委负责同志曾嘱咐道："繁森同志，你是带队的，不仅要做好自治区党委和拉萨市委、市政府交给你的工作，还要把这支队伍带好，要给山东争口气！"

孔繁森握着这位负责同志厚墩墩的手，泪光莹莹地说："请您放心，我一定不辜负组织的期望！"

平时，每逢星期天、节假日，只要他在家，就把援藏干部邀到他的小屋，亲手给大家做几道家乡菜——孔繁森是个多才多艺的人，他有很高的烹饪水平。后来在拉萨的一所职业高中，他还亲任烹饪讲师，趁机了解大家的思想状况、工作状况、家庭状况以及身体状况。他把满腔的爱倾注到每一个同志的心窝，鼓励大家为西藏的稳定和发展做出贡献。他用一颗炽热的心温暖着身边的每一个同志。

"孔市长，你每逢星期天都邀请我们来吃饭，你有多少工资，你负担不起啊！"

"嘿嘿，"孔繁森憨厚地笑笑，"这是山东省委组织部寄来的钱，让我来犒劳大家的！"

谁知，后来两位山东援藏干部回到内地，见到时任山东省委组织部副部长王克玉，谈及此事，非常感激省委组织部的关怀。这一说，王克玉倒愣了：怪哉？省委组织部何时给他寄过钱？这笔开支从何而来？不由得内疚而又感动，孔繁森想得多细致周到啊！组织上没想到的，他想到了；组织上没做到的，他都替组织上做到了。多好的同志啊！

除夕。

孔繁森忙活了大半天，剁肉、择菜、包饺子。除夕之夜，他把留在拉萨过节的援藏干部一一请到他那里，拿出家乡的孔府酒，招待大家欢度春节。

大家一边饮酒，一边击碗唱起歌来：

> 说句心里话，
>
> 我也想家，
>
> 家中的老妈妈已是满头白发；
>
> 说句那实在话，
>
> 我也有爱，
>
> 常思念那个梦中的她……

歌曲唱了一遍又一遍，这些远离故乡的游子，在风雪高原，谁能不思念故乡？谁能不思念远隔万里的亲人？谁不想在节日里和亲人团聚，共享天伦之乐？人非草木，孰能没有七情六欲？

大家唱着唱着，泪眼模糊了。孔繁森的眼眶里也噙满了晶莹的泪花。不知多少个夜晚，他常常被梦中"儿子""爸爸"的呼唤声惊醒，睁眼一看，高原孤月一轮，清辉如水，枯树瘦影摇曳，雁鸣长空。触景生情，怎能不让他思乡念母，热泪盈眶？

孔繁森怕同志们过于伤悲，强忍着眼泪，从座位上站起来，说道："大家别哭啦，说真的，我也很想家，想念老母亲，想念妻子儿女，想念乡亲们，我也很想回去欢欢乐乐过个春节，团圆几天……"说着自己的眼泪也止不住流了下来，好一阵儿才又说道："既然组织上派我们来西藏工作，就要扑下身子干，为西藏的发展做一些贡献，不然，心中有愧呀，回去也无颜面对乡亲父老呀……好啦，我给大家唱一支《圣地拉萨》吧。"说完，他放开歌喉，高声唱起这首赞美"阳光之城"的颂歌，接着又唱起《骏马奔驰保边疆》《少年壮志不言愁》——这是他最喜欢的几首歌。这些歌曲，或气势恢宏，或深沉磅礴，或高亢悲壮。孔繁森唱得更是动情，歌声激烈地起伏着，一浪浪地涌来，强烈地叩击着大家的心房。大家也同声高唱起来。

诗言志，歌抒怀。每首歌里都倾注着这位铮铮汉子、共产党人高洁的情操和炽热的情感。

第五章　不思量，自断肠

　　——相见在医院，相别在医院，相见时难别亦难。他硬硬地把血和泪咽在肚里，硬硬地把苦涩的情与爱藏在心里……

生命出现断章

　　1989 年 11 月的一天下午，一辆救护车从贡嘎县人民医院急速驶出来，直奔拉萨。

　　司机谨慎而焦急地加快车速。救护车上，孔繁森生命已处于危急状态。去山南参加会议，路过贡嘎时，孔繁森乘坐的车辆被拖拉机撞翻。严重的车祸使他受到重伤，颅底骨折，鼻、眼、嘴大量出血，不到一小时吐血七次。

　　自治区热地书记接到电话，立即下达命令："不惜一切代价，全力以赴抢救！"

　　拉萨市市长洛桑顿珠听到消息，亲赴拉萨市人民医院："立即组织精干的专家、医生，会诊抢救！"

　　市人民医院上下一片忙碌，一支精干的医疗队伍由业务院长挂帅，立即投入了抢救工作。

消息不胫而走。

拉萨市街头巷尾一片议论声：

"孔市长醒来没有？"

"有生命危险吗？"

"伤势怎么样？"

"孔市长，好人哪！"

……

干部、职工、战士、居民，纷纷赶到医院。从早到晚，医院病房外，走廊里，楼梯上，大门口，排着长长的队伍。几位身穿袈裟的老喇嘛也赶来了，手捻佛珠，口诵"唵嘛呢叭咪吽"六字真言，为孔繁森祈祷禳灾；福利院的老人拄着拐杖颤颤巍巍地来到医院，有的失声大哭，有的低声啜泣。

消息传到岗巴县，昌龙村选出四名代表，他们怀揣着四只老母鸡，口袋里装着朱砂、芒觉等一些名贵藏药，骑着马，连夜奔驰六百公里，来到拉萨。

病房把门的是位藏族老汉，脾气犟得很，不经医生允许，任何人不得进入病房。

输液，输血，输氧，包扎……病房里，医生们经过七八个小时的紧急抢救，血总算止住了，但人仍在昏迷之中。

又是输液，输血，输氧……

一天两天过去了，孔繁森仍在昏迷中；

三天五天过去了，孔繁森仍然没有醒来；

十天八天过去了，孔繁森的脑子里还是一片昏天黑地；

……

忧虑，焦躁，痛苦，折磨着拉萨市每一个熟悉、认识或不认识孔繁森的人。街头巷尾议论着，祈祷着："佛祖保佑！神灵保佑！"

守护在病房里的山东干部杨书春、杨德军和藏族青年干部巅巴坚赞日夜不敢合眼。杨书春和几位山东老乡悄悄商量，把冷藏车也准备好了："万一'三哥'不行了，咱一定把他的遗体运回老家，运回那片生他养他的黄土地……"

第十三天，他的意识开始恢复了！

十三，这在西方基督教世界是个不吉祥的数字，而在圣地拉萨，在释迦牟尼佛教世界里却无此忌。这一天，佛祖送来了福音——孔繁森苏醒了！

朦胧中，他觉得睡了好长时间，这是睡在哪儿？不像自己的小屋，也不是藏胞的帐篷，更不像自己的办公室。工作忙起来，他常常在办公室里打个盹。现在在哪儿？他用力睁睁眼睛，可是右眼用胶布粘着，怎么也睁不开，左眼蒙眬，出现重重叠叠的人影，阳光把窗外胡杨树阔大的影斑投进来，也是重重叠叠，他衰弱的躯体也似乎被阳光融化了……

不知又过了多久，他想抬抬头，头像磨盘一样沉重；想翻翻身，身子像压着块巨石，但意识在复苏，像春天冰消雪化的小河开始汩汩地流动……他隐隐约约听到一种声音，仿佛来自遥远的天国，来自白云深处，细微而孱弱：

"呜呜……孔市长！"

"孔市长，你醒醒啊！"

"三哥，你认识我吗？我是书春！"

他左眼终于睁开了，视力依然模糊，眼前人影晃动，像认得又不认得，像很近又很遥远。

意识的急流终于奔腾起来！

这位铮铮的山东汉子凭借顽强的意志，从死神的魔掌里挣脱出来。这次他看清了，白色的人影，白色的墙壁，白色的天花板，啊，这是医院，面前是医生，是医生硬把他从死神那儿拽回来的，他又回到了他热爱的现实世界。

"其他人呢？……都好吧？"

他张开嘴说的第一句话，是问同车的几位同志伤势如何。

"孔市长，都很好。"

"孔市长，你别动……"

"啊，这就好，这……"他嗫嚅着，咧开嘴笑了，笑得很难看，比哭还让人心酸，他半个脸都歪斜了，肿得老高，血淤积着，脸色发乌发青发紫，像烤糊的面包。

在场的人都忍不住失声地哭起来。

又过了十多天。

孔繁森已脱离危险期，但因伤势过重，疗效不显著。市人民医院连夜召集专家会诊，结论是：这里医疗设备和条件较差，必须迅速转到内地大医院继续治疗。

这天早晨，孔繁森被送回他居住的拉萨市政府的小屋。

他在小屋里稍稍休息了一会儿，便向办公楼摇摇晃晃走去。他发着高烧，双腿像踩在棉花垛上，头也疼得像针扎，但意识还活跃着。他想起那份教育考察报告还未写完，他必须在离开拉萨之前写好，交给教育局，由他们修改后转交市政府其他领导。

他终于爬到办公楼上。

他一手捂着疼痛难忍的右眼，一手续写那份未写完的调查报告。

连续几个月，他走遍全市 7 个县区所有的中学、小学，接触了六百多名教师，数千名学生，召开了数十次座谈会。教师的思想状况、住房问题、学生生活问题、民办教师的困难、教育发展方向……还有，必须提高适龄儿童入学率，为此，还要增设和完备几处中小学，等等，他要向市委、市政府反映，引起重视。

他的字写得歪歪扭扭，大小也不匀称。记忆力也大大衰退，连最容易的字都想不起来，只好用错字、别字代替，每写几个字，虚汗便从乌青的脸上冒出来。

公务员小徐走进屋来，惊叫道：

"孔市长，你还写什么？不行……你马上回去休息！"

孔繁森咧咧嘴笑道："教育存在的问题很多，不能及时解决，我回家乡治疗也放心不下。你等一会儿，我把这个材料写完，你交给教育局，让他们参考，重新写个报告，交给市长……"公务员含着泪接过材料。

"小徐，"孔繁森又嘱咐道，"尼木县完小教室很破旧了，玻璃窗也坏了许多，学校没钱，玻璃也买不起。你给教育局张局长说，拨点经费。天冷了，别冻着学生。"接着又说："还有卡如乡制南小学搬迁问题……"

"……嗯，我记住了，我马上去教育局。"

"哦，还有，"孔繁森又想说什么，迟疑了好一阵儿，叹口气道，"你看我这脑子，想不起来了，张局长知道，有个乡的小学民办教师还未转正，人家条件还是够格的，你让他抓紧按手续办理。"

"嗯。"

"贡嘎县完小还缺一名语文教师，你给张局长说，能否从拉萨市哪所小学调剂一名？"

小徐点点头。

孔繁森又想说什么，只觉得一阵儿头晕，用手托着下巴，停了老半天才说道：

"堆龙德庆敬老院有位叫旺姆的老人，她患有关节炎，我给她看过病，你抽空再送点药去……"

下午孔繁森仍高烧未退，他吃罢退烧药片，戴上一副墨镜骑上自行车又去了拉萨市第一完小。出了完小，他又去市外贸公司，商量一批土特产出口问题，直到黄昏才赶回来。

市长洛桑顿珠找到孔繁森，严肃而亲切地说道："老孔，你必须马上回山东治疗，从现在开始，我'剥夺'你的一切工作权力！"

民政局的同志来看望他："孔市长，您赶快回老家养伤，您放心，工作我们一定做好。"

教育局的同志来看望他："孔市长，您走后不要挂念家里，我们会按照市政府的部署和您的指示，搞好教育改革的……"

卫生局长来看望他："孔市长，墨竹工卡的打井搬迁工作已铺展开来……您放心去看病吧！"

办公室的同志含着泪说道："孔市长，飞机票已买好，明天十点钟的班机，我们帮您收拾一下东西……"

当飞机徐徐降落在济南西郊军用机场时，山东省委组织部派去的车子已等候多时。

时任省委组织部副部长的王克玉得悉孔繁森回山东治疗，早已联系好济南最好的医院——山东省人民医院，并找到医院负责同志，嘱咐道："一定要安排最好的护理，派最好的医护人员，用最好的药物。孔繁森同志是援藏干部，因公负伤，他在西藏工作很出色……我们护理不好，对不起他的亲人，也对不起西藏人民啊！"

医院负责同志连连点头，立即选派了最好的医护人员。

孔繁森见到故乡亲人，心里涌起阵儿阵儿热浪，强忍着泪花："我没事，受了点小伤，现在好多了。"

然而这次车祸却给他留下终身残疾——虽然颅底骨折得到较好的恢复，但右眼视力减退，出现重影，眼角歪斜。孔繁森却认为是微不足道的小事故，他常常把小伤小病不放在心上。他总觉得他的再生能力很强，就像家乡根扎大地的白杨树，一场风雪，断枝折杈，寒冬一过，又是一树蓬勃！

他的朋友来看望他。他便捂着左眼，用手指着眼圈青紫、眼白血红的右眼说："你看，就这点小毛病，不影响视力，不信，我用这只伤眼，拔你头上一根白发给你看……"说着做出架势，逗得在场的人都苦涩地笑了，他自己却笑得很爽朗。

痛苦的是思念

妻子和女儿闻讯来到济南看望他。

王庆芝一见到丈夫眼斜脸歪，变了模样，"哇"的一声扑到床头哭了起来，半天说不出话来。

"我很好，小伤，擦了点皮，你哭啥哩？"孔繁森心里也是酸酸的，怕引起妻子和女儿的过度伤悲，强压着感情，故意用轻松的口气说，"阎王爷给我开了个玩笑，临走时还嘱咐我：'老孔，你是个大忙人，拉萨市还有许多工作要你做，现在还不能收留你呀！'你看，我这不是又回来了，好好的呢！"

妻子呜咽道："你呀，干起工作来总是不要命，你不能这样啊！"

女儿也流着泪说："爸爸，你就不想家吗？您把俺奶奶、俺妈，还有你三个儿女都忘了吗？"

女儿的话，一句句像锥子似的扎得他心疼，好一阵儿才打断女儿的话："咋不想呀？那里工作很忙……哦，你奶奶身体咋样？饭量呢？还能走动吗？"

"奶奶还是那样，饭量不如以前了，就是想你，天天念叨你。"女儿说道，"晚上成宿睡不着，说你咋上这么久的学，该回来了……"

孔繁森沉默一阵儿，眼里泪花晃晃悠悠，他强忍着，半天才说道："我不是好儿子，对不起老娘，对不起这个家……哦，孩子，你多往家跑几趟，替我向你奶奶尽点孝心！"说着扭过脸去，两颗晶莹的泪珠滴落下来。

正是早春时节，泉城的迎春花已悄没声地泻出一线金黄，被誉为市树的泉城柳也依依袅袅地流淌着一缕缕春意。病房外花圃里的紫丁香炭黑色的枝条不知何时变得赭红鲜润了，有几粒性急的紫色小骨朵儿探头探脑，吮吸着早春的阳光和春风。草坪的草叶也由萎黄变青了。

高干病房毕竟条件好，大红地毯，席梦思病床，暖气片昼夜散发着热量，室温始终保持在十八至二十一摄氏度。医院虽地处市中心，但市里的喧嚣很难穿透重重叠叠的楼房干扰这里的幽静。

但孔繁森却心绪烦躁，白天坐卧不安，晚上辗转难眠，他坐在沙发上如坐针毡，走在大红地毯上，又像赤脚踏在蒺藜上。他想拉萨，思念那里的同事，更想念那里的藏胞老人，还有那堆积如山的工作……虽然每天都有络绎不绝来看望他的省地领导、家乡亲人、同事朋友，还有他在莘县工作时，在高唐县赵寨子公社蹲点时结识的农民，风尘仆仆来探望他，天天应接不暇——医院的门卫不允许规定时间外探视病人，可是这些神通广大的人们仍然能通过那道铁栅栏门。这更增加了他的不安，这么多人来看望，耽误人家多少时间，大家都很忙啊！

他的床头小柜里外，床前床后，堆满大包小包的水果：香蕉、橘子、苹果，还有奶粉、罐头等，孔繁森吃不下，也不舍得吃，便一一分送给医护人员。那些穿白大褂的护士小姐嘻嘻地笑道：

"孔市长，你住院，让我们饱了口福啦！"

孔繁森笑道："哪里，哪里，我吃不惯这些东西！"

孔繁森是个闲不住的人，仿佛他的身子骨生来就是干活的。只要爬得动，他总是手脚不闲。要让他安生坐一晌，那简直是受罪，心里难受。每天，天不亮他便起床，擦地板，抹桌子，拭玻璃，从走廊到室内；接着便是倒痰盂、刷公厕，忙完这一切，又提着几个暖瓶去锅炉房打开水。

护士夺过他手中的拖把，亲切而严肃地说："孔市长，你是病号，不是医院雇来的清洁员。"孔繁森只是嘿嘿地笑："干点活，活动活动对身体有好处！"他的生活格言是：走到哪里，哪里就是人民公仆的工作岗位！那年，还是他任聊城地委宣传部副部长时，被派到省委党校学习，他是班长，除学习外，大量的班务工作他都样样做得周到。每天饭后，他总是帮炊事班刷碗、擦桌、抹地板。炊事员都感动地说："这个学员不像官，是个活雷锋哟！"

纱窗外的天是淡绿色的，那颜色把人的心也洇得湿润润的。一个月过去了，转眼间已跨进了阳春三月的门槛。

孔繁森的心也像窗外的花花草草，萌动着，翻腾着，血管里的血液也似乎涨潮了，一个念头时时出现在脑海：我得回去，我要回拉萨！

那里的工作在等待我，那里的亲人更需要我，我不能待在这里。多住一天就是惭愧，就是内疚，就是痛苦！

夜阑更深，他睡不着，翻来覆去，压得席梦思床也咯吱咯吱响。

他起身走向窗前。窗外，是一小片黛蓝色的天幕，几颗小星星透过纱窗向他探头张望。偶尔传来几声火车长长的鸣笛声，雄健激昂。他的一颗心似乎随着那铿锵的车轮声飞到了雪域高原，飞到了圣地阳光之城……

平时嘻嘻哈哈的女护士此刻一脸严肃："不行，你的伤口还未愈合，还需要继续理疗！"

医生白净的脸庞变得铁青："在这里我是你的'上级'，必须服从我的命令！"接着又告诫道："你现年不到四十七岁，但你的大脑已经发生萎缩，相当于六十岁的人的大脑，必须继续治疗，才能康复！"

组织部副部长王克玉来了，口气亲切而严厉："繁森，你要听医生的话，医生对你负责，你也要对医生负责！"

孔繁森像受了委屈的孩子，眼泪汪汪地说："克玉，我实在受不了，天天困在这里，我心里难受。我回拉萨，一边治疗，一边工作，那里领导少，需要我啊……"

王克玉又说："你妻子王庆芝也住院了，知道吗？她患了肝炎，正处在传染期，你不为自己，也得为她想想啊！"

"我知道，医院会照顾好她的。大女儿小静在她跟前，再说，我也帮不上忙啊！"孔繁森的口气几近哀求，"让我回去吧……"

原来，妻子来济南后住在孔繁森当兵时的一位老首长家里。前几天来医院看望他，孔繁森发现妻子脸色焦黄，也有些浮肿，便说："你也去检查一下吧，是不是得了肝炎？"妻子说，浑身无力，连楼梯都爬不上去，一见油腻的东西就想吐。果然，一检查，正是肝炎发作期，便住进了济南传染病医院。

孔繁森被痛苦和焦躁折磨着，他决意不辞而别。头天傍晚，他背着医生付了住院费。第二天天未亮，他像往常一样拿起拖把把走廊、房间的地擦拭一遍，把痰盂刷洗干净，把被褥叠得整整齐齐，留下事先已写好的纸条，便悄悄离开病房，值班护士尚在睡意蒙眬中。

第一班早车刚刚到站，他便搭上车，来到他的朋友、山东画报社摄影记者庞守义家里，人家还未起床呢，他就敲响了门。

道是无情却有情

这天，孔繁森到附近的农贸市场买了一只老母鸡，回到庞守义家里，说："庆芝身子太缺乏营养啦，给她补补身子吧！"庞守义夫妇要帮他，他胳膊一挡，说："你们不要插手，我自己做……我欠她的太多了，不然，我心里不好受。"他把外衣一扒，将袖子一挽，又是烫鸡，又是择洗，忙活大半天，炖了满满一小锅鸡肉，送到医院。

妻子王庆芝躺在床上，刚刚输完液，见丈夫走进来，又惊又喜。她抬起头要坐起来，孔繁森紧走几步，放下锅，俯下身，扶着妻子靠在被卷上。

他坐在床头，将鸡块夹在饭盒里，又一口口喂妻子。多长时间没有离她这样近，这样凝望着她了。他突然发现妻子衰老了，眼角出现细密的皱纹，肤色也失去光泽，脸呈锈黄色、浮肿，从眼角到鼻沟挂着两道干涸的泪痕。一看到丈夫，她那双忧郁的眼睛又潮湿了。她吃着饭，却感到有咸咸的液体在嘴里拌和着，腥腥的，涩涩的。孔繁森也忍不住心头的酸涩，他要在离别前的这一天尽可能地照顾妻子，但又不好马上告诉她，要回拉萨。

"你那半边脸还乌黑麻青，咋离开医院了？"妻子问。

"我好了，没事了。"孔繁森强作笑颜，说道："医院里的味儿我闻不惯……你要好好养病，太劳累，营养又差，很容易患肝炎。你要保重哩！"孔繁森安慰着妻子。

待王庆芝吃完饭，孔繁森思忖一阵儿，才说道："庆芝，你别埋怨我。我，我要回拉萨……"

"啊？"妻子像被蜇了一下，惊叫道，"你这就要走？你不等俺病好了，也不去家里看看……"她话未说完，眼泪涌流了出来。

"咳，你别哭，别哭……那里工作太忙，离不开我……"孔繁森想给妻子解释，可觉得一切话语都苍白无力。他理解妻子，他相信妻子也理解他。他无声地伫立在床头，默默地望着妻子。

真是"人生许与分，只在顾盼间"！

王庆芝停止抽泣，嘴角微微抽搐着，眼睛慢慢睁大，泪眼蒙眬地望着丈夫。怨艾，不满，眷恋，还有说不清、理还乱的思绪涌上心头。她强忍着满腹的泪水，好一阵儿不说话，只是久久地望着他，仿佛要将那象征岁月的银丝一根根数清，也仿佛想通过那眼角上一条条皱纹来阅读离别的历程。望着望着，蒙眬的泪眼里化出一串串往事的叠影：

——他何时照管过这个家呢？生小女儿玲玲时，已担任地委宣传部副部长的丈夫正带领着工作组在高唐县赵寨子公社"学大寨"。按规定工作队员每个月有五天可以休假，她盼望着丈夫归来，焦虑地等待着，一个黄昏又一个黄昏，她都失望了。月子里的第三天，她便下床，扶着床帮和墙根去做饭了……那个冬天他就是在农村度过的，待他回来时，女儿都会咧着小嘴笑了。

——也是那年冬天，老姐姐捎回几次信，说二十岁的外甥失足落进野外水井里淹死了，让他回去，安慰一下姐姐痛苦的心灵。他的同事杨光月也劝他立即赶回家去，可是他却对光月说："这事你知道就行了，不要吱声，外甥死了，我很悲痛，只是这里工作很忙，眼下正搞冬季农田基本建设，我脱不开身呀，你写封信安慰一下老姐姐吧！"

——又一年的夏天，丈夫带着工作组在茌平县场官屯搞"三夏"，工作组规定半个月可回家一次，可他一百零五天没回一趟家。整整一个夏天，他都和社员们风里雨里、泥里水里滚爬在一起。这中间，工作组的同志多次劝他回家看看，还有的同志把他的住房门锁上，逼他回家，他却笑着说："你不让我进屋，我到社员家里去住，那才完全彻底地'三同'了呢！"说罢，他扛起锄头乐呵呵地下地去了……

——还有一年春节，那时他刚从西藏岗巴县调回家乡，担任莘县县委副书记。腊月三十了，县委书记老阎"勒令"他回家过春节，谁知他上午骑着自行车回到老家五里墩（那时妻子已调到聊城），看望了一下老母亲，下午便骑着自行车冒着老北风赶回莘县，和节日不能休假的门卫、炊事员、电话员等共同欢度除夕之夜……

——更让她难以忘怀的是，那年他从上海出差回来，路过山东在家住了几天（他两次援藏都没休假一次，按规定援藏干部每年有三个月的探亲假）。有一天，妻子拿出六千零六十元钱——这是多年来牙缝里挤，手头上省，给两个女儿买三角钱一瓶的雪花膏也掂量半天——这是多年的积蓄啊，和他商量，该买台电视机、电冰箱什么的，家家都进入了现代化，咱家还没迈出70年代的门槛。丈夫一看这么多钱，愣了一阵儿，口气忽然变得很沉重地说道："庆芝，有一件事，我不知该不该给你说……""啥事，你说吧！""我这次去上海出差丢了公款六千元，你说咋办？""唉呀，天哪，咋丢这么多！""是呀，唉！"丈夫叹了口气，"咱是个副市长，如实反映也能解决，可咱不能让公家受损失……这样做不好！"……丈夫左说右说，她也觉得不应让公家受损失，便将六千元交给了丈夫。

过了好长时间，直到丈夫去世她才知道，丈夫并未丢钱，那六千元后来就渐渐化为那些孤寡老人的衣物、食品、药品……

古往今来，多少闺中少妇的感叹，被她深深地领悟了，但她理解丈夫，没吵过，没闹过。丈夫脑子里装的满是工作，是人民的事业，不管走到哪里，他总是调动全部的热情、心智、体能去工作，过得那样紧张、充实，好像迎接一个个盛大节日，热情和精力总处于亢奋状态。然而这个普通的女人心里却装满了痛苦，有谁能理解她呢？

记得那些年，她和孩子的户口还在农村，丈夫虽然是吃"皇粮"的，但工资很低——三十四元五角。她知道丈夫"乐善好施"，就这一点钱，他还拿出大部分照顾家庭困难的同事，接济他人。有时弄得他连买饭菜票的钱都没有。一身洗得发白的破军装，补丁摞补丁，夏天当单衣穿，冬天当套裤穿，哪像个地委干部？还是副部长呢！有一年，她曾三次向丈夫要钱，结果只给了五角钱，这未免太"残酷"了，太"吝啬"了，太"不近人情"了！庆芝没有哭，没有闹，咬着牙，含着泪，回到村里，加倍地劳动。妇女能干的活她干，男劳力能干的活也要干，晚上出猪圈肥，她和男劳力一样，抢锨舞镢，一干就是半宿，还不是为了那不值两角钱的一个工吗？她还忙里偷闲，养猪，养羊，养鸡，白天干活，休息时拔草拾柴，晚上月亮地里掐麦秸辫儿，卖个钱换来油盐酱醋；老母鸡下个蛋，自己不舍得吃，冲个鸡蛋花端给老婆婆，煮个白水蛋剥开喂孩子。五冬六夏，春暖秋寒，她带着三个孩子，苦挣苦熬，走过泥泥水水，走过坑坑洼洼。跌倒了，爬起来，拍拍身上的土；摔伤了，自己敷点药，咬着牙，迈开步，朝前走……

繁重的劳动和沉重的家务，压在她的双肩，她总是一言不语，默默地支撑着。过度的劳累和营养的匮乏，使她患上了多种慢性疾病。怕丈夫分心，她仍然一言不语，拖着病弱的躯体，送走漫长的岁月……

她和山东许多农村大嫂一样，她的人生观和价值观似乎来自两道源源不尽的山泉：一道是农村妇女任劳任怨吃苦勤俭的本能，这是鲁西平原那片黄土地赋予她的生命基因；一道是对丈夫的爱和理解。正是这两道山泉融会在一起，形成一条浪花飞溅的小河，在她心里默默地流淌，滋润着她心灵那片芳草地，也浇灌着她的意志、她的信念、她的理想、她的憧憬……

她坚信丈夫在外面所做的一切都是为老百姓的，是高尚的、美好的。她为丈夫的牺牲也是富有意义的。每当听到丈夫受到人们的称赞，她消瘦疲惫的脸上总是浮现出一抹欣慰的笑意，这是对她唯一的报偿，这是她献出挚爱和深情的报偿……

坚贞的感情和坚强的信念在这个普通女人身上相撞着，闪烁着火花，也闪烁着痛苦：

"你走吧，我的病会好的……只是我不在你身边，冷哩热哩，你要照管好你自己……"说着，两颗晶莹的泪珠从眼眶中滑出来，在苍白的面颊上缓缓地滚动着。

窗外，不知从哪个房间传来了半导体收音机里的音乐声，那是一首很熟悉但又叫人一时想不起名字的乐曲，旋律低婉凄楚，似乎每一个音符都被泪水打湿了。

一直强忍着泪花的孔繁森却再也忍不住，泪如雨下，如同茫茫黑夜看到温暖的灯火，浩浩大漠发现一汪清泉。亲人的话语，给他带来温暖、慰藉，也带来鼓励。人啊，真奇怪，倘若妻子和他争吵一番，也许他不会落泪，妻子那样温柔、体贴，内心是忍受了多大的痛苦啊！为了他，为了这个家，妻子付出多少难以让人承受的艰辛啊！

这一天，孔繁森亲手给妻子洗净衣服，洗净袜子；

这一天，孔繁森给妻子做了两顿饭……

第二天，他上火车前又跑进医院向妻子告别。他们两个默默相视一阵儿，很多话想说、要说，但都未说出来，似乎怕引起对方的悲伤。

病房里一片静寂。

"多情自古伤离别"，何况夫妻相处没有离别多，此去云山万里，何时再相聚？

相见在医院，相别在医院，"相见时难别亦难"！

孔繁森呆呆地愣了十分钟，说了声："我走了！"一转身，他走了，走得很急，很仓皇，连头也未回。他把泪和爱都硬生生地吞到肚子里了。咚咚的脚步声很快从楼梯下消失了！

丈夫走了！当那熟悉的身影消失在门外，当那熟悉的脚步声渐渐远去，她如梦初醒，热泪如涨溢的河水涌流出来。她怕哭出声来惊动医生和护士，蒙上被子，用牙死死地咬着被角……

不思量自断肠

为了叙述的方便，笔者不得不把未来的镜头转到今天。

那是一九九二年三月。

孔繁森去唐山开会回来，路过山东，回到故乡看望了老母亲和妻子儿女，也看望了地委、行署的领导和同事、朋友。不想久留，短短几天就要启程返回拉萨。他想得很细，怕地委、行署领导和朋友们为他送行，既浪费时间，又破费钱财，便悄悄离开故乡，搭乘公共汽车去邯郸转火车，再由邯郸乘火车去成都，由成都搭飞机飞往拉萨。为他送行的，只有妻子王庆芝。

这是三月十六日，妻子与他一起到了邯郸火车站。

火车票是十一点五十分，提前买了点午饭，妻子却吃不下去，一碗水饺只吃了四个，是分别的痛苦，还是身体的不适？她只觉得浑身疲累，四肢无力，头晕、恶心，胃里像翻江倒海似的。她却未向丈夫吱一声。

吃饭时，孔繁森一连写了几封信，让妻子捎给地委、行署领导，表示不辞而别之憾，又嘱咐庆芝一番。还说，要对孩子多加教育，小静静已经入党了，我很高兴。现在有些年轻人对党失去了信念，这不行。我们党是伟大的，是值得人民信赖的。嘱咐孩子，共产党员不是一个称号，而是责任和义务……

火车开动的时间快到了。

古人有灞桥折柳送别故人西去的黯然神伤，今有亲人相别于月台的眷恋痛苦。王庆芝又一次经历着离别的痛苦。她只是泪眼盈盈地望着丈夫登上西去的列车，她已无力挥起告别的手臂，已无力说一声"再见"……

当天下午她便回到聊城。

女儿静静尚未下班回来，儿子小杰和小女儿玲玲也未放学回家。冷冷清清的院落，冷冷清清的房间，王庆芝只觉得浑身像散了架似的，一头倒在床上，再也懒得动弹。窗外暮色渐浓，她想孩子们该回来了，回来后就会叫嚷饿，还得为他们做饭啊！她挣扎着爬起来，只觉得身子轻飘飘的。她扶着墙根，一步一步走进小厨房，捅开炉子……但一炒菜，闻到油烟味便头晕，只好给孩子们熬了点稀饭，调了点咸菜。

晚饭，王庆芝只喝了半碗稀饭，便对孩子们说："妈很累，光想睡觉！"

夜间，她突然大病发作，头晕眼花，虚汗淋淋，只想呕吐，床也在晃动，房子也在摇晃："这是怎么啦？这是怎么啦？……"她心里问自己，便叫醒睡在身边的女儿静静：

"小静，你快起来，妈想吐……你拿痰盂来！……"

静静急忙起来，跳下床，痰盂尚未拿来，王庆芝"哇"的一声，一大口鲜血吐在地板上，床上也溅满了血滴，接着又一连几口，地板上一片鲜血……

女儿静静被吓哭了，儿子小杰和小女儿玲玲也都被惊醒了。

"妈，你怎么啦？"

"妈，妈呀……"

屋子里一片惊慌失措的哭叫声。

王庆芝脸色霎时变得苍白，有气无力地说道："快，快，去叫乔师傅，还有……你郝叔叔……"

几家邻居都惊动了，乔师傅和郝东显都赶来了，一见满地鲜血，痰盂里也一汪血水："唉呀，嫂子，不行，咱们快上医院！"

一阵儿手忙脚乱，总算把王庆芝架到车上，送到一家荣军医院。这时已是凌晨一点多钟了。

几个人又是火急火燎地寻找大夫。

郝东显和孔祥泉（孔繁森的同乡）把王庆芝架到二楼，庆芝呜咽道："我……不行了……怕见不到他爸爸了……"接着又断断续续地对围在身边的三个孩子说："孩子……妈觉得不行了……有些话要给你们说。你爸，是个好人，只是他太要强，顾了工作，顾不了家……你们长大了要像他那样做人。妈……走了，你爸爸接什么人来家，都要好好听话……要记住，来咱家的人，只要人家肯来，就是好人，你们一定要听话……"泪水从她苍白的脸颊上流淌下来。王庆芝的声音愈来愈微弱，说完，头往里一歪，眼睛也合上了。

"妈，妈！你醒醒呀！"

"妈，你不能撇下俺呀！"

……

几个孩子嗷嗷地哭喊着。

在场的几个人也都流着泪呼叫庆芝大嫂。可是，王庆芝已经昏迷过去了。

大夫来了，一经检查，必须动手术，但这家医院设备较差，王庆芝仍然吐血不止，必须迅速转送聊城市人民医院。

电话打到地区医院孙院长家里，已是凌晨四点。

老院长立即叫醒几位医生进行会诊，结论是门静脉管喷头破裂，引起肠胃出血，必须进行手术。

这时地委、行署的领导已得到信息，天不亮便赶到地区医院，指示医院千方百计抢救。

动手术需要家属签字。孔繁森又不在家，谁来签字？

事不宜迟，刻不容缓！

行署领导代替孔繁森签了字。

一场紧张的手术持续了七个半小时。

王庆芝早已处于昏迷状态之中，对后来的一切都记不清楚了。

地委、行署负责同志给孔繁森成都的朋友打去电话，孔繁森飞往拉萨的机票正是这位朋友在机场工作的爱人帮助购买的，票已买好，正在候机。电话一连打了三次，催促孔繁森立即返回。

孔繁森犹豫不决，没想到妻子会在这个节骨眼上突然闹病，前些时拉萨来电报让他回去，说明那里开展工作人手紧张，许多工作等他去处理。他恨不得马上飞到拉萨。

他徘徊着，不肯离开机场。

"你还犹豫啥？要不是嫂子病重，能一天打来三次电话？"他的朋友操着一口火辣辣的四川腔，怒气冲冲地说，"火车票我已经托人买好了！"说着拉着他上了出租车，向火车站奔去。

无奈，孔繁森乘了火车，乘汽车，风风火火往回返，直到三月十九日凌晨才赶到聊城。

他没有回家，直赴医院而去。

一脚踏进病房，看到妻子躺在病床上，那张失去血色、苍白的脸，蓬乱、干涩，失去了光泽的头发，他简直不敢相信，才分开两三天，妻子竟然患了如此重病。他一头扑在床上，抓住庆芝细瘦的胳膊，痛心裂肝地喊了一声："庆芝！"眼泪便如泉涌般从黝黑的痉挛般的脸颊流淌下来，他的嘴角抽搐着，身子战栗着，再喊不出，说不出，只有眼泪汩汩地流……

王庆芝已从昏迷中醒来，看到丈夫到来，只是凄凄地望着他，不说话，似梦似幻，好一阵儿，泪珠才从眼角滚落下来。

孔繁森擦擦泪，紧紧地抓住庆芝的手，声音嘶哑、颤抖地问："你好点了吧？……好点了吧？"

王庆芝慢慢地睁大眼睛，半天才呜咽道："我……没想到还能见到你……"声音很微弱，接着又呜呜咽咽地说："繁森……我死了，你再找一个……我啥也不求你……只求你把我这三个孩子带大……成人……我也能闭上眼了……"

孔繁森痛哭道："庆芝，你不要说那个字……咱们都要活着，大家都要好好活着……"

王庆芝啜泣着，掩在被子里的肩膀微微抽搐着，她慢慢地扭过脸去，好一阵儿又呜咽道："繁森……我命苦……我没帮你什么忙……还拖累你……下辈子，我做牛做马……报答你吧……"

孔繁森扑在床上，扶着妻子的头："你不要说了，你不要说了，我求你……是我欠你的太多了……我有还不清的债呀！"孔繁森泣不成声，热泪滴在妻子的脸上，两个人的泪流在一起……

夫妻俩痛哭一场。

孔繁森在家里只住了十天。这十天，他没睡一个囫囵觉，没吃一顿安生饭，他做了一个男人从来没有做过的一切，精心护理妻子，百般体贴照顾妻子，洗衣，喂饭，端屎、端尿。护士要做，他抢到头里；孩子要帮，他不让插手。他总觉得心里有愧。

手术拆线后，大夫建议病人还要住院观察一段时间，妻子病情好转，孔繁森松了口气，可是接着又焦躁不安起来。他的兴奋点又转移到拉萨，又转移到工作上，他或是坐卧不安，或是眉头紧锁，默默地吸烟。第三天，他提出要回拉萨，在场的大夫、亲人、朋友，都大为震惊：

"病人还未出院，你怎么能走呢？"

"天下难找你这样的人，亏得人家庆芝老实，换个人谁跟你！"

"三哥，你咋不向领导反映一下家里的困难？"

孔繁森无言可答，只是一口一口地吸着烟。此时，他已意识到目前家庭的处境比以往任何时候都悲惨，母亲年迈，妻子重病，孩子们尚在读书，六口之家谁能替他承担？可是那边的工作更需要他啊！缔结他情感世界的重要元素是对工作对事业的执着，那是一团烈火，水扑不灭；那是一种信念，苦难压不垮；那是生命的全部意义，失去它，一切都黯然无色。一个将身心全部投入工作的人民公仆，他的情感已经融入大化之中。

这天晚上，他把好朋友陈孝忠和梁其峰叫到跟前，说道："孝忠大哥，其峰老弟，你们对我是知根知底的，是理解我的，别说我是铁石心肠，人都是肉胎凡身，谁能没有七情六欲呢？这个家已是我心头上的十字架，我对她们欠下的太多了，我一辈子也解脱不了心中的负疚和痛苦，可有啥法子呢？谁叫咱是党员，又是领导干部呢？咱肩头还有更重的担子、更重的责任呀！……我在西藏这些年结识了许多朋友，谁家没有一本难念的经啊！还有那些20世纪50年代进藏的解放军官兵、老干部，好多人都没活到我这个年纪就牺牲在那里了；活着的'老西藏'们不也是远离家乡，几十年如一日，默默地工作，默默地奉献吗？修青藏公路、川藏公路的时候，平均每一千米就有一个战士倒下，有的战士累得撑不住了，打个瞌睡，再也没有醒来，高寒缺氧呀！想想他们，咱还有啥话可说？"

一席掏心掏肺的话语说得两位老友也泪花闪烁。

陈孝忠道："繁森，你走吧，到了西藏安心工作，家里的事我们替你操持！"

梁其峰道："还有孝忠家大嫂和向英（梁其峰爱人），让她们一早一晚轮流照管庆芝，你放心，天大的事，我们担起来！"

孔繁森抑制不住内心的激动，热泪盈眶，紧紧地握着陈孝忠和梁其峰的手说："拜托大哥和兄弟了！"

第二天，孔繁森便匆匆踏上西去拉萨的征程。

又是医院相别。

又是泪眼相送。

又是硬硬地吞下泪和血，硬硬地吞下苦涩的情和爱，天各一方，分手而去……

第六章　血，永远浓于水

　　——佛经上有"以身饲虎"的故事，那毕竟是传说。鲁迅先生却有言道：他"将血一滴一滴地滴过去，以饲别人，虽然自觉渐渐瘦弱，也以为快活。"

赈灾就是命令

　　拉萨夏天的黄昏是漫长的。拉萨夏天的黄昏是美丽的。满街树木绿影摇曳，摇曳着温馨，摇曳着静谧。坐落在市区南郊的罗布林卡，原是达赖喇嘛的行宫，古木参天，绿草如茵，每到黄昏，机关干部、工人，尤其是藏胞们总是带妇携子，到罗布林卡去消夏。一顶顶古老的藏式帐篷，一把把现代的遮阳伞，星星点点，花花绿绿，如缤纷的野花开放在草地上。一群群青年男女，一对对情人或偎偎依依坐在草地上，或围在一起跳果谐舞和锅庄舞……

　　这是 1992 年的夏天。

　　孔繁森没有消夏的习惯，更无消的时间。这天他刚刚从办公楼下来，回到自己的小屋，正欲点火做饭，只听见窗前一辆白色的丰田车"吱"的一声停下，接着门外传来"笃笃"的敲门声。孔繁森急忙放下手中的家什拉开门，只见尼木县县长格桑多吉满头大汗地闯进来：

"孔市长，不好啦，尼木、墨竹工卡、当雄三个县十多个乡发生了强烈地震！"

"伤人没有？"孔繁森焦急地问道。

"不清楚，我刚接到县里的紧急通知……"

"走，马上去灾区！"

"您还没吃饭呢？"

"再说吧，灾情就是命令！"说着抓起一包军用压缩饼干塞进口袋，又急忙抄起电话，要通民政局局长群旦家里，要她立即带人随他一同赶赴震区。

两辆吉普车鸣着喇叭，刺破黄昏的静谧，穿街过巷向市外驶去。

谁知出了拉萨市，天便下起雨来。先是稀稀落落，接着雨变大了，雨水顺着车窗流下来，车灯像利剑似的切割着黑沉沉的夜幕，但黑沉沉的夜色很快愈合了。车窗外是一片潇潇的雨声。

从拉萨市到尼木县有一百多公里，路全是砂石路，凹凸不平，汽车简直像船儿在波涛翻腾的海浪里颠簸着，摇荡着。

他们赶到尼木县时已是晚上八九点钟。

孔繁森立即召开县委、县政府紧急会议，部署救灾。他要求连夜组织检查组到各受灾区、乡、村察看灾情，首先保证农牧民的生命安全，迅速组织撤离。要求县委立即筹备抗震物资，尽早送往灾区。

部署完毕，他又率领民政局局长群旦等人亲赴重灾乡，察看灾情。

群旦虽然年近半百，但她依然透出一股精明干练的气派。

县里同志劝阻道："等雨停了再走吧，再说还有余震，要出事的！"

孔繁森眉毛一竖："还等什么？怕自己出事，就不怕老百姓出事？"

说完，孔繁森跳上车。一声长鸣，汽车闯进风雨潇潇的山野。

闪电划破长空，照亮光秃秃的山峦，轰隆隆，闷雷炸响，仿佛击中山体巨石，接着一长串低沉的滚动声，仿佛是那雷顺着山坡向下翻滚而来。风声、雨声、雷声，交织在一起，激荡着山野，震得人心发颤，头皮发麻。

又是一阵儿"轰隆"的巨响，声音拖得很长，低沉，那不是雷鸣，是山体滑坡，巨大的泥石流惊涛般汹涌而来。

路被截断了，车子陷入半米多深的泥石流里。

"下车！"孔繁森心急如焚，"我们推车闯过去！"他把衣服一扒，只穿着背心短裤，扑通一声跳进泥浆。

头顶暴雨如注，脚下泥石流滚滚，天地觳觫，万物战栗，令人胆战心惊。

"不要怕！来，使劲！"泥石流已埋到膝盖，孔繁森浑身泥浆，用肩膀扛着车尾巴，但一切都无济于事，车子像心力衰竭的老牛，哧哧地只喘粗气，就是趴着不动。

五个人一辆车，大家拉呀，推呀，但是泥石流占据了很长一段路面，而路左面是山崖，路右面便是一道几丈深的峡谷，一不小心车便会滑下去。

这时一辆东风卡车出现在雨幕中，孔繁森请求司机帮忙将车拖出泥浆，"东风车"不肯停下。

车子开不出去，怎么办？

暴雨依然如注，雷电依然交加。

孔繁森心里急得蹿火。

"是不是回县里借几匹马来？"

正在商议中，一辆军车驶过来。

折腾了好半天,军车方把吉普车拖出泥石流,这时已是凌晨四点。

他们来到余震频繁的重灾区朋岗乡时,已是早上七点钟。

雨已停,云已散,但脚下的大地还在战栗着。

孔繁森挨村挨户察看,但见房倒屋塌,满目废墟,一片凄凉。一群衣衫褴褛的灾民站在废墟旁,忧愁的眼睛布满泪水。

在一座倒塌的房屋前,一位三十多岁的妇女坐在石头上嘤嘤哭泣,身旁站着一个五六岁的小女孩,瞪着两只圆圆的小眼睛,惊恐地望着满是废墟的村庄。

孔繁森抱起孩子,心中一阵儿酸楚,泪眼汪汪:"我来晚了,我来晚了!"说着将身上的钱和那包还未来得及吃的军用饼干交给孩子的母亲(笔者曾目睹这张照片:孔繁森头戴一顶破草帽,怀抱着一个小女孩,身后是倒塌的房屋,背景是乱石纵横的荒野。他目光忧郁,脸色悲戚。感谢我们的摄影记者,留下这样珍贵的镜头)。

孔繁森安慰孩子的母亲:"别哭,别哭!有党和政府,会想办法帮助你们的!"又询问家里人有无伤亡,那妇女摇摇头。

孔繁森接着找来村长,查问房子倒了多少间,有无伤亡人员,牲口走失没有?——问过,便对随车而来的县政府办公室的同志说:"请你记下这些数字!"并吩咐道:"立即从县里调拨几十顶帐篷和几十床棉被,还要送些青稞面粉和干牛粪饼来。"

无缘情更深

虽然雨霁天晴,但余震频频,大地依然战栗着。

通往墨竹工卡的砂石公路上奔驰着三辆丰田吉普,本来道路凹凸不平,被暴雨一冲,更是坎坷难走,车子颠簸着,车上的人不时和车顶棚碰撞，令人心惊。可是孔繁森心急如焚，墨竹工卡县三个乡发生严重地震，不知老百姓有无伤亡？跟在后面的两辆车，分别坐着当时的自治区副主席龚达布和民政厅副厅长达娃更巴。他们也同样焦急地扫视着荒凉的山野，心情十分沉重。

拉萨河的下游这条支流名为雪融河，雪山融化，雪水汇入，河床变宽，河水陡涨，浑浊的浪涛翻腾着向西流去，汇入拉萨河里。河两岸的山野上依然呈现灰褐色，像栽绒一样的牧草，稀疏而矮小，山坡上偶尔出现一两座用黑牦牛毛绳编织的帐篷，一根铁管烟囱从帐篷顶端伸出，冒出一缕缕淡淡的牛粪青烟。虽是盛夏七月，山坡上的草并不丰茂，牛羊不得不费劲地啃着它们不愿吃的黄草根。北方念青唐古拉山刚才还雪光闪耀，转眼间罩上一片乌云，乌云迅速蔓延，很快遮住半个天空，看样子又要下雨了，谁知落下的却是冰豆子——冰雹。

三辆车子在冰雹的夹击下奔驶着，两个多小时后，才来到墨竹工卡县城——荒原上的一个小镇。

龚达布副主席立即召集县委、县政府负责同志，部署一番，要求县委、县政府迅速筹备帐篷、被褥、医药、青稞、大米、酥油、茶叶等物资和救灾款项，并将物资运往灾区。接着兵分三路，由龚达布、达娃更巴、孔繁森分别与县委书记、县长、县人大常委会主任带领三个工作组奔赴灾区。

孔繁森和墨竹工卡县委书记一路直赴羊日岗村。

羊日岗村是个纯牧区，坐落在一条山谷中，谷地呈倾斜状，外高内低，山坡上有洪水冲刷的痕迹，坡谷是成片的砂砾地，瘠薄的谷地上有稀疏的灰绿色的牧草，山谷两侧的山坡上生长着或密或疏的灌木丛。墨竹工卡曾是松赞干布诞生的地方，是文成公主进藏所经过的地方，全县三十个村，每个村的村名都由一个藏文字母打头。后来为方便，干脆改为一村、二村、三村、四村……

十四村是一个小小的自然村，几十座土屋杂乱无章地散布在山坡上，村前村后有几棵胡杨，瘦弱而干枯。一丛丛红柳倒很茁壮，开着白色的小花，占据了半个山坡。土屋全是由鹅卵石和泥巴砌成，哪能经得起六级地震，大都倒塌了，一片废墟。

没有道路，车子难以行驶，孔繁森和县委书记老常步行向村里走去。村里没有寺庙，只有一座矮小的白色的玛尼塔。几十个衣衫褴褛的老人和赤身裸体的孩子正跪在玛尼塔前祈祷，塔前摆着一张供桌，供桌上摆满青稞酒、糌粑、果品，风干的牛肉、羊肉。桌旁还竖着长剑、刀、弓箭和三叉戟，三叉戟的顶端饰有一个骷髅头骨的俑像，下面系有三色垂缨，供桌的周围还煨着桑烟，烟雾缭绕。玛尼塔里有一土地神塑像，当地藏胞称之为"哈萨噶尔巴"。这是一位非常有趣的土地神，身着黑袍，有翅，生有三个脑袋，中间是公牛头，右边是虎头，左边是猪头；他生有六只手，第一双手持短斧和头盖骨碗；第二双手持剑和铁钩；第三双手持绳索和弓箭。他的下半身是蜷曲的蛇尾。

一位巫师模样的汉子正舞刀弄叉，念念有词地祈祷土地神保佑。他身着降神仪式服装，头戴高顶圆帽，头饰的前面有一个护心镜，肩头披着披肩，腰部围着围裙，披肩和围裙上都绣有鸟头、猴头、蛇头、牛头、羊头等图案。这被藏族称为代言神巫，即由他执行土地神或山神的旨意，为这方百姓禳灾降福。

一片祈祷声。

还有几个男人正在煨桑，他们把柏树枝和糌粑扔到桑台上。桑烟袅袅，如涛如浪，虔诚的祈祷，时高时低，时徐时缓，节奏沉郁，声韵跌宕，连同飘散在四方、糅合着柏枝馨香和糌粑焦香的特殊气味，让人如梦如幻。如果真有神灵的话，那它也该有所感动。藏胞们认为，这次地震是山神和地神发怒造成的，所以祈求神灵保佑他们。

孔繁森和县委书记老常找到村长，原来村长也在祈神的行列里。

村长是个四十多岁的藏族汉子，一脸憨厚。

"村里房子倒塌了多少间？"

"九十多间。"

"砸死人没有？"孔繁森急切地问。

"没有，有几个人砸伤了。"

"送医院没有？"

"没有，伤不重。"村长又补充说，"闹地下沉（地震）最厉害那阵，是白天，人大都在外面干活，放牧。"

"走，咱们挨户看看。"孔繁森说道，接着由村长带路，一户一户地察看。

和在尼木县朋岗乡看到的情况一样，房倒屋塌，一片废墟，一片凄凉。

一间倒塌的土屋前，有三个孩子坐在屋前的石头上，蓬头垢面，衣服破烂不堪，三张小脸瘦削、蜡黄，神情呆滞。脸上涂着酥油，乱蓬蓬的头发黏结在一起，沾满草屑和尘土。最小的男孩和女孩鼻涕流着，一左一右地紧挨着，没有鞋子，赤着脚丫，脚丫也像涂了锅底灰，黑黑的，看不到肉色。最小的孩子才四五岁。见孔繁森和县委书记老常到来，三个孩子不约而同地伸出脏兮兮的小手。孔繁森转身对工作人员小徐说："把带来的食品拿来。"他弯腰抱起那个小女孩，用手抚摸着孩子脏乱、干涩的头发。

"你爸爸呢？"

"爸爸没了。"最大的女孩答道。

"妈妈呢？"

"妈妈也没了。"

"这是你的弟弟妹妹吗？你叫什么名字？"

"我叫丹增卓玛。这是我弟弟，叫曲印；妹妹叫贡桑。"

"你爸爸妈妈是这次地震去世的吗？"

丹增卓玛摇摇头："阿爸、阿妈都是生病死的，死了两年了。"

"你们怎么生活呀？"

"我还有两个哥哥，给人家放羊。有时舅舅也帮我们，舅舅家很穷……"丹增卓玛说着呜呜地哭了。

"别哭，别哭。"孔繁森哄着孩子，自己也止不住泪花闪烁，"有党和政府，不会让你们挨饿受冻……"县委书记老常也说："县里马上给你们送来帐篷、青稞粉。"接着指示随身而来的司机："回县里，立即办。"

孔繁森将带来的食品交给孩子们。又看望了一些灾民，和村长商量了救灾物品和救济款的发放方案，直到黄昏，才和县委领导离开村子。

回到市政府，孔繁森躺在床上，翻来覆去，怎么也睡不着。刚想合眼，蒙眬中传来一声凄婉的哭声，呜呜的，仿佛就在窗外，在枕边。那哭声很悲切，像受伤的小鸟的哀鸣，令人心悸，令人战栗。他起身听听，声音没有了，刚刚躺下，哭声又隐隐传来，他头皮发麻，大脑嗡嗡的，眼前又出现白天的一幕：脏兮兮瘦巴巴的小脸，沾满污垢的小脚丫，沾着泥土、草屑、油垢，乱得像一团野草的头发……多么可怜的孩子，多么脆弱的生命的幼芽，怎经得起生活严峻的风霜？未来的生活怎么办？谁来照管？他们需要父爱，需要母爱，需要爱的阳光，需要爱的雨露……他一躺下，只觉得心口像一团乱草堵塞，只觉得被窝里有许多蒺藜，他索性披上衣裳，坐起来。

"我要做他们的阿爸，我要抚养他们！"孔繁森心里大声说，"我要还给孩子们一个幸福的童年！"

这是一个重大的抉择，该不该告诉妻子，他要收养三个孤儿……不，暂时不说吧，她的心理负担已经够沉重的了。

他拉开窗帘，夜色很浓，月淡星疏，市区一片岑寂，只有远处不时传来几声狗吠，还有拉萨河的涛声。

天刚蒙蒙亮，孔繁森便从小厨房里把仅有的几十斤大米和十几斤面粉提下楼来，叫醒司机。司机问道："孔市长，这么早，要去哪里？""去墨竹工卡。""昨天不是刚从那里回来？""那几个孤儿我放心不下，再去看看他们！"他把米袋、面袋放进车后备厢里。

车子开出市政府大门，街道上还冷冷清清的，几个藏族老人手持转经筒围着林廓街念着经缓缓走动。在一家百货商店门前，孔繁森让司机停车，商店尚未到上班时间，敲一阵儿，仍无动静，便又转到一家个体商店，老板睡眼惺忪，拉开门，问道："先生，你买什么？"

"有童装没有？有被子没有？"

"童装倒有，被子……啊，咱这里不卖。"

孔繁森对司机说："来，你帮我挑几件衣服……你看这件怎么样？"

"给谁买的？"司机问。

"给那几个孤儿。"

"孔市长，你真是菩萨心肠，让县民政局救济一下不行吗？"

"不，民政部也很困难，我已下定决心，要收养这几个孩子！"

他们匆匆挑选了几套衣服，又跑到另一家商店，买了两床棉被，付钱时，孔繁森傻了眼：还差二十多元！他对司机说："你先借给我！"

一切装点好，车子便向市外奔驰而去……

九天之内，孔繁森连去羊日岗村三次，又给孩子们送去酥油、茶叶、糖果、鞋袜，还留下三百元钱，并嘱咐丹增卓玛："这些钱你们用来买油、买盐，以后我常来看你们！"

不久，孔繁森又在县委书记和县长的陪同下，来到羊日岗村，他对书记和县长说："让这两个小的孩子到县完小读书吧！"当天便把两个孩子接到了县城。

孔繁森找到县完小校长白玛占堆，说道："白玛校长，这两个孩子是孤儿，我收养了，在这儿安排上学吧。我留下这个月的生活费，以后我每个月来送钱。"孔繁森从口袋里掏出两百元钱，交给白玛占堆。"不够，我再捎来！"

孔繁森又道："他们从小没有父母，咱们就是他们的父母，不能委屈着孩子……不过，你要从严要求，照顾好他们的生活，更要抓好学习。"

白玛占堆连连点头，心里很是激动："孔市长，你与我们藏族孩子本来无亲无故，待他们却像亲生儿女一样，我们还能说什么呢？"

孔繁森笑笑："怎么说无亲无故？藏族的老人都是我的老人，藏族的孩子都是我的孩子，这是我应尽的责任呀！"他看到白玛占堆衣着破旧，又说道："你这件褂子太破旧了，该换件了，你穿穿我这件衣服合适不？"孔繁森当即脱下身上毛线织的夹克衫，给白玛占堆穿上，又拽拽衣襟，整整衣领，左右端详一阵儿，接着拍拍白玛占堆的肩膀，高兴地说道："蛮合适！"

几天之后，孔繁森便到市民政局找到有关同志，按照法律程序填了表格，正式将三个孤儿收为养子。

这消息让市长洛桑顿珠知道了。洛桑市长见孔繁森一个孤身男子抚养三个孤儿，且政务繁忙，又经济拮据，便几次找到他：

"繁森，把丹增卓玛留给我照管吧，你太累了！"

"我行。"孔繁森笑道，"我能照管了！"

"不，不。"洛桑市长心疼孔繁森，"你经济上也承受不了，吃、穿、用开销很大呀！再说，你山东老家还有九十岁的老母亲，妻子常年有病，三个孩子还未独立生活……"

孔繁森争执不过，只好将年龄大点的丹增卓玛"过继"给洛桑市长。

以后，孔繁森每个月都按时去墨竹工卡完小看望孩子们，给孩子们带来吃的、用的、穿的。每次来都忘不了给白玛占堆校长带些东西。学校住房紧张（西藏自治区，学生在校读书实行三包：包吃、包住、包学习费用，每个学生每月六十元，但是有固定收入干部、职工的子女在校读书要全部自费），白玛校长将两个孩子安排住在自己家里。

星期天，孔繁森又驱车来到白玛占堆的村子，看望两个孩子。这是离县城不远的一个牧村。村里藏胞们见孔市长来了，都敬他青稞酒，孔繁森接过结满油垢疙巴的木碗，按照藏胞的风俗，用手指蘸一蘸，弹一下，然后三口一杯，第三次全部喝完。接着又和村人围在一起，唱藏歌，跳果谐舞，一片喜气洋洋，欢乐融融。

回到白玛占堆家，白玛占堆指着用木板搭的双人床："曲印在上铺，贡桑在下铺……"孔繁森摸摸被褥，摸摸床板，说道："挺好，挺好，给你添麻烦了！"又把曲印和贡桑拉到跟前："你们要听老师的话，做品学兼优的好学生。啊，你们的作业本呢？我要检查一下。"

两个孩子从书包里急忙掏出笔记本，争着让孔繁森看："爷爷，你看！爷爷，你看！"

孔繁森接过孩子们的作业本，很认真地一页一页翻阅着，看到"√"，脸上便出现欣慰的笑容，看到"×"，便问道："怎么错的？要改正过来！"

看罢，孔繁森又在两个孩子的作业本上分别写下评语："学习有进步，要努力再努力！""书写要认真！凡是做错的习题都要重做十遍！"那父亲般的严肃和慈爱，使在场的白玛占堆感动得眼睛潮润了："孔市长，少见你这样的好人哪！"

国庆节前夕，孔繁森又去墨竹工卡把两个孩子接到拉萨，让他们过个欢乐的节日。为了给孩子们洗澡，他在宾馆里包了一间带浴盆的房间。两个孩子身上很脏，孔繁森把两个孩子放进浴盆里，一遍遍地打肥皂，一遍遍地搓洗。热水伴着伟大的父爱，慈母般的柔情，像五月温热的浪涛，像三月温馨的春风，沐浴着孩子们的躯体，也融化着孩子们因过早失去双亲而凝结在幼小心灵上的寒霜。水花、肥皂泡沫，逗得他们咯咯地笑，嘻嘻地笑，孔繁森也满脸堆笑，可是心里酸楚楚的，多可爱的孩子，他们应该有幸福的童年。他一连换了三遍水，孩子的皮肤才露出"原色"。接着孔繁森又给他们剪手指甲、脚趾甲，给曲印梳头，给小贡桑小辫上扎上蝴蝶结，又把早就买来的两套新衣服给他们换上。忙活大半天，两只"丑小鸭"变成了"白天鹅"！

他又把两个孩子抱到床上，床上堆满饮料和水果。两个孩子没见过什么饮料，问道："爷爷，这是什么呀？这么甜。"孔繁森道："这是椰子汁，椰子树长在海南岛，好远好远的地方。那里有大海，椰子树很高很高，结的椰子像西瓜那么大，这是那果子里的汁……"小贡桑上气不接下气地喝，喝了一桶又一桶。曲印打开一桶给孔繁森喝，孔繁森摇摇头，说："给你们买的，爷爷不喝！"说着又把他们换下来的衣服拿到水池里洗呀，搓呀，洗搓了半天，才一件件洗干净，晾出去……

晚上，他把两个孩子领回市政府的那间小屋里，和自己睡在一张床上。睡到半夜，孔繁森只觉得褥子湿湿的，打开电灯，一看，小贡桑由于白天喝饮料太多，尿床了。

"哈哈，小家伙尿床了！"孔繁森一边笑着，一边喊醒睡在外间屋的公务员小徐，"快来呀，小徐！哈哈……"又急忙给孩子换被子褥子，折腾得半宿未睡好。

第二天，孔繁森一手牵着一个孩子，带他们逛公园，参观文化宫，坐滑梯，乘转轮，还给他们照相。孩子们玩得开心，孔繁森也高兴地笑。

十月的拉萨依然阳光明媚，秋风虽有凉意，但那高大的胡杨，那葳蕤的柽柳，却依然绿意葱葱。花圃里鲜花盛开，有格桑花、邦锦花、美人蕉、野蔷薇，红黄蓝白，姹紫嫣红。孔繁森领着两个打扮得整洁亮丽的孩子，走在大街上。圣地拉萨，对孩子们来说真是个天堂，那么多的高楼大厦，那么宽的马路，那么多穿着鲜艳衣服的人们，还有那么多的汽车……一切都那么陌生、新奇。两个孩子问这问那，孔繁森不厌其烦地给他们解释，爷儿仨不时地一块儿嘻嘻哈哈笑起来。此情此景，谁能不相信这是他的亲生骨肉呢？

这天下午，孔繁森又带着两个孩子来到拉萨河畔玩耍，曲印和贡桑在河滩上捉蜻蜓、逮蚂蚱、采野花、玩河泥，玩得尽情尽兴，孔繁森也像孩子似的在河滩上和他们你追我逐，惹得两个孩子笑个不停。心细如丝的孔繁森知道，大自然的美、生活的美，能使孩子幼小的心灵得到一种温馨的抚慰，这种大自然的抚慰，像父爱、母爱一样，会治愈孩子心灵上的伤痕，弥补他们更多的缺失。

秋天的拉萨河更显得妩媚美丽，晶莹的碧蓝的流水，节奏舒缓地拍打着堤岸，发出撕锦碎玉般的声韵。河滩上微微发黄的草丛中布满星星点点的野花，阵阵馥香袅袅飘来。一棵神态龙钟的老柳树沉思般地伫立在岸边，像追忆如水的岁月；也有几棵年轻的柳树，或亭亭而立，或偃卧水上，柳枝拂着水面，浸润得青翠欲滴，更显得有些超凡脱俗。几只水鸟鸣叫着，时而掠过水面，时而钻入云霄。天幕蓬松浓厚的白云，以一种顽固的姿态，傲然地独享着天空的广阔。

孔繁森也非常爱这美丽的拉萨河，爱这流水滋润的土地，爱这野花、芳草、绿色的生命，这种情感常常流露在他的日记、诗歌和摄影的画面中。

黄昏时，公务员小徐骑着自行车匆匆赶来。

"啊，小徐，你咋知道我在这里？有事吗？"孔繁森问道。

"我见你一前一后带着两个孩子出了城，准是带他们来河滩上玩耍。"小徐说，"孔市长，咱们散散步吧！"

孔繁森见小徐神态异样，又问道："有什么事吗？"

"孔市长，"小徐声音很重，又叹口气，嗫嚅道，"你，一个孤身男人，为啥要收养两个藏族孤儿？"

"这咋啦？"孔繁森淡淡一笑，"两个孩子没爹没娘，我心疼呀！"

"别人说闲话呢！"小徐低垂着头，声音不高，流露出一种矛盾复杂的心情。

"说啥呀？"孔繁森仍然漫不经心地问道。

"你别生气，啊……"小徐眉毛一扬，忿忿地说，"这社会，人办点好事咋恁难？"

"你直说，别拐弯抹角！"孔繁森的脸色微微沉了下来。

"孔市长，人家说你收养两个孤儿，是，是出风头，沽名钓誉，是捞取政治资本，是……"小徐气呼呼地一口气说道，"这些没良心的家伙们，总是用最恶毒的心理猜测别人，他们整天吃喝玩乐，做官当老爷，别人关心一下群众，倒吃起醋来！诽谤呀！诬蔑呀！"

"啊？"孔繁森心里一惊，轻轻地叫了一声，但他也早有所闻。有些人说酸道咸，他只不过都当作耳旁风，没想到小徐如此严肃地向他汇报。孔繁森愣了一霎，很快抑制住感情的冲动，眉毛一扬，爽朗地一笑："嘿嘿，小徐，我不管背后有人说什么，做人要有一颗善良的心，一颗博大的爱心，只要我们做的事对社会、对他人有益，心里就踏实，至于别人一时不理解，那是因为咱们做得还不够，但是要求每一个人都能理解，有时也是不可能的。"

但是晚上孔繁森躺在床上却睡不成觉了，他思前想后：我孔繁森抛下九十多岁的老母亲，抛下病妻幼子，来到这风雪高原，难道是为了沽名钓誉？我为藏族孤寡老人尽点人伦孝心是为了捞取政治资本？我辛辛苦苦照料抚养两个无依无靠的孤儿，是为了升官发财？当今社会，为啥做一点好事、真事，为老百姓办点实事这么难？难道说对群众疾苦、忧愁，不管不问，不理不睬，见弱不帮，见义不为，见苦不济，见难不救就该心安理得？且不说一个党的干部，一个人民公仆，哪怕是一个有点道德的人，也应具备起码的同情心、怜悯心啊！

他望着黑洞洞的屋顶，两眼喷着火光，心里有说不出的痛苦：一个铮铮的男子汉，面对着工作的艰辛、生活的困苦，泰山压顶，能够面不改色心不惊慌，那是因为躯体里有一颗燃烧的灵魂。灵魂之光给他带来信心、勇气，也带来无穷无尽的力量。可是面对一些人的诽谤、流言，甚至更为恶毒的讥嘲，这种被屈辱被亵渎的痛苦，像针扎刀剜，使人心肝欲裂……

夜深了。高原的秋月高悬蓝空，清辉如水。孔繁森拉开电灯，两个孩子已经熟睡，像猫咪似的发出轻微的鼾声，带着细匀的节奏，瘦削的小脸已泛起红润，小贡桑蹬开了被子，他轻轻地为她掖掖被角，呆呆地望着熟睡的孩子，心中泛起一股温馨的爱的暖流。这爱像大地一样深沉。

一个人民公仆的血，一毫升价值一元钱吗？

当我的笔写到这节时，笔尖变得生涩、阻滞了，眼泪一次次打湿稿纸……

那是 1990 年的秋天，孔繁森从内地治疗回到拉萨不到半年。

一天下午，他给市保险公司的杨书春打来电话：

"书春，你晚上八点钟开辆车来，旧一点，不要新车，我用一下。"

屋里早已坐满了人，孔繁森见杨书春来了，便到里屋换上一件旧大衣，戴上一顶旧帽子，口袋里装上一副墨镜，低声说："走，你把我送到军区总医院！"又对屋里的客人说："你们在这里玩，过一会儿我就回来。"

杨书春心想，如果"孔三哥"去看病号，准要带上大包小包的礼品，这次没带，大概要检查一下自己的身体吧。这个干起工作来不要命的人，从来不考虑自己的身体，便问道：

"三哥，你的痔疮好了吗？"

"好些了。"

"那我回去可要检查一下，你别骗我！"

"骗你啥？"

杨书春想起前些时，孔繁森因骑马深入偏远牧区，痔疮发作了，他用块破绸子包裹起臀部，一连十多天，痔疮溃血化脓。回到拉萨，书春看望他，孔繁森让他帮忙给自己上药，涂碘酒。脱下裤子，杨书春大吃一惊，只见那红绸布上血一块，脓一块，都和皮肤黏连在一起，揭不下来，内裤上也浸洇着血渍和脓斑，红红黄黄的。三哥不知忍受着多么巨大的痛苦，便心疼地说："你咋不去医院治疗一下？"孔繁森笑道："小伤小病的，没事，我哪有时间住院啊！"杨书春先是用剪刀小心翼翼地一条一缕地剪下绸布，粘贴在皮肤上的绸布只能用碘酒浸泡，一遍遍地擦洗，足足浸润了一个多小时，绸布才被慢慢地揭下来。清洗干净后，又给他敷上药膏。

"三哥，你不能这么玩命地干，也是往五十岁上爬的人了！听你的公务员说，前几天军区总医院给市政府打来电话，让你住院检查，有这回事吧？"

几天前，西藏军区总医院打来电话："是市政府吗？""你好，我是市政府副秘书长王成树，有什么事？"王成树问道。"我是军区总医院的，孔繁森同志患有多种疾病，已到非治疗不可的时候了，你们应该催促他尽快来医院治疗！"副秘书长："好，我记下了！"他捧着电话记录找到常务副市长邓金辉，邓金辉在电话记录上批示道："立即通知孔副市长，马上住院！"当王成树将电话记录和常务副市长的批示一道送给孔繁森时，孔繁森笑笑，将其放到一边说："我知道了，人吃五谷杂粮能不生点小病小灾？没事！"谁知王成树走后，他又骑上自行车，到外贸公司研究与外商的一笔大买卖去了……

杨书春还要说什么，孔繁森打断他的话，口气突然变得很严肃：

"你要注意一个规矩，跟着领导出去办事，要有保密意识！"

"屁话！"杨书春大大咧咧地说道，"还用你嘱咐？"

"那好。开个玩笑呗！"

说话间，车子开到了军区总医院停车场。孔繁森从口袋里摸出茶色墨镜，裹了裹大衣，便走进一楼化验室，杨书春跟着进了房间。

西藏自治区各医院都缺血，虽有献血队员，但血浆供不应求，自愿献血者当然也受欢迎。

化验室里，钢针尖在他手指上飞快地扎了一下，渗出一颗红珍珠般的血滴，被长长的白玻璃管吸去了。

不多长时间，一张化验单递到了他的手上。

化验完毕，孔繁森拿起单子走进另一间房间，把化验单往抽血员桌上一放，这时杨书春才看清，化验单姓名栏上写着"三木"两个字，杨书春便有点疑惑不解，怎么看病也要改名换姓？这时，孔繁森已脱下大衣，撸开袖子，将胳膊往桌子上一伸，抽血员正要用胶皮管绑扎手臂，杨书春忽然醒过腔来，接着头"轰"一声炸了：

"三哥，你这是干啥？"他一把抓住孔繁森的胳膊。"你不能卖血！"

抽血员手拿着针管愣住了。

孔繁森怕惊动了医院其他人，特别是熟人，便急忙制止杨书春："你嚷什么？"袖子一放，便拉起杨书春向外走去。

月光下，树影里，他俩坐在医院墙角的一块石头上。

"三哥，你要缺钱，我今晚就给你筹钱，咱们山东老乡这么多，怎么凑凑不够你花的？你千万不能这样干！"说着，抱住孔繁森哭起来。

孔繁森也流着泪说："我没钱呐，后天我要去上海，看望在那儿读书的藏族班学生，想给他们带些家乡的土特产……"

孔繁森常说："钱，这东西如水，没有不行，多了也无用。我的钱是人民给的，我拿出一部分用于百姓群众身上，还不应该吗？"他是这样说的，也是这样做的。除了留工资的百分之二十用以维持自己生活简单的需要，他把大部分钱都买了药物，买了营养品送给藏族孤寡老人和家庭贫困的边防战士……

为此，他对自己的肚皮不得不十分吝啬——他常常是用开水泡个馍，滴上几滴酱油便是一顿饭，或是饿了吃点饼干打发一下。妻子从内地给他寄来的营养品，他舍不得吃，全送给孤寡老人或带着到医院看病人了。他正常吃饭，也不过炒个土豆、白菜，喝碗稀饭；有时清水面条，就点榨菜，他从牙缝里一点一点省啊！有一次从家乡来了几个客人，他口袋里只剩下五元钱，想招待一顿酒菜都买不起，只好买了一斤肉，几斤胡萝卜，包了些水饺；没有葱花，便将养在花盆里的韭菜剪了一把来代替。

他舍不得买衣买鞋。他几年来都穿着那套旧西服，洗得都发白了，仍不舍得换一身。就是穿着这套衣服，会见外宾，去北京、跑香港洽谈工作。有一次公务员帮他洗衣服，看他一件背心已是千疮百孔了，便扔掉了。孔繁森又捡回来，自己洗净，缝补一下，又穿上。他的裤头也是补丁摞补丁，一位老乡看到了，说道："堂堂的市长，还有穿这样的裤头的吗？"孔繁森倒蛮有理由地自我解嘲道："市长咋穿不得？裤头在里面，谁还会扒裤子看一看呀？法律也没规定不许穿打补丁的衣裳呀？"

今年春上他回家乡养伤，当农民的哥哥看到身为市长的弟弟穿着太简朴了，便塞给他一千元，让他做件像样的衣服，可是回到拉萨，孔繁森却用钱买药、买礼品照顾那些孤寡老人了……

孔繁森从来不向组织谈自己的困难，也不向同事同乡借钱，更没有向公家借过一分钱……现在他口袋没钱，还要买些礼品，去看望在东海之滨的莘莘学子，向藏胞子弟送去党的温暖，不让他这样做，就像不让他工作一样，心里会难受如针扎火燎！他心想："没有钱，我还有身体，我还有一腔热血……"

"我必须这样做！我心意已定！"孔繁森擦干泪，"你不要管我！"

"不行，你这样干，我回去咋向三嫂交代？"杨书春死死地拽着孔繁森。

一个起身要去，一个死抱住不让走，孔繁森怕这样争吵哭闹招来人，一时性急，"啪"的一声朝杨书春脸上揎了一巴掌，挣脱他，向楼里走去……

1993 年春节之后，孔繁森已决定去阿里赴任地委书记之职，临行前，他必须把两个孤儿接到拉萨读书，可是把孩子接到拉萨，无疑生活费用要比在乡里读书高得多，会使他的经济更加拮据。他要给两个孩子买衣物，买食品，买粮油，买学习用品，还要购置床铺……需要一笔不小的开支，又使他陷入困厄……

孔繁森又来到军区总医院。

"你这样年纪的人不宜抽血了。"化验员已换了，是个山东姑娘，名叫刘业香。她看到孔繁森花白稀疏的头发，劝阻道。

"我的身体还行，没事！"他说着，把屋门关上，怕外人认出他曾是拉萨市副市长，现任阿里地委书记。

孔繁森道："听口音，你是鲁西人，对吧？"

"我是临清人，你呢！"

"我是聊城人。"

"呀，那真是正宗的老乡哩！"姑娘惊喜地说，又问，"你是急着用钱吧？干吗不让老乡帮一把？"

"是，我需要用钱……"

"你有困难，我也可以帮助你，但你不能抽血。"姑娘的口气很硬。

"不用。"孔繁森说，"我的困难我自己解决，不能给大家添麻烦……既然是老乡，你就要答应我。"稍后，又说，"你能给我保密吗？"

姑娘仍迟疑着不肯给他抽血，孔繁森无奈，只好亮出自己的身份。

他掏出名片：

```
┌─────────────────────────────┐
│      中共阿里地委书记         │
│     阿里军分区第一政委        │
│        孔 繁 森             │
└─────────────────────────────┘
```

姑娘接过名片，大吃一惊："你是地委书记？天哪，哪有地委书记卖血的！"

孔繁森急忙制止："不要大声！你不是答应为我保密吗？"

刘业香经不住孔繁森左劝右说，总算答应了。当孔繁森伸出那条黝黑的胳膊时，姑娘拿针管的手颤抖了，一颗年轻的心战栗了，她目不忍睹这悲壮的场面，停了好半天，才将针头插进地委书记那青筋暴突的脉管……

血，殷红的鲜血，一滴滴，顺着针头流进胶皮管，又缓缓地流进血袋。

血，一滴滴流淌着，带着体温，带着一个共产党人炽热的爱，带着一个人民公仆一片如火的深情，缓缓地流淌，潺潺地流淌……

三百毫升，三百元。

一毫升血难道就值一元钱吗？人民公仆的深情和挚爱，能用什么来衡量，它的价值又是多少？

写到这里，我手中的笔颤抖了。

那些披着公仆外衣，实为老爷的贪官污吏们，当你们像罪恶的蚂蟥一样，贪婪地吮吸民脂民膏的时候；当你们饱食山珍海味，挺着便便大腹，用牙签剔着齿缝间残留的浊物，走出灯火辉煌的宴会厅的时候；当你们用肮脏的手指数点着受贿而来的人民币的时候……请你们看一看，我们真正的共产党员，伟大的人民公仆，新时期领导干部的楷模，我们的好书记孔繁森吧！他用自己的热血，一滴一滴地去饲他人，去浇灌着民族的未来，去滋润着一朵朵即将枯萎的生命之花……此情此景，难道你们龌龊的灵魂不觉得觳觫吗？难道你们卑鄙的嘴脸不觉得羞耻吗？难道你们那双罪恶的手不发抖吗？……

血，一滴一滴地流淌，哪里是流进了胶管，分明是流进一个民族的血管……在战场上，多少忠烈将士为了祖国的今天而洒尽一腔热血，而今在和平的岁月里，我们的好书记却用热血培育着民族团结的鲜葩！红的是血，跳动的是心，燃烧的是爱啊！

刘业香将一张单据和三百元钱交给孔繁森，热泪盈满双眼："孔书记，你以后不能这样……"

"小刘，"孔繁森笑笑说，"此事，你一定要保密……我怎么就不能输血呢？地委书记、市长，与一个普通百姓，也许只有血型不同，至于权力、职务，那是人民给的，是用来为人民服务的，其余都不属于自己！"

半个月后，孔繁森又来到医院。

刘业香吃惊了："孔书记，你不能再抽血了！时间相隔太短了，你这样下去……对身体是有损害的！"

孔繁森说："你不要大声说话！"他又悄悄把门带上："我家里孩子多，花费大，还有老母亲……不要声张出去，这样影响不好……"

刘业香说："我和我丈夫帮您凑些钱，你干吗这样呢？"

"不，不，"孔繁森摇摇头说，"大家过日子都不容易，我是个地委书记，哪能好意思向别人借钱……"孔繁森又费了好多口舌，刘业香才答应给他抽血。

谁知过了二十多天，孔繁森又再次来到医院……

一个多月的时间，孔繁森去了医院三次，共献血九百毫升，换回九百元钱……

佛教典籍里有"以身饲虎""割肉贸鸽"的故事，西藏多处昭寺壁画上还栩栩如生地画着这些佛陀们普度众生的博大爱心和无与伦比的高尚牺牲精神，但毕竟是遥远古老的故事，无从考究。然而一个堂堂的副市长，一个共产党的地委书记却以卖血维持生计，当他十分拮据时，还有那颗鲜红跳动的心，还有一身炽如烈火的爱，还有满腔滚烫的热血……

第七章　抉择 —— 生命的音符

　　——人生是由大大小小的抉择组成的，每一次抉择都是一个音符，这一串音符便是生命的一曲旋律，或高亢、悲壮、辉煌，或喑哑、低沉、阴郁。

他依然平静地说了一句："行，我去！"

一九九二年十二月的一天。

西藏自治区热地书记打来电话，让孔繁森到他办公室去一趟。

孔繁森接到电话，匆匆赶来。

他轻轻叩响热地书记的办公室的门。

"请坐，请坐！"热地书记放下手中的文件急忙起身，招呼孔繁森坐下，又亲自端上一杯热茶，放在茶桌上。

这位藏族自治区党委副书记，待人热情宽厚，他那张典型的藏族同胞脸庞总是挂着慈祥的微笑。他的汉语很流畅。他个头不高，更显得淳厚、质朴。

热地书记递给孔繁森一支烟，自己也点燃一支，吸了一口，问道：

"你最近身体怎么样？"

"还好，没事！"孔繁森从来没谈过身体的疾病，他平静地脱口说道。

热地哧哧地吸着烟，思忖着，沉默着。

"热地书记，您有指示尽管吩咐。"孔繁森对于这位分管组织工作的藏族干部，感情一向深厚，平时有空也常交往。他凝视着热地书记那微蹙的眉头，想必有难言之隐。

"家里有什么困难吗？"

"没有！"孔繁森平时在领导和同事面前从未提过家庭的难处，总是乐呵呵地风风火火地干工作，领导上也不太了解他的家庭情况。

热地又吸了口烟，这才缓声说道：

"自治区党委最近研究了，阿里地委书记的身体状况很不好，需调回拉萨。"热地书记看了一眼孔繁森，稍停，又说，"组织打算派你去接任，你如果有困难，或有什么要求，尽管提出来！"

近日，区党委研究决定，选派一名领导经验丰富、组织能力强、身体素质好的汉族干部去阿里任地委书记，大家一致认为孔繁森最合适。往常往阿里地区派干部是组织部门和党委最头疼的事——那里条件实在太艰苦，平均海拔五千多米，高寒，严重缺氧，大面积的无人区，且不说工作，能生存下来，便是一种奉献。但那里是祖国的一片宝地，总不能扔下不管吧？但派去的干部往往干不了多久，就千方百计地想调回来，这病，那病，这困难，那困难——有些理由也确实能让人理解，但也有些人是害怕困难、害怕艰苦，使得组织部门也无可奈何。

会上，也有人提出来，孔繁森已两次援藏，第二次援藏也将期满，再派人家去阿里，是不是有点说不过去？所以尽管区党委决定了，热地书记仍不好开口，只是用试探的口气问他。

孔繁森两次在藏工作已近八年，虽未去过阿里，但也听到过那里的情况，不少人一谈到阿里，犹如"谈虎色变"。热地书记一透出这个意思，他的头也嗡地涨了一下，但凭着坚强的党性和理智，他很快控制住自己，依然平静地说道：

"行，我去！"他的声音不易被人发觉地有点发颤，他猛吸两口烟，平抑一下心情，爽朗地笑道，"感谢区党委对我的信任。我家里没有困难，个人也没什么要求。请组织上放心，我一定努力做好工作！"

平静，平静得波澜不惊！

简单，简单得令人不可思议！

谈话不到二十分钟，一个人生的重大抉择就这样敲定了！

简直出乎人的意料！

他心里真的那样平静吗？

晚上，孔繁森插上门，今天他不打算接待任何客人。

又停电了。

他点燃一支蜡烛。

他摊开西藏自治区地形图。目光凝聚在祖国西南那片棕红色的高地——人称"西藏的西藏、世界屋脊的屋脊"的阿里，面积有三十多万平方公里，却只有六万多人，平均海拔在五千米以上，四条雄浑的世界上最高大的山脉——喀喇昆仑山、念青唐古拉山、冈底斯山、喜马拉雅山都横在这片土地上，空气极其稀薄，含氧量只有平原地带的三分之一。人要能在这里生存，犹如能在地球的南极和北极生存一样，那是生命的奇迹……

　　孔繁森望着望着，眼睛有些潮润了，不觉有颗泪珠滴落在地图上。他有种种理由，拒绝这次安排：一是他两次援藏，且第二次援藏即将期满，他完全可以回家乡享受优厚的待遇，打发后半生；二是他的身体素质明显下降，各种疾病已悄悄向他发起全面攻势，特别是上次车祸留下的后遗症——右眼重影；三是老母亲已是风烛残年，更需他侍候；妻子久病沉疴，尤其上次动了大手术，稍重的体力劳动都不能承担，还有三个孩子……

　　随便哪一条理由都像数理公式一样令人不可置疑，又像铜墙铁壁一样难以推翻，只要稍稍透出一点迟疑的意思，组织是会另做选择的。然而和两次进藏一样，他丝毫未提个人的困难。去，或不去，只是一字之别，却是人生一次沉重如山的考验。面临着这困难的抉择，他的回答是那样平静和坚定，这该是有着多么坚强的党性，多么巨大的理智，要放下个人和家庭多么巨大的困难和重担啊！

　　高原寒夜，狂风在窗外呼啸，一缕冰冷的苍白的月光射进窗来。

　　孔繁森凝视着蜡烛，心里却潮涌浪卷：八年了，在这远离亲人的风雪高原上，他是怎样度过每一个白昼和夜晚，又送走一个个寒暑？八年了，他满头的青丝，已掺进了高原的雪霜，眼角、额头的皱纹变深变密了，纵横交错，犹如这高原的地貌，布满了沟沟壑壑。在他工作过的地方，哪道山梁没留下他坚实的足迹，哪条流水没映照过他疲惫的身影，哪家土屋、哪顶帐篷没回荡过他暖如春风、朗如山泉般的话语？

　　八年了，妻子熬白了头，孩子由不谙世事到开始懂得人生的艰辛。母亲盼儿回，妻子望夫归，孩子梦中多少次喊道："爸爸回来了！"

　　"慈母手中线，游子身上衣。临行密密缝，意恐迟迟归。"白发苍苍的老母亲哪里知道，她的小儿子又将要去往更遥远的地方。弱不禁风的病中妻子，日里想，夜里盼，朝朝复暮暮，望断天涯路，数着指头盼归期，而盼到的将是什么？又是漫长的孤独和重叠的寂寞。倘若她知道这一信息，那颗脆弱的心灵将又增添几重痛苦？几多怨艾？

孔繁森起身走近窗口，凭窗遥望，残月已沉。苍穹万里是绵绵不尽的夜色，夜风如啸，寒星迷蒙，天地苍茫，故乡何处？亲人何方？他拢了拢已掺进银丝的有些蓬乱的头发，不由感慨万千——四十八岁的人喽，命运之神又将把他推向地球第三极之巅。为了母亲，为了妻室儿女，是否该向组织讲明一下，组织上能不谅解吗？泼水难收，自己已向组织上表了态，怎么能出尔反尔呢？

"不，不！"他猛地摇摇头，转身把手中的烟蒂狠狠地掐灭。谁没有妻室儿女？谁没有家庭？谁不愿意享受天伦之乐？既然组织上安排我去阿里，就说明那里需要我，那里的百姓需要我。我是人民的公仆，我怎能舍"大家"而顾"小家"？我岂能贪图条件的优渥、生活的舒适？

摇摇曳曳的烛光，一会儿把他的身影放大，一会儿缩小，一会儿完整，一会儿破碎。他在地板上踱来踱去，身影随着烛光摇摇曳曳。

他重新回到桌前，坐下来。

他两手托着下巴，陷入更深的思索。

组织——母亲；边陲——故乡；事业——妻与子；艰苦——安乐……重重叠叠的矛盾，生命价值观的一道道难题，把他又一次推向理智和感情厮杀的峰谷浪巅，把他的灵魂推进痛苦的炼狱中咻咻地燃烧。

炼狱之火，烧啊，烧……

应该理解他啊，人民的公仆也是人，也有七情六欲……

人生就是由大大小小的抉择组成的，每一次抉择都是一个音符，这一串音符便是一曲生命的旋律，或高亢、悲壮、辉煌，或喑哑、低沉、阴郁。

孔繁森凝视着烛光，泪珠大颗大颗地滴落下来。夜静极了，拉萨深冬寒夜，万籁俱寂，听不到车声人声，听不到犬吠鸟鸣，只有流浪的风在窗外呜咽。

他凝视着烛光，轻声地吟诵道："春蚕到死丝方尽，蜡炬成灰泪始干。"

啊，一个人民的公仆，就应该像一支燃烧的蜡烛，让整个生命发热、发光，照亮人民的事业，直到流尽最后一滴蜡泪……

想到此，他挥笔在日记本上写道：

"越是贫穷边远的地区，越需要我们为之拼搏、奋斗、付出，否则，我们就有愧于群众，有愧于党……"

"我不去，谁去？"

一连几天。

每天晚上，他的小屋里都坐满了人。

援藏干部、进藏干部、老乡，还有他结识的朋友、战士、部队首长……看望的，劝说的，操着各地的方言，在小小居室掀起一股股浪花，一阵阵旋涡。就像第二次进藏时，家乡那些同事、同学、亲人们的忠告、劝阻、期望、鼓励，不，这次少了鼓励和支持。对孔繁森这一重大抉择，有的人简直觉得不可思议。

众人七嘴八舌：

"你两次进藏，第二次已届期满，干吗又要去阿里？"

　　孔繁森笑笑说："啥叫'期满'呀？那些老西藏们 20 世纪 50 年代进藏，一干就是几十年，要说期满，他们早就期满了。再说，组织派我去阿里，也是对咱的信任哪！你不去，我不去，那阿里还建设不建设？"

　　"你都快五十岁的人了，身体又不好，怎么也不向组织讲一讲？"

　　孔繁森依然淡淡一笑说道："在阿里的藏族同胞比我年龄大得多的有的是，他们能在那里生活、劳动，我怎么不行？身体有点毛病又怎么了？人吃五谷杂粮，谁能没有点小病小灾？"

　　"阿里条件太艰苦，太贫穷，太落后了，在那里工作的人都千方百计调回来，你却偏向那苦海里跳，你也太死心眼了！"

　　孔繁森收住笑："是呀，阿里条件艰苦，环境恶劣，经济落后，贫穷，这是事实，但是再穷也是祖国母亲身上的一块肉，俺鲁西家乡有一句民谚：儿不嫌娘丑。难道因为那里条件艰苦、贫穷、落后，我们就扔下不管吗？再说，那里贫穷、落后，我们应该感到耻辱，更需要咱们党员干部带头去改造它，建设它，你说是不是？"

　　人们看到孔繁森矢志不移，都无言以对。

　　这天，他的好友贾国栋来到他的小屋，问道："丹增副书记了解你的情况，其他人不大清楚，你咋不跟丹增副书记说说？"

　　孔繁森苦涩地笑笑："家里的困难，我咋好意思说？"

　　"身体状况怎样？"

　　"没事，你放心。"孔繁森沉默片刻，点了一支烟，深深地吸了一口，"我心里也很难受，我母亲九十多岁，爱人身体不好，还有几个孩子，能不牵挂？咱到西藏就得干点事啊！不能和组织谈这些问题，让组织有顾虑。"

　　"你还有啥要求吗？有些事，部队里还好办。"

孔繁森思忖片刻，抬起头说道："我走前，你在电视台为我点一支歌吧，《爱的奉献》啊，你想着点！"

贾国栋没有忘记，在孔繁森离开拉萨奔赴阿里前夕，他在电视台点播了这支歌，留言是：孔繁森同志，你离开拉萨去阿里赴任之际，你在部队的好友为你点歌。祝你一路顺风，扎西德勒！

还有别的朋友、同事为孔繁森的离别点歌，其中有一首是他最喜欢的《少年壮志不言愁》，歌声悲壮，旋律高亢，声韵激越。孔繁森听罢，心头热浪翻滚。

——不过，这是后话。

自组织上找他谈话，到下达正式任命书，这中间有一个工作交接的过程。

这期间，他更是日夜忙碌，既要处理好在市政府的善后工作，又要四方奔波，协调好与自治区各厅、局、委、办诸多关系，希望他们对这个贫穷、落后的地区给予关照和工作上的支持……

但是再忙，他没有忘记寄养在墨竹工卡县完小的两个孤儿。每到星期天，他总是驱车前往县完小看望他们，送去衣物、食品和生活费。

不久，他又把两个孩子接到拉萨，又当爹，又当娘，为孩子们洗澡、洗脸、洗衣服、拆洗被褥，还变着花样儿给孩子们改善生活。小贡桑爱吃冻粉皮，他骑着自行车跑遍拉萨半条街买来了冻粉皮，精心烹调。看着孩子吃得那么香，他的嘴角也不由得上扬，但笑意里还蕴含着几分酸涩、几分疚憾。为了开拓孩子们的视野，增长见识，增添他们的生活乐趣，他常常一手拉着一个孩子，逛公园，转商店，看电影……

那双粗糙的男子汉的大手，此刻是如此温柔，如春风拂面，似慈母柔肠，轻轻地拂去两个孩子曾因失去双亲而蒙上的心理阴影。两个孩子一左一右，"爷爷，爷爷"的亲切的喊叫声，让这个年近半百的地委书记在他乡异地感受到了天伦之乐的温馨！

第八章 三千六百里路云和月

——他一出拉萨就办公。他说：人民公仆的办公室在基层，在群众百姓的土屋和帐篷里。四天四夜的路程，他走了十天十夜，这下子可急坏了阿里地委和行署的领导……

前人无迹处，我今来开拓

山，旷古蛮荒的大山，是一片沉默的喧嚣，一片岑寂的狂放，一片冷静的热烈。

雪山冰川，寒野草甸，荒漠戈壁，河谷农田……冻土带上膨胀的冰河、碧蓝的湖泊，满目苍茫，扑面而来的是鸿蒙初始的荒凉，没有树木，稀疏、枯黄的梭梭柴摇曳在寒风中，瑟瑟缩缩地向苍天祈祷着什么。虽然是四月了，在江南已是草长莺飞、枇杷飘香了；在故乡鲁西大平原也是桃红柳绿，菜花金黄，蝴蝶翩翩，燕语呢喃了——这里却依然冰天雪地。

没有路，汽车司机凭着感觉试试探探地行驶。

从拉萨去阿里，名义上有三条路，地图上也标着三条曲曲折折的红线。北路经那曲，穿过羌塘草原五十万平方公里的无人区，道路是很艰难的；而中路即孔繁森一行正在行驶的路线：拉萨—日喀则—拉孜—措勤—改则—革吉—狮泉河，全线长达一千八百公里。此路海拔高，要翻过几座六千米的高山，道路十分崎岖艰险；南路则是沿着喜马拉雅山和冈底斯山的峡谷，别说乘车，即使骑马也难以穿行，那只是探险家和科学考察工作者不得已而行的"路"。

孔繁森选了中路，重要原因便是途中所经过的措勤、改则、革吉三县属于阿里辖管地区。一出拉萨，便开始了途中办公，他要伸出自己的触角去掌握情况，做出判断；要用自己的目光抚摸阿里的山山水水……

即使最易行车的中路，实际上也不具备交通要道的条件，没有食宿点，没有车站，也没有加油站。过去去阿里，都要大车小车结伴，大车装载食品和油料；涉水爬大山时，大车还要帮小车的忙。途中饿了便泡一包方便面，渴了掬一捧雅鲁藏布江的流水，或抓一把雪团；困了就只好在车上当"团长"，倘若是大雪封山的寒冬，这个"团长"也不敢久当，只能打个盹，否则，人会在不知不觉中窒息。

藏路难，难于上青天！

离开拉萨时，市政府和阿里地委行署驻拉萨办事处提出加派一辆车，却被他拒绝了："没必要，既浪费油料，又浪费人力。"

陪他同去的还有市政府副秘书长张秋生，他三十八九岁，原籍是山西，自幼在西藏长大，他的父母都是20世纪50年代的进藏干部。

孔繁森透过车窗眺望着荒凉的山野，想象着阿里——西藏的西藏，世界屋脊的屋脊——该是何等景观？

远处又是一道雄峦大嶂，山峰高耸入云，天很蓝，白云缭绕，显得高远、深旷，令人惊心动魄。在这空旷寂寞的天空里，只有一轮孤独的太阳。白花花的阳光极富有毅力，充满激情，纵横驰骋，炙烤着大山赤褐色的页岩。岩石像禁不住那无声的炙烤，龇牙咧嘴地发出轻声的呻吟，布满皱褶，麻木、悲怆。

大片大片的荒漠，仰天不见飞鸟，俯地不见走兽。稀疏、萎黄的植被，遮不住浓重的灰褐。没有一棵树，看不到一点绿色，层峦叠嶂，扑入眼帘的是苍褐色、土黄色、灰白色、成群的巨大的石头。漫无边际的砂石，似乎失去了石头固有的概念，而是宇宙之神打瞌睡时漫不经心地胡涂乱抹。在这令人胆战心惊的群山万壑中，到处漫溢着死亡的沉寂，偶尔有一只野兔或一只灰褐色的地老鼠窜出来，让人惊喜不止。即使那些迷恋美国西部风光片的热血青年看到这景观也会倒吸一口冷气；那些逐新猎奇的摄影师们看到也不能不咋舌，惊讶不止：荒凉！荒凉！无边无际的荒凉！

孔繁森望着这荒凉单调的悲怆的风景，不由得想起 1988 年 12 月初，他第二次赴藏一个月后写下的诗："雪山一座座，白云一朵朵。前人无迹处，何人来开拓？"这诗应验了，在这荒无人烟的地方，未来的道路将由他来开拓。他默默地朗诵自己的"大作"，心里道："'何人来开拓？'应改为'我今来开拓'！"

司机洛桑是办事处的藏族青年，小伙子个头不高，精明强悍，颧骨微凸，脸庞黝黑，一头乱蓬蓬的黑发倔强地挺立着。他在这条线路上奔驰好几年了，不知经历过多少险恶的场景。有一次汽车陷入雅鲁藏布江里，在江边等了几天几夜才获救。

小伙子灵活而娴熟地把控着方向盘，时左时右，像跳摇摆舞似的，在乱石缤纷的道路上颠簸着。

路上景物单调，但天气多变。上午还是阳光灼热，下午天空骤然乌云密布。转瞬间，狂风大作，飞沙走石。接着又飘起雪花，还夹杂着冰雹，打得车顶、车窗噼啪作响，令人惊骇。头顶是群峰雾列。脚下深沟巨壑，雅鲁藏布江像一条蠕动的银蛇。

车越往前开，地势越高，空气越稀薄。远处的雪峰屹立在蓝天下，像戴着白色头盔、身着素袍的天神，威严冷酷，傲然不逊。

黄昏时，却是落霞满天，那晚霞像发暗的血浆，涂抹在雪山上，更显得悲怆、壮烈。

"洛桑，停一下车，这晚霞太美了！咱们照张相！"孔繁森兴致勃勃地跳下车，把照相机往脖子上一挎。

每个人的精神生活都是丰富多彩而又千差万别的，有的喜欢养花，有的喜欢集邮，有的喜欢收藏古币……孔繁森却喜欢摄影。他每次下乡都要拍摄许多照片，但胶卷、洗印费用从未花过公家一分钱。谁知他拍摄过多少？有西藏的山川风光、人文景观、蓝天白云、落日晚霞，有湖泊草原、牛群羊群、帐篷土屋，有藏族生活风俗、歌舞剧照……每张照片都蕴含着他对生活的爱，对祖国壮丽山河的深情。孔繁森还拍过一幅《布达拉宫的早晨》——那是秋天的早晨，阳光明媚，天空如洗，几朵祥云缭绕，巍峨的布达拉宫静静地矗立在红山之巅。他巧妙地利用龙潭倒影，均衡的画面，丰富的层次，展示了布达拉宫的祥和安定。

这荒原上的黄昏是极其动人的。太阳缓缓沉入遥远的地平线，云层中绽开一道巨大的裂隙，紫红色的光芒从云隙中射出来。山顶的白云、积雪也被映照得发紫，紫中泛红，红里透黄，最后变成一抹金黄色。那高高低低的雪山冰峰，犹如宣泄着一股股金色的光流。远处的湖水、河流也反射着金黄色的光芒，雪山巨大的轮廓投射在湖水中，使湖水变得光怪陆离。广袤无垠的荒原沉浸在黄昏的肃穆和悲壮中，天地充满着神秘和苍凉。

汽车又上路了。

依然是重峦叠嶂，犹如苍黛色的波涛，荒原的野风拍打着车窗，车子颠簸着奔驶。司机洛桑凭着第六感分析判断，灵活地左扳右踩。上坡下崖，每前进一步，车轮就像轧响一个巨大的惊叹号。

太阳落山了，沉重而富有质感的暮色笼罩下来。一切删繁就简，山岭，河流，草滩，只剩下朦朦胧胧的轮廓。夜风在空荡荡的大地上呜咽，既悲怆又凄凉。

"啪"的一声巨响，汽车爆胎了。

在这砾石遍地、凸凹不平的山道上，汽车爆胎是家常便饭。好在西藏的司机人人都会补胎，且备有工具。但令人难堪的是打气。打满一个轮胎，要打几百下。大家轮流打气，打上几十下，都累得气喘吁吁，加上高原缺氧，稍一活动，便嘴唇发乌，脸色发紫，心脏急促地跳动，几乎要蹦出胸膛了。

风变小了，四周弥漫着令人恐怖的岑寂，好像回到远古洪荒时代。只有这辆孤独的车子踽踽地行驶在苍茫的天地间，行驶在苍茫的暮色里。

夜色更加浓重了。本来就不存在的"公路"，现在痕迹难寻。

没办法，今晚只好在这荒原上当"团长"了。

孔繁森说："咱们做晚饭吧！今晚咱们可以体验一下荒原之夜了！"

他们在一个沟壕里，点着了汽油喷灯，架上一只小钢精锅。孔繁森到河边取来一桶水，又从车上取来饼干、方便面和鸡蛋等，荒原上的晚宴就这样开始了。

蓝色的汽油灯火苗舔着黑沉沉的夜色，荒凉沉寂的夜色里传来河水的喧哗声，偶尔有一两声野兽的哀鸣，怪吓人的。突然，远处的雪峰后面出现一道白光，愈来愈清晰，愈来愈明朗，转眼间一轮明月爬上雪峰。荒原上的月亮大得出奇，亮得出奇。它高挂在蓝色天幕上，冰冷的清辉倾泻在山峦、河流、草滩……于是，荒原上的一切又变得活生生的了。

吃罢晚饭，孔繁森和张副秘书长在月光下散步。月光如水，远处积雪的山峰闪烁着青粼粼的光晕，月光照不到的山崖露出狰狞恐怖的凶相，不时传来几声野兽的嚎叫，更增加了荒原之夜的恐怖氛围。

"孔市长，你咋这么爱好摄影？"张秋生问道，"听说，一家画报上还发表过你的摄影作品呢？"

"哎，我是半路出家！"孔繁森笑道："我爱摄影是这两次进藏后的事，西藏太美丽了，雪山、草原、戈壁、江河、森林……遍地都是摄影素材，还有民俗风情、宗教文化，神秘诱人。我常想，待援藏结束后，我回到家乡，一定搞个摄影展览，让更多的人了解西藏、喜欢西藏！"

"你真是多才多艺，诗词、书画、歌舞、摄影，还有烹饪，像你这样兴趣广泛的领导干部太少了！"张秋生和孔繁森感情很深，他常为孔繁森超人的精力、巨大的热情而感动，也倾慕他的多才多艺。一个对事业、对理想、对生活有执着追求的人，必定有一个广阔博大的心胸和丰富深沉的感情世界。

孔繁森爽朗地笑了："哪里，哪里，都是半瓶子醋！"又说道："我在家乡干过几年宣传部副部长，接触了许多文化人，耳濡目染，身上也添了几个艺术细胞。再说，咱是搞宣传的，不懂得点文学艺术，怎么抓好工作呀！艺术能陶冶人的性情，丰富人的精神世界，使人更加热爱生活。"

他们边走边谈，完全忘了身处荒原古夜，忘记了这荒原上无边无际的空旷和岑寂。

夜空深邃明丽，无数蓝宝石般的星星像是难以破译的密码，月光给山脊、岩石镶上一道银色的饰边，缥缥缈缈，仿佛风一吹，便会悄然逝去。陡峭的山峰和潺潺的流水，冷漠的旷野和温柔的月光，平衡着大自然，使人感到这荒原之夜的博大和幽微，雄浑和纤柔。这是一种境界。

孔繁森兴致勃勃，思绪变得更加活跃。他和张秋生谈学习、谈工作，谈几年来在西藏工作的感想，也谈对阿里未来的设想。他的两只眼睛，在夜色里炯炯发光，一路风尘和疲惫似乎被这如水般的月光洗涤殆尽。

"秋生呀，你喜欢喝酥油茶吗？"

"不喜欢。"张秋生摇摇头，"我闻不惯那种腥味。"

"不行呀，在西藏工作不学会喝酥油茶，就没法深入基层。1979年，我到岗巴县当县委副书记，到一个牧乡蹲点，搞责任制，一住三四个月。一开始，我也不习惯喝酥油茶，老百姓很热情，端着碗敬你，我硬着头皮喝，又苦又涩，还有一种腥膻味……现在呢，就像染上了烟瘾似的，一天不喝，浑身没劲，两天不喝，就想得慌！

"那一年，我爱人王庆芝来拉萨看望我，有一天我应邀去当雄县参观赛马会，带她一块去，在那里吃的是半生不熟的牛羊肉，嚼不烂，肉上还带着血渍，她吃不下，我也是硬着头皮吃，嚼不烂，就囫囵吞下去，她心疼得直掉泪，我故意装出香喷喷的样子。她说：'你咋能吃下去？'我说：'咋吃不得？我不吃不就饿死了嘛！'我这一说，她更难过地说：'你真受罪了……'我对她开玩笑道：'生吃熟吃只是个习惯。我们祖先若不发明火，还不是都吃生肉吗？'……"说着，孔繁森独自哈哈地笑了起来。

孔繁森兴致勃勃地讲着，竟忘了一天旅途的疲劳："后来，我从一本科学杂志上看到一篇文章，讲到藏胞们为什么能适应高寒山区生活？从人体解剖学上看，他们身体的细胞组织有别于我们；从营养学上讲，他们主要食肉、喝酥油茶，这是高热量食品，人身上缺乏热量，自然无法抗击这寒冷的气候……入乡随俗，为工作就要学会适应环境。"

孔繁森性情豪爽豁达，无论处在怎样艰难困苦的环境中，总是用一种乐观的态度影响、鼓舞周围的同志。闲暇时，谈起藏族人民的过去、现在和未来，藏族人民悠久的历史的时候，大家都感到自豪。讲到由于种种原因，藏胞的生活还很贫穷，经济还很落后，眼睛里总流露出一种内疚和同情来。

无人区

太阳出来了，从高高的雪山之巅爬了上来，踩着荒漠的脊梁，踏着湖上的薄冰，旋转着，舞蹈着，高原的太阳总是那么充满青春的激情，充满无穷的期望。那橘黄、浅红、赭红的朝霞给萨满的天空，给这荒凉的无人区增添了一抹暖色。

其实，无人区的风光是壮丽的。在这藏北高原，在这无边无际的苍凉和空旷里，遍布着大大小小的碧蓝的湖泊，像蓝宝石似的，阳光朗照，熠熠发光。现在湖水尚未完全化冻，到了六七月份，那湖水就像飘动的蓝绸，映着雪山冰峰，宁静而美丽。每个湖又有自己鲜明的特色，大者浩浩然，沛沛然，如同一片海洋；小者却如一块明镜，用诗人的话说，那是袖珍湖泊。湖中有岛，有沙渚，那是鸟儿的自由世界，赤麻鸭、棕头鸥、斑头雁，叽叽喳喳鸣叫，自由自在飞翔。湖畔是绿茵茵的草滩，绿浪翻腾，那是真正的大草原风光。每到这季节，牧民赶着牛羊，在这里搭上帐篷，度过一段绿色的岁月。

　　至于无人区的河流更有趣。河水来自雪山，凡是雪山都有一条条被雪水冲刷的沟壑，雪水流淌下来，在山脚下形成一条河流。到了六七月，河流仿佛进入青春期，性情格外活跃，浪涛翻腾，一路欢歌，去寻觅那条母亲河——雅鲁藏布江。然而青春苦短，9月份，雪水又结了冰，河水停滞了，白天从雪山流下来的水，晚上便在河床上结成冰块，愈积愈大，河床里出现巨大的晶澈的"冰山"，藏族人称之为"固体水库"。这固体水库也只有到来年六七月份才会融化。

　　孔繁森双手抓住车上的扶手，目光贪婪地望着羌塘草原壮美的风光。现在仍是寒冬的景象。举目茫茫，全是雷同化的灰褐色的山岭，雷同化的赭黄色的荒滩，雷同化的结冰的湖泊和河流。汽车无论怎样挣扎，奔波，都似乎难以冲破这空旷、苍凉交织的硕大无朋的无形的网。一连行驶几个钟头，看不见一顶帐篷，一个人影，除了汽车的引擎声和车窗外呼呼的风声外，听不到任何声响，只有无限的重复、无限的单调。

　　太阳一跃上天空，光芒便变得极为灿烂，强烈的紫外线热情而狂放地亲吻着群山万壑，但是风却是寒意凛凛。这从地球之巅奔泻而来的风，从雪山峡谷奔泻而来的风，十分刺人，即使和灼热的阳光交融，也难以中和其寒意。

　　令人欣喜的是，三五成群的藏羚羊、岩羊、盘羊、大头羊，在山脚下的荒漠上奔跑。它们看到奔驶而来的汽车，并不惊慌，反而瞪大黄褐色的眼睛，或好奇地行注目礼，或远远地伫立在山崖上，迷茫地打量着这陌生的怪物。有几只大胆的藏羚羊，竟然欣喜若狂地和汽车赛跑起来。如果跑在汽车前方，它们又停下来，像顽皮的孩子似的，回首望着气喘吁吁的车子，一副天真烂漫的神态。

　　孔繁森取出照相机，透过车窗玻璃，拍下这无人区独特的画面。

"秋生，你知道第一个闯无人区的汉族干部是谁吗？"孔繁森问道。

"孙光明，对吧？"张秋生也听说过这位高级兽医师的故事。

"孙光明也是我们山东人，真是条硬汉子！"孔繁森兴奋地谈起孙光明的故事——那是20世纪70年代初期，羌塘草原那曲工委刚刚创建，孙光明便来到无人区——这五十多万平方公里的高寒荒原上只有九百多个牧民，是一个原始的游牧部落。政府非常关心牧民的生活和牧业的发展，决定建镇，开发无人区。有一次，孙光明带着一位翻译去尼玛区为牧民看病，为牲畜防疫，那时没有汽车，他们骑着马，带着干粮、武器、药箱和帐篷，走了十九天，才来到尼玛区。途中，他们的干粮吃完了，就靠打猎，吃野生动物；口渴难耐，就喝藏羚羊的血。打不到猎物时，就到河里抓鱼吃。

每当孔繁森谈起这些"老西藏"艰苦创业、无私奉献和崇高的自我牺牲精神，眼睛总是潮湿的，情绪激动不已，由衷地升起一种敬意。多少人为了祖国这片美丽而贫穷的土地，献出了青春，献出了生命，献出了一切！

孔繁森揉揉眼睛，为创造一种欢乐的气氛，声音变得快活起来："啊，那天孙光明还给我讲过一个故事，讲他们在荒原上迷了路。他们在河滩上遇到四个驮盐巴的藏胞，见四个人都仰躺在草滩上，每个人四肢和肚腹上都压着一块石头。他们非常害怕，莫非这荒原上还有强盗？看看四周，没有人影，他们走上前俯在那被石头压着的藏胞身边，听见心脏还在跳动呢！他们急忙把石头搬开，把四个驮盐人一一抢救过来，一问才知道，是黑瞎子做的恶。黑瞎子先是在人的后脑勺猛拍一下，连拍带吓，人当场便昏了过去。黑瞎子便抱来石头压在人的四肢和肚子上，然后蹲在旁边观察动静。如果人还没死，黑瞎子便坐在石头上，还用鼻子闻闻，看人还有没有气息。最终它们确认人已经死了，才慢慢离去……"

这故事并没引起大家的兴趣，反而增加了一种恐怖感和悲怆感。

汽车仍在奔驶，依然是满目的荒旷、苍凉，远山如涛如浪，无际无涯，炫示着冷酷的沉默、庄严的喧嚣；裸体的岩石和焦渴的砂砾，在阳光的暴晒下，昏昏沉沉，俯首帖耳地忍受着太阳残酷的蹂躏。一切都像一个固体的梦。

前面出现一片水蒸气，如云如雾，如大漠的蜃气，孔繁森和张秋生兴奋起来。司机洛桑说，那里有一片温泉。果然，汽车开过去，只见从赭红色的鹅卵石间冒出一股股热气腾腾的泉水，溪流顺坡而下，迸溅着晶莹的水花，如滚动的珍珠，如串串音符，在这荒凉阒寂的山野上热情洋溢地奏响了一曲永恒的乐章。

孔繁森让车子停下，几个人跳下车，跑到泉边。

孔繁森想洗把脸，可手一伸，立即抽了回来，那水很烫，据说水温有八十七摄氏度。

山坡上，由于地表温度高，有几墩红柳绛红色的枝条上已漫溢出几缕春意，有的已钻出淡绿的叶芽，还有几棵骆驼草已着上灰蒙蒙的绿色。这毕竟是高原的春色，展示了生命的高贵和不屈不挠的意志。

孔繁森兴奋地对张秋生说："从地图上看，这里已属措勤县境了，将来从拉萨到狮泉河的公路修通了，可以在这里建一座温泉疗养院！"

"孔市长，你真是个浪漫主义者！"张秋生讪笑道，"这里高寒缺氧，人家来这里是疗养呀，还是受罪呀！"

孔繁森笑道："那至少可以为当地牧民造福吧。秋生，只要给我五到十年的时间，我非让这阿里高原，让我们的措勤县变个样儿！"那口气充满信心和一种男子汉的豪气。

"来了个焦裕禄!"

直到晚上 9 点钟,他们才来到阿里措勤县。

措勤县位于羌塘草原的西部。

本来,春天四月是充满诗意的季节,是浪漫抒情的季节。然而这高原小县城依然是一片萧索。几幢卵石和黄泥巴砌成的土屋,参差不齐,无精打采地散落在荒滩上,一条石子路浪浪荡荡像个醉鬼似的从两排土房中间蹒跚穿过。没有绿树,没有电线杆,没有城市应有的设施。房前屋后零星地长着几棵红柳,干枯的枝条还未泄露一丝春意,荒凉寂寥之中出现一辆汽车,不啻给小城带来莫大的欢喜。

县城依山傍水,它的西面是一个碧蓝的小湖泊,人们懒得给它起个名字,而东面则是上百平方公里的盐湖。这里的山光秃秃的,绵延起伏,赤褐色、橙黄色、灰土色……各种颜色的山构成一幅风格粗犷的高原风景画。

站在高处,鸟瞰小镇几十栋石头、黄土、水泥堆砌的房屋,最令人注目的是那个像锅一样的白色卫星电视接收设备。"银锅"内壁上有一行大黑字"航天部……"提醒人们,这荒原小镇还牵连着祖国的心脏——北京。也有几家商店,国营的、民营的,破破烂烂的几座房子便是"繁华"的商业区了。那条公路走出小城后,很吃力地爬过一道崖坡,向西南方向延伸去。

小镇的北面有一个巨大的玻璃温室,充分地接受高原阳光的慷慨馈赠。其实,这高寒地区,阳光妩媚明亮但并不温暖,但它毕竟给小镇留下一片春天。温室里种着新鲜蔬菜,有菠菜、韭菜、小油菜等。

小镇的四周和孔繁森一路看到的景观大同小异。连年的干旱,草滩草场都是灰褐色，矮小的植被稀疏地散落在荒原上。

然而，这是白天看到的景象。

小镇原有一台柴油发电机，每天晚上发电两个小时，供党政机关干部和居民们收看中央电视台的《新闻联播》。不知怎么搞的，柴油发电机今天出了故障，小镇陷入一片幽暗，几缕昏黄暗弱的烛光和酥油灯光从屋子里射出来，给归旅客人带来几缕温馨。

孔繁森这位新任"太守"，没想到他的"治区"如此贫穷落后，这不能不使他感到震惊，更感到身上担子的沉重。

县委、县政府的领导并不知道他的到来，自然没有做什么"迎接"的准备。

张副秘书长要找县委、县政府的同志，孔繁森一把拽住他的胳膊道："咱先住下，填饱肚皮，天晚了别麻烦人家！"他们在县委招待所停下车。

自然，饭是带来的方便面、面包之类。

不到十几分钟，便平息了肚里的"暴乱"。

"走，老张，咱们一块看看县委书记和县长去！"

司机洛桑说："你们在这儿等着，我熟悉，我叫他们去！"

"不，不，"孔繁森制止说，"咱们一块儿去，不要叫人家往这儿跑了。"

一向对同志、对部下体贴入微的孔繁森不顾旅途的疲劳，穿街过巷找到县委书记和县长，县长又命人找来办公室主任及在家的几位副手。

一个小小的座谈会就在县委书记那三间土屋里召开了。

县委书记名叫肖达娃，是个藏族干部，不到四十岁，圆脸，个头不高，像其他藏胞一样，热情，憨厚，纯朴，但那双眼睛却烁烁照人，给人一种深沉、稳重而又干练的感觉。

一番寒暄过后，肖达娃便"如数家珍"般地把措勤县的情况，如戈壁、荒滩、草场，人口、牲畜，以及土地面积等说得清清楚楚的。肖达娃嗓音低哑，但口齿清晰，汉语说得抑扬顿挫，很是流利。

这是个纯牧业县，工业和农业都等于零，是阿里地区最穷的一个县。财政收入每年不过几十万元，绝大部分支出靠财政补贴。措勤县原属于那曲地区管辖，前些年才划归阿里，是羌塘无人区的一部分。公路交通几乎没有。牧民居住得十分分散，乡与乡的最远距离达四百公里，村与村的最远距离达两百多公里，户与户最远相距达八十公里。

肖达娃说罢，轻轻地叹了口气："孔书记，旧社会这里是流放犯人的地方……改变这里的面貌实在难呀！"

孔繁森听罢，脊梁骨缝里也不觉冒出一股冷气，他振作精神，抬起眼睛，感叹道："是荒凉贫困呀！不过再穷再落后，也是母亲身上的一块肉，我们不能扔下不管！"

孔繁森埋头在小笔记本上写着。小笔记本上密密麻麻地记满了很多数字，上面还做了很多只有他明白的符号，如三角形、五角星、圆圈等，每一个符号都显示出一个沉重的问题。

孔繁森问道："全县有几所学校？"

"四所。县城一所完小。"

"适龄儿童入学率呢？"

"不到百分之二十五。"

每到一处，他首先了解的是学校、是教育，来到措勤县，他照例关心教育发展情况。孔繁森眉头紧蹙："教育太落后了！"他抬头用眼睛盯着县委书记肖达娃，询问道："有什么办法提高入学率，把教育搞上去？"

肖达娃说："穷！目前一缺老师，二缺教育经费，三是牧区居住分散，流动性太大，难以创办学校，牧民们没有上学的习惯，就是免费把课本送到他们手里，他们也上不了学……"

孔繁森放下笔记本，说道："经费和老师的问题，我们千方百计解决，现在勒紧腰带也要把教育搞上去。穷是现象，愚是根本，治穷先治愚，教育搞不好，经济起飞，难哪！"孔繁森沉思片刻，又说道："至于后一个问题，我看不是牧民没有上学的习惯，而是上学难的问题。尽量让学校分布合理，做到乡乡有完小。"

孔繁森呷了一口茶，又拿起笔来，在小笔记本上记了点什么，问道："有没有乡镇企业？"

"没有。"肖达娃老老实实回答，停了一阵儿又说道，"县里原来办了一个羊绒加工厂，粗加工，后来垮了……"肖达娃有点伤感。

"什么原因？"孔繁森眉毛一扬，倒很感兴趣。

"没有能源，设备、技术也不行，亏损很严重，就停了。"

孔繁森更感到振兴阿里经济的艰难，但他兴致勃勃，语气严肃而坚定："看来能源制约着我们的经济发展，必须解决这个大问题。"

"羊毛多少钱一斤？"

"四元八角。"

"加工后呢？"

"十元吧。"

"这就看出来啦，我们光靠出售原料，是很难发展起来，附加值都让人家赚去了。"他惋惜地说道。

孔繁森又在笔记本上画了个沉重的"△"，就像一座形象化的"山"。孔繁森啊，摆在你面前的何止是这一座座山呢，还有深沟大壑，还有茫茫戈壁荒漠，要你带领着六万阿里儿女去奋斗、去拼搏，让荒山披上彩衫，让荒漠变成绿洲，这要付出多少心血和汗水啊？

孔繁森掏出一盒"黄果树"香烟，分给在座的人每人一支，自己也点燃一支，狠狠地抽了一口，又问："牧业呢？牧民们有什么困难？"

县长没等肖达娃发言，先回答了孔繁森的提问："连年干旱，牲畜大量减少，去年的存栏量比 1991 年降了百分之八，是措勤县历年最低的……"

孔繁森记下几句话，又在下面画了一道弯弯曲曲的线，像一条大河横在眼前，这波涛汹涌的大河怎么跋涉过去？这无疑给他又增加了一道难题。

"有饿死人的现象吗？"孔繁森又问道。

"没有，没有。"县长重复着，"牧民生活却很艰难。"说完低下头，轻轻叹了口气，便"咻咻"地吸起烟来。

屋里出现一片沉寂。

桌子上的马蹄表拖着迂缓疲惫的脚步，"咔咔"地走着。

烛光摇曳着，像印象派大师的狂笔，在墙壁上涂抹着重重叠叠的人影。

孔繁森思忖一阵儿，吐口烟雾，打破沉闷的空气，说道："是呀！困难重重！就是一个字——穷！这个'穷'字，有老天爷的责任，也有我们自己的责任！"他的口气变得幽默而诙谐，"老天爷的责任，咱暂且不去追究，咱们自己的责任呢？就是如何调动群众的积极性，打一场脱贫攻坚战。这场攻坚战的突破口在哪里？"他的声音又变得很重，像是问别人，更像问自己。

十二点十分了。

孔繁森这才起身离开肖达娃家。书记和县长把新来的地委书记送到招待所。

"孔书记，快休息吧，跑了一天，太累了！"

"没事，你们也早点歇息吧！"

肖达娃和县长在回去的路上，精神却变得振奋。

一个说："新来的地委书记很有魄力！"

一个说："他有点像焦裕禄！"

第二天，孔繁森在县委书记肖达娃的陪同下，看望了驻措勤的武警中队官兵。肖达娃向孔繁森介绍道："这支武警中队从干部到战士，个个素质高，警政关系、警民关系也十分融洽。"孔繁森听罢十分高兴。

武警中队的驻地就在小镇西头，没有院墙，只有几排用土坯和石头垒砌的土屋，十分简陋、寒碜。土屋后面是一片开阔的荒滩，战士们正在操练。看到孔繁森和县委书记走来，中队长便迎了上去。

肖达娃向中队长介绍："这是新来的地委书记！"中队长很标准地敬了个军礼。

孔繁森握着中队长的双手激动地说："同志们受苦了，你们为建设阿里、保卫边疆做出很大贡献，党和人民都感谢你们！"

中队长是个三十八九岁的中年人，高个头、方脸盘、大眼睛，皮肤粗糙，脸色发乌，嘴唇发青。

孔繁森亲切地问道："你在这里工作多少年啦？"

"十二年。"

"家属呢？"

"在陕西老家。"

"啊，身体怎么样？"

"还行。"

"战士们情绪怎么样?"

"还好。"中队长答道,"新战士刚来,想家,不习惯,有的小战士还哭过鼻子呢!"

孔繁森颇有感慨:"不容易呀,人家能来这风雪高原执勤站岗,是了不起的奉献哪!"又拍着中队长的肩膀,亲切地说:"我们当干部的要关心他们,体贴他们,把每一个战士都当作自己的亲人!"

一席话,说得中队长心里热乎乎的,他连连点头:"是,是。"孔繁森接着又察看了营房和食堂,把自己从拉萨带来的新鲜的青菜留给他们:"这点青菜,太少了,实在拿不出手。"又回过头对县委书记肖达娃说:"达娃书记,战士的营房太破旧了,走风漏气的,咱们县里能不能帮助他们盖上新营房?要是有困难,你写个报告,我回到地区想办法帮助解决。"

肖达娃说:"孔书记,我们想办法解决吧!"

孔繁森笑道:"那好,我再来措勤时,希望能看到战士们乔迁新居!"

下午,孔繁森又和肖达娃驱车看望县城附近的几个放牧点。直到黄昏才返回招待所。

"阿里有了希望!"

汽车出了措勤县城,沿着砂石遍地的公路,向阿里另一个纯牧业县——改则县驶去。

汽车发出沉重的轰鸣声,车速有时比人走得还慢。一座座大山雄峙着,威严的面容看不出一丝笑意。翻过这座山,便是开阔的波浪般的草滩。汽车在这高寒缺氧地区，由于汽油不能充分燃烧，也患了"高原反应"，喘息不止。

孔繁森把眼睛瞪得大大的，一只手抓着把手，贪婪地望着窗外的景色，其实一路上景色并无多大变化。这美丽神奇的阿里在他心中最初的印象，是无限的苍凉、寥廓的沉寂、亘古的蛮荒。几个小时后，仍见不到帐篷和牛羊，连年的干旱使山野草场变得颓唐和沮丧。

孔繁森眉头紧蹙，嘴角上的皱纹更显得清晰、坚毅。他心里却难以平静，如何使阿里地区的藏族同胞尽快脱贫致富，振兴发展阿里经济，这巨大的命题怎能不引起他深沉的思考？

从措勤县到改则县足足有四百公里，汽车跑了整整一天又加半宿，才进入改则县城，此时已是夜里十二点了。黑灯瞎火，万籁俱寂，幸亏司机洛桑路熟人也熟，他们在县招待所停下，办理入住手续。孔繁森既不想麻烦招待所的同志，也不想半夜里去打扰县委、县政府的同志，便敲响街上一家个体户饭店的门。

还好，有羊肉，还有白菜、萝卜。

孔繁森说："咱们改善一下生活，自己动手，丰衣足食，今晚咱吃顿水饺！"

饭店是四川人开的，老板倒很热情。

孔繁森袖子一挽，洗洗手便开始剁菜、剁肉，张副秘书长和司机洛桑帮助老板和面、点火。不到一个小时，水饺便包好了。大家饱餐一顿，便回招待所安歇去了。

这时已是凌晨两点钟。司机和副秘书长张秋生都已经睡了，孔繁森睡不着，他悄悄爬起来，拧开手电，在笔记本上写下一首诗《咏红柳》：

无垠戈壁绿一层，

历尽沧桑骨殷红。

只因根生大漠下，

敢笑翠柏与青松。

第二天早上，不知消息怎么传到了县委，县委书记拉加带着县委、县政府一班人前来招待所看望孔繁森。这之前他们并未接到"红头文件"，也未接到电话、电报，这位新任地委书记却走一路办起一路"公"来。

拉加也是位藏族干部，大专毕业，人长得有点瘦，但显得稳重老练。有一位副县长姓邹，是山东禹城人，1984年考入成都民族学院，只读了三个月的书，便被分配到这雪原极域小县城，开始做宣传工作，后来被提拔为副县长，分管文教、卫生等工作。

连日奔波，加上高原严重缺氧，孔繁森已十分疲惫，眼圈发青，脸色发乌，嘴唇发紫，凭着毅力和意志，他的精神依然振奋。

"好，好，大家都来了，坐下，坐下！"

小小房间，椅子上、床上都坐满了人。

座谈会开了整整一天，孔繁森大体了解了改则县的整体情况：改则县也是个纯牧业县，面积十一点二万平方公里，平均海拔四千七百米，草场面积有八千万亩，牲畜存栏量七十七万只（匹、头）。两所小学：县城有一所完小，察布区有一所不完全小学。

另外，在孔繁森小笔记本上还记下了县委、县政府领导同志提出的几个问题：

一、要求落实以工代赈十九点七万元；

二、请地区民政局协助县对九个乡的贫困状况进行普查；

三、要求低息贷款四十万元，免还或延期偿还；

四、成立了县运输联营公司，现有八十三辆车，想贷款一百万元，再加几部车，请解决油料指标；

五、察布小学已恢复，有三十名学生，多是贫困户孩子。县里给每个学生买了三套衣服，县里解决口粮，要求实行"三包"（包吃、包住、包穿）。要求地区增拨教育经费两到三万元；

六、要求再建十眼太阳能水井，解决区乡居民饮水问题，每眼井需五万元；

七、要求对康拓区改造列入 1994 年计划；

八、改则县卢仁桥的修建需要列入计划，已报地区；

九、改则县察布区要求给每个乡解决一辆东风车；

……

孔繁森合上笔记本，抬起目光，说道："感谢大家，给我提供了许多情况，这都是关系到牧民群众生活的问题，我们一定要高度重视，回地区后，我找有关部门组成调查组，对一区九乡进行普查。"

一阵儿叽叽喳喳的议论声，初次相识，大家便感到新任地委书记办事利落，作风扎实，平易近人。

孔繁森又说："古人说，治政之要在于安民，安民之道在于察其疾苦。我们做父母官的要始终把老百姓的疾苦放在心上。扶贫是一场攻坚战，要靠我们大家共同努力，把群众的积极性调动起来，找准突破口，来个全面推进！"

座谈会结束时，孔繁森提出要到改则县最贫困、海拔最高的察布区看一看。

县委书记拉加说："孔书记，你太疲劳了，休息一下吧。察布区海拔五千七百米，没有路，车过不去！"

孔繁森道："那就骑马，不看看我心里不踏实。"

拉加拗不过孔繁森，提出要陪孔繁森一块骑马去察布区。孔繁森说："大家都很忙，你们都不要去了，你给我找一个翻译，准备两匹马。"又对张秋生副秘书长说："你和洛桑，还有两个孩子在招待所休息一天，我去一天就回来。"

他在牧乡转了一天，在乡政府的土屋里，在牧民的帐篷里，在村长家里，在草滩上，在河谷中，和牧民们聊天，问这问那，嘘寒问暖，听取乡、村干部们介绍情况，倾听群众的呼声，察看他们衣食住行状况，给藏胞们送药看病。牧民们不知道"这是哪来的好人"，翻译告诉他们：这是新上任的地委书记。人人震惊，没想到这位"大本布拉"能到他们破旧肮脏的帐篷里，和他们一块喝酥油茶，吃风干的生牛羊肉……

孔繁森常说，一个人民公仆的办公室应在基层，在帐篷。走到哪里，哪里就是他无形的办公室；走到哪里，哪里就是他的工作岗位。乡政府的床头是他的办公桌；在牧民帐篷里，他的膝盖便成了"写字台"……

在这被称为"无人区"苍茫浩瀚的荒天漠地，这些游牧藏胞能在这无休止的寂寞中，在这难熬的寒冷中，在这狂风呼啸、与世隔绝的天地间，默默地劳作，他不能不为这个伟大的民族顽强的生命力和吃苦耐劳的精神而感动，但又为他们贫困的生活而感到沉重和不安……

回到县里后，他对县委书记和县长们感慨地说："牧民的生活太苦了，我们肩头的责任重大啊！我们要不惜代价，改善他们的生活和居住条件，使他们尽快脱贫致富……"

县委书记却告诉他说："孔书记，地委领导来电话，说是拉萨办事处拍去的电报，你4月10日离开拉萨，正常情况四天到达狮泉河，现在已是第八天了，还没见人影儿，可把他们急坏了⋯⋯"

孔繁森笑道："怕我被狼吃了？你打个电话，我明天去革吉县，大概后天就到狮泉河了。"

经过一天一夜的奔波，孔繁森一行才来到革吉县，这是离狮泉河——地委行署所在地最近的一个县城。他又召开了整整一天座谈会，直到第二天下午才来到狮泉河，这位新任"太守"正式就职。

第九章　天地苍茫，路在何方

——"路漫漫其修远兮，吾将上下而求索。"他的目光抚
摸着阿里的山山水水，充满信心地说："我们不能等待未来，
要创造未来；阿里充满希望，希望孕育着力量，孕育着辉
煌。"

阿里和它的边陲小镇

阿里地处雪原极域，是一块美丽而神秘的地方，我们的兄弟民族
用他们极富形象意义的语言，称之为"阿里三围"，即雪山围绕的地方、
森林围绕的地方、湖水围绕的地方。阿里，藏语的意思是"王的领地"，
古代称之为"羊同"。

然而地委办公室一位负责同志却语气沉重地说："没去过阿里的人
不知道什么叫阿里；去过阿里的人才知道什么叫阿里。"

阿里的土地面积是三十三点七万平方公里，这个面积相当于三个
江苏省、两个山东省，然而人口却只有六万人，平均五平方公里才有
一个人，称它为"无人区"也不算夸张吧！

横亘在青藏高原中部巨大的山脉，它叫冈底斯山，意为"众水之

源"；而与它肩擦肩的那条同样雄浑的大山名叫念青唐古拉山。两座大山连在一起，构成一道巨大的山系，是藏北与藏南的分界线。山东西长一千五百公里，南北宽约八十公里，平均海拔五六千米，超过海拔六千米的高峰有二十五座。冈底斯山的主峰——冈仁波齐峰海拔六千六百五十六米，此峰藏语意为"大雪神山"，是著名的佛教圣山；念青唐古拉山主峰念青唐古拉峰海拔七千一百一十七米。阿里的西北部便是克什米尔高原，喀喇昆仑－唐古拉山，前者主体部分在新疆维吾尔自治区，而东延部分却在阿里；它西南部便是名气大得吓人的喜马拉雅山脉。这条弧形山系，东西走向，由许多平行的山脉组成，全长两千四百公里，宽两三百公里，山势雄峻高伟，平均海拔六千米以上，其间，高峰林立，海拔超过七千米的有五十多座，超过八千米的有十一座。珠穆朗玛峰在它的中段，这里被称为万山之首、地球之巅。

阿里边防线长达一千一百六十公里，与印度、尼泊尔、不丹接壤。这里虽然条件艰苦，自然气候恶劣，常年积雪，大风期一百六十多天，但这里地大物博，矿藏丰富，风光壮丽。

这里常年气温在零摄氏度以下，冬季十分严寒，最低温度达到零下四十一摄氏度。

好啦，我这个"地理教员"对阿里的了解就这么些。咱们请一位学识渊博的藏学家来讲述一下它的历史吧，也许你会更感兴趣。这位藏学家汉语虽然不甚流畅，但发音准确，吐字清晰，随着他抑扬顿挫的声音，在你面前铺开一幅壮丽迷人的画面——

远古时期的阿里高原并非像现在这样荒凉、封闭、偏僻，那时喜马拉雅山和冈底斯山还处在"童年"，它们之间有一条绿色的走廊，茂密的原始森林，葳蕤的草场，孔雀河像一条锦带在这绿色的走廊里飘动。这里碧草如茵，鲜花盛开，草滩上羊肥牛壮，马嘶鹿鸣，枝头间鸟雀欢唱，花丛中蜂蝶翩舞，一片生机盎然。谁知宇宙之神闹了一阵子"造山运动"，这下子可糟了！喜马拉雅山在轰轰隆隆的巨鸣中崛起，而四川那片土地便凹下去，一场生命的浩劫便降临在这高原上——森林不见了，潮湿的气候变成了高寒雪域。这条绿色的走廊——通往世界的走廊也被斩断了。灾难、贫穷、落后、荒凉、闭塞，这些沉重悲怆的字眼便永远伴随着这片高原。

然而也奇怪，在一千三百多年前，松赞干布的吐蕃王朝毁灭之后，这里竟然出现了一个人口众多、昌盛发达的古格王国。不信，你走进阿里地区的札达县，会看到古格王国的遗址，那历经千年霜浸雪打的古老的城堡，依然气宇轩昂地耸立在山崖上，向人们讲述着这片宗天秘地感人的故事，炫耀着一个虔诚民族历史的辉煌……那美丽的壁画，典雅的建筑，精湛的雕塑，优美的造型，多姿多彩，绚丽缤纷，使你惊讶，惊叹，惊喜！

好啦，有机会我们随着孔繁森书记一块到札达县看看吧！现在我们要浏览一下他刚刚落脚的阿里地区政治、经济、文化中心——边陲小城狮泉河了。

和我们看到的措勤县城没有多大的区别，只不过措勤的"底版"在这儿放大了一张。值得一提的是，那座地区群众艺术馆是小镇的文化中心，也是最大的建筑物。群艺馆旁边是几家国营商店和几家个体商店，这便是小镇的商业中心，稀稀拉拉的顾客——有藏族的、汉族的，也有维吾尔族的——进进出出购买自己需要的商品。小镇的西端有一条简易公路，像一条脐带似的沿着山脚向外蜿蜒而去，这是新（新疆）藏（西藏阿里）公路。

也许雨量充沛的年月，路两旁的河滩和草坝上，有绿茵茵的牧草，草丛中开放着橘黄、嫣红、紫檀色的野花，馨香阵阵，牧场上牛羊如彩云浮动。然而这已是遥远的童话了。连年的干旱，看不到绿荫，看不到鲜花，到处是慵倦的灰褐枯黄，更听不到牧歌悠悠、羊咩牛哞了。

据西藏女作家马丽华介绍：早在 20 世纪 60 年代初期，阿里还归新疆维吾尔自治区管辖，那时首府在噶尔昆萨，1966 年迁至于此。那时狮泉河两岸绵延着八十公里的红柳丛。当时迁来的有四百人，全是党政机关干部，只有一个藏族临时工，成了这小镇唯一的"城镇居民"。阿里能源十分匮乏，他们砍伐红柳做柴薪，年年月月，八十公里的红柳带全部砍伐殆尽，风沙也就乘虚而来。后来连做饭的柴草也没有，每个干部每年只供应半车牛粪，冬天更不用说取暖，连做饭都不够用。有的干部烧报纸做饭，一份全年的《人民日报》恰好够烧熟一顿饭。

到了夜晚，这荒原更令人憋得难受，没有电，一片漆黑。后来弄了台柴油机发电，运行两个小时，只供照明用；过了点，小镇就陷入黑暗。住在这里就像住在鸿蒙初开的另一个星球上，似乎没有历史，也没有时间，甚至会失去记忆……

但是，我们还应该感谢和歌颂老一代创业者，在这荒漠上，他们用勤劳的双手建立了阿里地区大本营，这里有了医院，有了汽车修理厂、柴油发电机房、粮库、畜产品收购站……

虽然已是 4 月中旬，狮泉河却依然冰冻着，青光粼粼，像一把令人震惊的藏刀插在高高的山崖下，偶尔有几只牦牛和高寒绵羊哞哞咩咩哀叫几声，移动着孱弱的身子，寻觅绿色的希望。

孔繁森被安排在一间简陋的小平房里，他本来就十分简朴的家当，也不需要怎么布置。

当晚，他行李卷未打开，便在比他早来一个月报到的秘书长安七一带领下，走访了专员、副专员和其他几位地委副书记。

第二天上午，他便来到部队驻地，看望边防哨卡的战士。这是一个兵站，孤零零的一个大院子坐落在一片荒漠平坝上。战士们寂寞得很，一本杂志传来传去，封面都没有了，还在看；谁来了一封家书也成了全连值得庆祝的大事——这里信件全由乌鲁木齐发往阿里，但一年有半年不通邮，大雪封山以后，新藏公路不通车，一封家信来到这里已是半年以后。孔繁森给将士们带来了礼品和书报杂志，这些全是他在拉萨自己掏腰包购买的。

这天上午，他又走访了阿里狮泉河乡唯一的一所完小，看望了教师和学生。

下午，他便和阿里军民一块植树，在狮泉河谷里，刨开冻土，栽下第一棵红柳。

这天晚上，他便召开了地委、行署"见面会"，详细地询问了阿里的经济、地理、文化、农牧业等有关情况，小小的笔记本上又密密麻麻地写满了十几页。

这天夜间，孔繁森送走干部们，便在烛光下写下初来阿里的感受，构思阿里的未来……

连夜奔波，困倦，疲惫，又加高寒严重缺氧，路上又患了感冒，他头晕、恶心。谁知病不打一处来，此时，他的痔疮又复发了，疼痛难忍，他扶着墙，吸着氧气，在厕所蹲了足足一个小时，大便尚未解下来……

四十一份请调报告

第三天晚上，孔繁森刚刚吃罢晚饭。晚饭不过是面条就榨菜。

一个中年人敲开了孔繁森的门，来者是某局副局长，河南人，个头不高，脸上的皮肤粗糙黝黑，嘴唇干裂，这是高原常见的缺氧症状。

"孔书记，您好！"来人很有礼貌。

"请坐，请坐！"孔繁森热情地拉过一把椅子。

那人坐下后，做了一番自我介绍，接着便谈起自己家庭困难，父母年纪大了，无人照顾，他在这儿已干了七八年。原来在拉萨市电业局工作，想调回老家河南，实在不行的话，调回拉萨也行。

"孔书记，早就听说过您的为人，您对同志一片热心……啊，孔书记，请您关照一下吧！"说着从上衣口袋里掏出两页折叠得方方正正的稿纸。

孔繁森接过来，展开一看，天头四个大字赫然入目——请调报告。

孔繁森听罢，也不免感慨，是呀，家庭是有些困难，是应该照顾，便用温和的目光望着对方，关切地说："身体不好先看病……调动的事，我初来乍到，还不熟悉情况。你的事，我记住了，能解决的我一定想办法帮你解决。"

那人走后，不过二十多分钟，门外又响起敲门声，来者是一个三十多岁的青年人，戴着一副近视眼镜，文质彬彬，但是肤色显得粗糙、黝黑，头发乱蓬蓬的。他说，他是从内地分配来的大学生，1986年从拉萨水利厅调来，妻子在拉萨市银行工作，夫妻多年分居，家庭不和，请孔书记关照能不能调回拉萨，又说孔书记在拉萨担任副市长，关系熟，请孔书记多帮忙。

临走时，也交给孔繁森一份请调报告。

这是怎么啦？孔繁森拿着两份请调报告，像两块火炭，烫人，刚刚就任，工作尚未开展，便碰到这些棘手问题，他不觉陷入沉思……

谁知一阵儿敲门声，又把他的思绪打断了，进来的是一位藏族干部，四十多岁，人长得剽悍，脸膛被高原的阳光晒得黑紫，但两只眼睛却炯炯有神。

孔繁森依然热情地邀他坐下，来人掏出一盒"红塔山"，抽出一支递给孔繁森。

孔繁森说："我有点咳嗽，不敢吸烟。"

这位藏族干部自己点燃一支烟，吸了两口，这才说明来意。他说，他原来在日喀则税务局工作，1984年5月调入阿里，已经八年了，妻子也在阿里医院上班，现在想调回日喀则，原因是孩子在这里读书条件太差，父母亲都在日喀则，他之前曾写过两次请调报告，都没有批准。现在想请孔书记关照，能将夫妻二人调回日喀则，同样拿出一份请调报告，报告上有两个人的署名。

送走客人，孔繁森只觉得头涨得像笆斗，又像钻进了许多蜜蜂，嗡嗡乱响，又蜇得发疼，他用手指掐掐太阳穴，连吃了几片止痛药。

过了一阵儿，他敲响隔壁新任地委秘书长安七一的门。安七一是和他一同调往阿里的，原来在自治区团委工作，他比孔繁森早一个月报到。

孔繁森说："七一，这三个人的情况你了解吗？"他把三份请调报告交给了安七一。安七一接过来，没有看，笑道："我这抽屉里早有一沓子了，你看。"说着拉开抽屉，拿出一叠纸来，"我还没来得及向你汇报呢，我先给你数一数！一、二、三、四、五……"安七一数了一阵儿："不多不少，加上这三份共四十一份。"

孔繁森更加震惊了！

汉族干部想调离阿里，藏族干部也想调离阿里，理由都很充分，不是家里有老人需要照顾，就是夫妻分居，个人身体有病，不适应这里的艰苦环境，还有的附上妻子来信，信的内容几乎带有最后通牒的性质：如果不能限期调回来就要分道扬镳，还有的在请调报告后面附上了医院诊断书、病历……

这四十一份请调报告对新任地委书记不啻是当头一棒，打得他眼冒金星，头疼欲裂。自己离开拉萨时，还向自治区党委立下军令状：三年不改变阿里面貌，便请求免职。谁知，刚上任就碰到这么严重的问题，出乎意料！

要振兴阿里，发展阿里经济就得靠人才。人才留不住，一切都是空话。这四十一份请调报告有党政干部，也有科技工作者。干部队伍思想不稳定，知识分子队伍思想不稳定，这怎么不引起他沉重的思考啊！

"七一，今晚，你到我屋睡吧，天很冷，咱俩打个通腿！"孔繁森口气倒变得平静了。

两个人哪里睡得着，一个人围着一床被子，面对面地聊起天来。

安七一道："关键是解决干部队伍稳定问题，干部队伍思想不稳定，阿里形势就谈不上稳定和发展。"

孔繁森道："对，这是个根本问题，我原来估计不足。这些请调报告，我粗粗看了一些，有些同志确实有家庭困难，身体有病，应该照顾，但是根本问题是同志们对阿里失去信心。人是个怪物，苦不怕，累不怕，就怕对他从事的事业没有希望，没有信心，人人都想干一番事业，一旦追求的事业没有希望，精神支柱就垮了。必须提高大家对阿里发展的信心！"

安七一道："前任地委书记公觉次仁说过，要发展阿里，不走出传统的农牧业生产结构，阿里地区的经济发展就没有希望，但要改变现有的落后局面，资金、人才和基础设施上的限制因素又太多。"

"难道阿里就没有优势吗？阿里的优势在哪里？不管发达地区还是落后地区都有自己的优势，我们必须找出自己的优势，做好发展规划，振奋大家的情绪，增强大家奋斗的信心。"

一连三四个晚上，孔繁森都没睡好觉，没有电，就打起手电筒，看材料，翻文件，他的眼睛熬红了，乌紫的嘴角都起了火泡……

这几天，孔繁森完全进入了一种"工作狂"的状态。他白天黑夜连轴转，一个部门一个部门地调查，一项工作一项工作地了解过程，一整夜一整夜地思考阿里的发展前景。4月25日，他到达狮泉河的第六天，就主持召开了第一个地委行署联席会议，他提出要发展阿里，先要稳定干部队伍，增强信心。他给各级干部出了第一道题：寻找阿里发展优势。

天地苍茫，路在何方？

这里没有春天，似乎也没有夏天。春天和夏天都站在日历上。苍茫的天空，苍茫的大地，苍茫的雪山，苍茫的冰川，苍茫的荒野，苍茫的风。除了有一两条河流在低吟、呜咽，苍茫的天地间是一片寂寥。

就在这苍茫的天地间，一辆"丰田"牌越野车，像一只孤独可怜的小甲虫在奇形怪状的大山褶皱中蠕动。阳光恣意地泛滥，无边无际，无遮无掩，但那光却令人厌恶，有着刺人的冰冷感。

偶尔出现一群野牦牛，悠闲地、目空一切地游荡着，不时仰天哞叫几声，震得群山觫栗。没有飞鸟，甚至连一只乌鸦、一只苍鹰的影子都见不到。

汽车时而在礓石遍布的山路行驶，时而在绵延的雪山脚下挪移，车轮轧在冰雪路上吱吱作响。一座座险崖，一条条深壑，一道道冰冻的雪沟，令人触目惊心。

坐在车上的孔繁森，一只手紧紧地抓住把手，一只手捂着被颠得发疼的肚子，目光透过墨镜扫视着前面的雪山冰川。

眼前唯一的风景就是山。群山巍巍，冰峰葱葱，交相接耳，乍望去，亲热得很，融洽得很，细看却个个傲然、漠然，神色沉郁，目光凛凛，似乎谁都不服气谁。一切都那么冰冷、寂寥。山腰、山顶都有年轻的断裂层，凸出齿齿的巉岩，构成气势恢宏的大写意，具有奔放派、野兽派、印象派的风格。山上山下，只有风在狂歌，只有阳光在纵横驰骋。偶尔有几块大石头从山腰滚下来，撞击着山体，发出令人惊骇恐怖的声响。

一束从岩隙中伸出头来的已透出灰绿色的骆驼草，在风中顽强地抚掌着，展示着生命的倔强，也展示着生命的苍凉和悲壮。

目睹这背倚苍天的群山，感到人在大自然面前有一种沉重的压抑感，也感到人与大自然对抗的艰难。

孔繁森不觉锁紧眉头，目光和心情一样变得更加沉郁。

天地苍苍，路在何方？

这是他到任后的第七天，便下到基层，去调查研究，探寻阿里发展的优势和道路。此行路线是噶尔县—札达县—普兰县。从前几天翻阅的有关资料中，他知道，阿里上千公里的边防线上有古通道五十七个原始古老的贸易口岸，要振兴阿里经济，公觉次仁书记说得好，必须打破传统的农牧业结构。现在要考察通商口岸，发展对外贸易，而普兰县是阿里地区最大的通商口岸，那里的贸易情况怎么样？有何发展潜力？如何扩大贸易额？……

他的脑海也像脚下的道路一样起伏。

一道冰冻的雪沟使汽车后轮猛地一个九十度急转弯，公务员小梁惊叫道："天哪！要翻车了！"

司机没有惊慌，急忙松开脚下的油门，迅速地扭打方向盘，与此同时拉手刹，快打快松，以减慢车速，阿弥陀佛，车子总算调转过来了。倘若司机一惊慌，那便是车毁人伤。

小梁名福兴，四川人，个头不高，瘦巴巴的，枣核脸儿，但小伙子精明干练，一双黑幽幽、亮晶晶的大眼睛，扑闪着机灵、聪慧的光波，他还未脱去青年人的好奇和纯真，他才十八九岁嘛！来阿里当兵不到两年，孔繁森上任后第三天，军分区便派他来当书记的勤务员。

而汽车司机杜建国，是湖南人，他个头不高，却长得敦实、稳健。年龄不到三十岁，却是个"老西藏"，确切地说，是"老阿里人"了。他先是在边防部队当兵，后来转业到阿里地委、行署开车，他驾驶技术娴熟，常年在这崇山峻岭间奔驶，从未出过事故。

随车而来的还有名翻译，名叫格桑丹珠，他是牧民的儿子，后来到内地读过中学，毕业后被分配到阿里地委办公室做翻译、秘书工作。小伙子体壮如牛，他藏语、汉语都说得十分流畅，有趣的是他那身打扮，身着藏装，脖子里却系着一条鲜艳的领带，腰间还挂着一把镶银藏刀，蓬乱乌黑的头发有着草原之子剽悍的风采，深邃的眸子却闪烁着现代文化人的聪慧。他性情活泼，话语幽默，一路上讲了许多轶事，惹得大家笑个不停。但他熟谙阿里的山山水水，讲起风土民情、宗教文化、人文历史，眉飞色舞，有板有眼，颇有一副"权威"的姿态。

这老少四人，犹如唐僧师徒一路跋涉去西天取经似的。而这阿里高原的山山水水本身就是一部难以读懂的经卷。好哉，满目皆是奇峰怪石，有的如活佛打禅入定，有的如巨驼横卧，有的如群马奔驰。那大片大片的页岩，呈现灰色、白色、淡蓝色和赭红色，像一卷卷用贝叶书写的经书，引起人们无限的遐想。更令人感兴趣的是雪野上和冰封的河滩上不时出现的三五株雪莲，矮矮的，那白色绒毛似的花瓣，看来并不娇艳，却显得妩媚婀娜、生机勃勃，给这雪域高原增添了一抹春色。这里的牧民称雪莲为"梅朵刚拉"，即"雪神之花"。

车子依然颠簸得厉害，大家的头不断地与车顶相撞，惹得小伙子们惊叫不已。

又一道险崖阻挡了去路。

大自然又向生命发出了严峻的挑战。

"下车！"孔繁森命令道。他和小梁、格桑丹珠急忙跳下车。车子像气喘吁吁的老牛向上攀爬，车底盘与崖坡成了四十五度角，车子吼叫一阵儿，又向下滑。

孔繁森和小梁急忙抱来两块石头，扔在后轮下，车子总算停止了下滑。

"过不去，怎么办？"

"咱们推车！"

"一，二，三……"

一声吆喝，车子缓缓爬上山崖。下坡时，车子下滑，车速难以控制。司机紧紧踩住刹车，车子仍凭着惯性下滑。

折腾半天，总算安然无恙，通过了这道陡崖。

前面是一片开阔的戈壁滩似的草场。

他们坐在一块石头上歇息。孔繁森回头望望，光秃秃的山崖，也许藏着什么矿物质，呈现黑、红、褐、青、黄不同的颜色，再衬上山顶终年不化的积雪，倒是多姿多彩。他觉得好奇，捡起一块石子，端详着，又在另一块石头上敲打几下，那样子像个地质勘查者，这石头里含有什么金属呢？他捡起一块，装进口袋。

"孔书记，咱们阿里出宝石，出黄金。"翻译格桑丹珠说，"听老人说，拉萨大昭寺释迦牟尼佛像前的金碗还是用阿里的金子铸的呢！"接着，格桑讲了一个故事。从前，阿里有一个牧人赶着毛驴驮着两口袋金子从普兰县去拉萨，他并不知道这两袋金子的价值，一边唱着歌，一边赶路，好像驴背上驮的是两袋子盐巴。这事让寺庙里的一位老喇嘛听说了，非常恼火，这不是破坏了这里的地脉吗？他连夜追赶牧人，趁牧人晚上睡觉时，将口袋捅了几个小洞。这个粗心的牧人并未发觉，当他赶到拉萨，才发现口袋里的金子所剩无几。他本想用金子塑一座佛像，结果只做了一只金碗。

孔繁森对这故事颇感兴趣，眉毛扬起来："那么说，我们阿里有金矿？"

"是呀，我还听老人们谈，从前，有一个牧人在一座山脚下挖出一块金子，有脸盆大。当地寺庙的喇嘛怕坏了地脉，让牧人埋到原来的地方。后来有人偷偷去挖掘，结果没挖到。"

孔繁森兴奋地笑了："那好，我们派地质队去寻找，我们不能守着金山受穷受苦呀！"

歇息一阵儿，他们又上路了。

不为民解忧，何言公仆哉？

依然是荒山荒滩，满目荒凉，一片阒寂。也不知走了多长时间，前面出现一条河流，冰水从山沟里流出来，蜿蜒曲折地向东南方向奔流而去。

灰黄色的河滩上出现一座帐篷。两个小姑娘，大的有十来岁，小的七八岁，用棉头巾包着脸，坐在帐篷前。帐篷旁边还有两头牦牛，牦牛角上挂着红、黄、蓝色的经幡，煞是好看。

孔繁森眼睛一亮，闪现出一簇兴奋的火花，驱车行了大半天，才看到帐篷人家，怎能不高兴呢？他让车子停下，向帐篷走去。

"波姆（小姑娘），波姆，扎西德勒！"孔繁森招呼道。两个孩子瞪着圆圆的眼睛不说话，吃惊地望着不速之客。女孩子发辫干枯，像一丛枯草，披在肩上，赤着脚，衣服破旧，露出皮肉，有个女孩脚丫冻得红肿。

孔繁森朝帐篷里看看，发现一位老人用一床破棉被围着身体，坐在氆氇卡垫上编牦牛线绳。

"姆拉，扎西德勒！"

翻译格桑丹珠告诉老人，说是新来的地委书记来看望您了。

老人连声咳嗽着移动着身子要起来，孔繁森按住老人的肩膀，不让她起来。便让小梁从车上取来药箱，取出听诊器，给老人听诊、号脉。老人患有气管炎，小梁取出一些消炎药，嘱咐老人如何服药。看了看帐篷里，牛粪饼不多了；摸摸面袋子，青稞粉也不多了；帐篷一角挂着一块风干的羊肉，乌黑发亮。"太穷了，太苦了！"孔繁森心里有一种难言的苦痛，贫困像一座巍峨的大山沉重地压在老百姓身上，"身为父母官，不为民解忧，何言公仆哉？"他想起自己笔记本上的一句话。必须尽快改变阿里的面貌，使老百姓早日脱贫致富。

离开帐篷前，孔繁森将自己的一件毛衣脱下给姆拉穿上，又留下一些饼干、面包和方便面。

依然是苍茫的山野、荒凉的草滩，远处一座座雪峰在太阳下闪烁着寒光。孔繁森无暇欣赏车窗外的景色，极其复杂而沉重的难题折磨得他难受：如何振兴阿里经济、改变这穷困面貌？阿里的优势在哪里？看来，发展矿业是有潜力的，那么还有其他门路吗？

车子颠了一下，孔繁森的思绪被打断了。

小梁道："孔书记，不管怎样，累死累活，我们也要把阿里农牧业搞上去。中华人民共和国成立都四十多年了，阿里的老百姓还未解决温饱问题……"

"是呀，这是我们的耻辱！"孔繁森声音变得激动而坚定，"为官一任，造福一方。办实事，办好事，首先解决群众的疾苦。不然，要我们共产党人干什么？"

羞耻是一种内在的愤怒！

札达县的一所乡办小学，这也许是世界上海拔最高的小学了。

几间简陋的土石垒砌的房屋，几十个衣着破烂肮脏的孩子。屋舍里没有照明设备，更无取暖条件，虽已至5月份，这里依然寒气袭人。孩子们瑟缩着坐在冰冷的土台子上，瞪着一双双聪慧的大眼睛，吮吸知识的乳汁。这里交通闭塞，即便夏天，平均气温都在零摄氏度以下。晚上，孩子们上自习，脚都冻肿、冻紫、冻烂了。

孔繁森看着他们一张张冻坏的小脸、一双双红肿皲裂的小手，艰难地握着笔，一个字一个字地写着。他们像对苦难、对寒冷没有什么感觉似的，好像生来就应该这样苦、这样难、这样挨冻。孔繁森鼻子酸酸的，立即掏出口袋里的一千零五十元钱——这是他到阿里领取的第一份工资，交给校长：

"麻烦你，用这些钱给孩子们买些鞋袜吧！"说着，眼睛都湿润了。

校长接过钱，也泪眼汪汪地说："孔书记，我代表学生向您表示感谢！"

"啥话别说了。我作为地委书记，不能让孩子们幸福地学习成长，心里有愧啊！"

帐篷一夜

亚热区有一个乡海拔五千七百多米，是阿里地区海拔最高的牧区。

这个乡人口有四五百人。亚热区不通公路，骑马也十分艰难。这地方连县里、区里的人都很少来。孔繁森从区里借来两匹马，让小梁和司机小杜在招待所休息，自己和翻译格桑丹珠一块沿着陡峭崎岖的山路骑行。

这里空气极为稀薄，没骑多久，孔繁森便气喘不止，他的脸色青紫，头晕，恶心，忍受着强烈的高原反应。

那山虽不算陡峭峻拔，但雄浑壮伟，没有树木，没有绿色植被，荒凉的山野裸露着粗糙皲裂的肌肤，灰褐色的岩石以旷古的缄默示谕着天地的苍茫，足履目击，动魄惊心，看不见飞鸟，看不见走兽，炽烈的阳光，如波涛般汹涌地倾泻在岩石上，巨大的岩石也激起阳光的浪花。

他们在荒漠、峡谷、山崖上行走，不能骑马，只好下来，牵着马走。

天地间依然是一片静寂，那静似乎有重量，巨大而沉重，举目苍苍，环顾茫茫。人在大自然面前显得何等渺小，怪不得生活在这里的藏族同胞对大自然的一切都是那样崇拜，那样敬畏。

孔繁森的目光通过茶色墨镜扫描着万古荒寂的旷野，心潮翻腾不已。这里无山不神，无水不圣，到处弥漫着浓郁的宗教文化气息。但这里是那样贫穷落后，这里的牧民仍过着游牧生活。宗教文化的辉煌和贫穷落后的现实形成巨大的反差。这不能不引起新任地委书记的沉重思考，如何解民之困，救民于难，使这片宗天秘地出现新的辉煌？

前面荒滩上出现了不知何年何月冻死或饿死的牲口尸骨，白花花的，暴露在阳光下，有马骨、牛骨、羊骨，这些尸骨的骨架完整，完全可以用作兽医学院教学标本。很难想象，它们死时的形象，或许很安详，或许很痛苦，或许很悲壮。两匹马，看见这白花花的骨头，也趔足迟迟不肯前行，仰天长啸一声，仿佛要唤醒这些沉睡同类的灵魂。

孔繁森跳下马，和翻译向尸骨走去。

他弯下腰捡起一根骨头，看了又看，目光凄楚而悲怆，他轻轻地叹了口气，好一阵儿才将骨头放回原来的位置。

不远处又有一头死牦牛，那牦牛的尸体并未腐烂，大概死去不久，肚皮却膨胀起来，很大。它斜卧着，黑黝黝的长毛被风吹起，微微拂动。它那两只硕大的眼睛还未合闭，凝视着高远的苍天。也许它为寻觅绿色的草滩，也许为寻觅一线流水，走不动了，便卧倒下来，再也无力站起来。周围有几个蹄窝，还未被风沙掩埋，那是它用痛苦和悲壮写给这苍天大地的一份遗著。

孔繁森默默地围着牦牛尸体转了一圈，心情更加沉重。

"孔书记，这里连年干旱，牲畜死亡率很高。"格桑丹珠说。

孔繁森忧戚的目光环顾着周围干旱的山野，没有说话，之后默默地跳上马，又向前奔去。

又一座大山横在眼前，山崖陡峭，峰峦直插云霄，山峰积雪常年不化，犹如银光闪烁的利剑。山路上铺着雪，马蹄踏在结冰的山石上，不敢行走。孔繁森和翻译跳下马来，拽着马缰绳，小心翼翼地一步一步穿行，不时，一手扶着崖壁，一手牵马，稍不小心，人和马就会掉进深壑。

空气极为稀薄，走几步，便气喘不止，严重的高原反应使孔繁森感到天旋地转。

他实在累了，便伏在马背上喘口气。

格桑丹珠说："孔书记，咱别去了，那个乡只有两个小村，总共不到三百人。"

孔繁森很严肃地说："就是一个人，我也要看看他！他们能在那里生活下去，我为什么不能去看望他们一下？"

凛冽的寒风如刀割针扎，稍微休息一下，便感到浑身冻得瑟瑟发抖。他们不敢久停，又往上攀爬。山路更加陡峭，积雪也愈加深厚。风在耳畔呼呼作响，雪团在眼前飞溅，打在脸上，开始还觉得麻麻辣辣地疼，后来，脸庞麻木了，两腿也疲累得直抖。

一阵儿狂风吹来，孔繁森打个趔趄，一下子扑倒在山石上，幸亏他未撞在岩石上。格桑丹珠把他拽起来，孔繁森咧咧嘴，苦笑一下，又伏在马背上喘息一阵儿。

折腾了半天，身上没有一点热量了，只觉得肚子咕咕乱叫，一看手表，已是下午三点半，还未吃午饭呢！他用舌头舔舔起着燎泡、结着白痂的嘴唇，从马背上取下一个兜儿，掏出两袋方便面，递给格桑丹珠一袋，自己便抓起一把雪团，蹲在石头上，一口面一口雪地吃起来。

直到下午五点多钟，他们才翻过山头。幸好，前面山谷里有一顶帐篷。原来这就是丁固乡的一个牧村，牧民分散得很远，整条山谷只有十几户人家。

孔繁森和翻译骑上马，向最近一处帐篷奔去。

帐篷的主人是位四十多岁的汉子，看到孔繁森和翻译的到来，像是看到"天外来客"，惊讶而惶恐。当格桑丹珠告诉主人，这是新来的地委书记时，他才高兴地让二人进帐篷。

在这黑色牦牛毛编织的帐篷里，中间是一个泥巴砌的炉子，炉里烧的是干羊粪，没有烟囱，浓烟是从帐篷顶的缝隙中冒出去的。坐在帐篷里可以看见蓝天，看见白云。炉子一侧是盛羊粪的池子，再往里便是一个土台，土台呈台阶形，上下两层，上面放着一个佛龛，里有一个小小镜框，镜框里镶着一张释迦牟尼像，佛祖盘膝坐在莲花座上，眉凝慈爱，眼闪睿智，前庭放光，两颊丰满，一副大智大福的神态。下面放着一盏酥油灯，火苗飘飘忽忽。帐篷里没有床，人们都是席地而坐而卧。地上铺着卡垫或老羊皮。

帐篷里还有一个四十多岁的女人，想必是那汉子的爱人，腰系邦典（藏式围裙），一双黑黑的手拿着木槌捻牦牛毛线绳。见孔繁森和翻译进来，慌忙停止手里的活儿，起身腾出卡垫让他们坐下。帐篷外是呼啸的寒风，帐篷里点着羊粪火，倒有点热乎气儿。

一经谈话，方知这汉子还是村长呢。村长告诉孔繁森，这个村子不到百人，过去和山那边的一个牧村同属一个部落，这里的牧民以打猎为生，生活极其贫苦。

孔繁森问："你家几口人？"

"四口人，"村长指着女人说，"这是我老婆，还有两个儿子。"

"孩子呢？"

"放羊去了。"

孔繁森从帐篷门里望去，不远处有一个用鹅卵石砌的圆圆的羊圈，再远处有浮动的羊群，隐隐约约传来咿咿呀呀的牧歌。

"家里养了多少只羊？"

"一百多只。"

"除了牧业，还有别的路子没有？"孔繁森又问道。

"没有。"

"乡里有小学吗？"

"没有。"

"你们吃粮呢？"

"去县里买。"

"用马驮吗？"

"不，用羊驮，也用牦牛。"村长说。

"能买到油盐酱醋吗？"

"盐能买到，酱油、醋买不到，牧民们也不习惯吃。"

壶里用砖茶煮的茶水开了，热气弥漫开来。村长爱人把熬好的茶水倒进装酥油茶的木桶里，再用藏刀切下几块酥油放进去，打起酥油茶。她给孔繁森和翻译格桑丹珠每人盛上一碗，又格外多放了些白糖。

孔繁森端起结着油污和嘎巴的木碗，便大口喝起来。"嘿，真甜！"他又问道，"白糖能买到吗？"

"买得到。"

"全村一年人均收入多少？"

"三百多元。"

"太低了。"孔繁森接着又问道，"你当村长几年了？"

"三年。"

"怎么让村里牧民富起来，有什么打算吗？"

村长愣了一阵儿，叹口气道："难呀……"接着埋下头，吸起烟来。

孔繁森启发道："要想使大家尽快富裕起来，要先改变旧的观念，养羊养牛，除了留下自家吃的，还要卖掉一些，不要老是养着它们，要让牧民有商品意识！"

村长抬起眼睛，说："是呀……过去看谁家穷富，就看谁家牛羊存栏量多少，不舍得吃，更不舍得卖。"

这里还流传着这样一句话："早晨上山捡牛粪，够一天烧的就行了。"在这空旷苍凉的寂天寞地之间，牧民们与天无争，与地无争，与人无争，任凭大自然的温柔和粗暴、恩赐和剥夺。对于灾难和痛苦，似乎已经习惯，日出而牧，日落而归，生产于荒漠草场，消费于帐篷之中。年年月月，世世代代，冰山雪水滋润着苦涩的生命，崇山峻岭也禁锢了他们的视野。无论外部世界发生了多么激烈的变化，传到这里都无声无息。恶劣的生态环境、残酷的生存条件，使他们只得把生命托给冥冥不可知的神灵，把命运交给没有任何承诺的未来。思维已成定式，观念已经凝固，祖祖辈辈不懂得商品经济为何物，不知道如何花钱。外面的商人来了，给他们几瓶啤酒，或几包白糖、红糖，而牧民们的羊毛、羊绒，随你大包小包地装，即使有了钱也买不到东西，干脆把人民币串起来挂在帐篷上作装饰品。恒定的生活方式、认知方式，使他们的大脑里生长出竞争意识、商品意识、现代意识是十分困难的。

孔繁森吸着烟，目光透过帐篷缝隙望着空旷的雪山荒野，心中涌出一种难言的悲戚。

雪山顶上翻卷着一片乌云，愈来愈浓，愈来愈重，簇着，拥着，如飞瀑，如惊涛，转眼间泻满半个天空，接着下起黄豆般大小的冰雹，帐篷顶出现噼噼啪啪的声响。

村长的女人急忙端起镶有释迦牟尼像的镜框，走出帐篷，冲着那片乌云高高举起，嘴里念念有词。少许，她将佛像放在帐篷外，朝着乌云最多的方向，说是请佛驱散冰雹。

进了帐篷，女人接着便将一只铜碗盛满清水供在佛龛前，又出去捧着佛像大声念经。念一阵儿，便坐在帐篷外，双手合十，祈祷不止。冰雹粒打在头上，又从头上滚落下来，她浑然不觉。

风渐渐小了，是释迦牟尼佛光的作用，还是自然本该如此？反正，在女人抑扬顿挫的祈祷声中，冰雹渐渐稀疏了，乌云也渐渐散去。

远天还飘着浓重的白云，此时夕阳横斜，白云的边缘被夕阳涂上一抹橘黄，渐渐变成赭红、血红，于是西面半个天空出现一片光怪陆离的晚霞。如血的晚霞又从雪山顶上流泻下来，斑斑驳驳，如一堆堆燃烧的火焰，明明暗暗地变幻着。

对于刚才这突如其来的一幕，孔繁森心头一惊，既不好询问什么，也不好解释什么。但他知道，在这荒凉广漠的阿里高原，人和自然的关系是和谐的，也可以说，人屈服于大自然。

黄昏降临，孩子也放牧归来。孔繁森让翻译格桑把带来的食品交给村长的妻子，一家人共进晚餐。来了客人，自然高兴，村长拿出一瓶珍藏多时的青稞酒，女人从帐篷木架上摘下一块风干的羊肉，新做的糌粑里格外多放了些酥油。晚餐的气氛是融洽的、热烈的，你礼我让，好不热闹。两个孩子却不客气，他们狼吞虎咽地吃着孔繁森带来的面包、火腿肠。孔繁森却用手抓起一团糌粑大口吃起来。

吃罢饭，村长和老伴便让孔繁森和翻译歇息。在帐篷一角铺上一块氆氇，又找出一件羊皮袍子，孔繁森忽然发觉两个孩子不见了踪影，便问道：

"你的两个孩子呢？"

"睡觉去了。"村长说。

"在哪儿睡觉？"孔繁森感到疑惑。就这一顶帐篷，孩子会到哪儿睡？

"在羊圈里。"

"那怎么行？快把孩子叫进来！"孔繁森拿起手电筒，起身走出帐篷。果然，在露天羊圈里，两个孩子裹着破羊皮袍子，蜷缩在干羊粪上，身边围着一群羊。

村长是个很热心的人，拽着孔繁森的胳膊往帐篷里拉。孔繁森说："我俩在羊圈里睡，让孩子回帐篷。"村长当然不同意，争执一番，最后来了个折中办法："今天都不睡了，唱歌、跳舞、聊天吧！"

孔繁森硬是拉起两个孩子进了帐篷。

就这样，他们上半夜唱歌、跳舞，小小帐篷里从未出现过这种欢乐的气氛；下半夜，便聊起天来，直到天明，他和村长谁都没合眼。

第二天一早，孔繁森便骑着马和翻译离开了，背着药箱，沿着河谷挨家挨户地看望藏胞们，给大家一一看病，发药。直到药箱里的药全部发完，才离开这个小牧村。

和乡干部的一席谈话

一盏酥油灯映着几张黝黑粗糙的脸膛，一盆羊粪火烧得旺旺的，虽然是初夏 5 月，高原的夜晚依然寒气逼人。

乡党支部书记索朗达杰是中学毕业生，恐怕是全乡学历最高的人了。他实际年龄不过三十八九岁，看上去像四十五六岁的样子。头戴一顶蓝色的鸭舌帽，穿着一件破旧的羊皮袄，袄脖领上的毛已经脱落，他脱下羊皮袄，里面是一件长袍，也很破旧。

乡长洛加次仁也是四十多岁的汉子，头上盘着红绳，脸膛粗糙黝黑，着件黑白两色的藏袍，腰里总挂着一把镶银的藏刀和一把火镰，这是他最喜欢的装饰品。他性情沉稳，话不多，但烟却吸得厉害，一支接着一支。

他们盘腿坐在氆氇上。

女主人是乡党支书的妻子，一个普通的藏族妇女，忙着给大家倒酥油茶。

孔繁森掏出小笔记本，听大家讲述乡里的情况。

这是丁固乡，海拔五千米，全乡人口只有七百多人，分布在数万平方公里的土地上，全年平均气温在零摄氏度以下，地势大部分是高山，其余是荒漠草场。全年无霜期只有五十六天，四到八级风一年有二百天在刮，其中八级大风的天气就有一百二十天，年降雨量平均在八十毫米左右。残酷的自然环境、恶劣的生态条件制约着牧业的发展，连人畜饮水都十分困难。但这里有储量丰富的镁矿石，过去的牧民没有商品经济意识，更无多少经营理念。这几年政策开放，他们才开始在发展牧业的基础上进行矿业开发。

孔繁森问道："一吨镁矿石多少钱？"

"四百多元吧，拉到青海格尔木，就是一千六百多元了。"洛加次仁回答。

"好，过去是怎么组织的？"

"都是个体，随便挖，矿多得很，据说占全国镁矿石储量的百分之九十以上，现在主要是运输问题。"

孔繁森非常感兴趣，问道："县上有运输队没有？"

"有，是个体组织——现在叫股份有限公司吧，是全县牧民筹集的车辆，有八十多辆呢！"

"这就好，有条件还要再增买些车辆，提高运输能力。抓好镁矿石的开采，是我们丁固乡脱贫致富的突破口。"孔繁森有点激动，眼里闪着火花，"乡里、区里、县里要有专人负责。"

"我们还想办个商店、粮店。"乡支书索朗达杰说。牧民购买粮食和生活用品很困难，要跑到县里，近的要走好几天，远的需要一两个月，赶着羊群，一边放牧，一边赶路，来到县城，买上几袋青稞和一些生活用品，用羊驮回去，一年的吃穿用品就靠这一趟买齐。

"你们过去办过吗？"

"办过，后来亏损，垮了。"

"要选好人，乡里要有专人负责，定下谁来管理。"孔繁森打着手势说，"凡是群众的困难，群众需要办的事，我们要千方百计地解决，办好。"

又谈到连年干旱，草势长得很差，草场萎缩，牲口死亡率较高，但牧民们不舍得卖，牛羊死了，既不扒皮，也不吃，扔到山沟里就完。孔繁森对这一点，谈了自己的看法：

"要教育牧民，增强商品观念，对病弱牧畜该淘汰的淘汰，便宜一点卖掉，也比饿死扔掉好，不要以存栏量定穷富，这种观念一定要打破，你们乡干部以身作则，村干部带头。旧观念打不破，牧业发展也上不去。"

谈话一直到夜间十二点半。

乡支书的妻子端来一盆热气腾腾的炖羊肉。其实羊肉半生不熟，只放些盐，没有任何佐料。对孔繁森来说早已习以为常，他高兴地手一挥："来，大家尝尝支书夫人的手艺！"说着，抓起一块，大口啃起来。

在丁固乡一连住了两天，第三天黎明，孔繁森叫醒翻译，告别乡长，便跨上马一路向改则县城奔去。

太阳还未出来，荒山的西半边还处在幽暗之中，东边的峰峦山坡便被越来越浓的曙色照亮，绵延无尽的山峦逐渐从渐渐稀薄的夜色中挣扎出来，显示出雄嶂的巍峨。群峰的峥嵘，荒漠的空旷，危岩的嶙峋，草滩的冷寂，晨光朝霞给这悲怆单调的风景增添了一抹暖色。

他喜欢早晨，这白与黑、昼与夜、明与暗庄严的交替，是那样的沉静和震撼，这静静的巨变展示了大自然无形的力量和充沛的精力。

孔繁森用拳头捣了一下马儿的屁股，马儿撒开蹄子向前奔去……

面对神山圣湖的沉思

车子已经来到神山冈仁波齐峰脚下，这是冈底斯山的主峰，海拔六千六百五十六米，而它的旁边就是著名的圣湖——波涛浩渺、碧绿湛蓝的玛旁雍错湖。

且看那冈仁波齐峰，巍峨耸立，如刀劈斧砍，那悬崖峭壁直直地挺拔而上，四周无任何依附，突兀峻峭。山顶呈蘑菇状，积雪皑皑，浩气渺渺，雄浑壮丽，是喜马拉雅山脉中最辉煌最神奇的一笔。当你走到山脚下，只能仰视，虽然它离你很近很近，你却不能攀援而上。光滑的石壁，在阳光下闪闪烁烁，如镜面般神奇而迷离。而山巅的积雪如银盔，阳光如注，雪峰耀目刺眼，给人一种庄严肃穆之感，敬畏、崇拜之念也油然而生。

怪不得世界佛教信徒都称它为神山，它是这如涛如浪的万山丛中的王。

冈仁波齐，藏语的意思是"雪山之宝"。从山顶流下一条雪水河，流到山脚又分为四股，分别向东西南北四个方向流去。北者为森桑格布，即狮泉河，传说，饮了此水，人会变得像雄狮一样勇猛；南者为马甲藏布，即孔雀河，饮了此水，人会变得像孔雀一样美丽；东者为当却藏布，即马泉河，饮了此水，人会变得像骏马一样矫健；西者，即郎钦藏布，即象泉河，饮了此水，人会变得像大象一样雄壮。

在西藏，任何一座山峰都被认为有神灵居于其上。传说，冈底斯山是天地间的须弥山，佛教星占家视之为世界的中心山脉。《冈底斯圣山志》中记述冈底斯山山顶的神灵统治着二十八星宿，这些神灵都是莲花生大师收服的，他们皆立誓护法，保护人间百姓的生命财产安全。

在藏族群众的信仰中，山神是崇高的，也是最容易被触怒的。凡经过高山雪岭、悬崖绝壁，最好不要高声喧哗，大吵大闹，否则触怒山神，立刻就会招来狂风怒卷，雷电交加，大雨倾盆，或风雪弥漫，冰雹狂袭，给人和牲畜带来灾难和危险。所以至今人们过山口时，还总是念经或举行献祭仪式，以求得山神保佑。何况，这万山之王、雪山之宝的冈仁波齐峰呢？

而圣湖玛旁雍错，更是神奇迷人，浩浩渺渺的湖水，弥漫着蓝色的氤氲，无风无浪时，像一面微微凸起的镜面，据说那湖水中心高于四周水面。5月的阳光妩媚、明丽，照耀着万山丛中的一泓碧波，颇让人如入仙乡幻境。《西藏风物志》一书曾介绍说：此湖"池周一百八十余里，水色绿，味甘甜，午后五色浮面，灿烂如电光，四面有山知门，俗传取水者，必从门中入。"圣湖犹如一个巨型的鹅卵石，古人称之为"天鹅居住的地方"。

更令人不可思议的是，每年4月15日，湖水结的冰在这一天化尽，而这一天又恰是释迦牟尼的诞辰，这更增加了圣湖的神秘色彩。

圣湖之水，对于朝圣者弥足珍贵，那是圣水，且不说藏胞们要痛饮，那些来自印度、尼泊尔及西方国家的旅游者都感到能饮一口圣水是终生的骄傲和自豪，尤其是印度的朝圣者，常用小塑料桶带回一桶圣水，回国后，如获至宝珍藏起来，每来贵客或亲戚朋友，才让尝一滴。

每年5月至10月，来瞻仰神山圣湖的人很多，有尼泊尔人、印度人、日本人、法国人、巴基斯坦人、阿拉伯人、奥地利人、德国人，当然更多的是前来朝圣的藏族同胞。他们千里迢迢地来到神山圣湖，围着山转经，围着湖水转经。这神山围长究竟多少米，很难计算，但步行绕山一周一般是三十六到四十八小时。

山脚下有冈底斯宾馆，但客房太少了，设备也简陋得多，从四面八方来朝圣的人，不得不临时搭些帐篷，吃自带食品。来自西藏的朝圣者，则借山涧溪水做饭，吃糌粑，喝酥油茶；外国旅客则是面包和其他饮品。

虔诚的信徒们有身着袈裟的喇嘛，有衣衫褴褛的牧民，有衣着华丽的印度僧侣。至于尼泊尔人大都是衣服破旧的教徒，他们像藏人一样用手搅着糌粑糊糊吃；而西方国家来的旅游者不少是学术文化考察团体，或是专家，或是学者，也有的是新闻记者。信徒中，有白发老翁，有妇女、儿童。

这些朝圣者，一圈圈地围着神山走，他们手摇转经筒，口里念念有词，一步一步地走去。传说，每转一圈可增寿二十岁，转五圈就可活一百岁。同时，转山如祈祷，每转一圈，其功德大于平常祈祷的千万倍。

转湖和转山一样，也是手摇经筒，一步一步地围着湖水转。据说，围着圣湖转一圈，可以洗去一生的罪孽；转十圈可避免下地狱之苦；转百圈，便可以成佛升天。

孔繁森停下车来，看着这庄严的山、圣洁的水，心里激荡着无限感慨。这神山圣水凝聚着一个勤劳善良虔诚的伟大民族辉煌的文化，也凝结着他们的思想、他们的血泪和苦难的历史，凝结着他们圣洁的灵魂、庄严的精神！

他举起照相机，一连拍摄了好几张。他为高原雪域这壮丽的神山圣水而激动，而陶醉。

传说，冈底斯山和它的主峰冈仁波齐是一座水晶石坛城，有三百六十座宫殿，是天神居住的地方。冈底斯山又象征威严的父亲，它身边的玛旁雍错湖温柔、美丽、纯净，被比喻为母亲。伟大的父山母湖，孕育了藏族古老灿烂的文化。早在五千多年前，这里便有了人类活动。由于生产力低下，古代藏族人民在解释千变万化的自然现象时，只能根据自己的生活环境中形成的直觉去崇拜与自己休戚相关的自然界。人们出于对自然万物的直接崇拜和信仰，将冈底斯山和它的主峰冈仁波齐，以及玛旁雍错湖奉为自己生命财产的保护神。传统的积淀是顽强的，老百姓如今仍然自觉不自觉地运用歌舞的形式将这古老的观念一代一代地传下去。这些朝圣者，一边转山转湖，还不时围在一起唱歌跳舞：

> 转完冈底斯山，
> 别担心看不见玛旁雍错湖，
> 太阳月亮呀，太阳月亮。
> 玛旁雍错湖水满满的，
> 别担心水渠没有水，
> 太阳月亮呀，太阳月亮。
> 水渠有水，
> 别担心流不到田里，
> 太阳月亮呀，太阳月亮。
> 水灌溉了田地。
> 别担心青稞不丰收，
> 太阳月亮呀，太阳月亮。

对这圣湖玛旁雍错，早在几千年前，就有古老的文字记载：谁在它的浪涛里沐浴过，谁就能进入勃拉马的天堂；谁饮过它的水，谁就能升入湿婆的天宫，解脱百次轮回的罪孽。小梁、小杜和翻译格桑丹珠捧着清冽的湖水，又是洗脸，又是痛饮。孔繁森也轻轻地掬一捧清冽的湖水痛饮，他并非为这传说而饮，只觉得这湖水的确清净甘美，不饮不足以表达他的喜悦之情。

洗罢，饮罢，他们仍徘徊在湖畔。

举目远眺，这偌大、凝重的空间，是一片赤裸裸的自然。这里没有历史，没有时间，是宇宙之神赐给人间的一块瑰宝。一泓静谧，满目湛蓝，悠然，坦然，安然。它远离人寰，不慕尘嚣，遗世而处，冲淡简远。既无悲欢离合之苦，又无孤独寂寞之忧；既不为寥落淡泊而惆怅，更不为世俗高举远慕而自喜。千百年来，汇细流，纳千溪，吞吐天地之英华，吮吸宇宙之精气，构成浩浩然、沛沛然博大之胸襟，这是天地之造化！

孔繁森默默凝视着湖水，心里却翻腾不已：我虽非佛国圣徒，面对这神山圣水，心灵已得到洗礼，灵魂已得到净化，灵与肉也似乎由此岸渡到彼岸。倘若我们每一个人的思想和灵魂，像这神山圣水一样伟岸、圣洁，那世界该有多么美好！

一阵儿微风吹来，满湖的湛蓝似乎被赋予生命，浪花叠叠，浪语喃喃，犹如无数僧侣轻声诵经。宁静与神秘，浩渺与灵气，清虚与肃穆，仙风和神韵，柔光和倩影，如此高度的和谐，似乎使他找到了内心的源头，进入一种更加崇高、晶莹的境界。

"书记呀，回宾馆吧，风太凉！"小梁提醒道。

孔繁森如出幻境，目光从湖面上移回来，感叹道："小梁，这神山圣湖太美了，有这么美的山水，是我们阿里的福气呀！回去，我一定写首诗！"

这位酷爱文艺的地委书记，面对神山圣水，心里怎能不涌起无限的诗情？

孔繁森走进冈底斯宾馆，只见这宾馆设施简陋，水、电、食、住捉襟见肘，床位很少，远远供不应求，所以宾馆周围才出现密密麻麻的帐篷。

他找到宾馆负责人，询问道：

"每年来这里的朝圣、旅游的有多少人次！"

"少则上万，多则几万。"

"为什么宾馆设施如此落后，床位这么少？能不能扩建宾馆，增设床位，改善食宿条件？还有，能不能增加商店，以旅游业带动商贸业的发展？"

"难呀！这里建筑材料紧缺，实际上是运输困难，资金也紧张，扩建宾馆早有想法，也写过报告……可是一直没有解决。"

"你们有什么设想？"

"我们很同意你的意见，以旅游带动商贸业的发展，这里可增加贸易摊点，关键是修好公路。"

"对，对！"孔繁森笑着点点头，"路通财富就源源而来。"

孔繁森抬起沉思的目光，凝视着窗外神山圣湖壮美的自然风光，那肃穆的冰峰，湍急的河流，宁静碧蓝的湖泊，峻峭的山峦……这是一块多么富有魅力、令人心醉、令人振奋动情的土地！让你感到生命的庄严、伟大，感到大自然无边无际的宽容和无限丰厚的赐予。这里又是印度文化和汉文化交流融汇点，是地理学、人类学、文化学、民族学等文化积淀最深厚的圣地，是各种学科最为理想的研究领域。这片梵天净土，辉煌的宗教文化与落后的经济、贫困的生活形成鲜明强烈的反差。守着神山圣水、金山银水，人民的生活却得不到温饱，这简直是我们当干部的耻辱啊！孔繁森沉思道。

他神色凝重。

他心里隐隐作痛。

他在小笔记本上写道：必须解决交通问题！必须充分开发旅游资源！必须开拓商贸市场……句句话的后面都是一个重重的感叹号。

他又询问宾馆负责人一些其他情况，比如服务质量、服务员的素质、管理状况，还有其他什么困难和要求等，他都一一记下。

普兰的方向

普兰县紧靠中印边境，是阿里高原的西南门户，南有喜马拉雅山，北有冈底斯山。

普兰县是个历史悠久的小城，神山圣湖就在普兰境内。普兰在藏语精神世界里是极为神圣的地方，具有地理、文化、历史、宗教等诸多因素的纽结。它的神山圣湖——冈底斯主峰冈仁波齐和玛旁雍错湖，是香客、信徒们向往的圣地，自然也是旅游胜地。

孔繁森知道，振兴阿里地区的经济，不仅要抓好农牧业的生产，更要抓好通商口岸的经贸发展和旅游业的开发——这是个大的突破口。他来到阿里后，目光便盯上了普兰。

普兰县面积两万平方公里，平均海拔四千多米（县城所在地三千七百米），可耕地仅占总面积的百分之零点二八，即不足万亩，余者全是山地、荒滩和植被稀疏的小片草场，平均气温零点二摄氏度，年降水量六十至八十毫米。在以干旱著称的阿里高原，普兰当属最为温暖湿润处，无霜期达一百一十九天，农作物以青稞为主，兼有豌豆及小面积的油菜、小麦。

普兰，藏语，意为"森林环绕"的地方。正如一位藏学家所说，这里曾是林木蓊郁的原始森林，喜马拉雅山后来由于地壳运动，环境发生改变，森林早已化为乌有。

县城就坐落在冈底斯山和喜马拉雅山之间的峡谷中。

孔繁森沿着狮（泉河镇）—普（兰）公路，走了整整一天，直到晚上九点才来到普兰县城。

县委招待所极为简陋，既无暖气，也时常停水停电，窗外便是白雪覆盖的群山，一片苍茫、空旷。

孔繁森住下后，便召集县委、县政府、人大、政协有关负责同志召开座谈会。到会的人很多，人们对新任地委书记风尘仆仆来到普兰感到极为高兴。

县委书记刘明是一个精明强干的中年汉子，他个头不高，瘦瘦的，两只大眼睛闪烁着睿智和坚毅的光芒，操一口云南口音的普通话。他是个"老三届"高中生，几年前从云贵高原调到阿里，先是在札达县担任副县长，后又调到普兰县任县委书记。

一阵儿寒暄之后，孔繁森开门见山地说："这么晚了，把大家召集起来，一是为了见见面，二是摸摸情况。自治区党委派我来阿里工作，希望得到大家的支持。我们共同把阿里的经济搞上去，把阿里老百姓的生活水平提高上去。"

朴实而坦率，热情又豪爽。

先是县委书记刘明汇报了普兰县农牧业生产、财政收入、文化教育、第三产业等情况，接着大家七言八语补充了一些数字，之后谈到资金、能源、交通等方面存在的困难和问题，也谈到了教育滞后、人才匮乏问题。

孔繁森一一记下。

谈到通商口岸和旅游业的问题，孔繁森颇感兴趣，恨不得今晚就去看看"国际市场"。

县委书记刘明说："传统贸易有很强的季节性，商人们像一群候鸟，每年6月至10月来这里，过了10月都走光了。大半年时间，这里冷冷清清的。"

"什么原因？"

"很简单，大雪封山，道路不通。"刘明弹弹烟灰又说，"旅游业也是这样，每年5月至10月，尼泊尔、印度的朝圣者成群结队地来神山圣湖转山转湖。"

刘明又介绍道："普兰连结中国、印度、尼泊尔三国，过去有二十四条古通商口道。尼泊尔商人一年一度往返其间。不过尼泊尔人很穷，大都是小商小贩，贸易额不大，用驴子、骡马来驮运货物；印度大商人较多，20世纪60年代初期，因中印边境关系紧张，关闭了一些通商口道；20世纪80年代改革开放，我们县委一直重视通商口岸的开放，但印度富贾大商来得很少，不知什么原因。"

"好，刘明，明天咱们一块逛逛国际市场！"孔繁森高兴地说。

第二天，孔繁森由刘明陪同察看了"国际市场"。

当你听到"开放口岸""国际市场"这些响亮而富有诱惑力的名字时，一定会想到那种摩肩接踵、熙熙攘攘、喧喧闹闹、语调不同、衣饰各异的壮观场景，进而想到那些商品琳琅满目、陈列成排，且包装精美、广告撩人的画面。

可是，漫步在普兰县国际市场，孔繁森不觉大失所望——

这哪里是什么国际市场？六七排卵石垒的房屋，简陋粗糙，犹如在措勤县城所看到的那些商店；商品呢，也是大同小异，大都是藏民所需的日用品，红糖、白糖、木碗、藏刀，首饰大都是石头项链。现在尚未到旺季，市场冷冷清清，看不到印度商人，尼泊尔人也不多。

经商者大都是来自四川、青海、甘肃、新疆等地，现在也未来到这里。有些商店还贴着封条，有的只留下一两个人看守门面，商品无非是打火机、手表、电子钟，有一些铁锅、铝锅之类，家用电器很少，至于奢侈品更是稀有了。

孔繁森一边察看，一边思索。他脸上时而浮现笑纹，时而嘴角上的线条又绷得紧紧的。这种粗糙潦草的构图的确使他失望。没有诱人的魅力，没有招人青睐的景象，如何更好地开发呢？

孔繁森问一个商贩：

"家在哪里？"

"陕西。"那商贩是一位三十多岁的年轻人，穿着倒很时髦，但脸膛粗糙，面色黝黑，头发蓬乱。

"在这儿干了几年了？"

"五年。"

"生意怎么样？"

"一般。"

"你每年回陕西几趟？"

"每年一两趟。我在这里守店面，我哥哥负责运货。"

"怎么运？"

"货主要是从云贵川三省采购，从喜马拉雅山垭口进来。"

"用汽车？"

"不通汽车。用轻骑，有时也雇用马匹、骡子来驮。"

"一年能盈利多少？"

"两三万吧。前几年还好，那时刚开放，现在市场疲沓了。"

"什么原因？"

"一方面有些商品不对路，一方面我们这里设施条件差，印度商人不愿来。"

孔繁森忽然眼睛一亮，对刘明说："小伙子把原因给咱们找出来了！改革开放有个新名词'招商引资'，咱们得在'招'和'引'上好好做文章！"

孔繁森又说："必须加大投资，建立规模宏大的名副其实的国际市场。还要增设宾馆、旅馆，提高服务档次，吸引更多的外商和旅游者。"

孔繁森笑着说道："我们老家鲁西平原有句乡谚：没有梧桐树，引不来凤凰鸟。我们家乡聊城，你知道吧？过去有个地方名叫凤凰城，看来，我们的祖宗肯定栽了不少梧桐树！"说到这儿，孔繁森哈哈笑起来。

刘明也被新来的地委书记乐观豪爽的情绪鼓舞了。

"孔书记，您多关照，给咱普兰县多栽几棵梧桐树！"

"咱们一起栽。"孔繁森思忖片刻，接着神情变得激动，打着有力的手势，"下一步，我们来个旅游搭台，经贸唱戏。台要搭好，戏要唱得精彩！我们守着神山圣湖，不能再这样穷下去！"

孔繁森兴致勃勃，继续说道："俗话说，靠山吃山，靠水吃水，普兰的神山圣湖就是金山银水——当然要搞好旅游业的开发，还要注入很大一笔资金，譬如通往神山圣湖的道路要修好，还要开发野生动物观览区，加强与新疆旅游部门的合作，开通西藏—新疆旅游线。在拉萨时，我就找过自治区旅游局，希望得到他们的支持。要加强拉萨至阿里旅游线的开发，人们到了拉萨而不到阿里，那是看了半个西藏，不能让旅游者留下遗憾。要尽最大努力吸引尼泊尔、印度的香客，我们要写报告，上报自治区、国务院，争取把普兰建成国家旅游区！"

孔繁森又说："要扩建改造普兰宾馆、冈底斯宾馆。普兰宾馆只有四十五张床位，冈底斯宾馆只有三十六张床位，太少了，这怎么能适应飞速发展的旅游业呢？旅游业是无烟工业啊！要让旅游者玩得好、吃得好，还要留得住！"

下午，孔繁森又参观了几个旅游点。回来后对刘明说："老刘呀，我看的这几个宾馆，没有厕所，没有小卖部，文化设施也落后，太粗糙，我们要加强配套设施的建设……"

孔繁森还谈到："要采取走出去、请进来的办法，对旅馆、饭店工作人员及旅游行政管理部门人员进行专业培训。加强旅游队伍的思想政治建设，开展爱国主义教育，开展职业道德和法治观念的教育，使我们的旅游队伍真正成为一支有理想、有道德、有文化、有纪律的队伍。"

"求神拜佛"

孔繁森和翻译格桑丹珠来到喇嘛寺。这座寺庙背倚山坡，虽不及拉萨寺庙的辉煌豪华，但在阿里九十三座寺庙中也算佼佼者了。每天这里也是香客不断，也有来看病的藏族牧民。活佛丹增旺扎是这一带有名的神医。他早年在那曲羌塘草原，阿里建镇后，丹增旺扎迁来，创办了寺庙和藏医院，是个精通佛经和藏医的老人，德高望重。

孔繁森在楼下等候了一个多小时，老活佛尚未下来。他每天早晨，按照惯例要诵经，既不接待来客，也不接待病人。

翻译格桑丹珠说："我上楼叫他去！"

孔繁森说："不可，老人正在念经，不可打扰。"

孔繁森站在寺门前，望着远处的山野，白云冉冉，雪峰闪闪，天空蓝得透明，阳光也明媚。但是，已近6月了，天气依然干旱，灰黄色的草滩和河谷里仍不见绿茵，不觉让人忧心忡忡。过几天要召开地委、行署联席扩大会议，各县县委书记、县长要参加，人大、政协负责同志也要参加，开展一次"解放思想，更新观念"大讨论。今天，他来拜望丹增活佛，希望他能在振兴阿里经济、改变阿里面貌上多提些建议。是啊，要改变阿里面貌，就要调动各方的积极性，这些僧佛、喇嘛祖祖辈辈生活在雪域高原，精通天文地理，熟稔历史风物，何不向他们请教？

正思索间，楼梯上响起一阵儿脚步声，孔繁森转身看去，一位七十多岁精神矍铄的老者扶着楼梯扶手缓缓走下来。他衣着很讲究，紫红色的裤子，外罩一件棕色长袍，长袍外是一件深褐色滚边外套，领口袖口露出一圈紫红色，头戴暗绿色藏式毛呢宽边礼帽。那模样给人一种稳健豁达、饱经沧桑的感觉。

格桑丹珠说："这就是丹增活佛。"

孔繁森刚到阿里的第一个星期曾来过这寺庙，但未曾见到丹增活佛。

孔繁森迎上前去，从提兜里取出一条哈达，敬献给老人。

"丹增活佛，扎西德勒！"

格桑丹珠又向丹增介绍说："这是新来的地委书记孔繁森。"

丹增活佛也早听说这位新来的大本布拉很尊重佛门，两次拜访，深为感动。

"孔书记，扎西德勒！"丹增旺扎双手合掌，"让您久等了，抱歉，抱歉！"

这时一位小喇嘛取来一条哈达，丹增旺扎接过来，双手捧着给孔繁森披上。

"走，上楼去。"

孔繁森跟着丹增旺扎向楼上爬去。

小阁楼不大，是个经堂，主人请客人到经堂聊天，是一种很高的礼遇。地板上铺着红绒地毯，地毯上还铺着一溜卡垫。一尊释迦牟尼鎏金铜像赫然在目，四周墙壁上绘有佛经故事的壁画。几炷藏香，青烟缭绕，一张供桌上放着二十八盏酥油灯，飘飘忽忽，光晕摇曳，墙壁上还有一张身着黄袈裟的班禅大师肖像，旁边的经桌上放着一摞经书。孔繁森按照藏族习俗，又从提兜里掏出一包藏香，点燃后，恭恭敬敬地插入香炉。然后和丹增旺扎分坐东西两张藏式座床上，一位小喇嘛给他们敬上两杯酥油茶。

"听说你来了，我应该去看你，你却来看我了！"丹增活佛仍然很是抱歉。

"您是老专家、老学者，我应该来看望您，我刚来阿里，一切情况都不熟，还请您老多指教呢！"

丹增活佛从未见过这样谦逊朴实的"大本布拉"，更为感动："让孔书记受累了！"

"丹增活佛，您每天能看几个病人？"这时，楼下已有来看病的牧民了。

"五六个吧！"

"他们都是什么时候来的？"

"天一亮就有人来。"

"带徒弟了吗？"

"带了。我切脉，徒弟帮我拿药。"

"有什么困难吗？"

丹增旺扎说："我想办个藏药厂，阿里地区药材资源还是比较丰富的。"

"好。"孔繁森点点头，"我们论证一下，建起药厂对发展阿里经济，保障人民健康是有好处的！"又问道："你估计得需要多少资金？"

"厂房设备，加起来不过四五十万元吧！"

孔繁森心想，这么几十万元资金为什么长期没有解决。

"咱们阿里穷，交通又不便，老百姓看病很难。"孔繁森说，"我们应发展藏医藏药，解决牧区缺医少药的问题、看病难的问题。最近，地委行署打算召开联席会议，你是政协副主席，在会上多提些建议。我这次转了几个县，发现阿里还有着很大的优势，我们要充分利用优势，尽快把阿里经济搞上去。"

丹增旺扎高兴地说："孔书记，你一来，阿里就有指望了。"谈话十分融洽。丹增活佛又向孔繁森详细介绍了阿里的历史和现状、风土人情、自然灾害以及宗教文化等。

交谈中，孔繁森不时点点头，对老活佛深感敬佩。他欠欠身子，只觉一股烟瘾上来，但不知道在这经堂里能否吸烟，喉结蠕动了几下，极力地克制着自己，但这细微的动作，却被丹增活佛看到了，便笑道：

"孔书记，你想吸烟就吸嘛！"

孔繁森脸色微微变红，笑道："哈哈，丹增活佛，你可真神呀！"一句话又逗得老活佛大笑起来。小小经堂里氛围更加愉悦。

老活佛眉宇间荡漾着微笑，对孔繁森更加尊重，这位汉族的大本部拉如此谦逊、朴实，不耻下问，是他从未遇到过的，一切疑虑顿时消逝，他滔滔不绝继续阐述着自己的很多想法。

不久，这时楼下已响起杂乱的脚步声，想必求医的牧民们来了，孔繁森抬起手腕看看表，已经十点多钟，不敢久坐，怕耽误了老活佛的医务时间，起身告辞：

"丹增活佛，太感谢您了，我学到了很多知识。"他学着藏族的礼节，双手合十，表达谢意。

丹增活佛却急忙起身，双手合十，还礼。

回去的路上，翻译格桑丹珠却大为不解：

"孔书记，你怎么也信起佛来？瞧你比信徒还虔诚！"

孔繁森笑道："格桑呀，在这佛国圣地，我不懂得佛教，怎能贯彻党的宗教政策，怎能团结僧侣、爱国人士？我们不是佛教信徒，却要吸取释家文化的精华——那就是要有一颗博爱之心，你说是吧？"

格桑丹珠点头称是，小伙子从心眼里更加佩服这位朴实、温厚而谦逊的地委书记。

两个月后，在一次地委会议上，孔繁森提议给丹增旺扎活佛——这位全国政协委员、爱国宗教人士配备一辆专车。他年事已高，行动不便，我们要给予特殊照顾。委员们一致同意孔书记的提议。不久，丹增活佛看到一辆红色的丰田车开到他的医院门前，孔繁森亲自送车，老活佛双手合十，感动得嘴唇颤抖，老泪纵横，半天说不出话来。

"孔书记，我活了七十多岁了，像您这样的好书记，我是第一次见到……"丹增活佛声泪俱下，"您对我们宗教界一片赤心，我祈祷佛祖保佑您！"

孔繁森拉着丹增旺扎的手，激动地说：

"丹增活佛，应该感谢党的民族政策、宗教政策，这是地委的决定！是大家的心意！"

信念在胸，路在脚下

1993年6月5日。

一场解放思想、更新观念、寻找阿里发展优势的大讨论开始了。

地委、行署主要领导和各部委办局的负责同志来了。

各县的县委书记、县长来了。

人大、政协的负责同志来了。

这个简朴的地委会议室，从未曾有过这种热烈的气氛。一排排卡垫上坐满了参会者。这里看不到伸懒腰、打哈欠和交头接耳的那慵懒的会议气氛，一切都显得那么严肃、庄重，这是多年未曾出现的现象。从到会人的神色里，看出一种希望和力量，一种惊喜和昂奋，新来的地委书记要扑下身子来真格的了。

孔繁森这个一米七八的山东汉子坐在卡垫上，身子微微前倾，上身穿一件灰色的半新不旧的西服上衣，下身是一件面料廉价的灰色长裤，脚蹬一双极不合时宜的胶底鞋，一顶藏式宽边蓝呢礼帽放在茶桌上。连续一个多月的日夜奔波，他明显消瘦了，原来体重一百六十斤，现在不足一百四十斤了。脸膛黑青发紫，嘴角、嘴唇干裂，皮肤也起了白皮。但他的情绪很好，下乡前那沉重和忧郁的神色不见了，目光里时而闪现信心和喜悦的火花。他花白而稀疏的头发很有秩序地向后梳着，他眼前摊开的笔记本上密密麻麻记录着几十页在基层了解的情况。他听着大家的发言，不时翻翻笔记，又不时在上面补充记点什么。他时而双臂交叉，时而耸起双肩，那双肩膀虽然瘦削了，却更加坚实。

这副肩膀挑着三十万平方公里雪域高原的未来，挑着六万藏族同胞殷切的期望。

他是希望所在。

他是力量所在。

他性格豪爽潇洒，思考问题时很少发言，嘴角耸起刚毅的皱纹；他回答问题时，透辟深刻，条理清晰。他善于在繁杂的环境中，同时处理多项工作，如审阅报告，听取汇报等；他询问问题时，往往是抓住要害，刨根问底，但又不使对方难堪。

发言是热烈的。地委、行署各部委办的负责同志说到阿里能源紧缺，交通不便，信息闭塞，资金匮乏；谈到阿里的环境恶劣，气候高寒，更难以招揽人才；当然也有同志谈到阿里内在的潜力，地广物博，矿产丰富，但开发起来却困难重重，尤其是运输问题难以解决，因此开采价值不大……

各县的"父母官"们，也抒发了对阿里的感慨。恶劣的自然环境和条件，使得这一区域在一定时期内，或者在某些方面无法按照常规途径加以开发、发展。

还有同志谈到，恶劣的生存条件限制了人力资源的使用和积累，也就使得区域内市场狭窄，人力资源短缺。

有的人谈到，基础设施过于薄弱，加之机制不全，阿里不仅难以承受资源及发展需求的重负，而且也缺乏相应的吞吐功能和代谢能力。同时各种矛盾的存在，形成了很大的内耗，使本来很弱小的发展实力更加弱小了。

当然，不少人谈到观念陈旧，传统的积淀沉重，为这一区域经济向现代化的蜕变增加一种无形的阻碍。商品意识淡薄，科技意识缺乏，进取意识不足，"等靠要"思想严重，而且生活方式、行为方式也与现代经济社会的发展存在着相当大的差距。虽然现代化没有一个统一模式，但其必然建立在一定的传统基础之上，但传统色彩一旦过于浓烈，就会对新生事物想不通地排斥，使现代化的因子难以成活与发展。

……

孔繁森掏出一盒"黄果树"牌香烟，抽出一支，点燃，深深吸了一口，微笑的目光扫视了一下会场，以沉静的语气说道：

"大家的发言很好，从理论和实际的结合探讨了制约我们阿里地区经济发展的种种因素。不可否认，这些问题确实存在，有的还相当严重，甚至在一段时间内得不到解决，那么阿里的优势呢？任何地区无论发达的、后进的地区，都有它们的优势，我想在座的同志在这儿工作的时间比我长，比我更了解，能不能谈一谈阿里的优势？"

一个藏族干部发言了，他是地热公司的经理，这位经理长得五大三粗，剽悍，粗犷：

"其实，我们阿里能源还是丰富的，有风能、太阳能、地热、水能，以及铀等资源，关键在于我们资金和技术设备、技术人才的短缺。如果能解决后者，我想能源的开发是不成问题的。而且下个世纪，这是能源发展的方向……"

孔繁森点点头。

一位文化局长站起来发言道："这一区域在长期的封闭过程中，各族人民不仅与特殊而恶劣的自然环境搏斗，而且也与由此导致的、特殊的经济社会发展规律及表象搏斗，从而创造出光辉灿烂、独树一帜的文化，积淀了丰厚的文化遗产，这些是阿里地区丰厚的人文资源……对于旅游开发是极为有利的。"

发言更加热烈了。

有的畅谈本县的发展设想和蓝图，有的谈本部门、本系统的计划，也有的谈到党的民族政策优越，全国各地都支持我们阿里，帮助我们阿里……这也是个优势。

孔繁森更兴奋了，他的目光掠过每个发言的人，不时点头，不时微笑，不时陷入深思，也不时插话，引导发言者向纵深方面探讨……

会议气氛热烈而富有朝气。

"丹增旺扎活佛，您是学者、专家，想听听您的高见！"

丹增旺扎用藏语发言，翻译把他的话译出来，意思是：

"我们阿里有六万多藏胞，能够生存下来，能够在这片土地上劳动、生活、繁衍，这说明，我们这里还具有希望，具备生存的条件。过去我在那曲羌塘无人区，那里的条件不比我们这里好多少，无人区现在成了有人区，这不说明了历史的进步吗？”

他还说道：“我们僧佛喇嘛，我们信奉宗教的藏胞热爱这片土地，维护祖国统一，这也是我们阿里的优势……”

当然，丹增旺扎三句话不离本行，他说要改善医疗条件、创办藏医院、开办药厂、发展藏医等。

……

会议上各位代表畅所欲言。

孔繁森待大家发言完毕，开始说话了，他声音洪亮，富有激情：

“刚才有位同志谈到了能源，风能、太阳能、地热、水能，丹增活佛也谈到人的问题，说得很好。我们在座的每个人也是能源，喷发能源的是人，大家能在这高原雪域奋斗、奉献，这本身就是巨大的能源。”孔繁森说道：“我到各县转了一个多月，发现阿里有六大优势——”他滔滔不绝地讲起来。

一是区域优势。阿里有一千一百六十公里的边境线，五十七道传统的边民通道，普兰和什布奇已成为我国对尼泊尔、印度的开放口岸；新疆等邻区的大门进一步向我们敞开，欧亚大陆桥为我们进入独联体及中业市场提供了方便。中央早就提出“以樟木、普兰口岸为窗口，以边境为开放带，逐步进入邻近国家和地区的市场”的决议，阿里已拥有加快改革、扩大开放的有利地理优势。

二是畜牧业优势。阿里地区草场总面积三点二二亿亩，可利用草地二点六亿亩。虽然草场产量低，但牧草品种优良，天然草场载畜量为三百五十万个绵羊单位，可进一步发展的草场占百分之三十左右。

三是矿产资源优势。过去我们忽视了这一优势，现在我们不能守着宝山，端着金碗去讨饭。据地质部门探明的硼、镁石、钠镁盐、黄金、水晶等稀有金属，有色金属，以及盐、煤储量丰富，分布广，晶位高，易开采，有的已开采多年，深受国内外用户欢迎，这是我们创汇的主要来源。

四是旅游资源优势。谈到这点，孔繁森情绪更加激动，高昂。我们阿里独特的自然景观、人文景观、风土人情，闻名南亚的神山圣湖、美丽多姿的班公湖、珍贵的野生动物，更重要的神秘的宗教文化，都吸引着国内外大批游客。过去是我们宣传不够，接待条件比较差，交通也不便。我离开拉萨时，曾多次跑交通厅、旅游局，争取他们的支持、帮助，一是加大对外宣传的力度，二是解决从拉萨开往阿里的班车，使旅游业尽快发展起来……

五是政策优势。孔繁森伸出第五个手指，这是大拇指。自治区党委和政府召开过多次关于阿里的会议，给阿里很多特殊的政策，最近下达的 1993 年 4 号文件，大家都看到了，对我们阿里作出明确指示，充分体现了区党委、区政府对阿里特别关怀和重视。我们要用足、用好自治区给予的一系列政策，将会给阿里带来巨大的经济实惠！有句古诗说得好，"好风凭借力，送我上青云"，现在好风已有，就看我们的翅膀鼓没鼓起来……

说到这里，人人脸上出现喜色，有个别人在低头说话，对新来的地委书记高瞻远瞩，思考问题高屋建瓴，深为佩服。

"还有一点，"孔繁森呷了一口茶，提高声音说道，"同志们发言中都尚未提到我们的人口优势。我们阿里人口少，这是一大优势，这就是说我们增长基数小，而人均值却很大……"

"另外，我们落后也是一种优势。这一点大家可能难以理解，事实上我们在资源分析中已经提及，正因为落后，发达地区对这一区域的压力暂时只是在形势和观念上的，还无法将触角伸到经济社会发展的内部。我们刚好可以利用不被人视作竞争对手之际，养精蓄锐，以图长远较量。"

与会者被孔繁森的理论水平震惊了，许多在阿里工作多年的老同志，仿佛在大脑里渗入了清凉剂，顿觉云消雾散，头脑变得清醒，看到了阿里的希望。更多的同志像是血管里注入热血，过去那种颓唐、灰心、无所作为的思想受到了很大的冲击。

"同志们在发言中都谈到，陈旧的观念、无所作为的观念等，其实重要的问题是懒汉思想在作祟。要更新观念，解放思想，首先是我们在座的同志来一个脑袋大清洗，把旧的东西统统洗刷掉。振兴阿里，首先振奋我们的精神；改变阿里的面貌，首先要改变我们领导干部的思想，使我们的步伐赶上去。请同志们相信，我们阿里不是国家的包袱，而是国家的财富！"

最后，他语言铿锵地说："我们必须砸烂束缚我们手脚的镣铐，要用我们自己的大脑吞吐历史风云，变压力为动力，变惰性为开拓性，变离心力为凝聚力、强大的生命力。"

孔繁森富有鼓舞的话语，像给大家心中烧了一把火，人人顿觉暖乎乎的。

他们说，新来的地委书记，看问题高人一筹，在劣势中看到优势，从不利因素中发现有利因素，能找出突破口，抓住龙头，咱们阿里地区有希望了。

会议一连开了三天。

一场大讨论，给阿里带来了巨大的活力！

第十章 在爱的天平上

——无情未必真豪杰。他有情也有爱。他说，一个人民
公仆，在感情的天平上，始终应该把砝码放到人民一边。

在拉萨

1993 年 6 月 18 日，孔繁森的妻子王庆芝和小女儿玲玲来到拉萨。

在这之前，妻子曾给孔繁森打电话，说她和玲玲要去西藏看望他，请他准备好米、面、油，玲玲准备在拉萨参加高考——孔繁森非常喜欢小女儿玲玲，在调往拉萨担任副市长时，他曾把小女儿的户口迁到拉萨。玲玲又一年多没见到爸爸了，她多想念爸爸啊！在飞机上，她就和妈妈说："俺爸爸准在机场迎接咱们呢。"

窗外，白云悠悠，那云像棉絮似的擦着飞机的翅膀和舷窗；白云下面是重重叠叠的山峦，一片苍茫，无边无际。爸爸工作的阿里是什么样呢？那里有喜马拉雅山，有喀喇昆仑山，她在小学地理课本上读过。那喜马拉雅山是世界最高的山，珠穆朗玛峰是地球上最高的山峰，还有雅鲁藏布江，多么神奇的地方啊！

玲玲望着舷窗外飘飞的白云，思绪也扇动着翅膀飞呀飞呀，不知

怎的飞落在童年的枝头——心头不由生出一股对爸爸的怨艾来，爸爸总是有忙不完的工作、做不完的事。从小很少抱抱她、亲亲她，没有领着她逛过公园，看过电影。那时每当看到小伙伴儿扑到爸爸的怀里嬉笑、打闹，玲玲眼里总是泪汪汪的，把头扭到一边……

记得上初二那年，学校离家很远，有一天，天公不作美，倾盆大雨下个不停，放学了，很多同学被自己的爸爸用自行车接走了，走廊里只留下孤零零的她。她站在窗前，呆呆地望着校园门口，她多希望爸爸会出现在校门口，会出现在她眼前啊！两个同学从她身边走过，小声议论着："她爸爸从来没有接过她，她怕是没人要的小孩！"听到这议论，小玲玲"哇"一声，眼泪涌流出来，她跑出走廊，向风雨中冲去，泪水和雨水顺着脸颊流淌着……半夜里，她睡醒后，爸爸才从外面回来，她第一句话便问："爸爸，你为什么不打着伞接我？人家的孩子都让爸爸接去了，你就不要你这个小女儿啦？"爸爸也流泪了，说："我忙啊，没有去接你是因为……"

想到这里，小玲玲眼圈潮润润的。她揉揉眼睛，对妈妈说："我参加高考，一定让俺爸爸陪我去。"

"你爸会陪你去的。"妈妈安慰道，"这是一辈子的大事，他能不关心吗？"

"妈，你说，我报什么学校好啊？"

"见了你爸爸，让他参谋参谋，替你拿主意。"

飞机在贡嘎机场降落之后，小玲玲的眼睛撒着欢儿寻找那高大熟悉的身影。爸爸冬天喜欢戴礼帽，夏天喜欢戴草帽，她向所有戴帽子的人看去，却不见爸爸。王庆芝在舷梯上四处张望，也不见丈夫的影子。

"嫂子！"只见一个个头不高的青年人向她走来。

"小马!"王庆芝惊喜地叫了一声。

王庆芝和玲玲都认识马升昌,他是团区委的,那年她们来拉萨时认识的,也是山东老乡。

"马叔叔,俺爸爸呢?"

"孔书记还在阿里,打来电话,让我来接你们。"

到了拉萨,王庆芝和女儿玲玲当晚住在马升昌家。马升昌说:"我给阿里拍个电报,让孔书记回来。"

在阿里

孔繁森接到电报时,正在札达县陪同自治区工作组检查工作。从拉萨打电话到阿里有时很困难,遇到刮风的天气,电话很难打通,没有直拨电话,必须通过邮局,有时一天也要不通,即使通了,讲话也听不清楚。

电报是由公务员送去的。

孔繁森把电报往口袋一塞,吃过午饭便悄悄走到邮局,给拉萨回拍了份电报:

庆芝,公务繁忙,暂不能来拉(萨)。保重。森。

从邮局出来后,他便带领工作组去了离印军哨所只有几百米的什布奇村。

没有公路,车无法行驶。

巍峨的大山,嶙峋的巉岩,陡峭的山峰,使人望而生畏。边防部队和区干部送给他们几匹马。孔繁森不骑马,步行。他捡来一根粗树枝，当作拐棍，一步一步沿着山间小道走去。

从区里到什布奇村有十多公里。

走了足足两个多小时才到村里。

群众在村口载歌载舞欢迎这位大"本布拉"。

孔繁森逐家逐户看望，嘘寒问暖，并向群众分发他带来的慰问品。

村长说："孔书记，我们村的小水电站坏了，让地区帮忙维修一下吧？"

孔繁森和民政部门、农牧部门一块来的负责人察看了已报废的小水电站。

"你们看，修好需要多少钱？"

"十万左右吧！"

"那就先拨十万元，边境群众的事要特办，可以不按程序，因为这涉及边境的稳定，必须看得远一点。回去立即办理。"

两个部门的负责同志当场答应，并承诺派技术人员来尽快修好。

孔繁森又问村长："还有什么困难？"

村长说："村里的群众提出这里应像别的地方那样，进行民主改革。"

孔繁森说："这要向上级报告。你们的愿望很好，待时机成熟了，我亲自来帮助你们搞民主改革。"

这天夜里，孔繁森睡在边防连宿舍里，待大家睡着了，他悄悄爬起来，洗了洗血水浸湿的内裤，他的痔疮一直未好，现在伤口又破裂了，裤头上是一片血，一片脓，疼痛难忍。怕惊动同志们，他悄悄地跑到厕所，打着手电，自己涂上点药膏。这里谁能知道他为什么不骑马而步行往返二十多公里路，谁能知道他是忍着巨痛一步一步走来的？

在拉萨

本来身体就很虚弱，再加上高原反应，因而虽来到拉萨十多天了，王庆芝仍感到头晕，恶心，四肢无力，躺在床上就懒得动弹。女儿玲玲去老乡王连贵叔叔家里复习功课去了，考期很近了。王庆芝独自躺在孔繁森在市政府的那间小屋里，一切都冷冷清清，虽然房间不大，却空荡荡的，她的心也空荡荡的。她感到那么孤独，那么寂寞，像流水浮萍，像汪洋大海里的一叶孤帆，她多盼望有一棵树让她依靠，多盼望有一处平静的港湾让她得到安谧的小憩。丈夫不能如期归来，忍不住又想流泪。这本应该是温馨幸福的小家庭，生活应该是甜蜜的，充满着融融的天伦之乐。但是丈夫越调越远，而且还是那么不要命地工作，不顾一切地忙碌……再坚强的女人也会流泪，再通情达理的女人也会产生怨怼。她真想找个无人的地方，号啕大哭一场。

偏偏这几天停水，锅里瓢里没有水，眼看就到做午饭的时间了。她起身到小厨房里提一把水壶去办公楼那边的施工工地提水，刚走了两步，一阵儿头晕，两眼发黑，她急忙扶住墙，喘息一阵儿，一步一步向楼下走去。

不到两百米的路，她歇了三次，总算把一壶水提到楼上来了。

女儿从王叔叔家回来，一进门就问：

"俺爸还没回来呀？俺明天就要填表报志愿了，他对俺的事一点不操心，回来我也不理他。"玲玲小嘴嘟起来，泪花在眼眶里打转。

其实王庆芝何尝不想痛痛快快地哭一场呢？奔着丈夫来的，丈夫却不在家，在这里人生地不熟，虽有几个老乡，总不能老麻烦人家。从结婚到如今二十多年，寂寞和孤独伴随她走过多少岁月。繁森呀，你再忙，也得回来看一眼俺娘儿俩啊？俺这么远来，容易吗？

王庆芝强忍着泪安慰女儿道："他说要回来，还要陪你去考场，一定会回来的！"

"还有几天就要开始考试了，他回来，怕俺也要考完了！"

"不会的，再忙他也要回来的。"王庆芝说，"报志愿的事，你自己做主就行。"

说话间，赵市长来了，见小玲玲在哭，便问道："怎么啦？玲玲。"

"俺爸爸还不回来，再过几天就该上考场了……"

"别哭，别哭。玲玲，到时我送你去考场，还要接你。"

在阿里

"爸爸，从小我就很少见到你，也很少直接感受到你的父爱和关心，我将要报考大学了，在我人生最关键的时候，我希望你能回拉萨一趟。我不是让你托人找路子，我凭着自己的成绩能考上大学，如你能来，对增强我考试的信心至关重要，我需要爸爸的支持。"

电话里传来女儿热切的恳求，声音里夹杂着哭腔。

孔繁森在电话里说："孩子，人生的路靠自己走，爸爸相信你能走好这至关重要的一步。阿里有很多工作要我去做，爸爸祝你考好。"

"爸爸……"电话里传来女儿的哭声，"你就这么不关心你的女儿吗？女儿来西藏考学，就想来见很久未见的爸爸，想得到你的支持，难道这一点要求也过分吗？爸爸，你心太硬了……"女儿哭得更厉害了。

电话里还传来妻子的啜泣声。

孔繁森持电话听筒的手颤抖了，他百感交集，万箭穿心，眼泪潸然而下，但又想不出更合适的安慰女儿和妻子的话语。

他博大的襟怀，容得下荒原广漠、高山大河、冰川雪野，却难有一块地方安放妻室儿女；他那颗心灵辐射出强烈的光芒，温暖着千家万户，却对自己女儿妻子那么吝啬，能不让女儿痛哭、妻子落泪吗？女儿那么一点可怜的要求，当爸爸的都不能满足，女儿怎能不感到伤心？自己欠妻子的情、欠孩子的爱太多了，今生今世也偿还不了……

他想说，他想分辩：不是爸爸心硬心狠，爸爸有情也有爱，只是这里工作太忙，爸爸脱不开身，给女儿的爱只能藏在心底。

他想说，他想表白：无情未必真丈夫。爸爸不是那种铁石心肠的人；一个人民公仆的爱心也柔如流水，暖如春风；一个共产党人的情感，也是浓如酒，深似海。

他想说，他想解释：我不仅是你的爸爸，我的名片上还印着"地委书记"的职务，这职务，它不是权力和地位的象征，而是责任和义务，重如冈底斯山。爸爸肩膀上挑着三十多万平方公里的江山，挑着六万藏族同胞的期望。

他想说，他想请求：请可爱的小女儿原谅，原谅你这个不合格的爸爸，请你妈妈原谅这个不称职的丈夫……

孔繁森什么话都说不出来，心在颤，手在抖，默默流泪。他把泪咽到肚里，咽到心里……

生活啊，你为什么这么折磨人？在爱的天平上，让我永远难以掌握平衡？一个秤盘里放着六万人，一个秤盘里放着六口人，这爱的天平怎能不发生倾斜？

电话里又传来一阵儿哭叫声、啜泣声。

孔繁森的头嗡嗡响，骨肉之情啃噬着他的心，公仆之责压在他的肩上，他的嘴角频频抽动着，心里隐隐作痛。他说不出话来，默默忍受着爱的折磨……好一阵儿才说出一句话："你们原谅我吧……"说着，眼泪扑簌簌地掉下来。

他放下电话，走出屋门，正碰上考察组的一位同志，见他泪眼汪汪，便有些惊讶："孔书记，你怎么啦？眼睛都红了？"孔繁森急忙用手绢擦眼睛："风吹的，眼有点小毛病。"接着又戴上墨镜说道："做好准备，明天咱们去朗久地热电站！"

在拉萨

到拉萨整整一个月了，丈夫仍未归来。谁知庆芝这一个月是怎样熬过来的？在这山高水长的异地他乡，等待和期盼是最能折煞人的。从黎明到黄昏，从白天到夜晚，她多么盼望窗外响起那熟悉的脚步声，多么盼望出现那魁伟的身影。院子里响起汽车的马达声，她急忙拉开窗帘往外瞅，从车上下来的不是自己的丈夫，她失望地叹息一声，掩上窗帘；黄昏，风吹树叶沙沙响，疑是亲人的脚步声，一阵儿悸动和喜悦掠过心头，确认不是则涌起更令人揪心的惆怅；夜里梦见他爽朗的笑声，醒来却见窗外孤月一轮。月有阴晴圆缺，我王庆芝何时等来月圆月晴？

泪水只有在这静静的深夜暗暗流出，流过脸颊，又流进心里……她睡不着，点上蜡烛看看熟睡的女儿，那白皙的小脸上挂着泪痕，嘴角上却浮着笑意，大概又梦见她的爸爸了吧。看一阵儿，她拉上被子，蒙着头，又偷偷哭了……问人生能有几多泪，怎奈得日里也流，夜里也流？

无声无息的夜。

思绪纷乱的夜。

痛苦毕竟是痛苦，痛苦不等于怨怒。她的信念还未倒塌，她对丈夫的理解和支持的精神力量，还在血液里奔腾……

7月17日。

又是夜晚。王庆芝感冒发烧，三十九摄氏度。心里翻江倒海，火辣辣地疼痛。

"玲玲，"王庆芝叫醒孩子，"我不知怎的心里不好受，你快起来……"

"妈，你咋啦?"

"你拿痰盂来，我直想吐……"

"妈妈……"

女儿把痰盂拿来，王庆芝"哇"地吐出一口，啊，是血，有半茶盅!

玲玲嗷嗷地哭叫起来："妈，妈……"玲玲扑通一声跪下："妈，你不能……"

"快，快，快叫你李树真叔叔去，我不行了，又跟那一年一样……"

玲玲急忙往楼下跑，跑到李叔叔家，敲响李树真家的门："李叔叔，你快去我家，俺妈又犯病了，吐了好多血……"

李树真是拉萨市政府办公室副主任，也是援藏干部，是山东老乡。他急忙赶来。

李树真一看王庆芝吐血不止，急忙给几个老乡打了电话。

小屋里又是一片混乱。

当夜，几个老乡便把王庆芝送到军区总医院进行紧急抢救，输血、输液、输氧……

在阿里

孔繁森放下电话，只觉一阵儿晕眩，眼前金星乱飞。在电话里他嘱咐几个老乡照顾好妻子，他眼下仍离不开阿里。他说，他刚上任几个月，阿里的许多工作刚刚理出个头绪，自治区工作组的同志来阿里很不容易，许多项目他这个"一把手"不在场，拍不下板来；一旦错过了这个机会，一些项目要上马，还不知要拖到何年何月。在这个节骨眼上，他怎能离开这儿？他又说，在阿里几个月，看到阿里百姓非常穷苦，如果不抓紧为他们做些实事，使他们早一天脱贫致富，心里更不安。六万阿里儿女把他看成一片绿洲、一片希望，他不能辜负……

孔繁森在电话里流着泪向老乡们叙述着，要他们理解他的忧愁、他的痛苦，要理解他焦虑的心情、沉重的精神压力……

孔繁森挂了电话，默默用湿毛巾擦擦脸，擦去脸上的泪痕，却擦不去心中的痛苦。凭着顽强的意志和钢铁般坚强的理性，他一次次将爱的砝码移向这片他为之奋斗、为之献身的土地！

汽车仍在崇山峻岭中行驶。依然是白雪皑皑的冰峰、苍凉的荒漠、灰褐色的草滩，没有飞鸟、没有绿树，高高尖尖的山峰犹如耸立在空中的白色经幡，这是银光闪耀的冰雪世界，虽是盛夏，白天雪水融化，流水潺潺，夜间温度却是很低。草滩、荒漠、冰川、溪流，构成一幅宁静壮美的图画，这图画是大自然的神笔画成的。

孔繁森坐在"丰田"车里，头疼难忍，他不好意思将妻子来拉萨病重住院的事告诉大家，把巨大的痛苦和对妻子女儿的牵念狠狠地压在心底，不允许露出蛛丝马迹，从表情上，他依然表现出非凡的毅力和自控能力，谈笑风生，若无其事。与工作组的同志谈旅游业的开发，谈农牧业生产结构的改变，谈阿里能源建设，谈通商口岸的改造，更是兴致盎然。

他兴致勃勃、滔滔不绝地向人们描绘心中的蓝图；他也向工作组谈到资金、人才、技术、设备等方面的严重困难，希望能得到自治区各厅局的支持。

肚子咕咕叫了，车子停下来。

大家围在避风的地方，拿出酒精喷灯，孔繁森从车上取下一箱面条，这是他从家里带来的，在扎达县时，送给边防连一箱。

"咱们来个野炊吧！"

司机去鼓捣汽油喷灯。

孔繁森去河边提来一小桶水，用茶杯盛了半杯，一连喝了几口，抹抹嘴唇，赞叹道："嘿，这水真清凉甘甜呀！将来咱们就在这儿建一座矿泉水厂，把咱们阿里的神水打向国际市场。"又笑道，"嘿嘿，名字，我已起好了，就叫'冈底斯神水'！"

大家被孔繁森豁达、豪爽的气质感染了，情绪十分振奋。

"对，商标上还要打上广告：喝了'冈底斯神水'可长寿百岁！"

"不，干脆就写上：喝了咱的水，返老还童，长生不老！"

"哈哈哈！"荒野上响起一阵儿笑声。

海拔高，气压低，水不到八十摄氏度，就开了锅，面条变成了烂糊糊。

大家喝着烂糊糊，有说有笑。

在这一千一百六十公里的边防线上，驻扎着许多边防哨所。

前面是个边防哨卡，驻扎在海拔五千四百多米的高山上，除了白茫茫的雪，看不到一丝绿色，白天雪光刺得眼睛发疼，如果不戴墨镜，两个小时就成了雪盲；夜晚，狂风大作，寒气逼人。一年四季，且不说吃不到新鲜蔬菜，连飞鸟、野兽都见不到。除了罐头就是咸菜，战士们更是寂寞得很，电视看不到，广播收不到。送来的报纸，往往是一两个月前的了。

但是战士们爱美之心也是有的，他们用雪堆成圣诞老人、老寿星；用冰雕成冰灯、楼阁、玉树琼花；他们用罐头瓶做成鱼缸，养一两尾小草鱼，甚至用洗脸盆养一盆绿莹莹的蒜苗，编织着雪域高原的春天。

孔繁森和工作组的同志看望了边防官兵，战士们说："孔书记，我们这里四个月未收到报纸信件了。"

孔繁森问道："怎么回事？"

"这里没有邮递点，地区邮局的车不来。"

孔繁森一听，顿时感到抱歉和不安："我们地方上做得不够，责任在我，我马上跟地区邮局联系。"

他拿起军用电话，要通了地区邮局，直到邮电局长答应立即在这个偏僻的兵站建立邮件投递点，保障每个月专发两趟邮车。他才放下电话筒。临离开兵站时，他把连长叫到一边，掏出自己一千四百多元工资和部分差旅费，凑了两千元，交给连长：

"钱不多，这是我代表党和政府的一点心意，给战士们买点书籍、乐器吧。他们在这风雪高原上站岗放哨，很苦哩，也算点生活补贴吧。"

连长接过钱，热泪盈眶，向孔繁森行了个军礼："我们感谢组织的关怀，请领导放心，我们一定要看好祖国的西南大门！"

但连长怎能知道，这钱是孔繁森的工资和他的一部分差旅费啊！

在拉萨

经过一夜紧张的抢救，王庆芝吐血被控制住了，但还在昏迷中。

女儿玲玲守在母亲病榻前痛哭不止。

"妈妈，您不能走啊！妈妈，您不能撇下您这可怜的女儿呀！"

玲玲的哭声撕心裂肺，在场的人听了也都落泪了。

叔叔伯伯阿姨们劝慰，大夫护士们劝慰，可是这十七岁的女孩在这异乡他地望着身边唯一的亲人、病危状态中的母亲，怎能不痛哭号啕？

"爸爸，你为什么不来呀？爸爸您不要俺娘儿俩啦？"

玲玲眼圈哭肿了，泪水哭干了！但是还在两千公里外的雪域高原上奔波的爸爸能听到女儿的哭声吗？

医院把王庆芝的病危通知单下到阿里驻拉萨办事处。办事处立即给地委、行署打通电话，把情况汇报给负责同志。

在阿里

狮泉河，地委一间简陋的小会议室里。地委、行署领导接到办事处的电话，立即召开了一个不寻常的紧急会议——一个没有地委书记参加的会议。

会议氛围严肃而庄重。

"怎么办？怎么动员孔书记回拉萨？我们应对他的亲属负责！"

现场一阵儿沉默，人人眉头紧蹙。

忽然有人站起来，说道："干脆用'哄骗'的办法，就说，自治区党委有紧急会议，要地委书记立即奔赴拉萨！"

"好，现在只能用这种办法了！"

其余几个人也大声附和。接着一致通过。

会议极其简短，决策也极其果断。

他们当场拨通札达县驻军电话，通知孔书记即刻返回，前往拉萨"开会"。

在拉萨

孔繁森不得已离开现场办公的工作组，驱车日夜奔往拉萨。这时工作组的同志还不知道孔繁森爱人住院病危呢！

奔波了四天四夜，他终于赶到了。——这时妻子和女儿来到拉萨已经一个月零四天了。

办事处的同志把实情告诉了孔繁森。孔繁森驱车来到医院，推开妻子病房的门，看到妻子那消瘦蜡黄的脸庞，顿时泪如泉涌，这个坚强的汉子，这个泰山压顶不弯腰的汉子一下子扑倒在床前……

经过手术治疗和连夜的护理，王庆芝已脱离了危险期。看着来到拉萨一个月零四天方从阿里归来的丈夫，她泣不成声，泪流满面："俺是扑着你来的！你不在，给你打电话、拍电报，你就是不回来……"

女儿嘟着嘴，扭过身子，不说话，只是默默地流泪，她真的"恨"起爸爸来。她不愿理睬这位心里只装着工作，不顾家庭的爸爸……

孔繁森泪眼婆娑："考察组没有走，我脱不开身呀，咱是一把手，咱总不能甩下工作呀！"

王庆芝道："我的病和上次一样，怕见不到你了……谢天谢地，命又给捡回来了。"

"现在怎么样啦？"孔繁森剥开一根香蕉递给妻子。

"好些了，能吃饭了。"王庆芝泪眼迷蒙地望着自己的亲人，"你看你，变成个啥样啦？又黑又瘦，脸也歪，眼也斜……咳，不成人样……"她用微弱的声音诉说着，心里涌起一阵儿巨大的悲苦。她不敢用眼睛再看看他，泪水浸湿了枕巾。

"我这不是很好吗？累点、瘦点算个啥，别人嫌我丑，你也嫌我丑？"孔繁森止住泪，掏出手绢给妻子擦擦泪。

"你回去吧，你看咱这个家，还像个家吗？你要在这儿待一辈子吗？"妻子呜咽道。

孔繁森一向善于做思想工作，同志间的矛盾、纠葛、是是非非，他只要一出现，往往几句话就能化解，他那颗善良炽热的心能融冰化雪，能使塞外荡起春风，能使荒漠出现绿茵；可是面对着自己的妻子，他却口滞言涩，木讷得不知说啥是好。他欠她的情和意太多了，一切话语都苍白无力，都无法偿还这份永远偿还不了的债务……

他默默地站在妻子床头。只有眼泪在心中暗暗地流淌。

生活是艰难的，奉献是痛苦的。爱，是一座炼狱，它意味着牺牲，意味着忘我，意味着付出巨大的代价，意味着灵与肉的搏斗……

妻子见丈夫不说话，知道他心里也在吞咽着巨大的痛苦，他生活得太累，太疲惫了，不应该这样责备他，不应该埋怨他，她轻轻地叹了口气，说道：

"刚才我的话是不是太过分了，你别生气，我心疼你，又恨你呀……"

"快别说啦，你说得不过分、我欠你的、欠孩子的太多……"孔繁森揉揉眼角，"我是对这里有感情啦，累点、苦点，多给老百姓办点事，心里总觉得畅快些，踏实些！"

妻子刚刚出院，孔繁森又住院了，严重的环状痔使他大便更加艰难，血渍脓渍浸满裤头，别说骑马，坐车时间稍长一些，就疼痛难忍，他不敢让妻子看到他的痛苦，每天都是让随他而来的公务员小梁帮他擦洗上药。

但经大夫检查，他必须住院动手术。

大夫把他安排在高干病房。

他说："不行，不行，我们阿里穷，住不起，还是把我安排在普通病房吧！"

他住在一个普通的病房里。

拉萨市许多领导和同事来看望他。

一天，贾国栋参谋长来了，才几个月的时间，他见孔繁森完全变了模样：脸庞又黑又瘦，皮肤粗糙，眼圈乌青，嘴唇、嘴角都已皲裂，头发也白了许多，皱纹深了许多，身体比离开拉萨时更显衰弱了，神色也显得疲惫憔悴。贾国栋心里一阵儿酸楚。

"那边情况怎么样？"

"还行啊！"孔繁森微微一笑，不想多说。

"听说吃风干的牛羊肉，你吃得下去？"

"咋吃不下？"孔繁森淡淡地说，"牧民们能吃得下，咱也得硬着头皮吃呀！当然，有时也吃煮的牛羊肉。"

"用牛羊粪能煮熟吗？"

"煮不熟。六七成熟吧，上面飘着一层牛粪灰……"孔繁森依然笑笑，只是笑得有点苦涩。

"老孔，你要多保重啊！"

"没事。"沉默一阵儿，孔繁森轻轻叹了一口气："那里群众太苦了，我作为地委书记，只有一个想法，怎能让老百姓尽快脱贫致富，我心里有点焦虑！"

第二天，贾国栋给孔繁森送来一箱鸡蛋："老孔，你保养一下身体。这是我的一点心意，你收也得收，不收也得收。"

朋友的真挚感情，让孔繁森无可奈何。

孔繁森的伤口未痊愈，几天后便出院了。

出院后，他依然忙碌不堪，趁在拉萨的机会，他跑电力局，研究阿里朗久地热电站的改建、扩建工程，开发电力资源问题；他找地质局，勘查阿里矿产资源；他找卫生厅，协商解决阿里牧区普及初级卫生保健的问题；他找教委，解决改善和增建县区小学和师资紧缺、急需提高适龄儿童入学率的问题；他找交通厅，研究改善拉普公路交通条件的问题；他找旅游局和拉萨市旅游开发公司，帮助阿里上项目，充分开发旅游资源，增加外汇收入……

妻子和女儿第二次来拉萨，他又没有陪她们转一转，玩一玩，甚至连布达拉宫都未带她们去参观一下。

不过，这次妻子和女儿8月26日离开拉萨时，他亲自去机场送妻子回山东，送女儿去重庆读大学——女儿考上了西南政法大学，且成绩名列拉萨市第七名。他手头拮据，连妻子的飞机票钱都凑不够，好在他在成都的朋友很多。他身为地委书记又不好意思向别人借钱，没办法，妻子出面从他的朋友那里借来五百元钱，才买到机票，上了飞机。

第十一章　风疾雪涌三千里

　　——一个燃烧的灵魂，支撑着一个燃烧的躯体，他的生命在这风雪高原上喷热、发光……

高原春节

　　1994 年的春节降临到风雪高原。

　　这边陲小镇的春节氛围虽不像内地那样浓烈火爆，但毕竟是一年一度的佳节，机关大门上悬挂起"欢度春节"的大红灯笼，居民的院门上也贴上鲜艳的大红春联，鞭炮声不时响起，给这荒原雪野增添了一些节日的喜气。

　　前儿大，孔繁森一连收到家乡亲人的几封来信和电报，要他回内地过春节。九十多岁的老母亲不见她的小三儿回来，年饭也不吃，妻子和儿子、女儿盼他归来更是心切。女儿静静一次次打来电话，哭叫道："……爸爸，我的傻爸爸，你咋就知道一个心眼儿干你的工作，妈妈和我们姊妹你不顾，难道你连九十多岁的奶奶都不顾吗？她还能过上几个春节呢？你这样拼死拼活地干，谁理解你呢？这不是 20 世纪 50 年代，你睁开眼睛看一看，有多少人一头扎进钱眼里，恨不得一夜成为百万富翁，你却风天雪地里没黑没白地奔波……爸爸呀，你付出的太多了，付出了自己的一切，付出了母亲的健康，付出了你儿女的幸福，整个家庭都……代价太大了……我再喊你一声，我亲爱的傻爸爸，你回来吧！"电话里是一片嘶哑的哭喊声，孔繁森先是骂了女儿几句，接着头"嗡"一下，两眼发黑，只觉得天旋地转。他不知道该怎么回答女儿。啊，静静，我的好女儿，你咋在这个时候又往爸爸流血的心上插了一刀，还在伤口里撒了一把盐！对方不知什么时候挂断了。孔繁森一只战栗的手还举着听筒，脸颊的肌肉抽搐着，嘴角的皱纹抽搐着，他哭不出，喊不出，声音在蠕动的喉结里打着旋儿又咽到肚里。一阵儿痉挛般的战栗，听筒"啪"的一声掉落下来，他难以支撑平衡的身子，一下子扑倒在桌子上，好一阵儿泪水才流淌出来……

　　每一个节日对远方游子都是一个感情严峻的考验，是一座感情的炼狱……他怎么不想离开这里，回到故乡和年迈的母亲，和妻子儿女，和乡亲父老一起欢欢乐乐地过个佳节呢？可是不行啊，春节期间，地委、行署的一部分汉族干部还乡，也有些藏族干部回拉萨度假，人手更紧张，他身为地委书记、军分区第一政委，怎好意思舍下六万阿里百姓，舍下风雪里值班站岗的边防官兵，去独独享受一个小小家庭的天伦之乐？为寻觅一己的幸福，把痛苦留给他人，我孔繁森能这样干吗？再说，有多少可敬可爱的"老西藏"也是"献了青春献终身，献了终身献儿孙"，把青春和一腔热血都献给了这雪域高原，我怎么能不和大家一块过个春节呢？你再看看烈士陵园里那一排排枯草萋萋的坟墓吧，当年进军西藏时有多少年轻的战士，未来得及结婚，未来得及搭起一个温暖的小巢，便死于高寒缺氧，死于饥饿，风霜雨雪四十年，如今还有谁能记得他们的名字？孩子，你咋不想想这一点呢？别人不理解，我的好女儿，你也不理解吗？……

思绪绵绵，泪水绵绵。绵绵的泪水，流进肚里，流进心里。泪是咸的，心是苦的。在这高原极域，在这遥远的风雪边陲，无限的寂寞，无限的孤独，有谁能理解他呢？他真想像孩子一样，号啕大哭一阵儿……但是，钢铁般的理智并没有被泪水泡软、泡酥。他猛地站起来，从晾衣绳上抓下一条毛巾，擦干泪，洗把脸，拉开门，带上公务员小梁，和几位地委、行署的藏汉干部一块，冒着风雪走访部队官兵，慰问老干部，慰问孤寡老人去了……

除夕这一天，他和公务员小梁、汽车司机小杜忙活了一整天，剁肉馅，包水饺。晚上把在地委、行署工作的藏族干部都请到他的小屋里，一块儿共度新春佳节。

碰杯，问候，祝贺，喜气盈盈。

孔繁森频频举起酒杯，心情格外激动，他深知自己肩上不仅挑着振兴阿里经济的重任，还有着民族团结、边疆稳定更为沉重的担子。一举一动，一言一行，都要从民族团结、从稳定和发展的基点考虑。邀请藏族干部共度佳节，这无疑是为了进一步融洽加深藏汉民族干部的感情。

孔繁森高举着酒杯，满面春风地说道：

"来，同志们，为改变我们阿里地区的面貌、振兴阿里经济，干杯！"

"干杯！"

"干杯！"

藏族干部看到这位"老班长"待人那么平和，那么真诚和宽厚，都很感动。

达瓦次仁专员起身离座，眼望着孔繁森，高举着酒杯的手微微颤抖——这是一个典型的藏族汉子，他颧骨微凸，鼻梁挺直，眉宇宽阔，两眼炯炯，显得剽悍、干练。高原的阳光特别厚爱他，强烈而富有野性的紫外线将他的脸庞皮肤涂抹得黝黑，浑身都流淌着太阳的光晕——他再也止不住心头热浪翻滚，动情地说："孔书记，你远离家乡，来到阿里，本来我们应该请你，祝贺你节日快乐，你反而请我们了！"

"哪里话，今天我请大家一块欢度汉族春节，过些日子，我和同志们再一起庆祝藏历新年。你看，我不就一年过两个春节了吗？"说着哈哈笑起来。

接着又是一阵儿碰杯声。小屋里气氛融融，欢声笑语。酒过三巡，孔繁森起身倡议道："达瓦专员，请你唱支歌吧，听说你年轻时是有名的歌手呢！"

孔繁森的建议立即引起一阵儿热烈的掌声。

达瓦专员性情豪爽，没有推辞，端起杯子，呷口茶，润润嗓子，便放声唱了一首阿里民歌。

达瓦次仁嗓音浑厚，音域宽阔，演唱的曲调自由流畅，表现了对阿里高原无限的热爱和深厚的感情。唱着唱着，几个藏族干部也伴唱起来，歌声起伏跌宕，唱得大家心头热浪翻滚。

唱罢，大家一边饮酒，品尝着孔繁森亲手包的水饺，一边商议着1994年的发展规划、改变阿里面貌的宏图大计。

第二天一早，孔繁森又带着公务员小梁、司机小杜，给藏族干部、职工，给留在阿里的汉族干部和边防战士，挨家挨户拜年。

初一之夜，细心的孔繁森又把不能回家过节的汉族干部和职工十几个人邀集在自己的小屋，准备了一箱啤酒，他扎着围裙忙里忙外地炒了几个菜，大家围在一块，他又是斟酒，又是冲茶。为了使气氛热烈，欢乐，孔繁森不是说个笑话，便是冲着几个小伙子吆喝："小兔崽子们，把酒都给我干了，谁剩一滴，罚谁三杯！"可是一切努力都失败了，宴会的气氛仍然充满着悲壮和凄婉。

梁福兴含着泪对孔繁森说："书记呀，我想家呀！别人都团圆了，咱们……"话没说完，泪珠便扑簌簌地掉下来。

"傻娃子，"孔繁森学着四川腔，说道，"咱们能为祖国看守西南大门，是咱的光荣啊！要不，人民群众能万家团圆吗？"那张黝黑消瘦的脸上挂着笑，笑纹里却蕴藏着三分凄凉、七分悲怆。

几个"小兔崽子"也都止不住热泪涌流："孔书记，我们几个早就想调离阿里了，有你这样的领导，我们……还能说什么呢！"

一个四十多岁的汉子站起来，这就是那位孔繁森上任第三天，第一个敲响他的门送请调报告的干部，不知是因喝酒而激动，还是被孔繁森的人品所感动，手端着酒杯哆哆嗦嗦，眼睛潮润，声音发颤："孔书记，就凭你的人格人品，凭你这股精神，我心中羞愧呀……请调报告给我，我要当众撕毁，为了……这片土地，我豁出去啦！"说着，杯中酒一饮而尽。

6月份举行的那场大讨论，人们从中看到了阿里高原的希望，看到了未来发展的宏伟蓝图，看到这样好的带头人扑下身子，不要命地工作，他们增强了信心，坚定了信念，得到了鼓舞和力量。

原来四十多位写了请调报告的同志，有不少人悄悄地找到孔繁森要回请调报告。但孔繁森认真对待每一位同志，为每一个干部负责，查清他们的家庭情况、身体状况，一次次主动与拉萨有关部门和外省、市、地组织部门联系，安排八个同志调离了阿里。

孔繁森像一团炽热的火球，走到哪里，便把光和热辐射到哪里；他像一个无形的强磁场，以巨大的不可抗拒的魅力，吸引和感召着周围的人们，凝聚着周围的人们。那些想调离阿里的同志，坚定了献身边陲的信念；那些心灰意冷的同志，振奋了精神；那些当一天和尚撞一天钟、无所作为的人，昂扬了斗志。甚至那说不清、理还乱的同事间的纠葛和恩怨，那感情上的坚冰，也被他那颗炽热的心化解了……

孔繁森也非常兴奋，阿里的工作总算理出个头绪，更使他感到高兴的是干部队伍开始稳定，情绪开始振奋。他一连饮了三杯啤酒，激动地说："同志们，咱们共同努力拼搏奋战，使阿里经济跨上新的台阶！"

夜阑人散，梁福兴帮助孔繁森收拾了一下满桌狼藉，便和贡桑、曲印两个孩子在外屋床上睡下了。

孔繁森本来酒量不大，今晚却多喝了几杯。只觉得晕晕乎乎，他回到里间屋，倒头便睡，睡一阵儿，觉得口渴，嗓子火辣辣地疼，他起身，点上蜡烛，想找杯子喝口水，目光却无意中触到压在玻璃板下的两张照片，一张是 1988 年告别故乡时他为母亲梳头的照片，一张是"全家福"。慈祥的目光、温柔的目光、企盼的目光、渴望的目光，像针扎，像火燎，他的心一阵儿痉挛般的疼痛，眼泪流淌下来……他怕惊动熟睡的小梁和两个孩子，悄悄穿上大衣，轻轻地拉开屋门，向外面走去。

繁星满天，夜色迷蒙，风寒刺骨。他踽踽地走到一座小山坡上，山坡有着薄薄的积雪，几株干枯的梭梭柴瑟缩在寒风中，孔繁森咯吱咯吱地踩着积雪，登上山顶，遥望东方的夜空，默然伫立。啊，那颗最亮的星下可是故乡？家乡的亲人此时该是怎样念叨他？老母亲，儿子不孝，新春之夜，没能侍奉膝前……一阵儿酸楚袭来，眼泪又夺眶而出，他扑通一声跪倒在地，一连磕了三个头："娘啊，我的白发老娘，儿子在这里向您老人家拜年了……"

冷天，冷地，冷风，冷泪。孔繁森浑身战栗着……

五十年罕见的雪灾

边陲小镇气氛并不浓烈的春节尚未过去，连日的狂风暴雪却又袭击了阿里大地，节日欢庆的氛围顿时蒙上了一层沉重的阴影。

孔繁森屋里的电话铃不时响起，各县纷纷告急，五十多年罕见的雪灾席卷而来。

2月18日，改则县委来电：去冬今春连降大雪，有的地区已落雪五十厘米，还有的深达八十厘米。本来就连年干旱的草场，又被大雪吞噬，牲畜无草可食，大批死亡，现初步统计，冻死饿死的牛羊马已达六万九千五百二十五只（匹、头）。

2月19日，措勤县委来电：全县已有十几个区乡陷入雪灾之围，牲口开始大批死亡，已查出，冻死、饿死的牲口已达六万一千六百七十七只（匹、头）。

2月20日，革吉县政府来电：严重的雪灾造成大批牲口死亡，仅亚热区冻死、饿死的牲畜已达一万六千四百三十九只（匹、头），占1993年存栏量的百分之十三。

2月20日，日土县委来电：牲畜开始大量冻死饿死，出现了羊吃羊（饥饿的羊啃噬同伴身上的毛）现象。怀胎母畜大量流产，幼畜成活率几乎为零。

2月21日，玛尼区来电：牲畜死亡之数已达两万六千四十四十四只（匹、头），占1993年存栏量的百分之十五点四六。

还有的县、区来电：有百分之三十的牧民已断粮，生命遭到严重的威胁。

……

灾情在疯狂地蔓延，雪魔吞噬着孱弱的牛羊，每天都有大批牲口瞪着绝望的眼神在死亡线上挣扎。那些野居在帐篷里的藏胞们也在风雪酷寒中饥肠辘辘地盼望着青稞、糌粑和酥油，泪眼蒙眬地向帐篷外张望，盼着风雪中出现车声和人影……

孔繁森心急如焚，眉宇间弥漫着忧郁和焦虑，眉毛拧在一起，嘴唇也由连续失眠而起了火泡。这是对新任地委书记的又一次严峻考验。

孔繁森从书架上找出一本《灾异志——雪灾篇》，这厚厚的一册资料中记述了阿里高原历史上的几次大雪灾的惨景，其中有一篇五十年前一场大雪灾的详细记述：

> ……那时候藏政府不管老百姓死活，当地牧主头人趁机重债收租，许多人家家破人亡，雪灾过后，常见到一家男女老少全死在帐篷里……年轻力壮的人都逃走了，留下的人大多数冻饿而死。化雪的时候，原野上这里一个"骑士"，那里一个行人，都不动，走近细看，都是死人……

> 那场雪太大了，雪压坏了帐篷，反着白光的雪地，活着的人只能露出个头顶，牦牛走着走着就不见了。雪吞噬了一切。山上的黄羊、野马没草吃，都跑到帐篷边，撕着帐篷吃。第二年厚雪融化，白粼粼的骨头，漫山遍野，分不清是人的还是牲畜的……

孔繁森再也读不下去，他头皮发麻，两眼发呆，他拿起一支烟，用打火机点了几次，竟未点着，原来是拿倒了，点的是过滤烟嘴儿。他扔下烟，大衣一披便冲出门外，风狂雪骤，他打了个趔趄，深一脚浅一脚地向达瓦次仁家走去。

他一把推开达瓦专员的门，达瓦次仁刚穿上羊皮大衣，还未走出门："哎呀，书记，我正要找你！"

"达瓦专员，这样的场面我未经历过，你看怎么办？"

"立即召开紧急会议，研究救灾措施和方案！"达瓦次仁脸色本来黝黑，现在变得乌青，两道浓眉皱成疙瘩。

"好，刻不容缓。你通知行署，我通知地委！"

会议开得简短，孔繁森向大家报告了各县区的灾情，决定立即组织三个工作组，分赴各县指导抗灾。孔繁森带一个工作组负责革吉、噶尔、改则三县，达瓦次仁带着一个工作组直赴札达、普兰两县……

风雪征途

漫山遍野，白雪茫茫。狂风卷着雪团呼啸狂号，雪团打在车窗玻璃上噼啪作响，刮雨器分秒不停地来回清扫着玻璃上的积雪。

荒原上，那弃置多年的古驿道不见了，那条被汽车轮子碾出的路不见了，那稀疏的红柳不见了，那野牦牛和藏羚羊不见了，那黑不溜秋脏兮兮的帐篷也不见了。天地间是一片令人胆战心寒的白，或者说是黑的、灰的、深的、浅的、明的、暗的……

偶尔看到有几棵被雪埋住大半截身子的梭梭柴，秃头秃脑地战栗在寒风中。苍白的山峦丘陵起伏、跌宕，和那涌动的风雪也似乎一齐向他扑来……

丰田车在齐腰深的雪路上挣扎爬行，这种被誉为"越野车王子"的车，面对着苍茫的雪海，似乎也感到困惑和惶恐了。司机小杜无论怎样左打右转方向盘，脚踩油门，车一直叫，就是不往前走。

孔繁森心情更加沉重，高寒缺氧，严重的高原反应使他头晕、头疼。他使劲掐一掐太阳穴，用力地瞪大眼睛，搜寻着雪野中的帐篷，可是一片风雪茫茫。

一道雪沟，积雪深达两米，车子过不去，必须绕道，而唯一的希望就是从小山坡上穿过，怎么办？

孔繁森跳下车，和小梁一块推车，车子吃力地爬上雪坡。坡滑路陡，稍一松劲车子便向后滑去，他们用肩膀死死地扛顶着车尾，"丰田"吼叫一阵儿，总算翻过这道山坡。

然而前面仍然是雪野茫茫，即使好天气，通往革吉县的公路也难以行车，现在路上又是一道道雪堆，像一道道雪墙，阻挡着道路。

风大雪急，气温在零下三十七摄氏度，冰寒刺骨。人，在这酷寒中，在雪野里站上半个小时，就会冻得四肢麻木。

孔繁森只觉得呼吸短促，心脏剧烈地跳动，脸憋得青紫，嘴唇乌青，他的思维尚未"冻结"，心里急得像一团火，赶快到牧区去，看望那些被风雪围困的灾民……

汽车开不动。

必须下车铲雪开路。

幸亏工具还齐备。孔繁森和公务员小梁跳下车，挥动铁锹，一锹锹铲着积雪。路面上积雪浅处有五十多厘米，深处有一米多。

狂风卷着雪团恶魔般呼啸着，干硬的雪粒打在脸上，先是火辣辣地疼，慢慢地麻木了。手冻得麻木，握不住锹柄，但他的血液还在流动，他的思维还在转动，凭着一种超人的意志和信念，指挥着挖雪开路……

每铲一锹雪都意义重大，车子每前进一步就意味着生命的胜利。

性格豁达、乐观、豪爽的孔繁森为了鼓舞身边的同志，还领头唱起了他最喜欢的歌《少年壮志不言愁》。

几度风雨几度春秋，

风霜雪雨搏激流，

历尽苦难痴心不改，

少年壮志不言愁。

为了母亲的微笑，

为了大地的丰收，

……

狂风像恶狼的长嚎、野马的嘶鸣，异乎寻常的刺耳，惊心，几乎要穿透人的骨髓。雪团、雪粒、雪片，成簇成缕，起伏聚散，翻腾扑爬，搅在一起，拧在一起，犹如千万条银蛇在乌云密布的天空旋转狂舞。

孔繁森脸色铁青，干裂的嘴唇渗出血渍，眉毛、鬓角都沾满雪花。他不是在唱，是吼，是叫，是狂啸。

随车而来的一位民政局中年干部，是个土生土长的阿里藏胞。他被风吹倒了，又猛地从地上爬起来，稳住脚跟，一双充血的眼睛望着苍天，神色肃穆、虔诚，他冲着苍茫的冈底斯山，冲着乌云笼罩的雪野，大声祈祷："神圣的冈底斯山，法力无边的凯念之神，给我力量吧！生我养我的高原厚土，祖先在天之灵，庇护你们的子孙吧！"

歌声、吼声、祈祷声，都被风雪吞噬了。然而人的豪气比天高，有了这种豪气，就能战胜前进路上的一切艰难困苦。

孔繁森一边鼓励大家，一边奋力地挥锨铲雪。他的热血往上涌，眼睛射出像乌云下的闪电一样精赤的光芒，那种刚毅从未达到这样亢奋的顶点。

这是一种血气豪勇的男子汉本色！这是生命迸发的那种意志、力量、信念的全部展示！

每挖一尺，车子前进一尺。

二十多米长的雪堆，折腾了几个小时，大家总算挖出一条通道，但人人已精疲力竭。

孔繁森看看手表，已是下午四点多钟了。他忽然感到肚子空荡荡的，翻江倒海般难受，这才想起来，已八九个小时没有给肠胃补充一点能量了。他用舌头润润泛着燎泡、结着白痂的嘴唇，蹲在车旁的雪地上，从口袋里摸出一包压缩饼干，分给大家，自己一手拿着饼干，一手抓起一团雪，一口雪一口饼干地吃起来。

……

前面出现一座帐篷，像孤岛似的摇曳在漫天皓白之中。

原来这是察布区的一个小牧村，但牧民们分居很散，很远。

风已停，雪已停，山谷里死一般的沉寂。

孔繁森背着药箱向帐篷走去。只见帐篷前的雪地上出现一幕目不忍睹的镜头：

成片饿死、冻死的羊，没皮没毛，原来羊群无食可吃，互相撕扯同伴身上的毛皮充饥，有的幼羊皮毛被同类啃光了，肉也被撕扯殆尽，只留下白花花的骨头架子；没有死的羊，奄奄一息地躺在雪地上，干瘪的肚腹连蠕动的力量也没有了，一双浑黄的眼睛绝望地看着眼前的一切。有的牛冻死了，僵硬的尸体上落满干雪。有的幼羔咩咩地叫着，吮吸着母羊干瘪的奶头，但母羊的身子已僵硬了……一只牧羊狗趴卧在羊群旁。这被称为"藏獒"的优良品种牧羊狗，本来体魄雄壮，像雄狮般凶猛，长啸一声，山川鼗觫，可现在也气息奄奄。这狗按说也可食羊，但忠诚的义犬并不肯吃那些与自己朝夕相处的死者的尸首。

目不忍睹！

惨不可言!

这里是一片"死亡的王国"!

孔繁森目睹惨景,鼻头发酸,心里一阵抽搐,眼泪止不住涌流下来。

他走进帐篷,只见女主人跪在地上哭,男主人倚着门叹息。对孔繁森的到来,女主人像见到亲人般"哇"的一声大哭起来。

女主人叫尼玛,四十多岁。

女主人难过地向孔繁森诉述着雪灾和干旱带来的苦难。她说,她家有羊四十只,已死去十四只,其中有六只母羊,还有两只小羊羔。可怜的小羊羔,刚生下来,还未等到春天的到来,还未吃到一口绿色的牧草就死去了……

孔繁森流着泪,劝慰道:"不要怕,有党和政府,再大的灾害也压不垮我们,我们一定想办法帮助大家克服困难,恢复生产……"

在另一座帐篷前,孔繁森看到了另一幅凄惨的画面:

几头牛卧在雪地上,其中有两头刚刚死去,另两头的牛头触地,嘴角上沾着泥土、雪团,枯瘦肮脏,皮毛稀疏蓬乱,形骸枯槁,神色憔悴。那双像人类一样富有表情的眼睛,黯然,流着泪水,绝望地望着苍天后土;另一头牛仰卧在雪地上,干瘪的肚腹看不到胃肠的蠕动,呆滞的眼珠望着远处的山峰,从眼角到鼻翼两侧,有两道明显的干涸的泪痕。

支撑帐篷的绳索纵横交错,被木橛和铁钉钉在冻土里,有一根绳子松下来,帐篷的一角也坍塌下来,凹陷处积着厚厚的雪。

孔繁森走进帐篷,只见里面有一位老姆拉和两个孩子,孩子裹着一件羊皮袄,瑟瑟缩缩地坐在卡垫上,姆拉埋着头吹牛粪火,牛粪饼受潮,只冒湿烟,屋里烟气腾腾,呛得人难以张嘴睁眼。

人们告诉姆拉,是地委书记来看望她了。

老人不知道什么叫地委书记，只是不停流泪，用衣襟一次次拭眼角。她穿得很单薄，原来她将一件棉袄披在一只小山羊羔身上。孔繁森回到车上，脱下身上的毛衣、毛裤，外边只穿着一件军大衣，贴身只有一套单衣，将毛衣、毛裤和口袋里仅有的三百元钱留给这一家人。

老姆拉哭着说道："活菩萨，活菩萨！好人哪，愿神灵保佑你……"

第二天，孔繁森和公务员小梁在这山谷方圆数十里奔波了整整一天，挨户看望受灾的群众。

他找到乡长，一块研究抗灾救灾措施，指出先保人后保畜，不允许冻死、饿死一个人。他指示乡长，救命要紧，先拨一部分青稞和酥油发给群众。

汽车轮子在雪野里日夜奔波。

前面依然是茫茫雪野，狂风卷动着雪涛汹涌地扑来，简直想一口把车子连骨头带肉生吞下去。车子在雪涛中翻腾，时而被推上去，时而被抛下来。车子不服气，吼叫着，顽强地颠簸着，挣扎着。在这海拔五千六百多米风雪茫茫的高原上，车子像雪海中的孤帆，但那风帆上却高高悬挂着四个无形的大字——"希望之星"！多少饥寒交迫的牧民祈盼着这颗"希望之星"降临他们的帐篷。孔繁森两道浓眉紧蹙在一起，不时用手套擦去车窗上的冰凌花，两眼透过绵密的飞雪，向远处眺望，心里只有一个念头：赶快去看望灾民！

孔繁森发怒了

这是一个狂风凄厉、暴雪肆虐的黄昏，一辆"丰田"车，伸出两束橘黄的光，战战兢兢地探着眼前的道儿，茫茫风雪，天地混沌一片。

孔繁森一行在风雪里奔波了一天，向盐湖区委驻地驶去。这盐湖区属于革吉县，海拔四千六百米，群山环抱着一个偌大的湖泊。顾名思义，盐湖是产盐的地方，四周的群众就吃这里的盐，并靠这盐换点钱和生活用品。五六月份，湖里的冰融化了，满湖碧波，这是盐工们最忙碌的季节。他们把湖水一桶桶提到岸上，倒在盐池里，开始晒盐。现在湖水早已结下厚厚的冰，湖面上也铺满厚厚的雪。远山近湖都融为一体，白茫茫的，视野中唯见叠加起伏或平缓断续的黑色分界线，那是没有被积雪吞噬的湖岸岩石、土岭。

风卷着雪团往车窗上噼噼啪啪地打来，刮雨器来回扫荡着，车窗玻璃上结了薄薄一层冰，白蒙蒙的，司机小杜谨慎地驾驶着，好在湖面平坦，不用担心掉进雪沟深壑中。

车子在区委办公室门前停下来。这是一座偌大的藏式院落，空荡荡的院落里只有几间简陋的泥石屋。屋里还亮着灯光，从门缝里飘出一股浓烈的酒香味。孔繁森推开办公室的门，只见明晃晃的汽灯下，几个区干部坐在铺着卡垫的床上投骰子。床旁边的藏式茶几上杯盘狼藉，地上是丢弃的罐头盒子，啤酒、白酒瓶子，羊骨头，烟蒂；屋中间是一个铁皮炉子，牛粪火烧得红红的，和屋外的狂风暴雪俨然是两个世界。

孔繁森顿时火冒三丈："你们玩得很自在哟！"

几个区干部惊呆了，没想到在风雪交加的夜晚，地委书记来了，他们像木偶似地愣在那儿。

孔繁森脸色铁青，两道喷火的目光盯着他们："怎么不说话呀？区委书记、区长呢？通知他们，今晚在这里开会！"

有一个年轻人急忙跳下床来，拉开门，出去了。

不一会儿，区委书记、区长，还有几个副区长都来了。

"都来齐了吗？"孔繁森威严的目光扫视了一下大家，眉峰耸动，声音沙哑："区委书记，你点点名！"

区委书记是个中年藏族汉子，个头不高，矮墩墩的，但很健壮。他一一点了名。

孔繁森心里怒浪翻腾，他想努力平缓一下，声音仍有些发颤："现在请大家汇报一下盐湖区受灾情况。有多少群众受灾？最严重的多少户？冻死、饿死多少只羊，多少头牛，多少匹马？区里采取了哪些救灾抗灾措施？筹集了多少帐篷、棉衣棉被、茶叶、酥油、面粉、大米？"

一连串的问话，使在场的区干部们目瞪口呆，个个面面相觑，谁也不吱声，有的埋下头，有的垂下眼皮，有的只顾咻咻地吸烟。

屋子里一片沉默。

"区长，你先汇报！"孔繁森点将了。

区长也是个四十多岁的藏族汉子，粗糙的脸膛，红一阵儿，白一阵儿，支支吾吾地说：

"羊，饿死、冻死有一千多只；牛，六百七十头；啊，马，马，"他从口袋里掏出一个磨得没边没角的小本子，随意地翻了几页，镇定了一下情绪，煞有介事地说，"哦，马，饿死、冻死六十八匹……至于困难户，大概有六十多家……"

区委书记不敢抬头看孔繁森一眼，在旁边支支吾吾地补充道："困难户，哦，受灾严重的有五十多户……"

孔繁森一听，是在乱凑数字，他们根本没有下乡下村，这些年干部作风弄虚作假，官僚主义愈来愈严重，刚刚压下的怒火，又腾地燃烧起来，他极力地压抑着：

"是哪个乡？哪个村？是哪些人家？"

区长和区委书记这下又傻眼了，你看我，我看你，谁也答不上来。

孔繁森点燃一支烟，强忍着怒火，说道：

"同志们，咱们都是共产党员，是党的干部，牧民们遭到这么大的雪灾，我们的群众被风雪困在帐篷里饥寒交迫，我亲眼看到成批的牛羊饿死、冻死，饥饿的羊群互相吞吃同伴身上的皮毛，好惨啊……群众眼巴巴地盼着我们去营救他们，带领他们抗灾救灾，这是群众最需要我们的时候，是共产党人履行天职的时候，可是你们却坐在暖烘烘的屋子里，'松中下布达'（即三口一杯）地喝酒，掷骰子，这样对得起党吗？对得起人民群众吗？像一位国家干部吗？你们不感到脸红吗？我们吃着人民的俸禄，人民群众有了灾难，我们却不管不问，拍拍胸口，问问自己的良心吧！"

孔繁森越说越激动，声音越来越高昂，话语像皮鞭一样抽打着在场每个干部的心。

区委书记脸上火辣辣的，头埋得更低；区长皱紧了眉头，满脸羞愧。

屋里静极了，区干部们都低着头，不敢吱声。

接着，孔繁森又通报盐湖区受灾情况，一连串详细而无可辩驳的数字，使在场的人都感到震惊。

"同志们，现在盐湖区已查出有一百三十六户人家断粮，占总户数的百分之三十一点七。其中特困户九十七户，还有许多牧民缺少棉衣、棉被，缺少取暖的牛羊粪，缺少红糖、白糖、酥油、茶叶……哦，有一户饿死冻死八十九头牲畜，一头牛值多少钱，我想大家心里明白……"

孔繁森停了停，声色依然严肃："区里要马上组织干部下乡下村，分片包干，实行抗灾救灾责任制，帮助牧民渡过难关；会后要立即筹集救灾物资，送往灾区，送到牧民帐篷里，通车的地方用车运，不通车的用马驮、用牦牛驮，迅速行动，明天早晨就要出发！"接着又点着区委书记和区长的名，说道："如果发生饿死人、冻死人的现象，我要追究你们的责任！"

孔繁森部署完毕，区委书记和区长做了简单分工，当晚便分头筹集救灾物资、车辆和马匹。第二天一早便兵分几路，迎风冒雪出发了。

临行前，孔繁森又拍着区委书记和区长的肩膀，说道：

"昨晚，我批评得严厉了些，我看到老百姓受苦受难，心里着急呀！"

区委书记和区长抓住孔繁森的手，满脸羞愧，眼睛含着泪，激动地说："孔书记，您批评得对，我们做得太差了……您这样关心我们藏族百姓，我们还有啥话可说呢！"孔繁森又鼓励他们道："我们干部群众团结起来，打好抗灾救灾这一仗，争取把损失降到最低点。有什么新的情况，及时向县委、地委汇报！"

死神在他背后狞笑

1994 年 2 月 27 日。

孔繁森一行来到改则县亚热区。这个区的两个乡——旧仓乡和曲仓乡，都处在海拔一千一百米至五千七百米的高原上。孔繁森要去这两个乡察看灾情，区长阻拦道："不行，孔书记，您过不去那座山，太危险！"

"不，我一定要去，就是天上下刀子我也要去！"一向温厚的孔繁森火气冲冲地说，"那里受灾的藏胞们正盼着我们，我们早去一天，他们就早一天脱离困境！"

这时随孔繁森而来的几个年轻同志，也因高原反应都病倒了。孔繁森也由于连日在风雪里奔波，又患了感冒（药箱里虽有感冒药，又不舍得吃），他已疲惫不堪，时常感到胸闷、头晕，脸色发乌，嘴唇发紫，但一想到受灾群众还在死亡线上挣扎，一双双忧愁焦虑的眼睛在盼望着党和政府的搭救，怎能顾得上自己身体的疲惫？

"不去，我不放心，我爬也要爬到那里！"

他又说："党的温暖是靠我们每个干部的工作去体现的。在人民群众受灾受难时，我们要急群众之所急，雪中送炭，把党的关怀和温暖送到他们的心坎上。"

区长见孔繁森决心难以改变，只好挑选两匹好马。孔繁森和公务员小梁便跨上马，背着药箱，迎风冒雪，向旧仓乡和曲仓乡出发了。

大雪覆盖山川，填平了沟壑，封冻了河流，堵塞了道路，连高原上唯一的鸟儿——鹰，也不见踪影。雪野茫茫，皓白万里，凝固着一片沉重而令人窒息的静寂，一片死亡般的沉寂。

寒冷足以使顽石冻裂，道路更为艰难，马蹄踏进七八十厘米的积雪里，比在波涛汹涌的河流跋涉还要吃力。狡猾而诡谲的"雪魔"到处布满陷阱，一不小心，连人带马就掉进冰窟，或摔进崖沟，弄个人仰马翻，骨折肢残。

暴风雪魔鬼般地扭动着身子向他们扑来，雪团打得马儿都不敢睁眼，马儿气喘吁吁，从鼻子喷出的热气瞬间变成冰柱。遇到积雪深厚的地方，马举蹄不前，孔繁森和小梁只好下马，用力拽着马缰绳，踏着没腿深的积雪，一步一步地挣扎。

严重的高原反应、疲劳和寒冷，已把他们折磨得不像样子。腿脚麻木了，脸麻木了，手麻木了，即使钢铁之躯，也难以忍受这样的折磨。在这五千七百米的高原之巅，无形的生命之源更为稀薄。咳嗽，又是咳嗽！孔繁森瘦弱的身躯抖个不停。他的脸憋得青紫，像一块燃烧殆尽的焦炭。他挣扎着抬起头，用尽全身力气把腰带勒紧，把军大衣裹紧，一双充血的眼睛瞪着苍茫混沌的天地。云层，云团，像一堆堆破棉絮网结起来，罩住天幕，黑沉沉的，使白雪的反光也变得暗淡。狂风掀起一层层雪涛，劈头盖脸打来，开始还有疼痛感、冰冷感，现在一切感觉都没有了，只有意识还在汩汩地流淌。

孔繁森一手牵着马，一手拉住小梁的胳膊，艰难地抬起腿脚，又沉重地落下。流沙似的雪流淹没了他的大腿，像陷进烂泥塘似的，为了拔出腿来，他不得不将胸脯贴着雪面，每前进一步，他都得张大嘴巴，拼命地喘气，就像被扔到岸上的鱼。但他心里却十分清醒，前进一步，就离群众近一步，被围困在大雪中的灾民们在眼巴巴地盼着他们到来！

又一阵儿狂风携带着巨大的雪团向他们打来，孔繁森"扑通"一声跌倒在雪窝里。

"孔书记！孔书记……"小梁惊慌地喊叫，用尽全身力气拽着孔繁森的胳膊。

"你……小梁，牵好马……"孔繁森咬着牙，挣扎着，摇摇晃晃地站起来，满头满脸都沾满了雪。他浑身软绵绵的，连一点力气都没有了，他趴在马背上，大口地喘息着。

"孔书记，咱们……"小梁有点惶恐不安，再也无法忍受了。

孔繁森缓缓抬起头来，用力睁开眼睛，他觉得眼眶周围的皮肤发出咔咔的断裂声，仿佛眼珠有核桃大，要把禁锢的眼眶撑破。他看看小梁，小梁浑身也像个雪人似的，脸色苍白，眼圈发乌，头发和眉毛上挂着冰凌碴子，他心里泛起一种悲苦，想安慰小梁，可是大脑变得十分迟钝，语言变得十分贫乏，好一阵子才说道："小梁，不要怕……啊，你饿了吧？"话说得有点语无伦次。但他心里只有一个念头：冲出去，冲下这道山坡就是胜利。

小梁摇摇头。

"吃点吧！"孔繁森已记不清多长时间没吃东西了，觉得五脏六腑像被掏空了一样难受。他好半天从口袋里摸出几块压缩饼干，递给小梁。自己靠在马背上，咬一口饼干，吞一口雪，麻木的牙齿机械地咀嚼着，干涩青紫的嘴唇上沾着一层雪粉。

也不知过了多长时间，风停了，稠密的雪团渐渐稀疏了，灰黑色的云团还在翻腾，他们感到气压更低了，天和地，一切都像凝固了。"必须走出去！否则就会冻死在路上！"孔繁森脑子里闪过这个意念，他拉起马缰绳，和小梁又挣扎着前进了。

也许清凉的雪水在枵枵饥腹里泛滥开来，滋润了饥渴的肠胃，孔繁森觉得麻木的肢体像加了润滑油似的，变得有点灵活了。

他们冲出一道道雪墙，终于走下山坡。

不到七十公里的雪路，走了整整一天，直到黄昏，才发现有几座帐篷黑乎乎地出现在雪野里，像是几块落在地上的云团，这是曲仓乡的一个牧村。

孔繁森不知是惊喜还是激动，用力往马屁股上捣了一拳："驾！"他吆喝了一声。富有灵性的马儿看到帐篷，精神也抖擞起来，嘶鸣一声，扬起蹄子，向帐篷奔去。

夜晚。

风在帐篷外呼啸。雪团打在帐篷顶上，发出"噼噼啪啪"的声响，帐篷像一只在风浪中颠簸的小舟。孔繁森躺在帐篷里，只觉得天旋地转，头脑里如一个混沌的天地，头疼得像锥扎，颅骨似乎破碎，发出断裂的声响，碎片飞出来；胸腔却是发闷，憋得浑身难受，他解开军大衣，痉挛的手又撕开毛背心、衬衣……他几乎想扒去所有的衣服，想扒开胸膛，扒出那颗狂跳的心，让它能够畅快地呼吸一番，但一切都无济于事，他仍感到难以忍受的憋闷。由于连续几天乘车骑马，一直未得到根治的痔疮，血和脓涌流出来，大便失控，臀部黏糊糊的。他原来用一块红绸布垫着肛门，绸布已和皮肤粘结在一起。他仿佛听到生命的链条发出咯咯巴巴的断裂声，一种不祥之感向他袭来。他似乎看到死神向他走来，伸出毛茸茸的魔爪，发出狞厉的笑声……

一阵儿耳鸣，大脑又是一片混沌……

好一阵儿，意识才苏醒。

身边的小梁已经入睡，他毕竟年轻。孔繁森好像意识到熬不过这一夜，他用尽全身力气挣扎起来，抬起沉重的头颅，拧亮手电，打开笔记本，掏出圆珠笔，吃力地写下几句话：

小梁：

不知为什么我头痛的（得）怎么也睡不着觉。我是在海拔近 6000 公尺的地方给你写的信。人有旦夕祸福，天有不测风云。我有一事委托：万一我发生了不幸，第一，你不要难过。第二，你给地行领导讲不幸的消息，不要给我家乡讲，更不能让我母亲和家属孩子知道。第三，你要每月以我的名义给我家写一封报平安的信。第四，我在那（哪）里发生的不幸，就把我埋在那（哪）里。切记，切记！

他的笔在纸上滞涩地滑动着，握笔的手战栗着，像被飓风摇荡着的桅杆。他瘦弱的躯体也像被飓风摇荡着，颤抖不停，难道生命之舟真的要搁浅在这风雪高原？呵，呵，我不能死啊，家里还有老母亲，还有妻子、儿女……阿里，我刚刚上任，还有很多工作……我不能死，我不能死呀！他心里大声吼叫着！死神听到了他的吼叫，躲在背后哧哧地窃笑！

他用力咬住笔杆，只觉得一股热流涌了上来，血与爱的热流交织在一起，堵住了嗓子，眼眶飞旋着泪花……终于忍不住如泉喷涌，泪水打湿了纸页！

夜晚，这是祖国的一个普普通通的夜晚。在辽阔的国土上，有多少人家围聚在电视机旁观看球类比赛，或是倾听歌声琴韵，有多少人在酣睡中，有多少妻子偎依着丈夫呢喃地说着情话，孩子躺在母亲怀抱里，在暖融融的房间，进入温馨的梦乡……

夜晚，人的一生要经历多少个夜晚！

在这风雪高原上，在死神的胳膊下，谁能想象，我们的好书记是怎样一分一秒地熬过来的？是怎样同死神顽强搏斗的？

也许在这个夜晚，在万里之外白发苍苍的老母亲，正听着风吹窗纸哗啦哗啦的声响，用低哑凄婉的声音呼唤远方游子归来。

也许在这个夜晚，妻子辗转难眠，望着黑洞洞的房顶，默默地数着日子，盼他归来。思念之苦，泪水涟涟，几次打湿枕巾……

也许就在这个夜晚，女儿静静和儿子小杰，在酣梦中呼叫着："爸爸，你回来吧！"

也许就在这个夜晚，那个远在重庆读书的小女儿玲玲，睡梦里嘴角浮出浅浅的笑窝，她梦见慈祥的爸爸一步步向她走来……

头晕、恶心、胸闷、咳嗽，像一道道惊涛骇浪，时而把他瘦弱的躯体掷到波峰，时而抛到浪谷，但孔繁森的意识还未冻僵，还未窒息，还在汩汩地流动，他不能死，他的路还未走完，他不能倒在这抗灾救灾的阵地前沿，在他的生命走向归宿之前，他属于六万阿里人民，属于年迈的老母亲、贤惠的爱妻和可爱的儿女……

风，拼命地从帐篷隙缝里钻进来，黎明前气温骤然下降，飞进来的雪花不再融化，星星点点落在他的大衣上，落在小梁的被子上。小小的帐篷内是凝固的冷寂，小梁在被子里缩成一团。他用力挣扎着给小梁掖掖被角，把自己的军大衣舒展开来，给小梁盖上……

他呆呆地等着曙光的到来。死神悄悄走了，天亮时，他发现自己还活着，生命的火焰并未熄灭，他感到惊讶！当一个人在信念支撑下，生命是多么顽强，调动了源源不断的抗体，滋长着不竭的活力，使得虎视眈眈的死神也惊慌失措，仓皇逃遁而去……

孔繁森挎上小药箱，骑上马，和小梁挨家挨户走访受灾的牧民。依然是一幅幅读者曾经看到的画面：冻饿而死的牛羊，没有皮毛、青紫的尸体；奄奄一息的牛羊，呆滞的绝望的眼睛，孱弱凄凉的咩叫声。牧民流着泪，或倚在帐篷门口，或跪在卡垫上，望着茫茫雪野，祈祷上苍保佑……

"阿波拉，阿姆拉，我代表地区党和政府来看望大家了。"

"阿大拉（大哥），阿佳拉（大嫂），我是党派来的，大家的困难我都清楚了，回去我们立即组织救灾支援……"

他走进一座座帐篷，挨家挨户地嘘寒问暖。

他一遍一遍安慰大家，自己却一次次暗暗流泪。

牧民们看到地委书记看望他们来了，惊了，喜了，乐了，哭了，笑了……就像帐篷里升起一盆热烘烘的炭火，就像这冰雪高原吹来一股温暖的春风。老波拉热泪横流，老姆拉双手合十，念叨着："救命菩萨，救命菩萨！"

他不是神，但他有一颗火热的心，有一个燃烧的灵魂，支撑着一个燃烧的躯体，让生命在这风雪高原上发热发光，温暖着灾区百姓……

又一连奔波了五天，走访了二十户风雪高原牧家。小小药箱又空了，谁知道他给多少人看过冻伤，服过消炎止咳药物，打过针，号过脉……

3月8日，孔繁森一行来到一个小牧村，这里只有十几户人家，有帐篷，有土屋，散落在半条山谷里。连日的奔波劳累，上吐下泻，一走进土屋，他几乎瘫倒在床上。然而，即使在病中，他的大脑也未停止思考。他忽然想起，今天是"三八"妇女节，应该让当地的藏族妇女享受节日的欢乐。于是，他让工作人员分头通知周围的藏族妇女开会。他忍受着病痛的折磨，挣扎着从床上下来，微笑着说："姐妹们，你们知道今天是什么日子吧？今天是你们的节日，全世界的妇女都在欢度这一天，你们也打扮打扮，让我给你们照张相。然后，你们聚在一起唱歌跳舞，欢欢喜喜地过个'三八'节吧。"这群藏族妇女一听，又惊又喜，欢呼雀跃，一窝蜂似的跑回自家的土屋、帐篷打扮去了，不长时间，她们跑了过来，一个个都打扮得很漂亮，你抱着我我偎着你，叽叽嘎嘎地说笑，争着让孔繁森照相。照完相，她们又手拉着手，在雪地上跳起了果谐舞。

这时不知谁说了一句："孔书记会唱歌，让孔书记唱支歌吧！"

一阵儿掌声、吆喝声。

孔繁森哪有精神唱歌，由于感冒，嗓子肿疼，但又难却藏胞们的一片热情，他没有唱歌，他朗诵了一首诗：

> 我是一匹老马，
> 永远奔驰在西藏的草原上，
> 我是一只老鹰，
> 永远在西藏的高空飞翔，

我是西藏人民的儿子,

永远为西藏人民服务。

当翻译把孔繁森的诗译成藏语后,妇女们激动地欢呼起来。其实,这哪是诗啊,是从他一颗赤诚的心灵发出的誓言,是满腔炽热的爱迸溅的火花,是一个人民公仆对这雪域高原的无限深情和深深眷恋。

两天后,公务员小梁在县委招待所里帮助孔繁森洗衣服,发现了那张不是遗嘱的"遗嘱",他看了一遍又一遍,哽咽地哭道:"孔书记,孔书记,你要保重身体啊……"孔繁森心里也不是滋味,拍拍小梁的肩膀苦涩地笑笑,说道:"小梁,别哭,别哭,我这不是好好的嘛……那天阎王爷发了慈悲,说:'老孔,你还有许多事要干,今天不打扰你了。'说完就拔腿走了……"

小梁擦擦泪眼,说道:"书记呀,你都年近半百了,不能这样拼了。"

"你放心,娃子,我这百十斤还能撑一阵子!"孔繁森满不在乎地说,"走,咱们准备一下,出发吧!"

他们收拾行装,告别革吉县,告别改则县,又踏上风雪征途,向噶尔县出发了。

拉旺乡长的新观念

太阳出来了。天空又恢复了那晶澈、深邃的湛蓝,只有大块大块的白云,凝固了似的,贴在浩瀚的天幕上。雪野、雪山、冰川,一片银光闪耀的冰雪世界。雄浑的冈底斯山脉,昂首苍穹,翘头摇尾,入云出雾,就像一条银色的巨龙,飞舞在这银色的波涛之间。山下,一条条庞大晶莹的冰川,蜿蜒着向南北方向迤逦而去。水晶般的冰体,壮丽无比。更令人惊叹的是那通体透明的冰塔林，千姿百态。冰塔林中，冰崖峭立，高者数十米，像凝固的瀑布，崖面上垂挂着一条条粗大的冰凌。晶莹剔透的冰塔林中还有数不清的冰洞、冰窟。深邃的冰洞里还有长短不一、千奇百怪的冰笋，像汉白玉一样洁白无瑕，像珍珠一样瑰丽夺目——这一切都是大自然的巨构雕塑，恢宏高贵，气势磅礴。

那雪峰冰川在太阳照射下，形成一片佛光瑞霭，给人一种庄严肃穆的感觉。面对这瑰丽壮观的冰雪雕塑，若在平素日子，孔繁森会举着照相机咔嚓咔嚓地拍摄不停，将这银装素裹的世界化为永恒的艺术。然而，眼下哪有这种心情啊！他的眉皱蹙着，忧虑的目光透过墨镜，扫视着这苍茫的冰雪世界。

通往噶尔县佐佐区的道路，积雪已达半米，有的路段深达两米，这里是重灾区。汽车无法行驶，只能骑马，随同他来的有民政局的同志、地委办公室的主任，还有电视台记者小李、翻译格桑丹珠。

几匹马踏着厚厚积雪，扑踏扑踏地缓缓而行，马失蹄，人和马就摔倒在雪窝里。遇到高坡山冈，马儿爬不上去，就牵着马走，山高路险，一步一喘。累了，就趴在马背上歇一会儿；饿了，啃几口方便面；渴了，吃一把雪团。连续奔波了二十几天，他走遍三个县重灾区，不仅给群众送去党的温暖、政府的关怀，也通过实地考察，摸清了受灾情况，积累了抗灾经验，及时地指导了抗灾工作。

在海拔四千八百米的佐佐区，孔繁森走进乡长拉旺的小土屋。五十多岁的老乡长拉旺穿着一件很普通的黑白两色羊皮藏袍，腰前挂着革套精美的镶银藏刀，像一件很神气的装饰品。内穿白色棉毛衫的一只膀子在寒冷的天气里仍然裸露在袍子外面，头戴一顶羔皮圆顶高帽，脚蹬一双翻毛大头皮鞋，一双浓眉下，闪亮的眼睛透着聪慧的光，给人的印象：精明强干，热情淳厚。

这土屋和其他牧家的土屋并无异样，但室内布置却是整齐有序，几件镂刻着精致图案的藏式家具倚墙而立，墙壁很厚，窗子也很大，阳光透过玻璃射进来，满室生辉，更惹人注目的粉壁上还贴着几张影视明星的剧照和体育健将的广告画，使得这偏远的高寒雪原透出一抹现代文化的气息。

孔繁森早就认识拉旺乡长。拉旺乡长见孔书记和地委工作组的同志们到来，很是高兴，急忙给大家斟上滚烫的酥油茶。

屋里泥炉里生着牛粪火，上面架着一只钢精水壶，水壶里咕嘟咕嘟冒着热气。

孔繁森捧着碗喝了一口。他刚才已经察看了老乡长的牲畜，发现死亡率很低，便问：

"拉旺乡长，你养的牛羊很壮实，死亡率很低，有什么好经验吗？"

"要说是经验也算不上，"拉旺吸了一口烟，很有兴致地说道，"不过我这些年一直重视草场建设和畜群管理，譬如说……"接着他掰着手指头一、二、三、四地数着加强草场建设的具体措施，孔繁森不时点头称赞，不时在小笔记本上记点什么。

拉旺说："一些牧民观念陈旧，老是舍不得宰杀牲畜，谁家的存栏量高谁就以为最富，我不这样认为，我每年都合理淘汰，出栏率高，所以我的牛羊膘肥体壮，没有老弱病残，雪灾来了，抵抗力强，死亡当然就少。"

"好，好！"孔繁森眼中迸出火花，高兴地称赞道，"这个经验好，要向全县、全区宣传推广。更新观念，改变落后的牧业生产结构，这不仅是抗灾防灾的需要，也是我们牧区脱贫致富的措施。"

拉旺说："因为牲畜冻饿而死，连皮子都剥不下来，还不如及时宰杀，一张皮子还可以卖七八十元呢！"

"是呀，是呀，你说得对！"孔繁森呷口酥油茶连连点头称赞，又鼓励道，"拉旺呀，你不仅要当好脱贫致富的带头人，更要当好破除旧观念的带头人，带领乡亲们共同致富。"

地委书记的赞扬使拉旺乡长格外振奋，他两眼闪着光芒，说道："我保证当好带头人，让乡亲们早日富裕起来！"

回到噶尔县，孔繁森在县委召开的抗灾救灾会议上，大讲拉旺的经验，再次提出更新观念，改变落后的生产结构，增强防灾抗灾能力。并请来拉旺乡长在会上做了现场报告，受到大家的称赞。会后，县委根据孔繁森的意见，立即做出提高出栏率、突击淘汰病弱牲畜的决定。

"我不是菩萨，是人民的公仆！"

在返回狮泉河的路上，一座破旧的土屋出现在眼前，屋顶上落满厚厚的雪，屋前屋后也堆满雪。不管何时何地，孔繁森只要看见帐篷或土屋，都要停车或下马，前往察看。

他让车停下，习惯地背起药箱，向小土屋走去。

推开破旧的门扇，走进黑洞洞的土屋，好半天才看清，一堆破旧的棉絮里躺着两个奄奄一息的孩子，一个满脸脏黑、瘦弱不堪的女人坐在孩子旁边，低垂着头，乱蓬蓬的头发上沾着草叶和尘屑。

"阿佳拉，扎西德勒！"孔繁森上前问候。

女人不说话，抬起头，一张愁苦麻木的脸，两只呆滞的眼睛。

孔繁森看看两个孩子，大点的十多岁，小点的七八岁。两张苍白的小脸，绀紫的嘴唇，呼吸变得越来越短促。面对病危的孩子，女人一筹莫展，她已失去保护能力，无法挽救这两个垂危的小生命。她的丈夫刚刚去世，她已经难以应对接踵而来的打击，痛苦使她变得麻木……

孔繁森急忙听诊、号脉，两个孩子的脉搏都十分微弱了，患有严重的肺炎，还有其他病症，他凭着掌握的医学知识，判断出：必须马上抢救。他取出注射器，娴熟地轻轻地推进，那凝聚着一个人民公仆崇高爱心的剂液，缓缓地溶进两个孩子的血管，孩子的呼吸渐渐平稳。他拔出针管，接着又用酒精棉球轻轻地擦拭，他擦着，擦着，仿佛要擦去笼罩在这一家人头上的乌云……

但是由于携带药品短缺，条件太差，两个孩子必须被送往医院。

于是，他命令随从人员把孩子和母亲扶到车上。

回到狮泉河，孔繁森立即把孩子和女人送进医院，自己掏钱付了住院押金。

孔繁森指示大夫："一定要抢救好，药费全由我包了！"

输液的透明滴管在昏黄的灯光下一闪一闪晶莹地跳跃，两个孩子的脸上先后出现红晕，生命开始出现转机。

孔繁森离开医院。

白天他忙于各种紧急会议，下班后，总忘不了做好热气腾腾的鸡蛋葱花面条，一趟趟地亲自往医院里送去。

一天，两天，三天，五天……

孩子们的病好了。

母亲告诉两个孩子："是这位'大本布拉'救了你们的命！"

两个孩子跳下床，一人抱着孔繁森的一只胳膊，小脸上淌着泪："谢谢爷爷，谢谢爷爷！"

母亲也流着泪，呜呜咽咽地哭着："孩子的爸爸刚去世不久，两个孩子若是死了，我也不活了。"又说："孔书记，您真是救命菩萨，是活菩萨，是您救了我们一家！"千恩万谢，一遍遍重复道。

孔繁森说："我不是菩萨，是人民的公仆，这是我应该做的。"心里却也翻腾着：西藏的老人就是我的老人，西藏的孩子就是我的孩子，西藏就是我的第二故乡，我只不过为乡亲们做了点应该做的事情。群众有困难有需要，我尽一切努力而为，我要把我的情、我的爱、我生命的光和热全部奉献给他们。

雪灾的启示

二十几天到灾区察看灾情，指挥群众抗灾救灾，地委和行署派去的工作组都已回到狮泉河，达瓦次仁专员也从普兰县赶回来。

这次灾情严重，受灾面积大，持续时间长，历史罕见。全区牲畜死亡：羊，五十四万四千四百只；牛，四万头；马，两千余匹；幼畜，四十二万只，直接经济损失达八千二百一十二万元。有百分之三十以上的牧民断粮，处在饥寒交迫之中。

孔繁森和达瓦次仁专员连续主持召开了几次紧急会议，成立了地委、行署抗灾救灾指挥中心。并在狮泉河发动党政机关干部、学校、医院、团体、边防部队官兵、寺庙僧侣等各界人士捐钱捐物，支援灾区。短短几天内，干部职工和部队官兵便捐款达三十二万元，地委和行署筹集救灾款三百多万元，救灾物资上百吨。各县委、县政府也都紧急行动起来，成立了相应的救灾抗灾指挥中心。地委、行署组织了三百七十五人、七十三个工作组，携带粮款和救灾物资分赴各县受灾严重的区、乡、村。

自治区党委得悉阿里遭受严重雪灾，发来电报慰问，并发动区直机关和拉萨市机关的干部、职工和居民捐钱捐物支援灾区。一辆辆满载救灾物资的车辆从狮泉河出发了。

地委和行署六大班子组成的七个工作组，携带着一百五十四万多元的救灾款和四十多吨救灾物资，踏着厚厚的积雪向灾区出发了。

孔繁森顾不得喘息，顾不得恢复一下病弱的躯体，带领一个工作组顶风冒雪上了路，向积雪最深的札达县奔驰而去。

又是一幅悲壮的风雪出征图，又是一曲与雪魔鏖战的雄浑战歌。

道路依然十分艰难，积雪封住了路，一道道雪墙，一道道雪沟，有的地方积雪达两米多高。运输救灾物资的车辆通不过去，孔繁森便指挥大家挖雪开路。有的牧场不通车，他骑着马，带着钱、物、药品赶往灾区。

灾区多少双泪水蒙蒙的眼睛在凝望着茫茫的雪野，多少饥饿的孩子在寒风中哭泣，多少母亲和老人在冰天雪地中祈盼着救命恩人的到来……

孔繁森和达瓦次仁分别带着三个工作组，经过二十多天的雪野跋涉，终于把救灾物品和资金送到牧村和帐篷。

一袋袋青稞粉送来了！

一箱箱食品送来了！

一顶顶帐篷送来了！

一桶桶酥油送来了！

一笔笔救灾款送来了！

一箱箱药品送来了！

一包包棉衣、被褥送来了！

……

饥寒交迫中的藏胞们拉着孔书记的手，呜呜地哭泣着：

"恩人呀，是共产党派来的恩人呀！"

"你们是大慈大悲、大德大善的救命菩萨呀！"

"突吉切！突吉切！我们的好书记，扎西德勒！"

……

难以遮风挡雪的破旧帐篷换上了新帐篷，难以御寒的破棉絮换上了暖暖和和的新棉被。帐篷里又升起了牛粪火，雪野里又冒出一缕缕炊烟。

老姆拉端来热腾腾的酥油茶，老波拉高擎着斟满醇香青稞酒的银杯，姑娘和小伙们跳起了果谐舞……

雪域高原又有了欢声笑语。

雪域高原又有了生机和欢乐。

孔繁森望着这一个个催人泪下的场面，也止不住热泪盈眶，但他心里却有着另一份沉重，这场雪灾留下些什么呢？有哪些经验、教训？对未来的工作有什么启迪呢？他徘徊在雪野上苦苦思索。来到阿里不到一年的时间，他跑遍阿里的山山水水，走遍牧区大大小小的草场，接触六千多农牧民，使他深深感到：要改变过去单纯性的扶贫救济，变为开发性的扶贫，否则会产生恶性循环，年年救济年年饥，年年救灾年年灾。必须依靠科技进步，开发利用当地资源，发展商品经济，把国家的扶持同贫困地区干部群众的自力更生、艰苦奋斗结合起来，立足于当地，加快经济发展的步伐。

他想到，救灾工作告一段落，立即召开地委、行署联席会议，组织干部蹲点包片，定出明确的开发性扶贫指标。县区乡干部都要实行包扶贫点制度，做到有权力，有责任，有任务，有奖惩；明确规定，对能定期完成开发性扶贫任务的干部，在经济上给予重奖，职务上给予晋升，真正把开发性扶贫工作的成效作为考核干部政绩的一个重要标准。

第十二章　雪原极域创世纪

　　——他说：这片土地最偏僻、最落后，但也最富有希
望和潜力。我们要艰苦创业，用双手托起阿里高原新世纪
的太阳。

创世纪的传说

　　青藏高原，这片古老而年轻的大地，是两大地质板块的结合部。
它每时每刻都在挤压着、碰撞着，于是便有了"世界屋脊"之称。据
说，阿里高原至今仍在不断地抬升。

　　这里是精神的王国，也是神话和传说的王国。藏民族五彩缤纷的
神话中，创世纪的传说是最辉煌，也是流传最悠久的神话。藏传佛教
的经典《斯巴卓浦》记载：三方无界之王南喀东丹却松有五种物质，法
师赤赤曲巴将这五种原物质收集起来放入体内，哈了一口气，五种物
质又生出风，风又生出火，风火相遇，又出现露珠，露珠和尘埃降落
积聚为山……于是便出现了世界，而这五种底原中又出现一白一黑两
个卵，由此产生了人类……

　　在阿里高原的珞巴人中还流传着《九个太阳》的神话，说："最初

天和地是连在一起的，混沌一团。后来天从中间凸了起来，地渐渐凹了下去，但天的周围还是和地连在一起，天和地结了婚，不久大地生了九个太阳。"他们看来，天是男性，地是女性，他们本是兄妹，后来结合为夫妇，产生了自然万物和人类。

《十万龙经》载，世界源于龙母，它的头部变成天空，右眼变成月亮，左眼变成太阳，四颗上门牙变成四颗行星；当龙母睁开眼睛时出现白天，闭上眼睛时黑夜降临；它的声音形成雷，舌头形成闪电，呼出之气为云，眼泪成雨，两鼻孔生风，血化成宇宙大洋，血管变成河流，肉体形成大地，骨骼变成山脉。

阿里是原始苯教的发源地，在苯教的文献中说："最早的一枚卵中孵化出两只鹰，两鹰交合又产生黑、白、什色三枚卵，什色卵破裂了，从中生一个叫孟兰兰偏偏的生灵。该生灵没有可以观察的眼睛，没有可供倾听的耳朵，没有可供嗅味的鼻子，没有可供品味的舌头，没有可供拿东西的手，没有可供走路的脚，它仅仅有可供思考的思想。后来出现了眼睛以供观察，出现了耳朵以供聆听，出现了鼻子以供嗅味，出现了舌头以供品味，出现了双手以供拿东西，出现了脚以供走路，大家称其为'益门国王'。"这是人类起源的神话。

……

在西藏各地，阿里高原的各个原始部落都流传着繁如星海的神话。他们把山、川、日、月、树、石、草、花、虫、鱼、鸟、兽、风、霜、雨、雪、雷、电、冰雹等一切自然现象都看作神的化身、神的意志、神的创造。

神话是远古人类精神生活的智慧之果。他们在大自然威严的力量面前感到惶惑和恐惧，制约于自然而又渴望支配自然。然而，这美丽的神话也滋养着这个虔诚的民族，滋润着他们枯涩的心灵，给他们温暖，给他们希望，给他们玫瑰色的梦幻，送走漫长的黑夜。

但是，这里可以产生浪漫的抒情诗人、天才的艺术家、神秘的哲学家，却难以产生经济学家、科学家、大发明家。难怪有人说，刀耕火种和逐水草而牧，产生了诗和神话，却没有产生经济学。

阿里高原山系纵横，巍峨雄莽。广袤苍茫的大地上，荒漠半荒漠的砾石、戈壁，狂妄且贪得无厌地侵吞着这片高原。草场枯衰，尘沙弥漫，严寒、干旱、风、雪、虫、雹等自然灾害频繁地袭击和蹂躏着这片木然的土地。生活在这里的藏族百姓，只能在神话和古代英雄格萨尔王的传说中获得精神的慰藉，汲取生存的力量。

如果站在拉萨这个藏民族政治、文化、经济、宗教的中心来鸟瞰这片高原厚土，那目光是鄙夷的、不屑一顾的；那心情是嘲弄的，称之为蛮荒之地。特别是近千年来的历史，这里始终不居于藏民族政治舞台的中心，不管这个舞台上幕启幕落、兴荣枯衰，这里只是舞台下的一个看客，充其量是个很不起眼的配角。在他们眼里，阿里是佛风吹不到的地方。

但是，生活在喜马拉雅山脉、冈底斯山脉重山万壑之中的藏族人却形成了独特的文化群落，且与卫藏地区迥然不同。

象雄王国一代代衮衮王侯，曾率领着游牧部落，披荆斩棘，艰难跋涉，在这崇山峻岭、峡谷荒滩、戈壁莽原上传播着文化，播种着宗教（原始的苯教发源于此地，后经宗喀巴大师的改造和创新，形成藏传佛教，盛行于西藏各地）。随着象雄古国的灭亡，古格王朝、普兰王朝和拉达克王朝的兴起，又把这里的文化推向一个辉煌的顶峰。在山神崇拜中，在阳神和赞神的崇拜中，开拓着他们崎岖艰难的历史文明。历史学家和人类学家曾经指出，古埃及文明、古希腊文明、古印度文明、古中国文明、古波斯文明，都从四面八方辐射到这里，形成一个光怪陆离的聚焦点。各种文明的碰撞也迸射出灿烂的火花。从残存的岩画和壁画上，从一座座寺庙的废墟里，从散落在崇山峻岭的文物上，既可以看到中原艺术大师的灵感之光，也可以看到古印度画匠的曼荼罗图案的艺术魅力。这依然燃烧的熠熠不息的智慧之火，今天仍在温暖着高原雪域游牧人的心灵，照耀着他们思维的苍穹。

茶马古道上的马蹄曾踏碎荒山野岭的幽然古梦，丝路花雨也曾溅湿这片干燥的戈壁荒漠。然而，这粗犷的地貌也锻造了他们剽悍、豪放、野蛮的性格；雪山的巍峨，冰峰的崔嵬，既铸就了他们顽强、忍耐、高贵、尊严的生命和灵魂，也阻挡了他们的视野，给他们心灵上投下沉重的阴影，压抑着他们的精神，禁锢着丰富的创造力；江河的奔放，戈壁的恢宏，却又张扬着他们的情感，使他们能歌善舞；也正是这种傲然劲拔的大气度和泱莽苍凉的神秘感，又让他们在这寂天寞地中感到无限的孤独、无限的苍凉。野兽的长啸为这雄浑肃穆的画卷添上一抹极不和谐的色彩；高耸的天幕、晶莹的雪山冰峰，又将人们引入一种超凡脱俗的境界。只有汹涌澎湃的高原风年年月月伴着雪山流水，发出六字真言般永恒的咏叹……

矛盾、统一，和谐、碰撞，相克相糅，构成了这苦难而丰富的世界。

是啊，当你读到"阿里"这个音节时，你会感到雪山、冰川、荒漠、湖泊、草原，会感到牦牛、羊群、帐篷和三弦琴，会感到这雪原极域的神秘气息，同时也会感到苦难和悲怆扑面而来……

孔繁森结束抗灾救灾工作之后，大脑变得更加深沉和冷静，他再一次阅读和审视阿里，审视着阿里的历史、宗教、文化，阅读着阿里的山川、风物、民情，他常常成宿成宿地失眠。焦虑和困惑，希望和追求，信念和意志，形成汹涌澎湃的潮水，撞击着他负荷累累的心。

怎样在这片土地上开创未来，开创新的世纪？这是一个多么沉重而繁杂的问题啊！

又是一个夜晚，孔繁森埋头在书案前，窗外万籁俱寂，室内烛光如豆，荧荧烛光映照着他稀疏斑白的华发，犹如一座皑皑的雪峰；紧蹙的眉宇间，又出现层层叠叠的沟壑；一双布满血丝的眼睛，凝视着这张棕红色的地图。大脑的每条神经都紧张而又超负荷地运转着。

睡在外间屋的公务员梁福兴夜里醒来，看到里间屋还亮着灯光，便起身走进来。

"书记呀，你早点休息吧！"小梁劝道。

孔繁森没有回答，放下笔问道：

"小梁，你觉得阿里好吗？"孔繁森拉过一把椅子，让小梁坐在他身边。

小梁呆愣着，没有回答。

孔繁森见小梁不语，又问道："是不是很苦？"

小梁点点头。

孔繁森感慨道："确实，很艰苦，很贫困，很落后。"他顿了一下，语气变得坚定而充满信心："正是因为贫困，落后，我们才更有责任改变这种状况。"他凝视着烛光，沉默一阵儿，深情地说："阿里是个美丽的地方，是一个大有前途的地方，关键在于我们干部、群众要振奋精神，去建设它……"

小梁看着孔繁森消瘦黝黑的脸庞，眼睛渐渐湿润了，书记连续几个月抗灾救灾，已疲惫不堪，身体非常虚弱，脸瘦得变了形，颧骨突出，下颏变得尖长，眼睛已微微凹陷，在书记身边没有亲人，只有两个不谙世事的孤儿，自己又不会照料孩子和书记……更觉得心情沉重、不安，于是央求道：

"书记，你听我一回吧，你看你瘦成啥样啦？再这样下去，我咋担得起，我对不起你呀！"说着，泪水在眼眶里打起转来。

孔繁森深情地望着小梁，声音也有点异样："不，娃儿，我工作忙，家里两个孩子和家务，都让你一个半大孩子去料理，你跟着我受累了，我心里也过意不去。小梁，放心吧，我没什么，过了这段时间，会好起来的。"

"书记，你……"小梁一下子扑到孔繁森的怀里，呜呜地哭了。孔繁森用手抚摸着小梁的头、脊背，半天不说话。这一年多来，他多次奔波在这风雪高原，也是为了弥补精神上的寂寞和天伦之乐的残缺，他把两个孤儿带到阿里，和这个瘦小的战士——刚满十八岁的四川娃子，组成了一个新的"家庭"。每当周末有点闲暇，就和小梁一块料理家务，给两个孤儿洗衣裳，打扫卫生，想法子为他们改善生活。小梁总是不让他插手，孔繁森只好说："小梁，我平时工作忙些，顾不上帮你，总让你一个人跟着我受累，真不好意思。我今天有点空，就让我帮帮你吧！"

这两个民族、三个姓氏、老少三代构成的"四口之家"，在这风雪高原上弹奏着酸甜苦辣的生活乐章。

小梁抬起泪眼望着孔繁森，孔繁森眼睛里也溢满泪水，他掏出手绢先给小梁擦擦泪，又自己揉揉眼睛，抑制着感情，改变话题：

"小梁，来，我给你讲个神话故事。"孔繁森苦涩地笑一笑，讲起刚刚读过的关于创世纪的传说。

"你知道咱们的阿里高原和你的家乡四川盆地是怎么形成的吗？远古的时候，有一位叫罗拉甲伍的巨人，用牦牛皮绷天，天绷好了，呈圆拱形，在上方。罗拉甲伍又绷地，呈圆球形，在底下。天地都绷好了，现在要将天和地扣合起来，可是一比量，天绷小了，地绷大了，怎么也盖不严，只好使劲挤，终于扣严了天地。谁知这一挤，地面上有的地方鼓了出来，有的地方陷了下去。鼓出来的地方成了高山和高原，陷下去的就成了峡谷和盆地。咱们阿里高原就是鼓出的一块，你们老家四川盆地就是陷下去的一块……你看，罗拉甲伍这个粗心的家伙，给咱们阿里带来多少麻烦！"说到这里，孔繁森倒呵呵地笑起来。

小梁被这神话故事逗乐了，破涕为笑：

"我们四川盆地倒沾了罗拉甲伍粗心的光哩！要不，我们家乡怎么会气候湿润，四季如春，被称为'天府之国'呀！"

"那咱们到阿里就是来纠正罗拉甲伍的错误，要把阿里建设得像你们家乡一样美好！"

在这孤寂的夜晚，这一老一小却谈得热热闹闹。

夜深了，冷风在窗外呼啸，虽然是盛夏，依然是寒气逼人，但窗外月光却特别迷人。远处的山峰被一种钢蓝色的夜雾笼罩着，如梦如幻，显得更加神秘；在山脚下流淌着的狮泉河同样是一抹幽暗的钢蓝色。倘若白日，这群山万峰，犹如雕塑家的杰作，而夜色中却是那样柔和，迷离。孔繁森望一眼窗外迷蒙的星空，站起身来，两手抖提一下披在肩上的衣服，在屋子里轻轻地踱着步子：

"小梁呀，我常想，人生一世，不管干什么，总要干出点名堂，为老百姓办成几件实事，不能枉度几十年呀。咱们阿里虽然贫穷落后，但只是暂时的，将来会变好的。"

重铸历史的辉煌

夏天的象泉河，水位升高，从神山冈仁波齐峰上流淌下来的雪水，汩汩涌涌地汇入象泉河，两岸是陡峭的山岩，河水在深深的峡谷里翻腾着，发出野兽般的啸叫，浪花飞溅，打湿了石缝里钻出的刺蓬和野草。

当河水流近札达县城时，河谷变得开阔，河滩有红柳丛，树丛中传来啁啁啾啾的鸟鸣声。偶尔出现三两棵胡杨树，绿意葱葱，似乎给高寒干旱的阿里高原增添了一处陌生的景观，让人喜出望外。

札达县城就坐落在弯弯曲曲的象泉河畔，几行胡杨，几丛红柳，几十座土、木、石结构的房屋，勾勒出高原小城粗糙、简陋，也颇显寒碜的画面。不过，这里海拔并不高，三千七百多米，和拉萨差不多，最令人惊叹的是县城四周那片莽莽苍苍的土林，高耸伟岸，气势恢宏。那土林由胶质黏土和卵石堆砌而成，历千年风剥雨蚀，形成千姿百态的造型，如笋如塔如柱，如僧佛伫立，如老妪孩童行走，有的又似光秃秃的树桩，有的像兵马俑。有人说，世界上所有的雕塑家都应该到这里寻找灵感。这是大自然的神工鬼斧，是美的雕塑、凝固的音乐、立体的诗。奇怪的是，这苍茫的土林，由于时辰和光照的明暗不同，变幻着各种色调：早晨，阳光明丽，土林是一片朦胧的辉煌；中午，阳光炽烈，便呈现一片灰褐色的庄严；黄昏，落霞缤纷，而土林又如玉雕琼瑶般隽永。站在这里，极目远眺，便是喜马拉雅山积雪皑皑的冰峰玉冠，雪峰如浪，海海漫漫，一种恢宏的大化境界。

离县城十公里处的古格王国遗址，也是被一片土林围护着。有人说，去西藏不去阿里，等于只看到了半个西藏；去阿里而不去参观古格王国遗址，只等于看了半个阿里。且不说这种说法有无偏颇，但古格王国遗址的确是阿里高原一处辉煌而且永远值得骄傲的景观。

阿里有"三衮（王）占三围"的历史。公元九世纪，吐蕃王朝土崩瓦解时，末代赞普沃松的嫡孙杏德尼玛衮被迫落荒逃到阿里，被当地土王招赘做了女婿，继承了家业，随后兼并了今称阿里的西部藏区。

待他的三个儿子长大后，便进行了具有历史意义的分封，三个儿子分别建立了普兰王朝、古格王朝、拉达克王朝（在日土）。这便是藏族人民称之为"三衮占三围"的由来。

古格王朝的宫殿、古堡依山而筑，恢宏、壮观、巍峨，奇怪的是全用土坯垒成，却历千年风雨而依然耸立，当然也有残垣断壁，与脚下的土林浑然一体。房子有三千余间，洞穴三百余孔，碉堡、佛塔林立，工事地道遍布，山腰数处寺院，山顶白宫嵯峨。满山遍布着的鹅卵石虽非源自此山，但那是御敌的武器。

在城堡的窑洞里，堆满了陶器、漆器、青铜器、弓弩、刀剑、盾牌。这里留下了一代王朝的痛苦与欢乐、激烈或柔婉，留下了他们美丽的梦幻和庄严的追求，但这一切都在冰冷的时间之河岸边，显得苍凉和悲怆。

那时候，古格一带居民有十万之众，依山坡而居，人群熙攘，笑语声喧。据说，这些寺院里住有上万喇嘛，晨钟暮鼓，悠扬于群山万壑之间；香烟缭绕，祈祷诵经之声如涛如浪。在这山坡上还散落着数以百计的各种作坊：制陶、纺织、木工、缝制、出版、雕塑。而在象泉河床还有淘金者留下的遗迹。离这儿不太远的久巴，曾是古格王朝的"冶炼"之乡，冶金、炼铜、熔锡、化银，羊皮袋做的风箱呼嗒呼嗒，日夜不息，炭火熊熊，浓烟滚滚，一片繁忙景象。久巴——藏语为"冶炼"之意。

孔繁森每次来札达县，必到古格王朝遗址，他走进白庙、红庙、度母殿、护法神殿，被图案动人的壁画所迷恋。满壁丹青，流光溢彩，这些壁画线条清晰，着色艳丽。孔繁森虽然参观过西藏不少寺庙，熟悉各寺庙的壁画，但古格王朝宫殿等院的壁画风格却与之不同。他曾请教过阿里地区群众艺术馆画家韩兴刚，韩兴刚曾滔滔不绝地向他解释：古格地处印度、尼泊尔之间，西临波斯克什米尔高原，北望龟兹于阗，中世纪这里是文化汇聚之地，各种文化相碰撞，迸溅的火花，点燃了艺术家的灵感，创造了这种风格独特的壁画。韩兴刚还饶有兴致地向他介绍，这里的壁画创作吸取了古代汉唐绘画艺术、古代印度曼荼罗艺术、波斯艺术等各种流派之精粹，熔于一炉，是继承，是借鉴，又是创造，具有很高的艺术价值、审美价值。

爱好艺术的孔繁森总是神采飞扬地拍照不停，并嘱咐县里的领导，要很好地保护这些文物古迹，这是旅游业的一大资源，是札达县的一笔巨大的遗产。要抓好旅游业的开发，带动边贸发展，促进全县经济发展。

面对昨天历史的辉煌，孔繁森常常陷入困惑：为什么历史在这里踟蹰不前？在时间和空间的坐标系上只留下一片令人感叹、令人惋惜的废墟？当年这里物华天宝，人杰地灵，现在却是一片萧条；过去十万之众，现在全县人口不足四千人，经济衰退，人口减少，其原因究竟在哪里？如何重铸历史的辉煌？

带着这些问号，孔繁森再次走进这片废墟，陪同他来的是札达县县长才旺丹珠。

守护古格王朝遗址的只有两个喇嘛，一个是索朗旺堆，七十多岁的老人，还有一个小伙子，刚来没几年。小喇嘛名叫格桑多仁，头戴一顶黄帽，个头不高，稍瘦，但性格活泼、热情，喜欢弹唱、歌舞，漫长的寂寞和孤独，并未泯灭他的天性。他常常自己弹着三弦琴，边跳边唱，如痴如醉。只要外面来了客人，他们像见了久别的亲人一样，倾其所有地招待。

孔繁森对老少两位喇嘛非常尊重，先拿出两条哈达，敬奉他们，又掏出两百元作为布施。

"索朗旺堆师傅，你们对文物保护有功，我代表地、县两级党委和政府，非常感激你们。"

索朗旺堆在这里已守护四十多年，1964 年周恩来总理曾接见过他，老喇嘛拿出当年在北京和周总理的合影。这是一张发黄的黑白照片，递给孔繁森，激动地说："周总理嘱咐我要看好这块国宝。"

孔繁森也兴奋地说："是呀，这古格遗址是全国重点文物保护单位，我们要加倍珍惜、保护。"

才旺丹珠县长说："有几个宫殿，我们要维修，县里财政困难，拿不出钱来！"

"你写个报告，我们要上报自治区和国家文物局，申请拨款修缮。"孔繁森又说，"还要经常帮助这两位师傅，改善他们的生活条件。"

孔繁森拿起一只铜碗，左瞅右看，像文物鉴赏家似的。那铜碗锃亮，据说拿到阳光下，可以聚焦点火。他又指着琳琅满目的金银佛雕、金钟木鱼、法轮铙钹、银碗铜盆，对县长说："才旺丹珠呀，你看这些文物锻造得多么精美，花纹、图案、镶、嵌、磨洗、抛光，工艺多么精湛！真了不起呀！"尽管历史已成梦幻，王者的功业已化为废墟，他却感到，这高远的荒山峡谷之中仍浮荡着一种不死不灭的灵气，弥漫着一种雄才大略的英气，一种兴国图霸的浩气！

孔繁森眉毛飞扬，两眼闪烁着兴奋的火花："才旺县长，咱们札达县过去手工业很发达，传统工艺品有很大的潜力，也有很大的市场。民间还有许多工匠、银匠、铜匠、画师、雕刻家，要调动他们的积极性，发挥他们的聪明才智，发展民族传统工艺品——这些产品在印度、尼泊尔、不丹、锡金都受欢迎。发展边贸，既要把内地的高档商品运来，又要把传统的工艺品发展起来，适当的机会，咱们阿里地区搞一次民间工艺品博览会。那年我去香港考察，在一家工艺品商店里看到佛像、金银首饰、铜碗银灯，还有唐卡画，上面注明产地西藏，可不知道有没有咱们阿里的产品？"说到这里，孔繁森停了停，忽然眉毛一扬，这位富有诗人气质的地委书记，声音变得激动而深情："我读过一篇文章，作者是这样描述拉萨市场的：电脑和马鞍，冰箱和木碗，彩电和佛像，组合音响和三弦琴，陈列在一起，滑稽而和谐地展示着各自的价值，构成斑斑驳驳的富丽和繁华……改革开放时代是个多元时代，这就是咱们西藏经济的一大特色啊！"

才旺丹珠情绪被点燃了，笑道："孔书记，你的思路真开阔！"

"是逼的哟。"孔繁森两手一摊，说道，"咱们阿里穷呀，咱们得多动脑子，多想点子，让老百姓尽早地富起来。上次我去久巴乡，还专门拜访了几个民间匠人，他们锻打雕刻工艺水平很高。我对他们说，你们要多带徒弟，要让更多的人掌握这门手艺，使大家共同富裕起来。我对乡长说，这是你们的优势，要充分发挥出来，要让久巴成为真正的久巴——冶炼之乡！"

才旺丹珠县长被孔繁森热情的话语鼓动起来，兴致高昂，激动地说："孔书记，我们下一步要在全县树几个典型，表彰一批民间工艺家。"

"好，到时候，我还要把他们请到地区来做报告，介绍致富经验。"

两个人谈得兴致勃勃，不觉太阳西斜，便向两位喇嘛告辞，返回县里。

路上，又见到一片小树林。孔繁森当过林业局局长，见不得树木，一看到杨柳树，就像见到亲人似的，他让司机停车。

孔繁森跳下车，走进小树林，伸出双手量量这棵，摸摸那棵，又弯腰抓起一把泥土，用手指捻捻，抛掉土，两手拍一拍，对才旺丹珠说：

"能否在这山谷里扩大营林面积？"

"去年我们已育苗二十多亩，两年后就可以移栽。"才旺丹珠指着偌大一片山谷说，"从资料上看，远古时期，这里是一片原始森林。"

"我们要改变生存环境，尽我们最大努力，去弥补给大自然造成的伤害！"孔繁森沉思的目光掠过群山万壑。暮色已经降临，奔腾在峡谷中的象泉河涛声澎湃。这伟大的河流曾孕育过象雄王朝，也孕育过古格王朝，也必将孕育出更美好的未来。

班公湖的诱惑

班公湖位于日土县，从地图上看是一条狭长的湖泊，犹如一条长长的翡翠色的玉如意，然而一条严峻的国境线把它裁成两截。这是阿里"三围"之一——湖泊环绕的一围。早在16世纪之前，古格王朝时期，这克什米尔高原都属于藏地，后来由于古格王朝的毁灭，印度教和伊斯兰教也相继渗入，和原来藏传佛教——宗喀巴创立的黄教构成鼎立之势，于是阿里"三围"的这"一围"就只剩下半壁江山了。而班公湖的西段也被印度占领。它东西长达一百五十公里，最宽处八公里，最窄处只有五米，面积达三百四十六平方公里。

10月的阳光照耀着碧绿的湖面，高原的风带着湿湿的、浓浓的湖鲜味吹拂着。那岸边的红柳犹如江南的枫叶，红艳艳的，美丽极了。湖畔停泊着打渔船、登陆艇。在这高寒干燥的喀喇昆仑山群峰万壑中，有这样一片美丽的湖泊，多么令人心醉神迷啊！

一艘乳白色的巡逻艇离岸向湖中驶去，浪花拍打着船舷，船头犹如盛开着一簇簇银色的菊花，船尾荡起一道久久不散的涟漪。远处的岛屿，鸥鸟翔集，啾啾唧唧咕咕的叫声，更使高原湖泊增添了一抹生机。

孔繁森和日土县县委书记张孝玉站在船头，湖风吹拂着他的衣襟，稀疏而掺杂银丝的头发也被风撩起，孔繁森心情激动而舒畅。

"老张，这班公湖是个宝葫芦啊！我们不仅要把鱼骨粉加工厂办好，提高产量和质量，打入国际市场，我们还要保护好资源，建立野生动物保护区、观赏区！"

孔繁森扶着挂在船头上的中华人民共和国国旗。那鲜艳的旗帜轻轻地拂过他的脸颊，像母亲温柔的手，使他心中荡起一股暖流。风吹红旗哗哗作响，又好像听到祖国母亲拍着他的肩膀叮嘱着什么。

孔繁森早就翻阅过《阿里山水志》《喀喇昆仑山湖志》，都有"东鱼西金"之说。班公湖和玛旁雍错湖一样，东段产鱼，西段产金刚石粉，但"东鱼"比"西金"更重要。西藏湖泊江河多鱼，常常风一吹，鱼儿就被涌到岸上，于是便出现了五彩缤纷的鱼干。

"孔书记，一场大讨论开阔了我们的视野。"张孝玉也动情地说，"过去是年年救济年年饥，年年抗灾年年灾，你提出开发性扶贫这一招高哇！"

孔繁森道："农牧业虽是阿里的基础产业，但受自然环境的制约，潜力有限，必须加大力气，发展第二、第三产业，否则脱贫致富是一句空话！"

昨天他和县委、县政府的领导同志，视察了鱼骨粉加工厂，见设备陈旧，产量也低，他果断地拍板：投资一百二十万元，改造企业，提高产量，达到年产三百吨鱼骨粉。这样每年可以创汇七十万元，不仅增加了县财政收入，也增加了农牧民收入，何乐而不为？

"老张啊，"孔繁森转过脸来，说道，"还有山羊绒梳理厂的扩建工作，更要抓好，全球闻名的'开司米'就是用日土县、阿里地区的山羊绒加工的。这是个拳头产品，要抓住不放！"

张孝玉点点头。

"现在是初加工，将来，我们要同外资企业和国内大企业合作，合力开发，直接进行'开司米'的生产，附加值就大得多了！"孔繁森兴致勃勃，沉浸在一种美好的遐想中。

巡逻艇继续航行。

碧蓝色的湖水在阳光下泛着蓝色的光晕，给人如诗如画、如梦如幻的感觉。

"要引导牧民从牧场走向市场，我在你们日土县发现了两个典型。"孔繁森滔滔不绝地讲述着。

阿里高原有一个藏语词汇叫"嘎赤那冬"，意为"一万只白色山羊和一千只黑色牦牛"。这是中华人民共和国成立前那些富裕头人所拥有的财富，也是他们毕生的追求目标。孔繁森深入基层发现有这么一个家庭：有四千多只羊、五百多头牛，折合成人民币是相当惊人的。而这户人家为了达到"嘎赤那冬"，竟舍不得杀一只羊，卖一头牛，其生活水平在贫困线以下，冬季女儿连一双鞋都买不起……这个县的另一个典型是：有一牧民商品意识较强，三年前他看到山羊绒收购价格偏低，冷静地分析了国内外市场，认为价格早晚会上涨，便将手头的山羊绒存放起来。果然，经过两年的疲软后，今年山羊绒价格大幅上涨，他一下脱手，获利十一万元……

孔繁森抓住这两个典型，到处宣传，要牧民更新观念，树立市场意识、商品意识。

前面是鸟岛了，孔繁森举起望远镜，端详着那美丽的鸟岛，小岛宽不过两百米，长不过三百米，却是一个鸟的世界。灰头雁、斑头雁、水鸭、湖鸥……群飞群栖，黑压压一大片。

"老张，要好好保护鸟岛，我们准备上报国家，建立保护区。这也是一项旅游资源，是咱们阿里的一颗明珠啊！"他不时举起照相机，不停地拍摄着鸟岛风光。

大自然像个变幻莫测的魔术师，别的地方都是光秃秃的，唯有靴岭一带生长着红柳丛，几只水鸟站在柳枝上啾啾地鸣叫。一阵风吹来，山影摇曳，更增加了大自然动人的魅力。孔繁森用痴迷的眼神望着这迷人的山光水色，一股思绪涌上心头。我们祖国这片高原极域虽然偏僻、落后、贫穷，但这是一片充满希望，也蕴含着无穷潜力的土地！关键在于我们要带领干部群众，更新观念，艰苦奋斗，用自己的双手开创新的世纪！

巡逻艇进入东段边缘，也就是临近国境线了，可以清楚地看到印军的巡逻艇，艇上挂着印度国旗。这班公湖很奇怪，东段有鱼有鸟，水是淡水，而西段则是咸水，发臭，既无鱼虾，也无鸟类。1962年中印边境自卫反击战中，这里是一个重要战场。

孔繁森下意识地挥了挥手，心里道："过去的都过去了，新的篇章要从我们手中写起！"但也更深刻地意识到，说一千道一万，经济上不去，边防也难以稳定。孔繁森心里不由得又产生一种说不出的沉重。

黄金走廊不是梦

"走出原始封闭的自然经济，走出落后的生产方式！我们的普兰口岸、什布奇口岸，已经列为国家级口岸，大小五十七个通道的栅栏门也已开启。一千一百六十公里的边境线，是我们阿里高原镶金镀银的飘带，抓住三大产业支柱——边贸、旅游、矿业的开发，这是振兴阿里的突破点。"

不论大会小会、会上会下，孔繁森总是这样充满豪情和信心地讲。

他日夜不停，车轮飞驶，马蹄奔腾，不到两年，行程八万公里，踏遍雪域的山山水水，走遍七个县，一百零六个乡他走了九十八个，接触了六千多位农牧民，他大脑里的蓝图更加清晰。1994年抗灾结束后，他又一次召开地委、行署联席办公会议，分析各县特点，将全区划分为三个开发区。这标志着阿里地区经济发展指导思想又跃上了一个新台阶。

区域开发，是我国乃至全世界经济发展的大趋势，它是根据不同的地域、资源和产业状况，实行不同的产业政策，以发挥各自地区的优势，加快地域经济发展。

他说，西南区，即普兰、札达两县为外向型经济开发区。这里海拔低，靠近边境线，以边贸、旅游为先导，发展第三产业。普兰商品基地和札达"一河两沟"以农林牧副综合开发为主线，实行全面开放。

他说，东部，即革吉、改则、措勤三县为畜产品、矿产品经济开发区。这里矿产资源丰富，人力资源也丰富，要逐步建立规模经济实体。

他说，中部，即日土、噶尔两县为多产业综合性经济开发区。利用靠近狮泉河的地理优势，以农牧业为主，以市场为依托，利用郎久、德汝电站优势，搞好加工业，重点搞好山羊绒基地建设，走生产、加工、试验一体化路子，同时抓好肉食菜基地建设。

孔繁森无论干什么工作，总是胆大心细，富有开拓、创新、务实的作风和魄力，给"一班人"带来信心，带来勇气和力量。

他不仅考察了重点通商口岸，而且走遍了每一个古老的通道山口。他称扎西岗、甲岗热角、甲尼玛、谢尔瓦等传统边贸通口为"阿里小特区"。

他走在群山峡谷之中，想起不久前看到的一份关于茶马古道的材料。这是和丝绸之路一样闻名于世的古老的通商道路。那时，从四川、云南、贵州、青海等地来的马帮络绎不绝。在这群山攒聚、大江汇集之地，在这地球上地势最高最险的文化文明传播古道上，马铃声日夜摇响，一驮驮茶叶、陶瓷、丝绸，就是通过这些山垭、通口，运到尼泊尔、印度、不丹、锡金，运到南亚诸国，通过克什米尔高原运到中亚地区乃至阿拉伯联合酋长国……

然而，这一条条古通道，这些年却沉默了。沉默里蕴含着一种历史的苍茫，也蕴含着岁月的幽凉。

孔繁森站在一个山崖上，望着群山万壑、峰峦叠障的高原大地，感到历史的自豪，更感到重铸历史辉煌的重任在肩。

他对随行的县委负责同志说：

"我们必须纠正过去长期形成的那种经贸方式，就是单纯的畜产品收购和销售的陈旧观念，要树立国贸、地贸、边贸、邻国贸易、远洋贸易的大观念。我们还要通过新疆将经贸的触角延伸到巴基斯坦和独联体。"

在札达县甲尼玛山口，一些老人向孔繁森讲述，历史上这里是商贾云集、货物集散之地。马帮悠远的阵阵铃响，牦牛驮队声声哞鸣，在群山万壑之中让人体味到一种摄人心魄的豪迈和悲壮。

他将地图铺在地上，蹲下来，指指点点："我们既要重视大贸易，也不忘土洋结合，要让这一道道山口繁忙起来，要让山间马帮的铃声响起来……"

1993 年，阿里地区边贸蓬蓬勃勃地发展起来，有二十多年发展史的地区外贸公司一跃成为国家级外贸行业的先进集体。到 1994 年底，这个公司在拉萨、乌鲁木齐、北京、樟木口岸、普兰口岸都创办了经销点和办事处，与一百二十多个国家的一百二十八个厂家建立了业务联系，也与国内一百零九个厂家发展了业务往来。这个公司已拥有固定资产一千多万元，外贸进出口额达到三千多万元，创汇三百多万美元。

他视察农贸市场时，对新疆维吾尔族个体工商户艾得孜·吐尔逊说："你向你的同行宣传一下，我们的蔬菜市场很开放，你们大胆地进，水果呀、蔬菜呀、各种副食品呀，这既方便了我们，你们也可以致富。我们欢迎维吾尔族兄弟一块建设阿里。"改则县有个闻名的个体运输大户（后改为股份有限运输公司），拥有八十多辆货车，日夜奔波在青藏公路和新藏公路上，运输硼石等矿产品。他们将羊皮、山羊毛等土特产运到地区，再将粮食、茶叶、百货送到群众中去。甚至为牧民搬家，为牧场搬迁。年创利润一百七十六万元。他们还创办了招待所、汽车配件修理所。

孔繁森对总经理普穷热情鼓励道："你们大胆地搞运输业、服务业，只要有利于群众，能增加农牧民收入，不违背政策，就要大胆地闯！"

他视察地区外贸公司时，总经理索郎平措充满信心地说："明年日土县山羊绒梳理厂投产后，我们准备同外商合资共办羊绒加工厂，将产品打入欧洲市场。"

在改则县和革吉县视察时，他对县委、县政府的同志多次讲到：要努力开发矿业，阿里境内的矿产蕴藏异常丰富，有硼、锂、钾、芒硝、铬、铁、锌、银、金、铯等，而且晶位高，分布广，有多年开发历史。全国的玻璃生产厂家，百分之八十的硼砂来自阿里。

"脚下就是宝藏，我们怎么能端着金碗去讨饭呢？我们要采取一切措施，有计划地合理开发矿产品，首先是硼石矿的开采销售。改则县遍地都是硼镁石，可以地、县合力开发，也可以组织群众有计划地开发……"

在普兰县赤德乡，孔繁森听取了乡长汇报的两件事，大为称赞，大加鼓励，并在全区进行通报表彰。

一件事，乡领导带领群众把赤德的建筑运输业打了出去。这个乡有那么几个人会点盖房子的手艺，又有那么几辆处理给群众的卡车、手扶拖拉机，于是乡里就把他们组织起来，再加入一些青壮劳力，成立了建筑运输队，由乡里出面联系承担本县和外地的建筑、筑路、运货任务。工程队有人有车，自负盈亏，经营规模超出农牧范围。二是乡里又将无法出远门的闲散劳力组织起来，把离乡不远的一片荒地拨给他们经营，这些人根据特长办成酿酒作坊，或放牧，或开荒种植青稞、种草植树，他们既照顾了家，又赚了钱。另外，他们采用联户的形式，在个体户上边产生一层集体服务机构，让个体经济依附于集体经济，这可以说是赤德的一个模式。在赤德，除商业、建筑运输业外，其他手工业也多以联户或作业组方式出现，如金银器加工组、榨油组、鞣皮组等，这既解决了个体经济在交通运输、资金原料方面的困难，也获得了市场信息。甚至一些操作简单、规模很小的家庭副业生产，如捻毛线、打绳子、织氆氇等几乎遍及家家户户，产品过去只供自己消费，现在也纳入商品经营的轨道。

毋庸讳言，这里市场经济还不完善，农牧民的商品意识还不浓厚，甚至还带有盲目性，就像一位初恋的少女，第一次和情人约会时，心里夹杂着留恋和向往，希望与羞涩，憧憬和恐惧……但是孔雀河畔，狮泉河滨，神山圣湖旁，商品经济的幼芽正在开始萌动，钻出冰冻的土层，长出几片鲜亮的嫩叶，现代意识的晨曦也已照亮了这片苍茫的高原厚土……

果然，1993年年底，全区硼镁石销售完成五千零二十二吨，比上年增长了百分之一点六。仅此一项使改则县的财政收入增加了八十万元。旅游业1993年接待宾客比上年增长了百分之六十四点一二，营业收入和创汇收入分别比上年增长百分之三十五点三和百分之十一，实现利润两万八千元，第一次甩掉了长期亏损的帽子。

孔繁森是个感情极其丰富的人，他热爱这雪原极域的山山水水。这里人烟稀少，高寒缺氧，气候异常。对于这片雄浑、苍凉的世界，他总是豪情满怀。他说，我们要艰苦创业，用自己的双手托起阿里高原新世纪的太阳。他还写了许多诗篇，倾注了对这片土地一片真挚的爱心：

座座雪山
像美丽的姑娘亭亭玉立；
条条小溪，
像绿色的玉带把雪山缠绕；
块块碧绿的湖水，
像宝石一样镶嵌在座座雪山中间。

我热爱美丽的西藏，
这里有高入云天的雪山，
有绿色无边的草原，
有潺潺的流水，
有肥壮的牛羊，
还有数不尽的宝藏。

托起新世纪的太阳

在这万山攒聚的高原，太阳每天都是那样辉煌地升起，那玫瑰色的光芒、橘黄色的光芒、炽白的光芒，踩着巍峨的冰山雪峰，踏着旷莽的荒原戈壁，掠过滔滔冰涛雪水，纵情地歌唱着，舞蹈着，把满腔的真诚和炽热的爱献给这片苍茫的土地，然而，它却难以点亮阿里高原的夜晚。每当夜幕降临，这里仍是一片深如古井般的黑暗和岑寂。且不说，土屋和帐篷里还幽灵般摇曳着中世纪的酥油灯孱弱的光芒，即使阿里地区首府狮泉河和各县乡，每到夜晚也只靠柴油发电机嘭嘭两个小时，供党政机关晚上办公用，时间一过，荒凉阒寂的古夜立即扑了过来，把一切吞噬殆尽。

阿里是当时全国唯一的无电区。

能源和交通的滞后制约着阿里经济的腾飞。

孔繁森忧心如焚。在探索阿里发展六大优势之时，他和地委行署一班人，更为焦急的是能源和交通问题。

地热，是西藏自治区潜力最大的能源之一，其储量在全国乃至全世界都居于首位。这块年轻而活跃的大陆板块，地下岩浆炽热而活跃，不少地方泉水是热的，河水是热的，有的温度竟高达八十七摄氏度。地热喷发，那更是一种瑰丽壮观的现象，像油田的天然气喷发一样，像沸腾的水蒸气一样，高达数十丈，犹如一片雾海，阳光一照又会出现霓虹般的景观。

拉萨市的照明主要是靠羊八井地热电站供电。全区各地有不少小型的地热发电站。

在离狮泉河三十公里处有一个朗久地热电站，这是 20 世纪 80 年代初期投资五千万元建设的。从厂房到设备都是现代化的，已安装了两台机组，每台一千千瓦，还有两台机组没有装上。不知是由于管理还是技术的原因，投产后只断断续续发了一个月的电便瘫痪了。

孔繁森视察了这个地热发电站，看到结满蜘蛛网的厂房，停转的机轮，弃置在院子里的设备，到处是生锈的铁管，随地抛弃的螺丝钉，闲散的工人白天用牛粪烧饭，晚上点着蜡烛打扑克——工人也可怜得很哪，一把扑克玩得没边没角，黑乎乎、脏兮兮的，还在乒乓不停地甩着。怪不得群众有歌谣云："门士煤矿烧牛粪，朗久电站点蜡烛。"这带有苦涩的讽刺和嘲笑，更使他心如刀绞："这怎么行呢？这怎么行呢？"他目光忧虑："能恢复发电吗？是什么原因停产的？"他问工人，工人们你看我，我看你，大眼瞪小眼，半天说不出子丑寅卯。孔繁森急了，他去拉萨开会，还未报到，却把车子开进了自治区地热开发公司，他向总经理顿珠嘉参呼求："顿珠总经理，救救我们的朗久地热电站吧！"他一遍遍地介绍朗久地热电站的情况，讲述阿里缺电不堪言状的苦处。顿珠总经理感动了，立即组织一个专家考察组去朗久地热电站考察、论证。考察组来了，考察论证一番，结论是可以恢复发电，但需要投资六百六十万元进行改造。

"天哪，六百六十万！"地委、行署的一些干部一听便头皮发紧。六百六十万元对发达地区是微不足道的，但对还填不饱肚子的阿里地区来说，不啻是一个天文数字！这笔巨款从哪里筹措？万一弄不好，岂不是又砸了进去？有些人摇摇头，认为不可上马；有的干脆说："我们别花这笔冤枉钱了！"当然大部分人是观望，不表态。

孔繁森陷入左右为难的境地：资金困难，但总不能让阿里的夜晚永远是一片黑暗吧？没有电，许多工厂无法开办。再说，不解决这六百六十万元，等于已投资的五千万元购置了一堆废品，那岂不是更大的浪费？是上是下，孔繁森被折磨得彻夜难眠。

半夜里，他敲开了扎西副专员的门：

"扎西，我想贷款六百六十万元，由自治区地热开发公司承包，6月份组织修复，争取8月份恢复发电，你看怎么样？"孔繁森开门见山，两眼盯着扎西副专员。

扎西是个敦实、干练的藏族中年干部，也是个富有魄力和开拓精神的中年汉子，思忖片刻，说道：

"孔书记，我们只能背水一战了！砸锅卖铁也得把朗久地热电站搞上去。没有电，我们阿里地区一切项目都无法开发……"说着，他抬起头，声音变得激动，"孔书记，如果你相信我的话，我负责这个项目！我不信干不成！"

这个从帐篷里走出的牧民后代，虽然读过中专，当了干部，但他五岁学骑马，七岁赛马，困了，回不来，扶上马就会走回来……草原赋予他的秉性依然支撑着他倔强的灵魂。

"好，扎西同志！"孔繁森一把抓住扎西粗糙的厚墩墩的手，"我相信你，你就专门分管这个项目，争取早日成功！"

孔繁森连夜起草报告，准备向银行申请贷款。

扎西副专员带领几个助手和自治区的专家组联合办公。他带着人马南征北战，跑配件，跑材料，回来后一头扎在朗久地热电站，和专家、工人日夜厮守在一起。孔繁森更是惦挂在心，一有空儿便驱车赶来，围着专家们跑前跑后。递锤子，拿榔头，样子像个小工似的。有时插不上手，哪怕斟杯茶、递支烟，心里也觉得有说不出的快慰。星期天，一位同事出差归来，给他捎来一兜鲜菜，孔繁森一根也舍不得动，急忙送到地热站，专家和工人都很感动："孔书记，您这样关心我们，我们拼上命也要让电站重放光明！"晚上，孔繁森回不去，就干脆和专家、工人住在一起，围着牛粪火，眉飞色舞地畅谈阿里的未来，畅谈能源一旦解决，阿里百业振兴的美好前景。热情的话语、激动人心的畅想曲，使在场的人无不深受鼓舞。

孔繁森心中有一颗太阳，这太阳温暖着他，照耀着他，给他无穷无尽的光和热。他依然马不停蹄，奔驰在阿里高原，到每个县调查研究，部署工作时，总是和各县负责同志探索解决阿里能源问题的具体措施，制定发展方案。

他大脑里已形成一幅完整的蓝图，他对各级负责同志讲，能源开发要因地制宜，综合利用，走"多能互补、开发与节能并重"的道路。普兰、札达、日土三县以水电为主；革吉、改则、措勤三县以光能、风能、火电综合开发为主；狮泉河重点搞好朗久地热电站。

"九五"规划中，他提出要消灭无电县，让光明照亮我们的帐篷，照亮我们的土屋。

在北京的金山上

有一首著名的藏族歌曲《在北京的金山上》，曾一度唱红全国，激起西南边陲藏族人民对北京无限的深情和热爱。

孔繁森开完第三次西藏工作会议后并未马上回阿里，而是留在"北京的金山"。

这是 1994 年 7 月 16 日。

孔繁森和地委的负责同志要向中央有关部委汇报阿里地区的灾情，跑项目，取得中央有关部委的支持。

他定下一个思路：尽快使中央和各部委领导了解阿里地区的灾情，要千方百计见到国务院的领导和各部委"一把手"，以引起领导的足够重视，便于落实各个项目；尽可能把阿里的灾情给各职能部门汇报清楚，引起同情，尤其力争让他们看看录像，要弄清中央各部委在哪些项目上投资，使我们的项目与之吻合。

他们先是跑国家经贸委，找到有关负责同志，孔繁森对阿里地区的灾情状况、已采取的措施和抗灾救灾中的困难、发展情况等，一一做了汇报；接着他们又跑到农业部，部长刘江亲自接见他们，并答应拨款以解决阿里草场围栏建设和抗灾基地建设的困难；他们又找到财政部计划司、地方司；到了国家经贸委农经司、水利部"抗旱办"。所到之处，孔繁森都详细汇报了阿里的灾情及有关项目的投资问题，希望得到中央的支持和高度重视。

财政部当即表态，将尽最大努力拨一笔款项；水利部有关同志也表示向部长汇报争取拨一笔资金用于打井；其他单位也都表示向本单位主要负责同志汇报，争取尽快落实。

事情并非像想象的那么简单，有的部门并非像上述部委那样热情接待，跑上三趟五趟，十趟八趟，人家仍然不理不睬，冷鼻子冷眼，要么推托，要么搪塞。明明是主管负责人在家，偏说他出差了；明明是这个司负责，偏说他们不分管；有的甚至下逐客令，或是"躲避"。孔繁森对这种羞辱实在难以容忍，而且对这种人的官僚主义、对人民疾苦漠不关心的老爷作风，更是满腔愤懑。然而，这种人却手握权柄，"一诺千金"，对他们火发不得，心急不得，说话重不得，还要满脸堆笑，还要和风细雨，还要违心地迎合、奉承……这对一个堂堂七尺须眉、性格坦诚、豪爽的男子汉，一个视百姓为父母的人民公仆孔繁森来说，无疑是一种心灵上的折磨、精神上的摧残、人格上的践踏。他常常陷入难以言状的深沉的痛苦中。这种痛苦，不同于二离桑梓、骨肉分离的悲伤，不同于风雪高原上与狂风暴雪搏击的艰辛，与死神搏斗的悲壮……但是，为了解决阿里的实际困难，为了六万高原儿女的温饱，他又不得不将这难以忍受的屈辱咽到肚里，咽到心里，依然早出晚归，四处奔波。

为了节约钱，他不舍得住高档宾馆，而是下榻于每天十八元一个床位的小旅馆；不舍得乘出租车，而是天天去挤公共汽车。7月的北京，赤日炎炎，一身汗一身水，白天到办公室找有关部委负责同志找不到，就晚上找到家里汇报。饿了，就在小地摊上吃碗面条或馄饨。跟随他奔波的同志说："孔书记，一个堂堂的地委书记在小地摊上吃饭，既不雅观，又不卫生，有失身份啊！"

孔繁森说："唉，一想到咱们阿里很多农牧民连温饱都没解决，大鱼大肉咱能咽得下去吗？"

这不，他们又来到某单位，孔繁森再次向主管负责人讲述阿里的灾情。

那人头不抬，眼不瞅，旁若无人，心不在焉地浏览报纸，哗啦哗啦地翻了这张又翻那张。

孔繁森强忍着心头的火气，说道："同志，我是向你反映情况呢！"

"知道了，"那人抬起头，斜睨了一眼孔繁森，"不就是要救济款吗？这里要钱，那里要钱，我们跟谁要钱去？我们的工资、奖金，你给发吗？"话语像从冰箱里甩出来的，冷冰冰、硬邦邦的。

孔繁森再也忍不下心头的怒火，用发颤的声音反问道："我们阿里老百姓连饭都没得吃，还要靠我们给你们发工资吗？"停停，他又说："那好，你若要奖金，你能下来到阿里走一趟，我给你一万元奖金！"

孔繁森真想大发脾气，但他看那人不再说话，也咽下了这口气。

……

孔繁森从 7 月 16 日至 8 月 10 日，整整奔波了二十四天，连许多部委传达室人员都熟悉了他。

谢天谢地，中央有关部委对阿里经济发展滞后、自然灾害严重、农牧民生活困难的情况有了比较清楚的了解，国务院有关方面负责同志，把阿里作为一个特殊情况专门召开了几个部委主管负责人会议。答应给予援助和支持，一些援建项目也一一落实，共筹集资金两千五百万元。

一切烦恼、痛苦、焦灼、忧虑也随之烟消云散。孔繁森心里总算舒了一口气。他激动地对随他奔波的同志说："党中央关心咱们阿里，支持咱们阿里，下一步就要看咱们怎么干了。一旦这些资金到位，咱们就要上马，搞好抗灾防灾基地建设，搞好草场围栏建设，抓好各个项目的施工。"他又说："国家的钱来之不易，我们不能枉花一分！"

8 月 10 日下午，他离开了北京，心情极其振奋。当火车缓缓开出北京站时，他从窗口探出头来，久久地回首望着伟大祖国的首都，眼中闪烁着湿润的光芒，心中又默默唱起那首著名的藏族民歌："北京的金山上，光芒照四方……"党的阳光照耀着遥远的阿里，北京的春风已吹到阿里高原，他的心头更加充满了信心和力量……

第十三章　风送月迎回阿里

——他觉得心中的帆被无形的风吹得鼓胀胀的，血管里有一股热血汹涌着、澎湃着。他说：阿里要在我们手中腾飞……

他的心像涨满了风的帆

1994 年 9 月 19 日。

天蒙蒙亮，两辆越野车便驶出拉萨，沿着雅鲁藏布江畔蜿蜒的公路奔驰。起伏的峰峦从车窗前掠过。碧蓝色的雅鲁藏布江像一条蓝绸袅娜在崇山峻岭间，远处的山峰被霞光镀亮，泛着一抹红晕。

车上，刚刚开完自治区党委四届六次全委扩大会议返回阿里的孔繁森和地委委员、秘书长安七一心情都不平静，不时涌起一层层波澜。这次全委扩大会是贯彻落实中央第三次西藏工作座谈会制定的方针和政策，该方针和政策为西藏自治区政治稳定、经济发展指明了方向。他们二人商量着，如何抓好措勤、改则、革吉三个纯牧业县的扶贫工作，上级拨下的扶贫款是否用得合理，牧民的生活是否得到改善，第三次西藏工作座谈会后，牧区干部和群众在想什么？如何趁这次会议的东风振兴阿里经济……

一连串的问题使孔繁森更加感到紧迫和焦虑。

车子奔驰着，一道道山峰扑面而来，又缓缓退去。阳光照在雅鲁藏布江滔滔激流上，那深碧色的流水泛金点银，一群水鸟被汽车的马达声惊起，鸣叫着飞向深远的蓝天。天空蓝得晶莹、透亮，蓬松的、厚厚的白云，静静地滞留在天幕上，那么安然、坦然，独享着这天空的广阔。

车子驶进措勤县境，孔繁森的眼睛顿时亮了。他望着窗外，看到大灾之后，牧草长势良好，那满坡绿茵茵的青草，像绿毯似的铺向无边无际的远方。草地上的野花，星星点点，斑斑斓斓，白的，黄的，紫的，红的……像谁绣上的图案；远处皑皑的雪峰映衬着蓝湛湛的天空，显得那么纯净，那么纯洁；近处，蜿蜒的溪流静静地流淌，那样清澈、安谧，偶尔遇到几群牛羊，犹如浮动的彩云，不时飘起一曲曲牧歌，是那样优美动听；几个牧羊姑娘坐在草地上，用帽子和围巾把面部包得严严的，只露出两只明亮的眼睛；最令人神往的是草原上的那些大大小小的明珠——湖泊，像蓝色的宝石，像闪闪的明镜，这是藏北羌塘草原的旖旎风光。

微波荡漾的草原没有尽头地伸向远方，汽车撒着欢儿奔驰。

孔繁森深情地望着窗外连绵的绿茵茵的草场，不由得想起去年第一次去阿里所见的那种荒凉干旱的情景，心中无限感慨。

"七一，我们回去要抓紧筹备全区党员干部会，把会议精神尽快地贯彻落实下去。中央关心西藏，全国各族人民支援西藏，形势喜人又逼人哪！"孔繁森声音有些激动，两眼闪着光芒，"这次会上，陈奎元书记又特别点了我们阿里地区，我们应该动一番脑筋，实现'六个突破'……"

安七一心情也格外激动："改变思想，更新观念，这是关键。过去那种等、靠、要的思想，确实使一些干部身子骨变懒了，心变散了！"

孔繁森道："是啊，今冬重点抓好学习、贯彻'两会'精神，要拿出春天抗灾救灾那股劲，扎扎实实办好培训班、宣讲团，深入牧村，深入帐篷，进行宣传教育，使牧民群众的思想观念来一个突破！"

孔繁森想起在北京跑项目，争取救灾款的日日夜夜，想起中央和自治区领导对阿里的关怀和重视，情绪也像窗外的景色一样令人振奋。

"这次国家援助的六十二个项目中，我们阿里有一个。特别是山羊绒基地建设投资六百万元，要用好这项资金，发挥更大的效益。还有东三县的无水草场的开发、草原网围栏建设和解决防灾抗灾基地投资的两千万元，国家计委和农业部正在研究，这两项投资落实后，带来的经济效益是十分可观的。"

孔繁森的话语深沉而热烈，一幅阿里未来发展的蓝图在他大脑里更清晰、更形象了。他掰着手指，数着今冬明春要办的几件大事：召开会议、电站验收、抗灾基地建设、山羊绒收购……他的眼睛里闪耀着光芒，话语里充满着自信和力量。他深深感到：这次西藏工作座谈会，给阿里带来了千载难逢的发展机遇，必须乘着这股东风，加快改革的步伐，加大改革力度，使阿里地区经济发展迈上一个新的台阶！天时、地利、人和，与去年上任时的情况相比已大为不同。但孔繁森清醒地感到，双肩的压力更重了：既要做好抗灾救灾工作，又要搞好开发性扶贫工作，使牧民群众尽快脱贫致富；既要抓好口岸建设，扩大对外开放，又要抓好边境稳定，加强反分裂斗争……

车轮在草甸子上颠簸着，他的思绪也随之跳荡、起伏……兴奋和喜悦，豪情和信心，力量和信念，汇结在一起，形成一股波涛汹涌的激流在胸中飞溅、奔腾……

黄昏，他们来到措勤县磁石门区。这个区有两个乡——门董乡和尼龙乡。当晚他和两个乡的乡长开座谈会，宣传"两会"精神，制定发展规划，了解防灾、抗灾情况……

明亮的汽油灯下，门董乡党支部书记次成、乡长嘎玛加措，尼龙乡副乡长拉加，还有几位乡里的干部向孔繁森汇报了情况。

乡长嘎玛加措，是个四十多岁的汉子，穿着朴素，甚至比不上一般牧民，一件光板羊皮袄披在肩上，腰里挂着火镰、藏刀等装饰品，两道浓眉，目光炯炯，给人精明强悍的印象。

乡党支部书记次成也是个做基层工作多年的干部，显得很沉稳。他头戴一顶蓝色鸭舌帽，身着黑白两色藏袍，烟瘾很大，一支接一支吸个不停。

尼龙乡来的是副乡长，名叫拉加，是个三十多岁的年轻人，身材魁伟，脸膛黝黑，眉宇间透出一股英气，两眼神采奕奕。他穿一件皮夹克，从装束上看不像个藏族人，他汉语说得流畅，膛音很重。

孔繁森掏出两盒香烟，分给大家。这屋子很简陋，虽是区党委办公室，实则是一座民房，墙很厚，但窗户很大，虽然是9月，草原上的黄金季节，窗外却寒气逼人，屋里生起牛粪火，暖烘烘的。

嘎玛加措先汇报了灾后生产恢复和发展情况：今年牧草长势好于往年，幼畜成活率也高于往年。这位文化程度不高，但泼辣能干的乡长，不善于用数字来说明问题，但也举出好几家牧民的生活状况，反映了党对牧民的关怀。

孔繁森不时插话，询问山羊绒的收购情况，草场围栏的建设情况，以及牧村卫生医疗站的建设等。乡党支部书记次成一一做了回答。

轮到尼龙乡副乡长拉加发言，这位年轻的副乡长谈锋甚健，先是介绍了灾后抓生产恢复、抓牲口繁育情况，接着又讲到抓商品流通的情况。他很喜欢用数字说明问题，脑子也好用，草场改良面积，新增牲口头（匹、只）数，羊毛、羊皮收购量等等，说出一大串数字。

孔繁森高兴地说："对，要改变牧民的思想观念，一手抓生产，一手抓流通，这样既加快了生产周期，又减轻了草场压力，还能使牧民尽快脱贫致富。区、乡也要办公司，畜产品收购、加工、外运、外销，一环扣一环，抓紧抓好，这就是开发性扶贫。要真正改变我们穷困的面貌，还要靠我们干部、群众一起想办法，出点子，调动大家的积极性，多种经营，多种渠道，不能单打一。"

接着，孔繁森又把"两会"的精神传达给他们，乡干部深受鼓舞，他们说："党和政府这样关怀我们，我们干不好心里有愧呀！"

高原月圆

又奔波一天，20日傍晚，孔繁森一行才来到措勤县城。

这天正是中秋节。孔繁森离开拉萨时已买好月饼，中秋节晚上他要看望县武警中队官兵。他视军政团结、军民团结重如自己的生命，这关系到边疆的稳定和安全。祖国和人民把这西大门交给自己，能不日夜看守好？

孔繁森每到基层视察工作，总忘不了去看望慰问驻地官兵。在狮泉河，他一有时间就往边防部队营地跑，召开座谈会，鼓励官兵扎根高原，守卫边防。他常常亲自察看战士宿舍，和战士谈心，问询冷暖和学习训练情况、身体健康状况。每次去驻军连队总要带些礼品，朋友们送给他的红景天口服液——这是高原抗缺氧药物，他自己不舍得用，全送给战士们。他察看战士食堂，知道战士生活很苦，很少能吃上新鲜蔬菜，除了罐头便是咸菜，孔繁森心里很难受，每次出差去拉萨，总是带回些蔬菜，自己不舍得吃，送给边防官兵。有一次，他去某边防部队，看到首长的车子已经很破旧，根本无法适应在这雪山高原奔驰，便召开地委、行署负责同志联席会议，决定从地委、行署办公费中硬挤出四十万元，给驻军买一部崭新的"丰田"。

他在阿里的小屋，像在拉萨的小屋一样，战士们常常把他的小屋当作自己的家。孔繁森在边防部队和干部、战士谈心时，总是提倡"一杆枪，一支笔，一颗心"的观点：要苦练杀敌本领，掌握好手中枪；具有专业技术、市场经济知识，能写会画；有一颗为祖国为人民服务、扎扎实实工作的红心。并教育部队干部要适应新形势，更新观念，靠真才实学带兵。他说："过去带兵靠行政命令，现在靠知识，靠对战士的感情，靠条令条例，以情带兵、知兵、爱兵，还要以身作则，自己要有真本事……"

点点滴滴，言谈举止，拳拳之心，感动了边防将士，他们都把他当作自己的知心人、贴心人。

而今正值中秋佳节，怎能不去看望这些远离故土的战士？

太阳刚刚落山，高原的月亮便迫不及待地爬上山峰。它高高地挂在空旷的蓝色天幕上。清凉的月辉倾泻下来，笼罩着远近的雪山、草场、荒原和星星点点的水潭，给山峦荒原一片凄清的朦胧。

孔繁森来到武警中队，把带来的月饼一一分给大家。官兵们看到亲爱的军分区第一书记来看望他们，和他们共度佳节，很是激动、感动。"每逢佳节倍思亲"，在这远离故土的高原上，哪个战士不思念家乡，不想念亲人呢？

一个小战士泪水盈盈地说："孔书记，我想家……天上的明月能圆，我们却不能和亲人团圆……"说着，泪珠扑簌簌地掉下来。

孔繁森眼圈也发潮了，他语重心长地说："我们的不'圆'，正是为了祖国人民千家万户的团圆……这万里边防就挑在你的肩上，挑在我的肩上，挑在大家的肩上。我们能为祖国为人民站岗、放哨，是我们的幸福啊！"

为了驱除寂寞，振奋大家的情绪，孔繁森提议道：

"咱们大家唱个歌，好不好？"

"好。"

"那我就当指挥！"孔繁森说道，"咱们就唱《十五的月亮》吧！"

战士们围成圈儿，唱起这支极富抒情韵味的歌曲：

> 十五的月亮，
> 照在家乡，照在边关，
> 宁静的夜晚，
> 你也思念，我也思念……

歌曲唱了一遍又一遍，唱得大家心头热浪翻滚，唱得大家激情如涌。

欢乐的歌声伴着战士们度过了一个有意义的高原中秋之夜，谁知道，严重的高原反应和一路风尘的疲劳却使孔繁森彻夜难眠。

用微笑送走过去

孔繁森一行来到改则县已是下午四点，他顾不得洗脸、吃饭，便召集了县委、县政府领导在县委常委会议室开座谈会。在家的县委副书记洛加次仁、县长仓珍、副县长罗宗琪等都出席了座谈会。在会上，孔繁森传达了"两会"精神，特别强调一手抓稳定，一手抓发展。要求县委、县政府把贯彻"两会"精神当作今冬明春头等大事来抓，采取各种形式，通过三级干部会、广播、电视，从县直机关抽调干部，组织工作组到区、乡、村和牧业点进行宣传。

县委领导向孔繁森汇报了经济开发等方面的问题，说这个县的硼砂晶位很高，储量全国第一。这是化工医药、玻璃制造、钢铁冶炼等不可缺少的原料。现在开采能力较差，运输落后，资源没有充分利用，老百姓也有乱开乱采的行为。另外，还谈到牲口户养户牧，私有私养，现在出现了一些弊端，如抵制自然灾害不得力，部落之间出现争夺草场的矛盾，不利于搞防灾基地建设、草场围栏建设和进行多种经营，剩余劳动力得不到统一组织等。

针对存在的问题，孔繁森沉思一阵儿，谈出自己的思路：抓住牧业，发展矿业，搞好多种经营，进行开发性扶贫。突出教育，提高适龄儿童入学率。根据牧民的要求，也可以搞多种形式的联合体。收回部分草场，组织专业放牧，统分结合。剩余劳动力由县里抽调专职干部，组建矿产开发公司。对县里现有的一支民间运输队，要加强管理，成立股份有限公司，集资购买车辆，提高运输能力。

会议结束后，孔繁森决定要去北部察布区看望牧乡群众。这个区位于海拔五千米以上的高原上，是阿里重点扶贫区域，道路艰险，有的地方根本没有路。县里的干部也很少到这个区去，而孔繁森在一年多的时间里已来过五次，这个区的大部分群众都认识他。

汽车出县城不远就上了山路，在山岭间发出沉闷的声音，车速越来越慢。

直到下午六点，他们才来到一个牧民点。

由于高山的阻挡，荒原的黄昏也来得早些。但高原的黄昏是美丽的，太阳隐在山后，天空出现灿烂的晚霞，山顶上的白雪顿时映成玫瑰色，又从玫瑰色变成浅紫色，最后变成金黄色。那高高低低的山峦和起伏的荒漠草场都流溢着辉煌的金色火流，浮动的羊群、牛群和星星点点的帐篷，使得广阔的草原变得光怪陆离。

听到汽车马达的轰鸣声，牧民们有的从帐篷里走出来，有的停下手中的活计向汽车方向张望。

"呀，我们的孔书记来了！"

"咳，除了孔书记，会是谁呢？"

"呵，菩萨书记又来看望我们了！"

……

眼睛好使的青年人首先看到孔繁森从汽车里走出来，背着药箱向他们一步步走来，有的摘下帽子在空中摇着，向孔繁森致意。

这里的牧民们不认识县委书记，甚至不认识区委书记，但他们认识地委书记孔繁森。当戴着藏式礼帽、背着药箱的孔繁森出现在他们的帐篷前时，牧民中响起一片吆喝声、欢呼声，老姆拉用衣襟擦着泪眼，老阿爸端出酥油茶……

"波拉，姆拉，扎西德勒！扎西德勒！"

一番问候过后，孔繁森打开药箱。这时，牧民们都陆续围了过来。孔繁森一一问长问短，嘘寒问暖，那股亲切、热情、温暖、欢乐，就像游子回到故乡，就像跋涉过高山峡谷、荒漠戈壁的小河融进湖泊，帐篷内外溅起一片欢腾的浪花。

人们自觉地排成长队，等候着"康木机书记"给他们一一查体、发药、打针……这一切是那样从容自如，那样娴熟利索。

已是暮色苍茫，孔繁森看了四十多个病号，打完针，敷完药，胳膊都抬不起来了，一箱药品也分发完了，他青紫、发乌、疲倦不堪的脸庞上依然充满着笑意，话语里却不乏遗憾：

"药没了，过些时候，我再来看望大家。"

藏胞们喊着："突吉切，突吉切！"含着泪花送走了孔繁森。

已经八点半了，夜色已笼罩了这荒凉的高原。

"咱们回县城吧！"随行的人说。

孔繁森执意说："我还要看看德吉卓嘎。"

"德吉卓嘎是谁？这么晚了，以后有机会再去吧！"

"一定要去！"孔繁森口气坚定，"德吉卓嘎是个小学教师，她和她的未婚夫是同学，一块儿从拉萨师范学校毕业，自愿来到这高寒偏远的牧乡教书，我不去看望行吗？"

孔繁森前几次来察布区察看工作，得知这一对青年男女教师在察布区一个牧乡教书，生活很苦，常年吃不到蔬菜，看不到电影、电视，一切现代文明都离他们十分遥远，可是他们却勤勤恳恳、兢兢业业地工作，默默地向牧民们传播着科学和文化知识。"了不起呀！不能不让人敬佩他们这种崇高的奉献精神！"孔繁森很受感动，常对人说，"蜡炬成灰泪始干"，用在他们身上再恰当不过了。如果有人问我，什么样的人才是男子汉和女中豪杰，我会毫不犹豫地回答，他们就是真正的男子汉和女中豪杰，是我们当代最可爱的人！

孔繁森第一次见到他们时，看到他们住房简陋，生活很苦，吃的是风干的牛羊肉，点的是蜡烛，屋子里连件像样的家具都没有，便指示乡里干部要照顾好他们的生活，并说："你们有啥困难，也可以直接写信给我，我代表地委、行署感谢你们。你们为党的教育事业做出了巨大的贡献，党和人民不会忘记你们的！"两个年轻人感动道："放心吧，孔书记，您这样关心我们，我们会加倍努力工作！"在拉萨开会期间，孔繁森得悉，这两位年轻教师国庆节要举办婚礼，在会议间隙，他特地转了一些商店，为女教师挑选了一条漂亮的红纱巾，还买了一些香皂、枕巾、护肤霜之类的生活用品。

车灯在高原荒夜很有耐心地扫射着。礓石遍地的道路，使汽车颠簸得厉害。旷野里一片沉寂。一轮明月悬挂在湛蓝的天幕上，山高月小，给人一种古典的苍凉感。

车行驶了两个多小时才到达乡政府。孔繁森要去学校。

乡长说："孔书记，你不要去学校了，天晚了，我派人去请两位教师来！"

学校离乡政府并不太远，不一会儿，乡长把德吉卓嘎和她的未婚夫叫来了。

两位青年教师见孔书记半夜从大老远赶来看望他们，心情很激动。

孔繁森让司机从车上取出一个小包裹，递给两位教师，说道："听说你们国庆节要结婚，我回狮泉河还要开会，不能参加你们的婚礼了，很抱歉。我买了点小礼品，这是我的一份心意！"接着打开包裹，拿出一条红纱巾："德吉卓嘎，不知你喜欢不？"

女教师接过红纱巾，激动地说道："孔书记，您还想着我们的婚礼，太感激您了！"

女教师把红纱巾往肩头一披，灯光映照下，满脸红晕，更显漂亮，瞅一眼未婚夫，羞涩地笑了。

孔繁森又询问了他们生活有什么困难，吃的、烧的、用的，结婚的家具都准备好了没有，还询问了教学中的一些问题，鼓励他们扎根牧区，为党的教育事业做出更大的贡献。

告别两位青年教师，他们回到县城，已是夜里两点钟了。

越过障碍走向未来

9 月 24 日。

孔繁森一行来到革吉县，已是晚上八点多钟，这是到拉萨前的最后一站。

画面和改则县有些雷同，这里不再赘述。

充满激情和信心的孔繁森仍处于虚弱状态，仿佛瘦弱的躯壳里蕴藏着巨大的能量、超凡的精力，心中燃烧着一团炽烈的火焰。

风尘未抖，当夜便召开县委、县政府负责人联席座谈会。

先是听取了大家的汇报。孔繁森自六月下旬离开阿里，待回到革吉已整整三个月了，见到每个人他都感到亲切，有一种说不出的喜悦。中央和自治区的两个会议，更像两股强劲的风，推动着生命的帆，推动着阿里事业的帆。

座谈会开得很热烈。县委、县政府的同志畅所欲言，讲述了灾情救助情况，谈到了扶贫工作的成绩，也谈到了眼下存在的种种困难以及他们未来的设想。

孔繁森坐在一把椅子上，用左手抓住椅背，右手按着桌沿，像和睦家庭中的亲人谈话似的对大家从容地讲起来。他说道："两会的召开，对我们阿里是千载难逢的良机，党中央和国务院各部委以及自治区党委都了解我们阿里的困难，对我们高度重视。从资金上，中央各部委准备投资两千五百多万元，帮助我们搞抗灾基地、草场围栏、能源交通等各方面的建设。我们要把这批资金用好，一旦这些项目实施，我们阿里的经济会出现一个新的腾飞！"

他明亮的眼睛闪出一种坚定的光："我们不能坐失良机，要乘风破浪，铺开摊子，扑下身子，打一场开发性脱贫攻坚战。既要看到我们的困难，更要看到我们的优势；既要珍惜中央和各省市的支援，更要发挥我们的主观能动性！"

孔繁森讲话总是充满激情，充满号召力，像一盆炉火燃烧和温暖着大家的心。

他和县委、县政府的同志分析了当前的困难和阻挡经济发展的种种障碍。他抓起帽子戴在头上，用右手摸摸嘴巴，然后放在脖子上，又侃侃地谈起来。他用很通透的比喻谈到生产和流通的关系，牧业与多种经营的关系，中央和自治区的支持与自力更生的关系，抓好"两会"精神的宣传与更新牧民观念的关系，经济发展与边境稳定的关系。他特别强调了达赖喇嘛和西藏人民不是信教不信教的问题，而是分裂与反分裂的矛盾，是维护祖国统一、民族团结的大问题。

谈到激动处，孔繁森不时打起手势，声调抑扬顿挫，口气坚定，信心十足。在场的人从他刚毅坚定的表情和朴素而炽热的话语中，感到他对边疆的热爱，对藏族人民深厚的感情，从他恳切的表情上流露出对阿里经济振兴的信心。

他不倦地谈着，越谈下去，一切越明显；越谈下去，大家信心越足，心情越发畅朗。很多在场的人都忘记了时间，忘记了孔繁森一路奔波的疲劳，他们听得都入神了……

"形势逼人，时间紧迫，我回到地委和其他领导研究，在国庆节前后就召开地、县、区三级领导干部会。会议的主要内容是贯彻中央和自治区两会精神，再就是制定我们阿里'九五'发展规划。希望同志们做好准备……"

那充满激情的话语，那闪着奕奕光彩的眼睛，那富有激情的脸庞，使在座的人再一次感到这位地委书记的魅力，感到他就是力量的化身，是阿里人民的希望之星！

春风吹到阿里高原

　　孔繁森回到狮泉河，哪顾得疲劳，他的一颗心被激情燃烧着，他的思维和情绪都处在一种临战前的亢奋状态中。从他那时而舒展的眉宇间可以看出内心力量的汹涌澎湃，从他那时而紧绷的嘴角皱纹里可以看出他大脑思索的深沉。他时时都感到有一种无形的力量激荡着他。从某种意义上看，阿里地区将迈出巨大的一步，这是富有历史意义的一步。

　　五天之后，也就是 1994 年 9 月 29 日，他主持召开了地、县、区三级党员干部会。这是到会人数最多的一次，边远的县、区干部都乘车、骑马而来。

　　国庆节没有放假。

　　在会上，孔繁森做了题为《加强民族团结，促进发展和稳定》的报告。

　　几天之后，也就是 10 月 10 日，《西藏日报》发表了这篇署名文章。

　　会上，孔繁森首先传达了中央第三次西藏工作座谈会的精神和自治区党委为贯彻中央工作会议精神的决议。

　　接着在报告中讲述两个大问题：

　　一、坚持民族平等和民族团结这一马克思主义处理民族问题的总原则和总政策。从历史上分析西藏和祖国内地密不可分的关系；和平解放后，西藏在党的民族政策指引下，取得的辉煌成就和翻天覆地的变化。特别强调了加强民族团结，维护祖国统一，是关系到国家命运和西藏发展、稳定的重要问题。

二、坚决贯彻落实新时期党对西藏工作的决策、方针、政策，加快发展，努力实现共同繁荣。论述了只有加快经济建设才是实现社会主义国家民族间真正平等的根本途径。中央关心西藏，全国支援西藏，西藏怎么办？解决西藏的困难和问题，实现西藏的伟大振兴，归根结底要靠西藏各族人民。

最后，孔繁森又结合阿里地区的实际情况再次重申了阿里地区经济发展的六大优势，明确地提出阿里地区三个经济开发区的宏伟设想，一幅更加明朗、更加宏伟的阿里未来发展蓝图展现在与会者的脑海里。

会议开了五天。地直机关、企事业单位和各县区都分头进行座谈讨论，结合本县、本系统、本区乡的实际情况，制定了宣传落实"两会"精神的措施和 1995 年的农牧业、乡镇企业的发展计划。

人心沸腾，发言热烈。

这几天，孔繁森一直处于亢奋状态。白天开会、发言、听取汇报、审阅材料，晚上找人聊天、谈心，帮助各县制订计划。

他一次又一次询问大家："中央关心西藏，全国支援西藏，我们怎么办？"这个巨大的课题摆在全区干部面前。

孔繁森在会议结束时做了"提高认识，统一思想，真抓实干，重在落实"的讲话。他提出：

一、必须不断深入学习贯彻区党委四届六次全委扩大会议精神，学习中央关于加强党的建设几个重大问题的决定，努力把全区干部群众的思想统一到中央第三次西藏工作座谈会的精神上来。

他特别强调，我们要像抓抗灾一样抓好学习。党中央第三次西藏工作座谈会，是一次对西藏稳定与发展具有特殊意义和作用的会议。这次会议不仅给予西藏六十二个项目共投资二十三点六亿元的支持，而且还给了一系列特殊优惠政策，把资金用好，把政策用好。如果明明有好的政策却不善于利用，明明有优势却不知道发挥，则往往自己捆住手脚，还要拉别人的后腿。

二、必须以自治区党委四届六次全委扩大会议精神为指导，调整阿里地区加快经济发展、保持社会局势稳定的工作思路和发展目标，真抓实干。

这位年届五十岁的地委书记，由于长年工作在高寒缺氧、条件艰苦、环境恶劣的西藏，他的身体消瘦，脸庞浮肿，面色黑中泛黄，头发过早地稀疏而苍白了。在讲话中，他目光依然喷射着炽热的光芒，语气依然充满激情，犹如一块瘦骨嶙峋的岩石，任凭风剥雨蚀，依然不减刚毅巍峨之势；又如一位稳健沉着的水手，任凭骇浪滔天，依然双目如炬，满怀着信念，向着五彩斑斓的彼岸驶去。浪花染白了他的鬓发，海风粗糙了他的脸庞……

在座的干部们看到他们的好书记这种拼命三郎的精神，无不感动，心里默默叮嘱自己："干不好，别说对不起党中央，对不起自治区党委，也对不住孔书记，对不起阿里六万同胞啊！"

孔繁森讲得很动情，潮润的眼睛在会场上扫视着——

"以党的第十四届三中、四中全会，中央第三次西藏工作座谈会精神为指针，深入贯彻自治区党委四届六次全委扩大会议精神，坚持'三个有利于'的生产力标准，把中央的大政方针和阿里的实际结合起来，以经济建设为中心，紧紧抓住发展经济和稳定形势两件大事，确保阿里经济的加快发展，确保人民生活水平的不断提高。按照这一指导思想，今后总的思路是：以农牧业为基础，以能源、交通、通信为重点，以外贸、旅游、矿业开发为先导，以科技、教育为依托，重点突破，整体推进，全面发展。"

一阵儿暴风雨般的掌声席卷了小小礼堂。

孔繁森在报告中还详述了每项工作的总目标和具体目标。到2000年，阿里的生产总值达到二点五七亿元，年增长速度为百分之十。消灭无电县，实现电信程控化，并进入全国长途自动交换网；适龄儿童入学率由百分之二十九上升到百分之六十；农牧民居地广播、电视覆盖率达到百分之六十以上；医疗条件要取得明显改善，人人享受初级卫生保健；219国道和印度、尼泊尔、不丹至狮泉河的公路畅通，开通安狮、亚普公路；县级财政自给率达到一个较高的水平。

蓝图已经绘就，航道已经开通，孔繁森和地委、行署一班人将在这风雪高原上创造新的辉煌。世界第三极已升起希望的曙光，新世纪的曙光！

在这里，必须补写一个插曲，在国庆节前夕，也就是正在开会期间，孔繁森接到女儿从家乡打来的电话，女儿声泪俱下地哭诉：

"爸爸，你太狠心了，你女儿一生的大事，你都不关心，我明天就要举行婚礼，你竟然不在场……"

孔繁森曾为素无亲缘的普通战士操办过婚事，曾当过不少勤杂工作人员的主婚人，曾为风雪高原上的一对青年教师送去结婚礼品……这样的事，不知他做过多少件，办过多少次。然而女儿的婚期却因为爸爸忙于工作一次次推延；爸爸一次次的许诺，都不能兑现，能不让女儿伤心落泪吗？

孔繁森也深感愧疚，劝慰女儿一番，再一次向女儿道歉解释："孩子，你原谅我吧，我是地委书记，地委书记不是履历表上的职务，它标志的是责任和义务，我不能舍大家而顾小家啊！"

第十四章 本章无标题

——他说：公与私是一条永远不可逾越的界限。己不正何以正人？他说：粉身碎骨浑不怕，要留清白在人间。

"红塔山"启示录

孔繁森虽然学历不高，但是自幼非常喜欢古典文学，他能背诵许多唐诗宋词，他摘抄了不少古典诗词和古代贤哲圣达的为政处世格言。他最喜欢的古诗有明代于谦的《石灰吟》和清代郑板桥的《潍县署中画竹呈年伯包大中丞括》两首，他不仅抄在笔记本上，还写成小幅书法，压在办公桌上：

> 千锤万凿出深山，
> 烈火焚烧若等闲；
> 粉身碎骨浑不怕，
> 要留清白在人间。
>
> ——于谦

衙斋卧听萧萧竹，

疑是民间疾苦声。

些小吾曹州县吏，

一枝一叶总关情。

——郑燮

每当读吟这两首诗时，他都深切地发问：这些封建时代的官吏尚能关心百姓疾苦，清正廉洁，留得清白在人间，那么为解放全人类而奋斗的中国共产党人呢？面对愈演愈烈的不正之风、腐败现象，他常常大发脾气，怒不可遏，时常感到自己力不从心，为不能改变这些恶浊现象而痛心……

这个伟大民族之所以历经五千年而不衰，屹立在世界民族之林，正因为有一代代舍身求义者、兴邦治国者、刚正不阿者、廉洁奉公者。那种光耀万物的人伦大爱，那种视死如归、血荐轩辕的牺牲精神，光照千秋的民族精神，使这个多灾多难的民族屡跌屡起，自强不息。"公生明，廉生威""为官一任，造福一方""居庙堂之高则忧其民，处江湖之远则忧其君"……这些历代清官廉吏的操行和高尚的人格时常启迪着他。他把这些民族精英当作一种精神的楷模，悄悄地实践着，校正着自己生命的子午线……

在故乡莘县担任县委副书记时，他就听说过许多关于郑板桥的故事（郑板桥曾任范县县令，莘县和范县是邻县，过去范县的一部分曾划归莘县）。郑板桥同情人民疾苦，他光明磊落的高尚情操，赢得人民世代称颂。据说，他调任潍县时，范县老百姓前来送行，人头攒集，箪食壶浆，摆宴十里。郑板桥就任范县县令，距今已两百余年，两个世纪过去了，范县旧县衙早已不复存在，而郑板桥为官清廉的故事却在民间一代一代流传着……

　　孔繁森刚上任县委副书记不久，有一次下乡返回县城，遇到一个青年被汽车撞昏倒在路旁，肇事司机却逃之夭夭。孔繁森见此情景，立即把小伙子送进医院，并嘱咐医生全力抢救，还给医院留下押金，给小伙子买了食品。小伙子伤势严重，昏迷不醒，他醒来后，问医生是谁救了他，医生只说是一个中年人，但没留下姓名。这小伙子是聊城粮食局的职工，名叫李明炎。出院后，他千方百计找到了他的救命恩人，便携带厚重的礼品敲响了孔繁森的家门。

　　"您是孔书记吗？"

　　"是啊，你找我有事吗？"

　　小伙子激动地说："您是俺的救命恩人，俺不知道该怎样答谢您！"说着把礼品放在桌上，还掏出几百元现金。

　　孔繁森说："钱和礼品，我都不留，你全部带回去，心意我领了，这是每一个有公德的人都应该做的，何况我还在这里负责呢！"

　　双方争执很久，李明炎看到孔繁森执意不收，便千恩万谢地说："孔书记，我这条命是您给捡回来的，我只有好好工作，为人民服务……"孔繁森问道："身体怎么样？没留下后遗症吧？"小伙子说："没留下。"孔繁森高兴地说："这就好，这就好！"

　　第二年春天，哥哥从堂邑老家来到莘县，想托这位当了"县太爷"的弟弟搞点平价木材，盖几间房子，但又知道弟弟对公家的便宜是分豪不占，上次妹妹的孩子求他当个临时工，他都一口回绝……果然不出所料，孔繁森说："哥哥，我虽然只是个七品芝麻官，可这个口子咱不能开，国家的计划、政策，咱可不能违背……这木材我不能搞。"气得哥哥半天没说话，只好悻悻而归。

　　这些都成了在家乡流传的佳话。

孔繁森读过《明史》，对一代谏臣、刚正不阿的海青天，佩服之至。他的笔记本上也抄录着海瑞的人生格言——"无欲则刚"。

史书记载，明代官俸微薄。法定年俸不足以维持生计，一些官吏主要收入不在于此，而在于下级官员的馈赠，各地巡抚所收馈赠一次可十倍于年俸。一级有一级的馈赠，排到七品芝麻官，便是直接搜刮老百姓了，这已成了惯例。

而海瑞认为一切薪俸之外所得，都是非法的，都是"贪污"行为，他不收"常例"，也不向上司送"常例"。有人不解，不知他靠什么生活。后来方知他和一位老仆人在县衙后院开了一块菜圃，利用早晚公余时间亲自耕作。甚至他为母亲做寿只"买了二斤猪头肉"一事，也成为贪官污吏的笑谈。有一次，八省巡盐都御史鄢懋卿带着妻妾、幕僚和从人来到淳安县，他一路招摇，搜刮钱财，一席酒宴耗银三百两，席间还有人献上金银绸缎为鄢大人祝寿。这位恶吏老虎捻佛珠，却要充"廉洁之士"，所到之处，事先都发文告，说些"各地接待规格要从简""不要奢侈浪费"的官话套话假话："本院素性简朴，不善承迎，凡饮食供帐宜简朴为尚。毋得过为华奢、靡费里甲。"海青天便也佯作糊涂，来了个"照章办事"，亲自下厨房做菜，全是青菜、豆腐、茄子、青椒之类，一边上菜，一边说："都是下官种的，请大家尝个鲜……"这一来，鄢大人岂不怒火填膺，鼻子都气歪了，站起来，带上妻妾拂袖而去……

这下子可想而知，海瑞被安上莫须有的罪名，贬到兴国县当了判官。但海瑞并不以为意，兴冲冲地跑到兴国上任去了……

孔繁森在莘县担任县委副书记时，他经常借古论今，反不正之风，他常常讲包公、海瑞、郑板桥的故事……

现在，他担任了阿里"一把手"，更有"权力"制止不正之风。

其实这穷乡僻壤，无论官民都是很贫苦的，是一片"梵天净土"。

1993年秋天。

阿里地委党校为期三个月的党员学习班开学了，小小礼堂里坐满了来自全地区的区长、乡党支部书记及地直机关的科局长。

校长王辉生请孔繁森做开学典礼报告，还特意买了两盒"红塔山"牌香烟。王辉生是个清瘦而儒雅的知识分子，平时无烟酒嗜好。

就座前，王辉生要打开"红塔山"，孔繁森一把按住："我吸不惯那种烟，我有这个。"他从口袋里摸出一盒价钱低廉的"黄果树"，点着一支吸起来。

会上，孔繁森滔滔不绝地讲述阿里地区经济振兴的规划。这位地委书记富有感染力和激情的讲话，展示了一个政治家的风度和气魄，像一团烈火点燃了学员们的心。

午饭时，王辉生嘱咐炊事员做四个菜，想留下孔繁森吃顿饭。

"孔书记，饭已经做好了，您吃了饭再走吧！"王辉生拉住孔繁森的胳膊。

孔繁森道："我又不是客人，我来讲话，这是我的工作！"之后急忙回到自己的宿舍。

他拿过暖水瓶，昨夜还剩下半壶水，可打开瓶塞，发现里面水已经不很热了，泡方便面也泡不透了，那就把方便面当饼干吃吧。于是，一口方便面，一口水，填饱了肚子。

转眼间，三个月过去了。

党校这一届学员毕业时，校长王辉生又请来孔繁森做毕业典礼演讲。

学员们尚未到齐，孔繁森已坐在讲桌前，桌子上仍然放着两盒"红塔山"。

"王校长，你怎么又买这个？"

王辉生说："孔书记，这还是上次开学典礼时买的呢！"

孔繁森很痛惜地说："咱们阿里很穷，一斤羊毛才四毛八，一盒红塔山就是二十元呀，四五斤羊毛就烧掉了。怪不得老百姓说，'是贪官清官就看吸的烟'呢！"他提高声音，打一个很有力的手势："我要开个地委、行署联席会议，立下个规矩：凡来党校上课的，从书记到专员，以及各部委办的负责同志，一不准吃请，二不准摆烟和水果，三不许领取讲课费。这是我们的本职工作！廉洁要从一点一滴做起，从自身做起！"他望着远处的冰山雪峰，感慨道："我们阿里处处是神山圣水，山没污染，水没污染，希望我们的干部也不要被不正之风污染！"

散会后，他们一边走一边谈。

蓝湛湛的天空，飘着洁白的云朵，高原的阳光庄严而隆重地倾泻下来，冰山雪水在阳光下晶莹闪烁。

孔繁森神情激动，像想起什么，脸色变得十分严肃，语调深沉，而且充满愤懑。他说，现在党内不正之风、腐败现象得不到制止，每年用于公款吃喝、公车私用、公款旅游、公款送礼、公款娱乐……甚至有个别腐败分子公款嫖娼、贪污受贿，财政黑洞已达两千多亿元。这是个什么概念？相当于一年挥霍掉五个宝钢、四个三峡工程啊！

说到这里，孔繁森双眼冒火，嘴角上的肌肉频频抽动，声音被愤怒的浪涛激得发颤："不严惩这些腐败分子，我们的国家，我们的'四化'大业就会毁在他们手中啊！"

"党风都坏在你们这种人手里了！"

晚饭后，孔繁森又在灯下看文件，这已成了他的习惯。白天忙于开会，深入基层，接触群众，晚上抓紧时间读书、读报、批阅或起草文件，有时也写点日记。

这时，有人敲门，孔繁森开门，进来一个陌生人。这汉子操着四川口音，个头不高，西装革履。现代包装并未掩饰住那种粗俗土气。他接着掏出一盒"红塔山"，用手指轻轻一弹，抽出一支，满脸堆笑地递给孔繁森。

孔繁森拒绝道："不，不，我吸惯这个了！"他从桌子上抽出一支"黄果树"。

"听说，地委、行署要修缮房子，孔书记真关心干部职工的生活。"那人眨着精明而不乏狡黠的眼睛。

"是呀，有这种想法。"孔繁森来阿里后，看到干部的住房虽然比六七十年代有了较大的改善，但比起内地仍有天壤之别，有些房子已很破旧。地委和行署研究决定，要翻盖一座二层宿舍楼。

"孔书记，我们建筑队愿效劳，我们保证工期和质量。"来者殷勤地说着，接着从口袋里掏出一个纸包，往桌子上一放，"孔书记，这点小意思，请你收下。"

孔繁森笑了，这才明白来者的意图，他压着一腔怒火，冷静地问："多少？"

"小意思，五千元。"来人连声说，"请孔书记笑纳！"

孔繁森仍不动声色，说："那就谢谢你了。"

那人一听喜上心头，心里道："看来没有不吃腥的猫！"便说："出门在外，都不容易，工程完了，我们再孝敬您……"

孔繁森怒火中烧，神色虽然平静，但声音里却含着愤慨。

"这钱，"他拿起来掂了掂，"是不少，顶我好几个月的工资了。这钱用来买包子，我怕是包子会扎我的嗓子，扎我的胃，扎我的心；买衣眼穿，怕是会脏了我的身子……我看……"

那人急忙说："孔书记，你若嫌少，赶明天……"

"住嘴！"孔繁森再也忍不住，眉头紧蹙，眼里喷出两道火光："你给我出去！党风都坏在你们这种人手里了！"说着，抓起钱包往来者怀里一扔："你马上离开，不然，我派人把你抓起来！"

那人顿感惊骇，脸上的笑容僵住了，支吾着不知说什么好。

"你快给我出去！"

那人岂敢久留，揣起钱包，仓皇而去。

是夜，孔繁森吸着"黄果树"，在屋子里急促地踱着步子，眉头蹙成个疙瘩。现在党内的腐败之风严重败坏了党的形象，脱离了群众，想不到在这神山圣水的雪域高原，也有人干起这卑鄙的勾当。阿里地区条件艰苦，历来传承着老西藏人的那种"特别能吃苦，特别能战斗，特别能忍耐，特别能团结，特别能奉献"的精神，在新时期，这种精神和作风更应得到发扬和光大。但是腐败的细菌无孔不入，我们不能不警惕啊！又联想到党内腐败现象日趋严重，行贿受贿的大案要案层出不穷，更难以遏制心头的一团怒火和满腔愤懑，孔繁森提起笔来，在稿纸上奋力地写道：

关于反腐败斗争

……当前群众最担心这场斗争雷声大，雨点小，怕搞形式走过场，或"千呼万唤始出来，犹抱琵琶半遮面"，甚至虎头蛇尾，不了了之。

所以，我们一定要注意首先做到率先垂范，领导机关、干部是反腐败斗争能否搞好的关键。古人云：其身正，不令则行；其身不正，虽令不行……

中央确定的六条反腐败斗争的原则，落实起来最重要的是严格依法办案。草芽不去，则伤稼禾；盗贼不诛，则伤良民。对违法违纪案件要一查到底。坚持以事实为依据，以法律为准则，该撤职的要撤职，该判刑的要判刑，该重判的决不留情。无论是谁，只有支持协助政法机关惩治犯罪的义务，绝没有替腐败分子包庇说情、开脱罪责的权力。

都快进入21世纪了，人们不抱希望于现实，而钟情于从戏剧舞台和电影电视屏幕上呼唤历史上的包拯、海瑞、况钟、徐九经等"清官"，"秋菊"仍忙着上下打官司，这不能不引人深思。

当然会有人说，"清官"是封建统治者为了欺骗人民而精心制造的"法律的虚构""心造的幻影"，但从这现象中我们是否可以看到老百姓对现代的"清官"的深情呼唤！

在封建社会那种环境里，"清官"们都能两袖清风，拒不受贿；严于律己，廉洁奉职；执法严明，刚正不阿；平反冤狱，惩办贪污；犯颜请谏，为民请命。他们把"忠君"与"爱民"紧密地结合在一起，何况我们共产党人呢？……

这是一个人民公仆发自内心的呼号！这是一个战士在战壕里发出冲锋的呐喊！这是从巍峨雪山冰川涌流出来的圣洁之水！

几天之后，在党校学员毕业典礼上，便回荡起这激昂的声音。

关于反腐败斗争，孔繁森一连讲了三个小时。他说，廉洁奉公、不谋私利是我们共产党人应有的本色。正如一位理论家所言："硝烟和廉洁是对共产党人不同历史阶段考验的不同焦点。有人焦点生辉，光耀事业；有人焦点如墨，灰暗一生；也有人焦点时明时暗，一度产生五彩光环，但最终以暗淡掩盖了曾经闪亮的人生轨迹……"最后，他特别强调：我们共产党员应该廉洁自律，拒腐蚀，永不沾。大家赞美冰山雪莲，一尘不染，傲冰雪而盛开。我们战斗和工作在阿里高原的人民公仆，就应该像冰山雪莲一样高洁、纯真、壮美！

拳拳寸草心

飞机顺利地落在水泥跑道上，马达的轰鸣声像迅雷一样震撼着大地。孔繁森第一个走下舷梯。他难以抑制激动的心情，深深地呼吸着家乡清新、湿润的空气。这是1994年6月下旬，他接到通知，要去北京参加中央召开的第三次西藏工作座谈会。路过山东，他要回到故里，看望一下乡亲父老，看望白发苍苍的老母亲，看望一下同事和领导，看望一下妻子和儿女，还有那片生他养他的黄土地……

他望着熟稔的齐鲁大地的山山水水，眼睛湿润了。久违了，故乡！久违了，我的亲人！

拳拳寸草心，对故乡，对母亲，哪个游子不眷恋呢？

虽是赤日炎炎的盛夏，他心里却如沐春风，买了些礼品，便驱车匆匆赶回故里。

一路上他心潮翻腾，思乡心切，恨不得背生双翅。

那古老的马颊河还是清波荡漾？那白杨林还是郁郁葱葱？他亲手帮助乡亲们规划种植的果园可是青果累累？荡着晨雾的田野，飘着炊烟的房屋，又一片乡镇企业的厂房，还有新建的发电厂、新修的公路……熟悉而又陌生的故乡啊！

车子沿着聊邯公路奔驰，不足半小时便来到运河大堤。

他让车子停在河堤上，从车上跳下来，提着大包小包向村里走去。熟悉他的司机并不觉得奇怪，他当官不像官，每次回乡看望父老乡亲，他总是不让车进村。而且有一次，孔繁森回乡探亲，已身为拉萨市副市长的他却让车开进堂邑镇政府院内，而和随从的一位朋友，每人借一辆自行车骑着，沿着马颊河大堤回村。在场的镇政府的人不理解，孔繁森却微微一笑道："骑着自行车，回家心里更踏实！"

每次回乡，哪怕只住一两天，他也是把提兜往家里一放，便扛起锄头铁锨下地干活儿。割麦、锄草、翻地、运粪，遇到什么活儿就干什么活儿。晚上回来，自己亲手做几个菜，把村党支部和村委会的干部召集到家中，探讨村里脱贫致富的路子，研究奔小康的发展规划……他成了村党支部和村委会的"顾问"。

五里墩是有名的穷村子，五百多口人，几百亩盐碱涝洼地，且不说旧社会涝洼地颗粒不收，就是人民公社化时代，也是荒草满地，春天一片白茫茫，夏天一片水汪汪。孔繁森曾对村干部说，要改变咱村的面貌，就得拿那三百亩涝洼地开刀。他提议办砖瓦厂，建窑烧砖。果然，一两年后，村里的土房变成了砖房，集体收入也增加了。孔繁森又提出养鱼，这一下子，涝洼地变成了鱼塘，群众收入也年年增加。后来，他担任了聊城地区林业局局长，又从外地运来苹果树苗——鲁西平原历史上没有种植苹果树的习惯，群众不懂技术，他为乡亲们从外地请来技术员，还买了一箱烟台苹果，把每一个苹果切成两半，让全村男女老少都尝一尝。用这种方法启迪乡亲们寻找脱贫致富的门路，尽快地改变家乡的面貌。

还是上次他回故乡时，顾不得洗去一路风尘，回到家里，便用一辆小推车把母亲推到挖渠工地上，让老母亲看看热闹的场面。他衣服一扒，拿起铁锨，跳到水渠中，和乡亲们一起干起来。乡亲们说："繁森，你现在都是市长了，还像个庄稼人。"孔繁森道："咱是庄户人出身，忘了劳动就是忘了本！"他在家住了三天，竟然干了两天半活儿！

由于孔繁森热心关照，想点子，出主意，为故乡的面貌改变耗尽心血，这个贫穷的小乡村，不几年便成为全镇比较富裕的典型了。过去村里的六七十个光棍，也都结了婚，成了家……

这次孔繁森的到来，又给全村带来了欢欣的浪花，他把带来的礼品和从西藏买来的土特产一份份分给乡亲们。

晚上，他伏在老母亲身边，为娘尽一份游子的孝心。

"三儿？你还没有学习完吗？"瘫痪在床的老母亲伸出瘦骨嶙峋的手拉着小儿子的胳膊，睁大昏花的眼睛，看着又黑又瘦的儿子，泪水从眼窝里滚淌下来。

他心中也在剧烈地颤抖，一股又咸又涩的液体从脸颊上流淌下来：

"娘？还没学完……"

"北京离这儿好远吗？"

"好远好远呢……"

九旬的老母亲哪里知道，她的小儿子还在西藏，而且去了更远的地方……

过了一阵儿，老母亲又问：

"饭，能吃饱吗？"

"吃饱了。"孔繁森掏出手绢，擦擦泪眼。

"咋比上一趟瘦了？"

"哦，娘，这一阵子学习累呗……"孔繁森声音呜咽了。

旁边的哥哥和嫂嫂也掉泪了。

孔繁森对哥哥嫂嫂说："我常年在外，不能待候咱娘……这些年让你们受苦受累了……做弟弟的心里难受呀！"说着，又泪眼蒙眬了。

"繁森，你别这样想。"哥哥哽咽道，"你在外面好好为公家办事，别分心，别惦记家……"

嫂嫂也用衣襟擦擦泪眼，说："兄弟，你这趟回来，不如上一趟，又黑又瘦，也显老多了……唉，他婶子不在你跟前，你也要在意着自己呀！"

一家人泪眼婆娑地说了半宿话。哥嫂回屋安歇，孔繁森躺在母亲身边，却怎么也睡不着，一会儿用扇子为母亲轻轻地扇着风，一会儿又掖掖蚊帐角。屋里蚊香燃尽了，他又换上一盘。待母亲入睡后，他悄悄地爬起来，向院外走去。

多好的月光啊！

月光下的街道、房屋、院落、晒场、树木，都显得那么洁净，变得朦胧而迷人。树冠上像落了一层雪粉，毛茸茸的，亮幽幽的。夜晚宁静的空气中，有着牛羊粪味儿，有着尚未散尽的炊烟味儿，还有从田野上飘来的黑黢黢庄稼的青香味儿。村头洋槐树花开放了，阵阵馥香袭来，更令人陶醉。孔繁森深深地吮吸着，这故乡独特的气味，让他遐想，让他回忆。人世间有哪个孩儿不眷恋母亲的怀抱呢？有哪个游子不挂念自己的故乡呢？这里埋藏着他童年的辛酸和欢乐，埋藏着童年的梦幻和憧憬。他在草地上放过羊，在河滩上拾过柴，故乡的黄土路上镌刻着他蹒跚学步的脚印，风抹不去，雨洗不掉，那是生命留下的根须啊！

孔繁森在街头徘徊着，他仰头看看月亮，月亮是那样妩媚，明丽，如水的光波沐浴着他，心里漾起一种说不出的快慰。人说，"月是故乡明"，只有远离故乡的游子才有深刻的体味，那不仅是将一缕愁思遥寄明月的感叹啊！他微微闭上双目，任故乡月光柔情地抚慰，任夜风款款地吹拂……

远处传来马颊河的涛声，那涛声节奏舒缓，轻轻地拍打着堤岸，像母亲的手轻轻地拍打着婴儿入睡。

不知过了多长时间，从谁家院子里传来几声咩咩的羊羔的叫声，悦耳、熟悉、亲切。他猛不丁地睁开眼睛，迷蒙的月色里，他仿佛又看到那广袤的草场，那一座座黑色的帐篷，如云如霞般的一群群牛羊……

他心头一阵儿战栗，涌出一股酸酸的、涩涩的味儿……

谁知，这成了他和亲人、和故乡诀别的最后一个夜晚！

离开村子时，哥哥看到这位当上地委书记的弟弟，依然是那身半新不旧的西服，连个乡干部的衣着都不如，便问他：

"你缺钱用吧？"

孔繁森沉默不语。

当农民的哥哥心里明白，这位"乐善好施"的弟弟，总是把钱用到比自己更困难的百姓身上，便拿出前几年在窑场打坯烧砖挣下的钱和卖棉花积攒的两千元交给弟弟。

"你为公家忙事，花费大，把钱带上，去北京开会，也该做件像样的衣服！"

"哥哥，"孔繁森流着泪，声音有些颤抖，"你这么大年纪，上要照顾老人，下要照管孩子，挣点钱不容易，当弟弟的，这些年没有帮过你的忙，这钱，我咋好意思收呢？"

"不，你不要瞒我。俗话说，穷家富路，出门在外花销大，你一定要收下……再说，这几年家里日子比过去强多了！"哥哥的眼圈也红了，硬把两千元钱塞进弟弟的口袋。

一个地委书记按说已是国家的高级干部了，竟然还要当农民的哥哥来接济自己，这也是一大新闻吧！孔繁华，这个普普通通的农民，虽然没有文化，却有一颗纯朴善良的心；虽然没有华美的言辞，却有一腔燃烧的感情。他默默地支持着弟弟，默默地向西藏同胞献出一片挚爱。多好的哥哥啊！

孔繁森含着泪，接下了哥哥的资助。

女儿的婚礼

"爸爸，你答应'五一'前回来，主持我们的婚礼，你'五一'没回来。我们的婚礼改为'七一'了，你一定要回来参加啊！"大女儿静静早已定婚了，只等待爸爸回来操办她的婚事。但是孔繁森哪有时间回来啊！这次去北京开会，正是个机会，女儿又一次提出要求。这要求并不过分，为女儿操办喜事是做父亲的义不容辞的责任。

"静静，我6月28日就得去北京报到……等我在北京开完会，还要在北京办点事，你的婚期能否改到国庆节？那时，我一定回家参加你的婚礼。"

女儿非常高兴，爸爸总算许诺了。

许诺就是一种债务！

每个人的感情世界都是丰富而复杂的。在孔繁森博大的感情世界里，既有崇山峻岭的巍峨，也有绿茵芳草的缠绵；既有江河湖海的激浪飞溅，也有山泉小溪的潺缓舒朗；既有戈壁荒原的粗犷雄浑，也有江南园林的幽美隽永；既有太阳的炽热，也有月亮的温柔……他爱母亲，爱妻子，爱每一个孩子，他多么愿意留在家里尽一点"为人之父"的责任啊！且不说，大女儿的终身大事，即使小女儿玲玲的几个女同学来信，寄来贺年卡并称他为"干爸爸"时，他也竟然一遍遍地读着信，一次次热泪涌流。在高原的风雪之夜，他提笔给玲玲和未见面的"干女儿"们写了信。

孔繁森深知自己欠妻子、欠儿女的太多了，这造成他感情世界极不平衡，他想消除这种不平衡。可是常常事与愿违，这给他带来更多的内疚和不安。

在北京。

孔繁森利用会议闲暇时间，跑遍东单商场，利用哥哥资助的钱，买了两大包衣物，但都是给曲印、贡桑的。有棉裤棉袄，有秋衣秋裤、袜子、鞋子、短裤、背心，还有学习用品、儿童玩具……应有尽有，足足花了五六百元。可是该轮到给女儿买点结婚礼品了，他踌躇了，孩子一辈子的大事，总该有点表示嘛！他转了半天，下了下狠心，花十元钱买了一条低价处理的裙子！一个是慷慨的爸爸，一个是吝啬的爸爸，对亲生骨肉如此苛刻，而对藏族孤儿却如此大方！这不公平。

他从北京归来，把那条十元钱的裙子交给女儿。女儿并没有生爸爸的气，她知道爸爸的难处，她更理解爸爸，只要爸爸能留下来为自己操办婚礼，便是她最大的幸福了。

对于第二次援藏已有七个年头的孔繁森，按照规定，他每一年半可享受半年的休假。而他七年只休了三个月的时间，而且在这三个月间，又东奔西跑，到几个城市去看望在内地读书的西藏学生，在家里只住了一个月。按说过了国庆节再返回阿里也无可非议，可以在节日期间尽一下做父亲的职责，操办一下女儿的婚礼，享受几天天伦之乐！

谁知爸爸的许诺又落空了！

孔繁森由北京回到聊城，在家里只住了几天，便心焦意乱，坐卧不安。他牵挂着阿里啊，牵挂着那里的工作啊！更让他牵肠挂肚的是那些为阿里申请的救灾资金和援建项目——这些资金和项目虽然没有最后落实、实施，但都列入了明年的计划。他要尽快赶回西藏，赶回阿里，传达贯彻西藏工作座谈会精神，筹备各个项目的建设计划，他怎能在故乡住下去？

他把回西藏的想法告诉妻子，妻子大为震惊，苦苦相劝，让他晚走些天，操办女儿的婚事。他左右为难，只好把好朋友陈孝忠和梁其峰找来，交代一番：

"静静的婚礼，你们能帮我操办；阿里的事，我不回去，谁能替我操办？自治区党委还要召开重要会议，我能不参加吗？实在不能在家多待了，孩子的事就拜托你们了。"

可是，怎么做通静静的工作呢？

"静静，你过来一下。"孔繁森把女儿叫到身边，问道，"结婚的用品都准备好啦？"

"有啥好准备的？"静静忽闪着长睫毛，"哦，这些，爸爸，你甭操心。"

孔繁森心里七上八下，舌头发涩，不知该怎样对女儿说起。女儿抬起眼睛看看爸爸，孔繁森看看女儿，又埋下头哧哧地吸烟，好一阵儿不说话。

这些年，他无论在故乡山东还是在西藏，总是忙忙碌碌、风风火火地工作，开会、学习、下乡、出差，无暇照顾家庭，无暇照管孩子，哪怕坐下来和女儿聊聊天，谈谈心，送上一份父爱，都没有时间；不想，女儿独自悄悄地长大了，而且过早地成熟和老练了，那张白皙、红润的脸上早已消逝了童稚和天真。童年时代，她和妈妈在农村，怀里抱着妹妹，手里牵着弟弟，帮妈妈干活儿，照管家庭，风里、雨里、泥里、水里，坎坎坷坷，过早地挑起了家庭生活的重担。孩子的童年太匆促了，而且父女常年相隔万里，更显得童年短暂。现在女儿要结婚了，可从未张口向爸爸要过钱，要过东西，她不像现在许多年轻人那样，结婚时让父母准备八大件、十大件，什么冰箱、彩电、洗衣机、席梦思；什么高级音响、录像机、组合柜，甚至连项链、戒指、耳环这些女孩子结婚最基本的东西，当爸爸的都未给女儿准备一件。有时想给女儿一点钱，女儿总是推辞，靠自己微薄的一点工资，悄悄地准备了几件衣裳，准备了简单的生活用品，这更使他感到内疚和不安。女儿只想在自己出嫁时有父亲为她送行，只想在婚礼仪式上，有生她养她的父亲坐在旁边，这难道是过分的要求吗？可是，这一点当爸爸的都不能满足孩子……

"静静，你的婚礼，我不能参加，我要回西藏，回阿里……"

"啊？"静静早也等，晚也等，没想到这一点儿可怜的愿望又破灭了。

静静好像没有听清，瞪大眼睛，迷惑地望着爸爸，好一阵儿才明白似的，接着"哇"的一声大哭起来。

"女儿一生就这一件大事，你都不在女儿身边……你心里还有没有你这个女儿呀？"

孔繁森含着泪解释和道歉：

"是呀，是呀，我应该留下为你操办婚事，只是爸爸太忙了，我实在顾不得了。好孩子，你原谅我吧……你的事我已委托你陈伯伯和梁叔叔了，这还不行吗？……哦，你们结婚那一天，爸爸在阿里一定打电话，祝福你们……"

无论怎样解释，女儿仍然泪雨霏霏，抽泣不止。是的，每个孩子都是父母心中的一轮太阳。父亲工作在世界屋脊，女儿生活在平原，这落差太大了，这么多年，短暂的相聚，长久的分离，这心理的距离岂不更大？

8月26日，孔繁森便告别故乡和亲人，匆匆踏上了飞机的舷梯，飞回了拉萨。在拉萨开完会，又匆匆赶回阿里。这时已近国庆佳节了，孔繁森给静静写了一封信。信中先是再次向女儿表示歉意，又是祝贺女儿新婚幸福，家庭美满，最后对女儿的婚礼约法三章：一不许收礼；二不许动用公家的汽车；三不许在招待所举办宴席（孔繁森曾担任过行署办公室副主任，分管招待所工作）。

父与子

1994 年 10 月下旬。

一辆客车满载着旅客从新疆的乌鲁木齐出发，向阿里地区狮泉河奔驰。车上有一位二十多岁的小伙子坐在窗前，初来这西部高原，眼前一切景物都是那么陌生，满目荒凉、空旷、雄莽的戈壁滩，在寒风中摇曳着的稀疏的骆驼刺，一座座沙丘被高原的风吹成叠叠皱褶，远处积雪的山峰犹如寒光闪闪的利剑直插云霄，无头无尾的"公路"无穷无尽地蜿蜒着，景色单调而苍凉。

冷风从窗隙里吹进来，冻得人直哆嗦。他裹紧皮夹克，脚已冻得麻木，他不时活动一下身体，跺跺双脚，但小伙子仍然怀着年轻人那种好奇和一股豪气。他心里念叨着，快要见到久别的父亲了。爸爸身体好吗？爸爸突然看到儿子万里迢迢来看他，该是怎样激动和兴奋啊！……临来时妈妈给爸爸织的毛衣，给爸爸买的营养品，还有家乡的红枣和花生，还有陈伯伯和梁叔叔捎给爸爸的礼品……

汽车颠簸着，虽然高寒缺氧，头晕、胸闷，可是心情仍然处在美丽幸福的幻境中。

远处依然是西部情调的苍凉和悲壮，没有绿树，没有人烟，用石子铺成的简易公路坑坑洼洼，汽车跳着"迪斯科"。这匹"老马"，开始还有点兴头，谁知走了没有几个时辰，便气喘吁吁，速度放慢了。

小伙子心急了：

"叔叔，到狮泉河还有多远？"

"狮泉河？"旁边的旅客用惊奇的目光扫了一眼这个内地来的青年人，答道，"在天边。"

另一个中年旅客耸耸肩，幽默地说："怕你在路上要当几天'团长'了。"

初来大西北高原，一切都陌生，当"团长"是何意，他怎么能有体会？

果然，夜晚到来了。

汽车停在路上过夜。

这一夜，小伙子真的当上"团长"了。夜里怎能睡得着？狂风在车窗外呼啸，寒气从车窗缝隙里渗进来。寒星满天，远山黑黝黝的轮廓像巨兽，像恶魔。空旷的漠野，只有风沙的狂啸。

小伙子不敢凝视这荒原古夜，埋下头，微闭着眼睛，脑海里却翻腾着，他思念爸爸。他已经二十三岁了，和爸爸相处却不过三年，爸爸工作太忙太累了，很少管过家，更没有时间照顾他和姐妹们，却给他留下一幅幅威严而慈祥的画面。

那是他上小学三年级时，爸爸在莘县任县委副书记，妈妈身体不好，很难照管他们兄妹三个，便把他接到莘县读小学。有一次，县委财务室的叔叔给了他两个笔记本。爸爸下乡了，他的笔记本正好用完了，他就拿回家来。爸爸下乡回来，发现这两个笔记本，严厉地问道："你哪儿弄来的？""会计叔叔送给我的。""不行，你给我送回去，公家的东西咱一分不能占。你没有笔记本，我给买，以后不允许向会计要笔记本、铅笔什么的！"爸爸大发一阵儿脾气，口气又变得温和起来，翻了翻笔记本，见已写了好几页，无法退还，第二天便带着自己去会计那里付了两角钱，并嘱咐会计以后不允许这样做。

也是那年冬天，爸爸把奶奶接到莘县过冬，一向威严的爸爸对奶奶是那样温顺体贴，一回到家里不是为奶奶洗脚、擦背、梳头、剪指甲，就是给奶奶洗衣服，连倒便盆也不让孩子们去干。有一次，妈妈要为奶奶洗衣服，爸爸不允许："我常年在外，忙于公务，没有时间照顾母亲，你就让我尽点孝心吧！"说得妈妈眼圈都红了。那时家里日子紧巴，别人家都有电视机，可是爸爸买不起。冬天的夜晚长，爸爸怕奶奶寂寞，常常背着奶奶去看电影。后来爸爸调到西藏，担任拉萨市副市长，回家探亲，还背着奶奶去看花灯，用地排车拉着奶奶逛公园。谁见了都感到惊讶：堂堂一位市长，用地排车拉着自己的母亲走在大街上……太有点那个了。爸爸就是这样，从来没用公车办过私事。

那年爸爸调回聊城，担任地区林业局局长，当时分管"项目办"。项目办"有钱"，他却从未动过一分钱办私事，反而时常从家里拿出土特产办公事。也是这年年底，老家来人找他办点事，需用一下公车，爸爸开始不答应，后来考虑不用车很难办，车跑了三十公里，爸爸却交了四十元钱。家里想搭个葡萄架，林业局有废弃的钢管，家里用了几根，爸爸却交了一百元钱。不占公家的小便宜，不拿群众一针一线，爸爸对自己、对家庭、对亲属都是那样严格要求！

有一年，爸爸从西藏回来，聊城师范学院师生请他做报告，介绍一下西藏的风土人情、自然风光。爸爸一讲就是四个小时，话语里充满着对藏族人民深挚的感情，也洋溢着对雪域高原的无比热爱。讲那雅鲁藏布江碧蓝的流水，林芝风光秀丽的原始森林，白云般的羊群，彩霞般的牛群，绿茵茵的草滩，巍峨入云的雪峰，纯朴憨厚的藏族同胞，宗天秘地的古老传说……爸爸有声有色地讲述着，师生们入神地倾听着，直到吃午饭时，爸爸才结束了他的演讲。学院给他一百元讲课费，并请他吃午饭。爸爸把钱往桌子上一放，拒不接受，说道："我回来给大家汇报一下西藏的情况是应该的，报酬绝对不能要。我只盼能有更多的人献身西藏，使西藏人民富裕起来！"

……

汽车一连奔驰了七天七夜，才来到狮泉河。

当孔杰找到地委办公室时，办公室的同志告诉他："你爸爸下乡还没回来，你先回爸爸的宿舍休息休息吧！"

孔杰顿时心里涌起一股酸楚，眼泪差一点掉出来。

直到黄昏，爸爸才风尘仆仆地赶回来。

"小杰，你来了！"孔繁森又惊又喜。

"爸爸……"儿子一下扑到爸爸怀里，眼泪像开了闸的河水。

儿子看到爸爸那黑瘦的脸膛，花白稀疏乱蓬蓬的头发，干裂发紫的嘴唇，心里像针扎一样难受："爸爸，你又瘦多了……"

孔繁森也泪眼婆娑，他强忍着泪水："我还行，身体还撑得住！你奶奶好吗？"

"奶奶想你，常常半夜醒来喊你的名儿……有时还哭……"

"妈妈呢？"

"妈妈身体还是那样，很虚弱……班也上不了。"

"你姐姐呢？"

"姐姐……姐姐一直恨你，她一辈子就那一桩大事，你都不能操持啊……爸爸，你今年春节回家一趟吧，全家老少都盼着你回去过年呢，你已经有七八个春节没在家过了！"

孔繁森沉默一阵儿，点着一支烟，强忍着感情浪涛的冲击。他不想在儿子面前落泪，好一阵儿才说："我欠的债太多了，奶奶的，你妈妈的，还有你们兄妹的，爸爸这辈子是还不清了……"他神色黯然，泪珠在眼眶里打转。

好一阵儿，孔繁森又说："孩子，你长大了，帮我挑起家庭这份担子吧，别惹你妈生气……"说到这里，他再也忍不住，眼泪终于涌流出来，他匆忙转过身，向厕所走去："哦，我方便一下。"

他哪是去方便，他其实是躲在厕所里在暗暗地流泪。人都有七情六欲，共产党员的感情是丰富的，何况人称"大孝子"的孔繁森呢？他流了一阵儿泪，才从厕所出来，又在脸盆里洗了把脸，他不想让儿子看到自己的悲伤。

"小杰，爸爸很忙，这里遭了灾，很多事要处理，我明天还要下乡，爸爸没空儿在家里陪你说话，你看……"

不等儿子说话！孔繁森又强作笑颜："你来一趟也不容易，跟我下去转转吧，都说阿里条件差，环境艰苦，其实这里也很美，雪山、大河、冰川、圣湖，美得很呢……"

早晨，天蒙蒙亮，司机已在烤车、加水、加油。孔繁森将方便面、榨菜、面条和儿子给他带来的油条、烧饼等食品装进纸箱，塞进车里。他特意给儿子准备了一副墨镜。这位特殊的客人，便和担任地委书记的爸爸，迎着高原初透的曙光，向普兰县进发了。

路，依然崎岖不平。司机凭着感觉和记忆，小心谨慎地驾驶着。

空中不见一只飞鸟，枯黄的草滩上时而出现一群瘦弱的羊和几头牦牛。雄浑的冈底斯山天神般耸立在蓝色的天幕上。阳光，在都市里那样受人们热爱，而在这里却让人厌恶。强烈而浓郁的光波，无遮无拦地倾泻，那光也似乎变成黏稠状的胶质物，伸手可撕下一大把。阳光照在冰山雪野上，强烈的反光似乎能穿透钢板，没有墨镜，眼睛会被刺伤。

颠簸，不停的颠簸，几乎把人的五脏六腑都能抖露出来。

一路上，孔繁森指指点点给儿子介绍，那是冈底斯山，那是冈仁波齐峰，并讲述着一个个美丽的神话传说和宗教故事……

从噶尔县到札达县，又到普兰县，每到一处。凡是县委招待吃饭时，孔繁森总是单独买一份饭让孩子另外吃，不允许他与自治区和地委考察组的同志一起吃饭。有时，给孩子几包方便面，让他泡一泡。离开狮泉河，孔繁森买了很多油条、饼干、水果，路上只让孩子吃油条，水果和饼干全送给沿途住帐篷的藏族老人。一路上竟然没让孩子吃一个苹果。

在普兰县住了两天，离开时，孔繁森问儿子："你身上还有钱吗？"

"有。"孩子急忙翻遍口袋，把所有的钱全掏出来，刚好凑够一百元，交给父亲。但他不知道爸爸为啥向他要钱。

"你的食宿费，我得交上，公家的光咱一分也不能沾！"说着，孔繁森便找到县财政部门的同志。

"这是我孩子的食宿费，就剩一百元了，不够，我下次来补上！"

财政部门的同志婉言谢绝。

孔繁森一脸严肃地说道："这是纪律，你必须收下！"

县财政部门的同志接过钱，感慨道："这样的书记，天下难找啊！"

第十五章　彩虹逝去，留下一个黑色的镜头

——他说：青山处处埋忠骨，生命的价值在于奉献。他看见一道彩虹。彩虹来自天地，来自日月，它的消失，也是它永恒的存在。

最后一次视察：浪漫而庄严

山风飒飒，吹动着他的风衣，衣角被风鼓荡着，像大鹏抖动的翅翼。他摘下礼帽，过早花白而变得稀疏的头发被风吹起，有一绺贴在额角，他用手向后捋一捋，举起照相机，拍摄着边境的旖旎风光。他的镜头里出现一帧帧动人的画面：葱葱郁郁的白松林，一丛丛盛开的野刺玫摇曳在山岸，艳丽的花朵盛满秋天的浪漫，一片片成熟的青稞像稻浪般波波荡荡，几只鸟儿啾啾鸣叫着从田野上飞过……

他的眉梢和眼角都漾动着笑意。

他停止拍照，回头对身边的一位五十多岁的慈眉善目的老者说：

"陈部长，这个久巴历史上也是一个商道，改革开放前一直封闭着，这几年边民们又开启通商大门了。"

陈部长名叫陈汉昌，是时任自治区党委常委、宣传部部长。西藏自

治区党委四届六次全委（扩大）会议结束后不久，他便带领一个工作组来到阿里。地委书记孔繁森陪着陈汉昌一行来到札达县，察看边境贸易和旅游开发情况。

儒雅而稳健的陈汉昌摘下帽子当扇子扇着，兴致颇高：

"繁森，既要重视大的通商口岸的建设，也不要忽视古老通商口道的恢复和发展。"

"我们已经写出了报告，要把什布奇建成国家一级通商口岸，加大投资，加强商贸市场、饭店、宾馆、文化娱乐场所的基础建设，来个文化、旅游、商贸齐头并进。"孔繁森抑制不住心情的激动，黝黑的脸膛闪烁着光彩，他在空中画了一个圈："历史上，这里是很繁华的地方，且不说象雄、古格两个王朝都建都在札达，这久巴的文化积淀也十分丰厚。"接着便滔滔不绝地讲起久巴的历史来。

久巴紧靠中印边境，是札达县的一个乡，这里海拔只有两千九百米，是喜马拉雅山的南麓，历史上这里手工业十分发达，从出土的文物中可以看到，山坡上有许多坍塌的窑炉遗址，到处都可发现花纹精致优美的残破的陶瓷罐片，还有金属冶炼的遗址。这里出土的金、银、铜合金的碗、盘、佛像，说明历史上的冶炼技术已相当发达。

这里地势较低，空气湿润，森林茂密，植被丰富，属于热带气候，发源于冈底斯山的象泉河经札达县流入印度。象泉河流域是阿里农业、水利最发达的地区，是主要产粮区。

孔繁森把话题又扯回来，兴致勃勃地继续说道："抓好旅游业的开发和普兰、什布奇两个大型通商口岸的建设，对于促进阿里经济振兴有着十分重要的战略意义。另外，我们非常重视矿产业的开发，从出土的金银文物可以证明，这些用于冶炼的原料和燃料都源于当地，说明这一带山区蕴藏着丰富的金、银、铜等矿产……我们在制定'九五'

规划中就特别强调了这一条：以外贸、旅游、矿业开发为先导，这对加快阿里经济迈上新台阶是至关重要的一步。"

陈汉昌十分高兴，连连点头："走出自然经济封闭的状态，这是阿里经济发展首先要做的。"

孔繁森笑了笑，语气里仍然洋溢着兴奋和豪情："阿里，有阿里的优势呀，这是其他地区不具备的，一千一百六十公里的边境线是一条镶金镀银的飘带！"

"是呀！"陈汉昌笑道，"这五十七条通商口道就是阿里的五十七条阿喜哈达（藏语指最珍贵的哈达）！"

从久巴口道到什布奇还有七八公里山路，这里不通汽车。孔繁森从乡里借来几匹马，让陈汉昌和工作组的同志骑着马，而自己折根树枝当拐棍，一步一喘，爬过陡峭的山峦，来到什布奇。这里风光依然很秀丽，白松依依，山花烂漫，雀鸟啁啾，流水潺潺。他不时停下拍上几帧风光照片，不时弯下腰来伏在溪水边，捧一掬流水畅饮。

"孔书记，你的身体不好，不要喝生水！"

"这是天然矿泉水，将来咱们要开发，建一座冈底斯山矿泉水厂。那时，咱们的'冈底斯山神水'会打入国际市场！"他呵呵地笑道。在场的人也都笑了。

什布奇是另一条古老的通商口道，也是由于种种原因，改革开放前一度封闭，现在古老的大门已经打开，商贸之风已吹进来。这里比久巴口道要大得多。阿里地区已给中央写出报告，争取使什布奇口岸建成国家一类口岸。

历史已经把阿里推向西藏的前沿。国务院已批准普兰为国家一级通商口岸，什布奇口岸若列入国家级开放口岸，孔繁森能不激动、喜悦？

一路观察，一路思考，一路滔滔不绝地向工作组描绘这里未来的蓝图。

在普兰，他和陈汉昌部长又视察了国际市场和各宾馆、饭店、旅游文化设施，看到一座座新耸起的脚手架，他兴奋异常；看到未曾改造的破旧设施，他眉头微蹙，虽然比去年他第一次来普兰时有了不小的变化，但由于资金等方面的困扰，发展速度仍不能令人满意。

他站在东风大桥上，鸟瞰"国际市场"，和自治区工作组及县委、县政府领导同志交谈如何规划和改造这个市场。他说，我们要从长远看问题，要用大手笔做文章。他说，中央第三次西藏工作座谈会和自治区全委（扩大）会议，给我们带来一股强劲的东风，我们要抓住机遇。他说，拓大贸易，关键在于组织好货源，抓好运输，最大限度地发挥口岸的吞吐能力。

他对普兰县委、县政府的同志说，每次来普兰都有新的印象，但我们的步子还不够快，胆子还不够大，思想解放程度还不够。既然国家已批准普兰为一类口岸，我们就要把普兰建成多功能的现代化小城，搞好城市建设总体规划。

他站在崖坡上哭了

从11月1日离开狮泉河。孔繁森陪同陈汉昌等工作组的同志一连奔波了整整十天。一路上他们不仅考察了边贸和旅游，还到牧村察看，现场办公，解决了许多县、区、乡的实际问题。从机关干部办公、住房到牧区的草场建设，从商贸旅游业的建设到农区的水利灌溉，从公路交通的建设到乡镇小水电站的改造和扩建，从抗灾救灾到边境的稳定……

每到一处，只要是有驻军的边防哨卡，孔繁森绝不漏过，总要亲自去哨卡慰问高原卫士。儿子孔杰随他一路颠簸，除了在行车途中拉几句家常，一到驻地，他几乎忘记了这位来自万里之外的亲人。更使儿子产生小小怨气的一点是，他从家里给爸爸带的营养品、食品，爸爸不仅舍不得自己吃，也舍不得让他吃。一路上不是送给边防哨所的官兵，便是送给牧民们，害得他啃了好几天方便面。

归来的路上，每遇到一座座帐篷，孔繁森就让车停下，背起药箱走进帐篷。藏胞们一听见车声就出来了：

"康木机（医生）书记来了！"

"菩萨书记来了！"

"孔书记又来看望我们了！"

几个帐篷里的男男女女、老老少少都围了上来，像见到亲人一样，把孔繁森团团围住。孔繁森嘘寒问暖，他们向孔繁森问长问短。每走进一座帐篷，老姆拉便端上一碗酥油茶，老波拉便敬上一杯青稞酒。孔繁森饮口酒，喝碗茶，便给藏胞们诊病号脉，给这个一包消炎药，给那个一包止咳药。

"波拉，姆拉，过些时候我还会来看望你们，粮食够吃吗？"

"够，够，乡里给送来了青稞，还有酥油，孔书记惦记着我们呢！"

一个汉子说："孔书记，我们这里不会光闹灾的，年景好了，一定请你来吃顿像样的饭！"

老姆拉说："吃了您上次给的药，好多了，也能走路了，您真是活佛呀！"

孔繁森摆摆手，说道："共产党才是咱藏族人民的恩人呢！"接着又说："乡亲们！咱们要过上好日子还要靠发展，党中央、国务院也知道咱阿里遭了灾，国家拨来救济款，还要搞很多建设项目，让咱们尽快富起来。大家老过苦日子，我这个地委书记心里也难受呀！"

一路看到大灾之后牧业生产有了恢复和发展，孔繁森心头充满喜悦。自治区领导亲临阿里，考察项目投资问题，他怎能不由衷地感到高兴？

风尘仆仆，四辆车已驶入噶尔县。

路旁山坡上出现一座土屋，孔繁森让车停下。

原来，这山坡土屋里住着两位孤寡老人。那是一年前在一个会议上，干部们向他汇报：这个区人均收入达到一千元。孔繁森听罢，甚为高兴，但转念一想，不能光听汇报，要亲自去察看。他专程来到这个区，走进这家土屋，屋里住着一位八十多岁的孤寡老人，村里人告诉老人，地委书记来看她了，老人抱着孔繁森的胳膊呜呜地哭起来。孔繁森意识到什么，就随手拿起身旁的酥油桶一摇，空的，再一问老人，已经八天没喝酥油茶了。他走进另一间土屋，这里也住着一位孤寡老人，名叫丹增卓玛。老人身患偏瘫，脸色苍白，侧卧在没有卡垫的破床上。老人见有人来，硬是爬起来，用头磕在床沿上，哭着说："求求你们了，我病了好几天，没人来看我……"孔繁森鼻子顿时感到发酸，急忙扶住声泪俱下的老人，心里像刀剜一样难受。我家里也有九十多岁的老母亲，正需要人来照顾。党把我派到西藏、派到阿里，就是来照顾这些百姓的，为千千万万像母亲那样的人服务，去当她们的儿子，可是这里的老百姓却这样贫苦……而且差一点被虚假的汇报所迷惑，他痛苦地自责道："波拉，我来晚了，让您老人家受苦了……"说着眼泪哗哗地流淌下来。他看到两位老人衣服破烂不堪，当场脱下自己的衣服送给两位老人，又把身上所有的钱掏出来留给了老人。

接着他把乡长找来：

"你是乡长吧？"

"是。"

"你是共产党员吗？"

"是。"

"这两位孤寡老人是你们乡的吗？"

"是。"

"他们如此困难，你当乡长的知道吗？"

乡长低头不语。

孔繁森一边说，一边掂掂瘪了的面袋，抖了抖又黑又脏的破棉被，他指着两位老人单薄而破烂的衣服，脸色严肃，口气变得愠怒了：

"人都有父母。我们常说，要当人民的公仆，人民的公仆就是要把人民当成自己的父母一样敬重、关怀。这不能只讲在嘴巴上，写在宣传文件里，要靠我们每一个共产党员、每一个干部一点一滴去兑现，去落实！"

孔繁森本想继续严厉批评一顿，但见这位乡长连连点头，表示悔过、内疚，便说道：

"我限你们三天内办好三件事：一、速派医生给老人看病；二、尽快做两副卡垫给老人铺上；三、给两位老人送些酥油和茶叶来。你记住，以后每个月你们乡干部都要抽时间看望一两次老人，按时送些吃的、穿的、用的。"

乡长说："记住了。"

孔繁森口气变得缓和，说道："我们共产党从来不反对群众信仰宗教。身为共产党人也应该想一想，群众信仰宗教是为了什么？是为了祈祷幸福、祈祷安乐，我们共产党人为什么不能尽最大努力满足群众这一愿望，给人民带来幸福呢？"

乡长痛心检讨道："孔书记，我们没尽到责任……"

"好吧，希望你们要像孝敬自己的父母一样孝敬这些孤寡老人。"

孔繁森走后的当天晚上，乡里便派人给两位老人送来两床新棉被，不久又组织人为老人修缮了房子。孔繁森第二天便派人给丹增卓玛老人送来治偏瘫病的特效药，他仍不放心，每次下乡出差只要路过这里，总要停车去看望这两位老人。有时工作忙，或隔的时间长了，他便买好面粉、食品、水果，或亲自送，或让工作人员去送。他对工作人员说："我不能在家侍奉母亲，但可以把这份孝心献给西藏的老人吧！"

这次离开狮泉河时，孔繁森早就为老人准备好了礼品，其中有儿子带来的饼干、水果、奶粉，还有他自己的两件衣服，打成包，放在车里。

孔繁森轻轻地推开门。

"姆拉，我看望您老人家来了。"

屋里黑乎乎的，孔繁森喊了一声，只见一位七十多岁的老姆拉颤颤巍巍地从卡垫上站了起来。

老人早就熟悉这位大本布拉了。往日一听见外面汽车声，便知道是孔书记来了，可是这次停的地方离土屋远，她未听见。看到孔繁森到来，老人伸出颤抖的双手拉住孔繁森，眼里泪花闪闪，呜呜啦啦地诉说着，像见了久别的儿子一样亲。

当孔繁森问起那位八十多岁的老人呢？老姆拉连连摇头，这时围上来的村人告诉他，不久前，那位老人去世了。

孔繁森眼圈顿时潮润了，泪水在眼眶里打转。他把水果、饼干、奶粉和衣物交给老人："姆拉，过些时候，我再来看您，您老人家多保重啊！"

老姆拉双手合十，唠唠叨叨地说些什么，因为翻译不在场，孔繁森听不懂。

走出小屋，孔繁森迟迟不上车，默默站在崖坡，望着小屋，足足有十分钟，只见他大颗大颗的泪珠滴落下来，一遍一遍责备自己：

"我没照顾好老人家，我没照顾好老人家呀！"

在场的人眼睛也湿润了，低下了头。

陈汉昌的题字和一封未写完的信

自治区原党委常委、宣传部部长陈汉昌是一位书法家，还兼任西藏自治区书法家协会主席。他的毛笔字写得十分潇洒、雄健。

他来阿里视察工作期间，好多书法爱好者和地县领导人都请他题写条幅。

回到狮泉河，地委和行署的一些同志又围了上来。

陈汉昌大笔如椽，笔酣墨饱，潇潇洒洒地写了一幅又一幅，一一满足大家的要求。

站在旁边的地区艺术馆画家韩兴刚忽然想起什么，说道："陈部长，你该给孔书记写幅字呀！"

"对！对！"老部长抬起头来，询问大家，"写什么好？大家帮我想一想！"

站在身边的张处长说："为孔书记写一幅，得好好琢磨一下。"

大家七言八语，各抒己见。

有的说，写"心系西藏，情钟边陲"。

有的说，写"两袖清风，一尘不染"。

有的说，写"视民如伤，爱民如子"。

还有的说，应该写"鞠躬尽瘁，死而后已"。

陈汉昌眉头微蹙，思忖片刻，便濡饱浓墨，展开宣纸，笔走龙蛇，转眼出现八个苍劲雄浑的大字：人民公仆　鞠躬尽瘁。

孔繁森看到老部长的题字，甚为高兴，连声说道："陈部长，您对我评价太高了，我一定做好工作，不辜负区党委的期望。好，我就把这八个大字作为我的座右铭吧！"

谁知十多天后，一语成谶。

回到狮泉河乡，孔繁森一连几天都陷入高度紧张和忙碌的状态中，根本无暇照管前来看望他的儿子小杰。随着时间的推移，一些构想逐渐清晰，思路逐渐明确，一条切合阿里实际的经济发展战略逐步形成。要抓住中央第三次西藏工作座谈会提供的历史机遇，充分利用全国支援西藏的有利条件，北联新疆，南拓边贸，发挥畜牧业、矿产业、旅游资源、特殊政策等六大优势，因地制宜分类指导，推进三个不同类型又互为补充的区域经济开发，带动全地区到本世纪末走出贫困。

他决定十四日和陈汉昌部长、行署专员达娃次仁等地委、行署负责同志组成考察团，前往乌鲁木齐，这是振兴阿里经济发展战略迈出的关键一步。他要与新疆有关部门协商阿里物资进出口问题，他要研究阿里与新疆经济协作问题，他要落实阿里与新疆共同开发边境口岸问题……还有冬季已经到来，阿里居民过冬用的煤炭、油料、粮食、蔬菜等的运输问题。不然，一旦大雪封山，将会带来很大的困难。

一连三天的紧张准备工作结束后，直到出发的前一夜，即11月13日夜晚，孔繁森才稍稍安静下来。

夜已深沉。一轮明月悬挂在高原黛蓝色的天幕上，那么高远、明丽，月光透过玻璃窗洒了进来，和昏黄的烛光融在一起。窗外是酣睡的小城，一片沉寂。透过窗子可以看见远处的雪山冰峰静静地伫立在月光下，他在思考什么呢？

孔繁森思绪翻腾，心里激荡着一股热流、一种激情、一种信念。明天就要去乌鲁木齐了，想着，一早给拉萨打个电话，问问曲印和贡桑的情况……

孔繁森睡不着，翻身起床，点燃蜡烛，坐在写字台前。他点燃一支烟，想翻阅一下多天来的报纸。忽然从一叠报纸里抖落出一封信。啊！是小女儿玲玲从重庆寄来的信。望着那稚弱秀气的字迹，眼前顿时现出女儿那娇甜的笑靥，那双聪颖美丽的眼睛……他急忙撕开信封，展开信笺。信是三个月前发来的，竟然忙得没有拆阅……歉疚感袭上心头，他拿起笔来，匆匆写下几行：

玲玲：

　　爸爸因为工作忙，一直没有给你去信，你不会怪爸爸吧……看了你的来信，知道你到学校后，很多事情都是自己试着做的，不再靠爸爸和妈妈了，这说明你成熟了。一个人在很多事情上都要靠自己去思索去做，你说对吗？……

信写到这里，孔繁森停下笔，一拉抽屉，又看到一份文件，这是一份关于工作的报告。于是，他便丢开未写完的信，阅读起文件，并在文件上做着批示……

11月14日，凌晨5点钟，孔繁森已经醒来，他拿起电话要通了拉萨。此刻两个孩子和照管他们的小崔（原拉萨市政府警卫战士、拉萨市某派出所民警），还在睡梦中呢！

小崔接了电话，又叫醒两个孩子："曲印、贡桑吗？"

"是，爷爷，你好……"

"我去乌鲁木齐，很远，过些时，我去拉萨看望你们……"

"爷爷，我想你呀！"

"爷爷，你快回来呀！"两个孩子在电话里大声呼喊。

孔繁森说："你们要好好学习，在学校里要听老师的话，在家里要听小崔叔叔的话……不要喝生水，天冷了，衣服要穿厚一点，早晨要洗脸刷牙，星期天让小崔叔叔带你们去洗澡……"

"记住啦！爷爷，你啥时回来呀？"

"我回拉萨前给你们打电话。贡桑还尿床吗？"

"不尿啦！"

"这就好。爷爷也想你们呀！"

生命的最后报告

1994 年 11 月 14 日，凌晨。

由孔繁森、陈汉昌部长、达瓦次仁专员率领的联合考察组，分乘四辆丰田吉普，沿着新藏公路向乌鲁木齐出发了。

车子一出狮泉河乡，便进入喀喇昆仑山脉。那昆仑山一道道崇山峻岭，远远地、高高地、突兀地倚在蓝湛湛的碧空下。巍峨的冰峰，像身着素袍、头戴银盔的勇士，威风凛凛，傲然冷漠。它的脚下便是带状的班公湖。这班公湖，像多情的绿装女郎，静静地偎依着昆仑雪峰，妩媚婀娜。绿水、雪峰、蓝天、朝霞，构成一幅雄浑而不失婉约、苍凉又蕴含灵气的大自然壮丽画卷。

太阳已经出来了，万里晴空，一片湛蓝，给人一种厚重的质感，又十分明亮，亮得耀眼。

孔繁森兴致很高，虽然连日奔波，回到狮泉河乡体力没得到恢复，但他精力依然充沛。

他对阿里高原的山山水水都极富有感情，每经过一个地方，都滔滔不绝地向同车要返回故里的儿子小杰讲述着阿里的一些神话故事和美丽传说。

出了界山达坂便进入了新疆维吾尔自治区境内。眼前是喀喇昆仑山和克什米尔高原，由阿里至乌鲁木齐的公路，海拔较高，气候恶劣，高寒缺氧。那公路在昆仑山和冈底斯山结合处的峡谷中穿来穿去，山路陡峭，崎岖坎坷，冰封雪裹。即使一年四季中最好的八九月份，这里也是仰不见飞鸟，俯不见走兽。这里雄旷、苍茫、荒凉、岑寂，泛滥着恐怖，也泛滥着雄性的浪漫。尽管道路艰险，可是一年四季总有络绎不绝的车辆。那些善于做生意的维族人、康巴人，总是冒着生命危险，在这条漫长而艰险的道路上跋涉。

走出克什米尔高原，便进入浩瀚无垠的大漠戈壁——这便是塔里木大沙漠，干燥的沙碛，旷莽的飞沙，瘦草疏落，刺柴蓬生。

笔者难以想象那遥远、神秘、荒凉的昆仑山是什么样子，也难以想象那无边无际的大漠戈壁是什么样子。

孔繁森一行日夜兼程，风餐露宿。已至十一月中旬，高原的冬天早已来临，车窗外朔风凛冽，沙飞石滚，车行驶几百公里，他看不到一处村庄、城郭，沿途没有饭店，也无加油站，有时一天也难以吃上一顿饭菜，只有在车上啃方便面，马马虎虎应付一下辘辘饥肠。

司机小杜两眼瞪得像铃铛，紧紧地盯着前面崎岖坎坷的砂石路，谨慎而又敏捷地把握着方向盘，唯恐让书记受到颠簸的惊吓。相处一年多时间，他对孔繁森十分尊重和敬爱。从部队转业到地方，十多年来，他未曾遇到过这样朴实、平易、宽厚的书记。孔书记待他像小弟弟一样，从不把他当作手下的勤杂人员。每当停车休息、吃饭时，孔书记总是让他去休息，自己抢着擦车、加水、加油，什么脏重累活儿都干在前头。第二天一早，他还未醒来，孔书记已把出车前的一些活儿都干完了，甚至还帮他生火烤车，好像这一切都是自己的本分似的，"位置"完全颠倒了！

这一路上也不例外，每逢停车休息吃饭，孔繁森不是叫儿子孔杰去打水、擦车，就是自己亲自动手加油、加水。小杰也感到莫名其妙：这本是司机的活儿，怎么当地委书记的爸爸去抢着干？他哪像个"大官"！

两千八百公里的征途，经过七天七夜的跋涉，终于画上了一个句号。

11月20日，孔繁森一行到达了乌鲁木齐。

时任新疆维吾尔自治区党委代理书记，就是我们在本书第一章里提到的那位原山东聊城地委书记王乐泉。

王乐泉是个伯乐，慧眼识英才，是他和王克玉部长荐拔孔繁森出任拉萨市副市长的。

故人相见于他乡，感慨何其多？

王乐泉伸出温暖宽厚的大手抓住孔繁森的双手，紧紧不放，两眼慈祥地打量着孔繁森，才几年不见，繁森已变得如此苍老：头发白了，稀疏了，脸也瘦了，黑了……

王乐泉心里酸楚楚的，目光湿润润的，声音也微微颤抖："繁森，你……受苦了！"一句话未说完，泪花在眼睛里浮动起来。

孔繁森心里也很激动，声音有些异样："王书记，我这不是好好的嘛！……这次来，就是向老领导求援来了！"

"好，好，要钱有钱，要物有物，要人有人！"王乐泉慷慨地说，

"西藏自治区，阿里，需要什么，我们就支援什么！"

晚宴上，王乐泉书记高高举起玻璃酒杯，为孔繁森一行洗尘。

一连几天的洽谈协商，新疆维吾尔自治区不仅热情地接待了西藏的客人，还在阿里发展经济和改善民生上做出了许多支援助决定。通商贸易、燃料能源、交通运输、粮食蔬菜等等，一切阿里所求，新疆自治区党委都慷慨允允。孔繁森心情格外激动，抓住王乐泉的双手，连声感谢道："谢谢新疆维吾尔自治区党委、自治区各族人民的支持！"

这下，阿里的一些大问题都解决了！

当晚，孔繁森忽然想起该给北京的一位老领导写封信，便拿起笔来写道：

尊敬的老领导：

您好！

本想早点给您写信，但因忙于贯彻中央召开的第三次西藏工作座谈会会议精神，一直未抽出时间，现有件事汇报一下。

上次来京开会，我们跑了国务院办公厅等九个部委，二十多天，共答应给我们阿里解决两千五百多万元的救灾和发展款项。我们一定要把这笔钱用到（救灾和）农牧民脱贫致富上。国务院有关领导听了我们的汇报后，很受感动，让我们立即写个专题报告报国务院，旨在从治本上解决阿里的问题。

我汇报的第二个问题：今年九月份，山东省的领导和省委组织部一行十四人来到西藏联系援藏的问题，曾提出让我调回山东。我从来没跟组织讲调回山东工作的问题，作为一个入党多年的同志，服从组织安排是第一位的。我有一个想法，如果组织上让我继续留在西藏，我打算把家属调拉萨工作几年，一来可以互相照顾一下，二来我收养的两个藏族孤儿可以让家属给他们做做饭。如果让我调回山东，我准备把两个孩子也带回去。阿里现在天气比较冷，已下了大雪，缺氧比较严重，我身体基本没多大问题，请老领导放心。

19号我带队来到新疆求援，我们阿里吃的粮、油、菜、日用百货都靠的是新疆。新疆王乐泉书记等对阿里给予了大力帮助，所有这些问题全部得到了解决。最近几天我们就要返回阿里。我一定注意身体，努力为阿里人民多做贡献。

致礼

繁森敬上

1994 年 11 月 22 日

11 月 24 日，陈汉昌部长决定第二天率自治区工作组先离开乌鲁木齐返回拉萨。

这天夜里，孔繁森躺在昆仑宾馆的席梦思床上，却彻夜难眠。他透过窗子遥望万家灯火的乌鲁木齐，心潮澎湃，仿佛透过茫茫夜色看到两千八百公里外的狮泉河乡。那遥远的边陲小镇，那宗天秘地的阿里，受到四面支持，八方援助，是该腾飞的时候了。啊，巍峨的神山冈仁波齐峰，你能不为之欢呼？那美丽的圣湖玛旁雍错，你能不为之激动？腾飞吧！你将和祖国的千山万水一起跨进 21 世纪辉煌的早晨！

曙色像流水一样浸透了乌鲁木齐市，也泅透了宾馆的窗纱。

孔繁森爬起来，披上衣服，拧亮台灯，把一夜思考的问题，匆匆写下，让即将启程返回拉萨的陈部长带给自治区党委——

有关几个问题请陈部长参考

一、关于阿里地区的能源交通问题，准备给国务院写个专题报告，同时报个专题片。请示一下自治区人民政府是否同意。

二、今年七月以自治区人民政府的名义给中央有关部门打了个专题报告，解决部分救灾款。当时财政部答应三百万元，经贸委两百万元，计委一千万元（抗灾基地建设），农业部一千万元，煤炭部八十万元（已到阿里）。请陈部长问一下财政、计委、农业部（的款）是否到位。

三、革吉县的茶嘎茶矿和电力工业厅、地矿局联合开发的问题。

四、朗久（地热）电站现已发电，但发电量只有六百千瓦。自治区地热大队答应给打风险井（即有气给钱，没气不给钱），请政府领导研究一下是否解决三百万元打三口井。

五、阿里干部职工的办公条件、住宿条件太差，是否同意阿里地（委）、行（署）盖个办公楼。现有的综合办公室改为公、法、司、政法委的办公室。他们现在的办公地点是六十年代的土木结构，已成危房。

六、自治区提出全区教育到2000年要实现两有"八〇"的规划，是否请区教委领导来阿里考察一下，并帮助制定一下发展规划。

七、阿里地区财政赤字八百万元，原因一是两年增加大

中专学生三百人，每人每年经费需一点二至一点五万元；二
是物价高，运费、交通费用加大开支；三是取暖经费大，现
在每吨焦炭一千四百元；四是汽车修理费开支大；五是干部
职工、群众的公费医疗开支大，主要是病号多，有的在内地
长期住院。

八、民兵事业训练费用，武装部的建设，请自治区解决。

九、请安排适当时机，自治区派个综合性工作组对阿里
进行全面考察，以便修订阿里的经济发展规划。

孔繁森写到这里停下来，点燃一支烟，吸了两口，沉思的目光凝
视着窗外。曙色越来越浓了，黎明已悄悄启开沉重的夜幕，走进这天
山脚下的边陲重邑大都。

他弹弹烟灰，忽然又想起什么，提起笔来，又唰唰地补写起来。

十、关于新疆（维吾尔）自治区和西藏自治区、新疆军
区联合写报告维修219国道的问题、建机场问题、输气管道
的问题。

十一、日图县德如（汝）电站欠包工队款问题。自治区
电力工业厅、电建公司承包的工程，又转包给包工队的工
程，一是没合同，没图纸，钱从何处出。

十二、和新疆联合申请共同建设开发日图县境内都木齐
列口岸建设问题。

……写到这里，孔繁森起身离开写字台，在屋子里踱起步来。阿
里地区未来发展的蓝图更加清晰、明朗，地委、行署的同志正忙于修

订"九五"规划，不知情况如何？但他却充满信心、豪情和力量。有党中央的支持、自治区党委的正确领导，有阿里六万儿女，还有拼搏奉献的党政军干部、职工和战士，阿里是有希望的，风雪高原会腾飞的！

他走到窗前，拉开窗帘，黎明的曙光像瀑布般涌了进来……

彩虹逝去，留下一个黑色的镜头

1994年11月27日，夜晚。

孔繁森离开乌鲁木齐的头一天晚上，他拨通了阿里行署秘书长家的电话，询问地区"九五"发展规划的修订情况。秘书长详细汇报了进度，并请示了有关问题。孔繁森一一作了回答，并嘱咐秘书长抓紧时间，尽快完成，待他返回狮泉河，便很快召开地委、行署联席会议，以"两会"精神为动力，落实"九五"规划。

1994年11月28日，孔繁森和达瓦次仁专员一行离开乌鲁木齐，前往位于原中苏边境的新疆维吾尔自治区北部边城塔城，考察边贸口岸，计划在这里打开一个窗口，直接和西亚六国进行外贸交易。

孔繁森离开乌鲁木齐，儿子小杰也要回山东，但孔繁森没有钱为儿子买一张机票，孩子只好向办事处的叔叔和司机小杜借钱购买一张机票，等候四天后的班机。

四辆"丰田"牌越野车在大戈壁滩上奔驰。在前面"开路"的是阿里地区公安处长乘坐的专车，第二辆便是孔繁森乘坐的地区运输公司的车，次后便是达瓦次仁专员和地直有关部门负责同志所乘的两辆车。孔繁森的司机小杜在乌鲁木齐时请假要回湖南老家探亲，孔繁森只好改乘运输公司的车辆。

孔繁森腰系安全带，一手抓紧把手，环顾着车窗外的大戈壁壮美的风景。已到寒冬，满目荒旷的大戈壁呈现出鸿蒙初始时代的静谧，不见飞鸟，不见走兽，只有风沙的浩歌。几株梭梭柴和干枯的骆驼刺在风沙中瑟缩着，遍地卵石，更增添了荒凉的氛围。这是古尔班通古特沙漠的边缘地带，而它的东部便是著名的准噶尔盆地。

天气并不晴朗，苍茫的天空飘着大块大块的云翳。太阳偶尔露出笑脸，转瞬又隐没在云层中。

孔繁森热爱祖国的壮丽山河，也热爱这戈壁大漠，这原始的粗莽，这亘古的荒旷，令人惊心动魄。

突然，天空出现一道彩虹！啊！那壮美的彩虹，灿烂绚丽，令人惊喜。苍穹万里，荒原万里，构成天地之大美，那是摄人心魄的美，那是撼人心旌的美！

孔繁森让汽车司机停车，他要下车拍摄几张照片。戈壁滩气候干燥，很少出现彩虹，这难得的镜头，让一个爱好摄影的地委书记怎肯放过？流云易散，彩虹易逝，要将这瞬间化为永恒。

他举起照相机，调好焦距，一连拍摄了几张，才跳上车。

这时在前面"开路"的公安处长的车早已远驰而去。

孔繁森坐在副驾驶位，后排坐的是运输公司的经理等人。

司机为了追赶"开路"的公安处长，加大油门，开得极快，可以说惊心动魄——这里没有斑马线，没有红绿灯，浩瀚的大戈壁滩任你驰骋。

车辆擦着鹅卵石飞驶，路面不时出现冰雪。

车开得更快了，孔繁森想叮嘱放慢车速，但不是自己身边的司机小杜，不好意思提出。

突然一个令人惊骇的黑色镜头出现了：车轮掠过一块大卵石，腾地一下子飞了起来，接着翻了车，一连打了四个滚……

车子从翻车的起点到终点六十一米。孔繁森从车里被甩出十三米……

此地正是托里县到巴克图口岸之间。

时间是 12 时 18 分。

托里县医院。

达瓦次仁专员看见穿白大褂的，便扑通跪下说："我求求你们，救救我们的孔书记，救救我们的好书记！"他哭天号地。

其他随行人员也都请求医生："救救我们的好书记！"

但一切都晚了。孔繁森摔断了九根肋骨，其中一根扎进了心脏。

哭声，号声，叫声，祈祷声……人们哭疯了，哭傻了，哭晕了！却再也唤不醒我们的好书记了！

他走了，走得很急，很快，很远，已走到地平线的尽头，走进那个永恒的幽冥世界。

一幅白色的布单盖住了孔繁森那瘦弱的躯体……

乌鲁木齐市殡仪馆。

这是 1994 年 12 月 8 日。

西藏自治区党委、区政府，阿里地委、行署，拉萨市委、市政府的负责同志飞往乌鲁木齐，在新疆自治区党委和区政府的协助下，举行了隆重的遗体告别仪式。

孔繁森静静地躺在那里，他的眼睛闭上了。面部呈现出一种安详的表情，一种大慈大悲的表情，一种大度超然的表情，一种涅槃般庄严的表情……

一面鲜艳的党旗覆盖在他的遗体上，鲜花和松枝摆满他的身旁。

他太累了，他要在鲜花丛中小憩一下……

　　笔者还要告诉读者的是，整理孔繁森的遗物，冲印他最后拍摄的戈壁彩虹照片，却并未发现照片上有彩虹，奇乎？怪乎？邪乎？……那彩虹已化入天地，它本来自天地，来自日月。它的消失，却也是永恒的存在……

第十六章 他的生命没有跋

——人生本应该是一部辉煌壮丽的史诗。如果它的出生是序言，那么死亡便是跋文，而他的生命没有跋……

拉萨在哭泣

11 月 29 日。夜间。

阿里驻拉萨办事处。

噩耗传来，办事处的人惊呆了！谁也不相信，他们的好书记孔繁森会遽然而去。接着，自治区党委、区政府，拉萨市委、市政府的领导得到噩耗，顿时感到一阵惊愕、悲痛、惋惜。很多领导人当场泪涌而出：繁森呀，多好的同志！多好的战友！多好的汉藏人民的儿子！你怎么能遭遇如此灾难？

这是真的吗？这是真的吗？

从办事处到区、市委领导反复询问。

如同飓风到来之前，树在摇，草在动，那是一种痉挛般的颤栗，是不祥的悸动。风乍起，吹皱圣地一池静水。

"孔市长出事了！"

"是吗？谁说的？你莫造谣！"

"又是车祸！"

"伤情怎样？"

"不，不，他不在啦！"

"真的吗？……天哪，神灵哪，你为何不保佑好人？"

从机关到部队，从学校到企业，从干部到职工，从居民到僧侣活佛，从普通百姓到个体商户，凡认识孔繁森，或听说过孔市长这个人的，无不悲痛惋惜。

惨云愁雾笼罩着拉萨，悲痛的飓风袭击着圣地。

自治区领导请示中央，关于孔繁森同志的骨灰安放问题，中央有关领导答复，分别安放拉萨和他的故乡山东聊城，分别在两地举行骨灰安放仪式。但阿里党政军民纷纷要求将孔书记的骨灰一部分安放在阿里，阿里六万儿女不会忘记他们的好书记，阿里三十多万平方公里的山山水水将伴着他。自治区党委最后只好采取折中办法：在阿里修建孔繁森的衣冠冢，以慰阿里人民怀念之情，以安阿里人民挚爱之心。

于是，在边陲小镇便出现了序章的镜头。

12月12日，孔繁森的骨灰，被那没有请假、自费去乌鲁木齐参加追悼会的小崔、小杜——两位拉萨市政府前警卫战士从乌鲁木齐带回拉萨。

同日，决定在拉萨市革命烈士陵园举行孔繁森同志骨灰安放仪式。

13日黄昏，孔繁森的骨灰盒停放在阿里驻拉萨市办事处一间客厅里——一个临时的灵堂。

骨灰盒上垂放着一条哈达，周围是纸花和松枝，还有一张放大的黑白照片。

《工人日报》驻拉萨记者杨明清给 56095 部队原参谋长贾国栋打来电话："孔书记的骨灰到了！"

贾国栋立即驱车赶到办事处。一看到孔繁森的遗像，顿时泪水滔滔，泣不成声："老孔啊，我自从认识您这位老大哥，您不仅支持我的工作，还给我树立了做人的楷模，您去得太早了！"

阿里驻拉萨办事处原书记益西是个藏族干部，他抓住贾国栋的双手："老贾，你是汉族，老孔的事怎么办？我们不懂，商量一下。"接着又满眼热泪地说："我五十多岁了，工作几十年，老孔是我最佩服的一位。我们阿里人民不会忘记他，西藏人民不会忘记他！"

他们商量，按照汉族风俗晚上"守灵"。

益西又说："安放仪式有何要求，你就提，这不是我一个人的心情，是整个阿里地区人民的心情。15 日上午 10 点半，自治区在位在家的领导都出席骨灰安放仪式，孔书记在拉萨的亲朋好友，你通知一下，我们用办事处的车去接……十几辆车都准备好了！"

当夜，贾国栋和马升昌等几个人为孔繁森"守灵"。拉萨花圈店的周老板日夜不停地为孔市长赶做花圈，还雇了好几个临时工。这个并不认识孔繁森的周老板，却知道孔市长是个好人，他声称："给孔市长做花圈，我一律不收钱！"可哪个单位能让一位个体老板承担费用？

贾国栋找到周老板，要做花圈，明天用。

周老板叹口气说："我实在忙不过来了，你们部队是给孔市长送的吗？""是呀！""那好，我今晚再雇人，你明早六点来取！"贾国栋提出还要做些白花，周老板说："你们战士，有会做的吗？""有。""给你铁丝和素纸——这些一分钱不收，你尽管用！"

贾国栋回到部队，组织几个战士，一夜未睡，做了几百朵白花。

12 月 15 日，拉萨烈士陵园。

西藏自治区党委和自治区人民政府为孔繁森举行隆重的骨灰安放仪式和追悼大会。

近千名干部、职工、农牧民、解放军官兵胸戴白花，臂戴黑纱或手捧哈达，为伟大的人民公仆孔繁森送行。

哀乐奏起，悲痛的氛围笼罩着烈士陵园，凝望着孔繁森的遗像，一双双红肿的眼睛里渗出泪花。整个会场里一片啜泣声。孔繁森生前抚养的两个藏胞孤儿——十岁的曲印和八岁的贡桑，直到现在才明白他们的爷爷不会再来看望他们了。两个孩子抱着爷爷的遗像，泪流满面，声嘶力竭地呼喊：

"爷爷，爷爷，你回来呀，我要爷爷！"

撕肝裂胆，催人泪下。

眼睛哭肿了，喉咙哭哑了，泪水哭干了！多么可怜的孤儿啊，小小年纪怎能经得起两次失去亲人的沉重打击？

1994 年 6 月，孔繁森去北京参加第三次西藏工作座谈会时，把两个孩子从阿里带回拉萨。在阿里一年多来，他忙于工作，无暇照管孩子，再加上那里条件艰苦，眼看着两个孩子瘦了，学习成绩也不如在拉萨，怎么办？他难过地对周围的同志说："不能这样下去，我得对孩子负责啊！"他脑海里出现了他最信得过、最熟悉的一个退伍战士崔建勇。崔建勇现在在墨竹工卡公安局工作，能否把小崔调进拉萨，一边工作，一边照管孩子？这是他一生中第一次向组织提出个人要求，也是唯一一次。市政府马上批复，将小崔调入拉萨市娘热路派出所……八月份，他从内地开会回来，看到两个孩子枯黄的小脸又泛起红润，心里宽慰多了。在拉萨开会期间，一有空暇，他便左一个右一个牵着两个孩子的小手会朋访友，吃饭时总是给孩子夹菜，说"这个菜吃了补脑子""那个菜吃了长身体"。那眼神，那话语，如慈父般温暖！他去乌鲁木齐时告诉孩子们，回来要去看望他们，还要给他们买衣服和学习用品。两个孩子掰着手指头数算着爷爷的归期……

而今爷爷一去不复回，他们再也见不到亲爱的爷爷了！

两个孩子哭得像个泪人！千呼万唤，爷爷再也听不见了！

追悼会由自治区领导列确主持，区党委原常务副书记郭金龙致悼词。全国人大常委会原副委员长帕巴拉·格列朗杰，自治区原领导陈奎元、热地、江村罗布、郭金龙、巴桑、丹增、杨传堂、江措、洛桑顿珠，自治区一些厅、局、部、委，西藏军区政治部，拉萨、阿里、日喀则、山南、林芝、昌都、那曲等地（市）委、行政公署，岗巴县委、县政府等都向孔繁森敬献了花圈或哈达。

郭金龙副书记悲痛地念着悼词，泪水一次次涌流出来。

在悼词中，他高度评价孔繁森短暂而光辉的一生。赞扬他高度的党性，高度的组织观念；赞扬他有强烈的公仆意识，时刻关心群众疾苦，哪里最艰苦、最危险，哪里群众最需要，他就出现在哪里；他十分关心民族干部的培养和使用，重视老干部和知识分子工作，以实际行动，密切党同人民群众的血肉关系；他像珍惜生命一样珍惜民族团结和军政军民团结，重视党的基层组织建设、政权建设和国防建设。为此，他倾注了大量心血，深受西藏人民、拉萨人民和阿里地区各族干部群众以及部队指战员的拥护和爱戴……

郭金龙在悼词中还高度赞扬孔繁森有较高的理论素养和思想、政策水平，有正确的民族观和宗教观；处处以党的事业为重，顾全大局，从不计较个人得失；他坚持原则，办事公道；作风民主，襟怀坦白，清正廉洁，艰苦朴素；他善于联系群众，谦虚谨慎，团结同志，关心干部，严于律己，宽以待人……

追悼会结束后，当孔繁森的骨灰盒安放进已置于墓穴中的黑色棺木时，人们蜂拥而来，墓穴前黑压压地跪倒一片。放置好骨灰盒后，一条条洁白的哈达放在黑色的棺木上，一朵朵白花系在周围的树木和灌木丛上。草木无语却有情，风吹沙沙似哭声。

一捧捧黄土掩埋忠魂。

一把把泪水祭奠人民的公仆。

白花朵朵绽放着干部和群众的哀思，哈达条条系着人民的爱心和悲痛。

哀思的长河卷起悲痛的浪涛，悲恸的哭声唤不醒远去的公仆。

一位在拉萨当了三十八年兵的老军人刘运亮，深得孔繁森生前的关怀和照顾。一个多月前，他接到孔繁森打来的电话，得知孔书记身体欠安（那时孔繁森就拖着病体，陪工作组奔波），就直接奔阿里看望他。刘运亮到了阿里，不料孔繁森又去了新疆，他又从阿里赶到乌鲁木齐，惊悉噩耗，一路哭着赶回拉萨，赶到烈士陵园的墓穴前……他捶胸恸哭，泪流满面，满头华发颤栗在寒风中。

曾与孔繁森一块工作过的西藏自治区原团委书记胡春华，把孔繁森视为自己忠厚的兄长，但遗憾的是生前两人未合过一张影。今天，胡春华抱着孔繁森的遗像，站在孔繁森的墓前合影留念。

岗巴县昌龙乡的村民听到孔繁森的噩耗，家家户户都悲痛万分。他们跪倒在地上，遥望圣地拉萨，双手合十，口念六字真言，祈祷孔书记的灵魂升天。

老支书格热和老伴痛哭一夜，按照汉族的风俗，在小桌上摆上孔繁森的一张照片，做了最香甜的糌粑，斟上最醇厚的青稞酒……

孔繁森的司机杜建国在湖南得悉孔繁森逝世的消息，匆匆赶回阿里，在孔繁森的衣冠墓前痛哭不已。多日后他出差去拉萨，刚在招待所躺下，便梦见了孔书记："你小子来拉萨也不去看我一眼，我手头又缺钱花哩！"他一惊醒来，想起书记在世时，总见不得受苦受穷的藏族群众，常常把腰包里的钱掏个精光。每当没钱的时候，就对他说："小杜，我又没钱了，你先给我垫上。"梦中的情景好像告诉小杜，书记在那边手头又紧了，所以托了这个梦来。小杜赶紧到街上买了十斤纸钱，径自来到拉萨烈士陵园孔繁森墓前，磕了头，一边点着纸钱，一边放声大哭："书记呀，往后在那边缺钱，尽管给我捎信来……"

"三七"那天，也就是孔繁森去世的第二十一天——12月20日，一大早，一些山东援藏干部和孔繁森生前友人，悄悄地来到烈士陵园，他们按照汉族的风俗，在孔繁森的墓前摆上供品，然后启开一瓶珍藏多年的茅台酒，绕墓一圈，祭奠亲人的亡灵。他们跪在寒风瑟瑟的墓前，泪水伴着声声呼唤：

"孔书记，我们来看望您了！"

"孔市长，您回来吧！"

"老孔，我们都能相信您！"

……泪水涟涟，湿了墓前的冻土；恸哭声声，惊飞了栖在枝头的寒鸟，也惊动了陵园守护人，守护人也感伤得泪流不止……

五里墩之夜

这是一个寒风呜咽的冬夜。

山东省聊城市堂邑镇五里墩。

这时，孔繁森惨遭车祸的噩耗尚未传到生他养他的故土。

就在这个寒冷的冬夜，在鲁西平原这个小乡村的一间土屋里，九十三岁的老母亲躺在土炕上，如梦似幻地呼喊：

"小三儿，你回来呀！小三儿，你把娘忘了？……你的学还没上完吗？"

"啊，小三儿回来啦！快点灯！三儿，你咋往家后（家后，鲁西平原指家坟）走？庆华（村支书），你咋不拽住小三儿？"

"三儿，娘在这里……"

儿是娘身上掉下来的肉，儿行万里系心头。

九十三岁的老母亲呼喊了一夜，痴痴呆呆地说着胡话。

守在娘炕前的大哥大嫂感到不安。往常，娘也曾常常唠唠叨叨地喊弟弟，但大都是唠叨一两声也就睡了，可是今天有些反常，老人呼喊得凄凉、悲惋，声声不断，高一声，低一声，喊得人心惊悸。

"娘，你这是怎么啦？"哥嫂安慰母亲道，"三弟不是说春节回来看望您老人家吗？现在还不到腊月呢……"

老母亲懵懵懂懂地说："我看见小三回来了呢，你咋不拽住他，往家后去干啥哩……"

孔繁森的哥哥孔繁利以为母亲想弟弟，想得有点糊涂了，但从来未像今夜这样。

北风呼啸着，拍打着门窗，窗外的枯树瘦枝在风中摇曳，发出声响。

无论怎样安慰老母亲，老母亲似乎都没有听见，依然昏昏沉沉似梦似幻地说着胡话：

"三儿，你看灯，是什么灯呀？咋恁好看……"老人枯萎的脑网膜上还跳动着小儿子推着小推车带她去看十五灯火的情景……

"三儿，三儿……"

老人的呼唤声越来越低弱了，好一阵儿不说话。也许，她想起那年儿子背她去看电影的场景，也许她想起儿子给她洗脚、梳头、剪指甲的情景……多孝顺的儿子，你在哪里？

这一夜，老母亲似乎一夜未眠。

可是，以后一连几天，老人夜间再也没有呼唤她的小儿子。

恸哭中的聊城

12 月 14 日。

中共山东省聊城地委、山东省聊城地区行政公署和广大人民群众为孔繁森举行隆重的骨灰安放仪式。

烈士陵园里，人山人海，到处是白花、花圈、挽幛、挽联。哀乐回荡，气氛庄严、肃穆。

时任山东省委副书记、副省长陈建国和省委常委、组织部部长王克玉及有关同志前来参加骨灰安放仪式。

时任中共西藏自治区委副书记、区政府常务副主席杨传堂，拉萨市委、市政府，阿里地委、行署以及岗巴县委、县政府都派代表来到孔繁森的故乡参加骨灰安放仪式。

孔繁森的故里五里墩，全村不到五百口人，几乎倾村而出。按行署安排，让派六十名代表参加，谁知村民们不同意，村支书和村长解释道："不是不让大家去，主要是地委、行署难以安排就餐。"村民们说："我们自带干粮！""我们为孔书记送行是为吃一顿饭吗？""繁森为咱村做了那么多好事，为咱家乡建设立了汗马功劳，吃水不忘挖井人，咱不能忘了人家啊！""我们不给三哥送行，心里有愧啊！"

12 月 14 日，这天一大早，村民们便络绎不绝地出发了。有的开着拖拉机带着全家老小，有的骑着自行车带着妻女，有的用地排车拉着老人，还有一位七十二岁的五保户老奶奶坐上邻居的小驴车去参加追悼大会。

村支书和村长命几位民兵抬着黑漆金字的大匾，上面镌刻着四个大字：忠孝明远。

安放仪式开始，沉重悲痛的哀乐奏响后，两千多名干部群众泪水涌流。

时任中共聊城地委书记陈延明致悼词，高度评价了孔繁森短暂而光辉的一生。

当陈延明话一讲完，五里墩村男女老少齐刷刷跪倒在地，放声痛哭，悲天恸地。

两千多名干部和群众也都放声大哭。

五里墩的乡亲们怎能忘记孔繁森那一幕幕赤子之心的情景啊！他给多少老人送过御冬的棉衣，送过礼品，送过拐杖，送过医药，给多少户人家解困济难……

年逾九旬的济南军区一位老首长张维汉带着全家，从济南赶到聊城，跪倒在地，老泪横流，泣不成声……

当年孔繁森在部队服役期间，老首长大病住院，孔繁森不是护士，更不是医务人员，却利用闲暇时间侍候老人，端屎端尿，洗澡擦背，喂水喂饭，比亲生儿子还孝顺……老人感动地说："繁森比我亲生儿子还亲！"有时他好多话不愿和自己的子女讲，却愿意和孔繁森说。孔繁森不幸去世，老人痛哭不止……

在行署大院理发三十多年的老周师傅，在骨灰安放仪式那天声明："今天我不理发了，我要给孔专员送行……过去地委、行署的大官死了，我都没有这样悲痛过，今天我一定要去！"

是啊，孔繁森生前对勤杂人员从不摆领导架子，对他们体贴入微、关怀备至。从汽车司机、炊事员，到理发员、传达员，都有深切的体会。

地区老干部局的一位同志哭成泪人，好多同志拉都拉不起来，他说："我母亲去世时，我也没哭得这样悲痛。繁森，好人哪！好人咋不长寿啊！"

灵堂两侧悬挂着一副挽联：

> 为国事为民事一片善心谁可留住
>
> 天为悲地为泣勿言好人一生平安

短短一副挽联倾尽家乡人对老天不公的愤懑，更饱含了故乡千千万万干部群众对孔繁森的惋惜和深切的怀念。

耸立在风雨中的古铁塔，目睹此景也垂首默哀；古老的滔滔大运河，闻之也泪浪飞溅。

鲁西平原这块古老的土地哺育的一代英杰，就这样走了。

他走得那样匆忙，没来得及喊一声："我的白发老娘！"

他走得那样突然，没来得及看一眼生他养他的桑梓热土。

他走得那样仓促，没有来得及问候一句他的善良贤惠的结发爱妻。

他走得那样急迫，没有回过头来亲吻一下他的三个可爱的儿女。

他走得那样匆忙，没有回过头来握一握那么多同事、好友、属下的手……

噩耗在五百六十万人口的鲁西平原像风一样传遍了……

在莘县，在高唐县，在堂邑镇，凡是孔繁森足迹踏过的地方，凡是认识他的那些普通的百姓群众，无不陨涕洒泪……

最痛苦的莫过于爱妻王庆芝。王庆芝哭得死去活来，省委、地委领导一再安慰她；中央领导专门打来长途电话给时任山东省委组织部部长王克玉，要照顾、护理好亲属，特别护理好孔繁森的夫人王庆芝，必要时送到济南医院。

当王庆芝 11 月 30 日得知噩耗，当时一下子呆了，蒙了，傻了。她没有号啕大哭，木然地呆坐着，一连昏迷了两天（地委、行署派来医生、护士日夜守护在她身边）。结婚二十六年一百零七天，他们相处不足五年，多盼望丈夫第二次援藏回来，能够夫妻团圆，过上几天安稳日子啊！就在丈夫去世十多天前，她还去济南和繁森的朋友说，繁森快回来了，他说今年一定回来过个春节；说是援藏期满，他要回内地安排工作了……盼啊盼，从黄昏到深夜，从深夜到黎明，多少相思梦，几多泪沾巾，月亮缺了尚有圆，太阳落下尚有升起时，繁森，你就这样撒手而去了，怎能不让俺愁肠寸断？怎能不让俺肝胆俱裂？几天的时间，她本来就消瘦的脸都变了形，白发添了许多，皱纹深了许多，她整宿整宿地望着繁森的遗像，呆呆地望着，干涸的泪腺难以再涌出泪水，只是问："这是真的吗？这是真的吗？"时而又大声呼喊："繁森，你回来呀！回来呀！我喊你，没听见吗？"

时任聊城地委书记陈延明在书记办公会议上声泪俱下地说："繁森不在了，他的老母亲就是我们大家的老母亲，我们都是她的儿子！"当年的莘县县委书记，与孔繁森风雨同舟的战友、地委副书记、行署专员王曙光泣不成声地哽咽道："几个月前，他从北京开会回来，我见到他，握着他的手，看他满头白发，消瘦黝黑的脸膛，心疼地说：'繁森，你多保重！'他松开我的手，大声说了一句：'再见！'谁想，这一声'再见'，竟成永别……"

会上，众人痛哭流涕。

会后，陈延明和王曙光带领地区有关干部乘车赶到五里墩，看望了孔繁森那位风烛残年的老母亲。老人听见汽车响，便问道："是小三儿回来了吧？"

一句话，令在场人泪流满面，又怕引起老人伤悲，谁都不敢把真实消息告诉老人。至今，九十四岁的老母亲尚以为她的小儿子还在北京学习呢……

他的生命没有跋

人民公仆，新时期党员干部的楷模孔繁森的不幸去世，在西藏自治区和齐鲁大地引起了强烈的反响。

1994年12月12日，中共山东省委做出决定，组织采访团前往西藏自治区采访。第二天，山东电视台、大众日报社、山东人民广播电台、山东出版集团等新闻、出版单位选派了十三名记者、作家，飞往拉萨，这是多年来山东省第一次派出这样庞大精干的采访队伍。

1995年1月9日，中共山东省委、山东省人民政府发布《关于开展向孔繁森同志学习活动的决定》。

同一天，《大众日报》发表了《人民的好儿子——孔繁森》的长篇通讯。接着，山东电视台便做出系列报道。山东人民广播电台做出专题报道，中共山东省委主办的《支部生活》杂志也发表了《雪山公仆》的长篇人物通讯……

山东文艺出版社1995年2月出版了《新时期党员干部的楷模——记山东省援藏干部孔繁森》一书。

中共西藏自治区委员会也于1月8日作出了《关于开展向孔繁森同志学习的决定》；同一天，《西藏日报》刊发了长篇通讯《西藏人民的公仆——孔繁森》；西藏电视台、西藏自治区人民广播电台等新闻传播媒介也连续播映或报道有关孔繁森的英雄事迹……

人民公仆，我们的好书记……孔繁森，一个响亮的名字，顿时传遍一百二十万平方公里的西藏山山水水，传遍八千万人口的齐鲁大地。

中共山东省原省委书记赵志浩，原省委常委、宣传部部长董凤基，原省委常委、组织部部长王克玉，中共聊城原地委书记陈延明，聊城行署原专员王曙光等同志纷纷撰写悼念和学习文章。

孔繁森生前友人和他关怀照顾过的老人、青年、同事、乡亲们的回忆悼念，纷纷见诸报端。

中共阿里地委也举行各种座谈会，回忆、悼念他们的好书记，汉、藏人民的好儿子——孔繁森。

……

人民公仆爱人民，人民公仆人民爱。

孔繁森去世的消息传遍大江南北，传遍千家万户。从党政机关到军营，从群众团体到学校，从工矿企业到乡村山寨，怀念、追悼、学习孔繁森的热潮像大江春汛，像风卷海涛……

3月13日，西藏自治区党委、区政府和阿里地委、行署组织的"孔繁森事迹报告团"飞越千山万水，来到齐鲁大地，在济南做了首场报告会，震撼了泉城的四百多万人民；接着又去孔繁森的故乡，向哺育他成长的父老乡亲汇报了这位汉、藏人民的好儿子的英雄事迹……

一场场报告，搅起一个个泪飞如雨的漩涡：报告人在台上哭泣着讲述那一个个感人心魄的故事，台下是一片低哑的呜咽声……

心弦共鸣，热泪交流，人民需要孔繁森式的好干部，党需要孔繁森式的好儿子，时代呼唤孔繁森式的好公仆！

孔繁森，一个震撼时代的名字，它将像岳飞、文天祥，像林则徐、海瑞、包拯……的名字一样，闪烁在中华民族苍茫蔚蓝的天穹；他的名字将像董存瑞、黄继光，像雷锋、焦裕禄一样彪炳中华人民共和国辉煌的史册！

斯人已逝，其壮丽的生命史诗没有跋！

1995 年 1 月 10 日—3 月 30 日，急就

1995 年 9 月 18 日—10 月 10 日，第二版修订

2024 年 5 月—7 月，第三版修订

附　录

一部辉煌悲壮的史诗

——读《高原雪魂——孔繁森》

朱德发

　　长篇报告文学《高原雪魂——孔繁森》（以下简称《雪魂》）是一部富有震撼心灵的史诗品格的作品。充沛激越的情感交织着悲壮的生命体验，如泣如诉地刻画出一颗崇高的民族之魂、人类之魂，感天动地，催人泪下。

　　孔繁森是改革开放历史条件下涌现出的具有鲜明时代色彩的、新的党性高度的中国共产党党员，既能在商品经济大潮冲击下保持党的优良传统和党员本色，又能在西藏高原顶风冒雪创造新世纪。他的英雄事迹本身就是一首壮丽的诗篇，然而经由优秀散文家郭保林的精心创作谱写成《雪魂》，就更具有诗意美，就更具有崇高而悲壮的艺术感染力。孔繁森伟大而崇高的品格永垂不朽，《雪魂》的艺术生命也会长存。

　　战争年代对英雄的考验是严峻的，和平时期对英雄的考验同样是严峻的。也许有的人在枪林弹雨中能成为英雄，而在糖衣炮弹面前却会变成历史的罪人。孔繁森完全是自愿自觉地去迎接各种各样的考验，干什么都是发自内心，都是情感使然，都是理性自觉的表现。虽然他没有豪言壮语和惊天动地之举，却处处事事显示出英雄本色。《雪魂》作者的高明之笔，并未停留在英雄一生事迹的罗列和描述上，而是由表及里地进行深层次的开掘，把英雄之所以成为英雄的思想灵魂揭示出来，这正是作品的深度所在。可以说，孔繁森的思想境界充满了宇宙意识、人类意识、民族意识、文化意识、历史意识、生命意识，而这诸多意识都闪烁着时代精神的光辉。

特别值得提及的是，作者为了更好地从高度、广度、深度上来把握和概括孔繁森的崇高灵魂，从多角度多侧面进行探微，从人类文化和党的终极目标的制高点来俯视英雄的一生，弘扬其博大的人道主义精神和远大的共产主义理想，从而展示其人性美和理想美；从党与人民的血肉关系中，考察英雄的情感深度，活托出一颗赤诚真挚的爱心，从而揭示英雄的爱是一种没有民族偏见的无私忘我的爱，这是颗充溢人情美的灵魂；从忠与孝的内心冲突中，来透视英雄的丰富深微的心理变化，从而展示其先忠后孝、尽忠尽孝的传统美德；在汉藏文化的合力作用下，开掘英雄。

灵魂铸成的文化根源，既有深度又有力度。孔繁森是特定时代的英雄，也是特定环境的英雄，作者不仅重视对时代特征和氛围的描写，以烘托英雄性格的时代性与当代性，而且更重视西藏阿里地区这一特定环境的描写，即以饱含激情的笔触写出了阿里的高寒、荒凉、神秘、诱惑、原始、艰难、凄苦……正是这种难以想象的生存环境，集中而强烈地凸显出当代英雄的特殊品格和纯洁灵魂，以及改天换地的超人气魄。通过对孔繁森一生英雄事迹的真实描述及其思想灵魂的深刻发掘，《雪魂》已达到作者所追求的"要抒发大时代、大社会之情，要写大生活、大人生，展示开放时代的豪迈气魄和阳刚精神"的美学理想，谱写了一部洋溢着时代气息的悲壮激越的英雄史诗。

报告文学虽以真人真事为创作基础，但是作者只有感受得深、体验得真，才能写得深、描得真。《雪魂》在较短时间内通过采访孔繁森的一生事迹并刻画出撼动心魄的民族之魂，我们不能不敬佩作者。他以最敏感的悟性、最炽烈的生命去贴近英雄，直至走进英雄心灵，他不只是触摸到英雄的思想境界和博大胸怀，而且尽量想英雄之所想，感英雄之所感，爱英雄之所爱，恨英雄之所恨，以缩短或消除自己与英雄在思想情感上的距离。只有这样才能把英雄的灵魂写活，使这部史诗之作具有高度真实的审美品格。

郭保林是早已闻名全国文坛的极富才情与想象力的散文家，其作品亦具有诗化的美学风格。这不仅得益于他敏锐的生命感悟力和强烈的时代感，也得益于他丰赡的文化知识和精湛的文学修养，以及驾驭各种体裁的艺术技巧和新奇的语言表现力。他坚信"腹有诗书气自华"，故他几十年如一日始终主张博览群书，到古今中外艺术宝库中去汲取艺术之灵气，用人类丰富的文化遗产来武装自己的头脑，唯有如此，才能使作品具有永恒的艺术魅力。

《雪魂》并不是急就章，而是艺术精品，不论艺术构思、意境营造，还是灵魂刻画、抒情议论等，都与深刻丰厚的内容和谐统一，洋溢着悲壮的史诗美。这与作者深厚的文学艺术修养紧密相关。

读《高原雪魂——孔繁森》随想

蒋心焕

我怀着十分投入和激动的心情，一口气读完了郭保林用自己的心血写成的长篇报告文学精品《高原雪魂——孔繁森》。

近几年来，党内和社会上消极腐败现象有所滋长，因为听得多了，看得多了，我的思想有时就近于麻木了，精神上流于颓唐，而所读的文学作品也多是缺乏一种我所渴求的思想上、艺术上的冲力。正是在这样的背景和心态下，我读了这本书，我为主人公的事迹和精神所打动了，我相信这是一个真正立足于身边的平凡而伟大的英雄，一个我心中呼喊多年不掺一点杂质的共产党员。这本书振作了我的精神，唤醒了我对美好信念的追求，我自然且自觉地进入了一种平时少有的理性思考中。

这本书首先唤起我思想共鸣的是孔繁森的人格力量。孔繁森的血液中，不仅流淌着中华民族长期形成的"民为本"的优良传统，更重要的是它渗透着马克思主义的人民公仆意识。孔繁森作为一个共产党培养的领导干部，他时时事事处处身体力行着，这是十分难能可贵的。他做的是父母官，真正摆正了做官和为民的关系，指导他言论和行动的最高准则是：心中只有人民，全心全意为人民服务，一心当好广大人民的公仆。他面对人民的贫困、饥饿、死亡，一种共产党人的使命感、责任感油然而生。"身为父母官，不为民解忧，何言公仆哉？"我以为长篇报告文学的灵魂，从某种意义上说，就是由孔繁森为民分忧解忧的奉献精神和牺牲精神所充分体现出来的，大到为阿里人民制定开发性脱贫致富的宏伟规划，小至亲自过问和关心被汽车撞伤的解放军战士的典型细节，都鲜明地反映了时代特点的人民公仆精神。我认为，孔繁森眼中的人民是一个大写的、广阔的、具体的概念，孔繁森心中的公仆是一个传统的、现代的、发展的概念。这是一个看得见、学得着的人民公仆形象。总之，他的人格所焕发的精神力量是无穷尽的。

这本书还使我看到共产党人党性的光辉力量。孔繁森作为共产党人的党性是一个崇高的具体的存在。党的奋斗目标，党在新时期的路线，党的各种政策，如民族政策、宗教政策……不仅化在他的思想中，更化在他的行动中。他跑遍了阿里的山山水水，把党的政策贯彻到了阿里地区的各级党政干部和各阶层藏族人民中，还不忘亲临喇嘛寺请教活佛，他用党的理想和政策，调动了各方面的积极性，制定了一项符合阿里实际、改变阿里面貌使之走向辉煌的发展政策。在日常工作和生活中，他处理大局和小局、民族大家庭和个人小家庭等各种关系，总是把人民的利益放在第一位，把个人的利益放在第二位，特别是他身处死亡边缘时，他的所思所想，他崇高的思想境界中所体现的党性光芒尤为动人心魄。他的党性还生动地体现在他的情感世界中。他与家人多次"相见在医院，相别在医院"，他"硬硬地吞下泪和血，硬硬地吞下苦涩的情和爱"，这是人间至高无上的亲情写照。作者多方落笔，站在我们面前的无疑是一个血肉丰满的、表现共产党人真善美党性的楷模！

因而，我们完全可以说，郭保林所写的是一部当代醒世、警世之作，是共产党人的正气歌，是反腐倡廉的教科书。然而，它的思想力度完全是通过艺术化的手段表现出来的，这本书的思想和艺术、内容和形式是内在地融合在一起的，艺术表现的成功使作品所释放的思想潜能倍放光彩。

郭保林是富有独创性和审美感应力的散文家。迄今为止，郭保林已创作了"爱情""人生""大山""大海""故乡""草原""森林"七个系列的散文。生命、自然、人，这些曾一度被忽略的主题，在他的散文中得到新的挖掘和表现。特别要指出的是，他"大山"系列所表现的对历史与现实生活的深层思考，"草原"系列于神话传说及异域情调中参悟诗、宗教和哲学等，他将探索的结果都创造性地转化到他创作的长篇报告文学中，因而使该书摆脱了单纯报告文学的范式书写，升华到文学的审美表现高度。

《高原雪魂》采用了动态性的艺术结构方法。作者没有仅仅停留在对主人公援藏的各种先进事迹的描写和歌颂上，更没有把焦点始终追随主人公援藏的足迹上，作者结构该书的高明之处在于：一是长篇报告文学对主人公援藏历程的真实描写和主人公奔突涌动的心灵历程的细腻描写结合在一起。这种描写，在给人逼真效果的基础上，既激发读者的感情，又让读者处在积极的思索中，很符合接受美学的原则。二是时时穿插了对比的艺术，或是自然环境的对比，或是爱与憎的对比，或是公与私的对比等，在这里不是一般意义上的对比，对比艺术已跃升到文化和理性的高度。孔繁森的一生清白、一尘不染比之于某些干部的种种腐败，改造穷山恶水之艰难不易，置民族感情于伦理亲情之上……在对比中得到了充分显现。孔繁森顶天立地的形象，就是如此鲜明地矗立在人民心间。还有一点不可忽视的是，作者的主体意识在结构中时时起着穿针引线的作用，我认为它使该书结构形成了均衡之美、参差之美。

长篇报告文学的成功与否，塑造好人物形象是至关重要的。看得出，作者有意多侧面、全方位地塑造孔繁森这一形象。郭保林写过小说、诗歌，尤其长于写散文，为了让孔繁森这一形象立体地站在人们面前，作者有意识地移植、借鉴其他文体的表现手法，达到多样化的艺术融合境地。从作品中，我们看到作者以小说手法叙写人物外表和内心世界，以诗化的语言描写高山雪原的自然风光和藏族的礼仪习俗、风土人情，给人以强烈的画面感。我们还看到作者重点抒情的段落中洋溢着音乐美的节奏，这些都为塑造主人公增添了质感、美感。这里，我特别要强调的是作者挥动想象的彩笔，时时把心理描写巧妙引向人物形象的刻画中。

比如《帐篷一夜》就是这方面精彩的篇章。据作者调查所知，孔繁森到过这"连县里、区里的人都很少来过"的海拔五千七百多米的荒芜、寒冷、人烟稀少的游牧区，并见过一堆牲口尸骨和一头死去不久的牦牛。作者根据这一丁点儿事实材料，展开想象的翅膀，写出了孔繁森丰富而复杂的心理活动，在此时此地此特定场景下，主人公没有说一句话，通过一系列典型化的动作，形象地揭示出悲怆的内心世界，由此而萌发沉重的历史感。

这不能不引起新任地委书记的沉重思考，如何解民之困，救民于难，使这片宗天秘地出现新的辉煌，他感到肩头担子的沉重。这里的意义是多元的，显层次表现的是主人公深入实际，调查研究，深层次表现的是共产党人的历史感和热爱生命的整体精神。总之，主人公的精神世界被凸显出来了，而读者似亲历其境被打动了。我们认为，报告文学允许虚构，允许想象，允许描写心理活动，但前提必须符合生活的真实、环境的真实、情境的真实。该书在这方面所做的探索，所取得的成就，是有现实意义和美学价值的。

　　语言运用多样化的特点，无疑使这部作品具有了真正的文学品格。作为文体重要组成部分的语言，已成为郭保林散文艺术的自觉追求。他的散文叙述具有自然而朴素的美，他的抒情语言浸润着浓郁的感情色彩，充满着灵动飞扬的弹性美。这些特点都表现在长篇报告文学《高原雪魂——孔繁森》一书的创作中，作品把阿里的高原、雪山写得那么真，富有魅力，这与作者对语言的驾驭和运用密不可分。他赋予阿里的山水以生命，把静止的风景化为动态的灵性之物，于是物我交感、想象喷发，语言组成的画面感和流动感特别鲜明。语言在长篇报告文学创作中，绝不单单是内容的载体，它更是一个情感的符号。意象的营构，作者笔下反复出现的高原雪景，这既是自然之景，又是诗化的意象，给人们带来遐想，为全书增光添彩，形成一种具有无限张力的艺术美。

（载《文艺百家》1995 年第 4 期）

情绪　心灵　诗语

——读《高原雪魂——孔繁森》

韩立群

在孔繁森事迹的宣传与学习中，出现了不少歌颂孔繁森精神的文学作品，其中出版最早、影响最大、感人至深的应是郭保林同志的长篇报告文学《高原雪魂——孔繁森》（以下简称《高原雪魂》）。据作者说，该书从采访到完稿仅用三个半月时间，在撰写中他的心灵震颤涌流，始终处于创作的爆发期。这种情感喷发式的创作过程，既体现着作者的诗人气质，又决定了这篇报告文学诗一般的抒情性品格。《高原雪魂》确是一首感人肺腑的抒情诗，是情绪激越、意境高远、诗语优美的"雪魂曲"。它不是向读者讲述用英雄事迹编织的动人故事，更不是直白说教，而是将英雄事迹升华为情绪美、心灵美，运用文辞化与意象化的方法加以表现。因此，它所产生的社会效果就不仅仅是政治道德的教化，而是包括审美情操在内的整个精神境界的净化。

《高原雪魂》的抒情性特征首先表现为对时代情绪的抒发与描写，所谓时代情绪是指特定时期代表群众意愿和时代要求的具有普遍性的情感意向。它往往通过对社会焦点问题集中地反映出来，这种时代情绪在作品中被赋予反腐倡廉的内涵，同时对主人公的典型性言行和群众对英雄深切浓烈的怀念也淋漓尽致地抒发出来。

作品的序章《风萧萧兮阿里寒》写阿里人民对孔繁森的深切悼念之情，虽是开篇，却是全书情感发展的高潮。作者之所以这样设计，不单是以情节结构的倒置突出英雄在群众中的深刻影响，而且是借群众对英雄的悲悼渲染和抒发时代情绪，将读者一下引进情感氛围中去，并以情绪高潮确立全书的抒情基调。这是整个抒情乐章的序曲，颇像屈原的《招魂》，但所表现的已不仅仅是对英灵的召唤，而且是人民对于理想公仆人格的热切祈求和对腐败现象的强烈义愤。作者将阿里人民悲悼孔繁森的情绪升华为普遍的时代情绪，即通过以下三种意象的描绘表现出来。其一，泪的波涛："在这万籁沉寂之中，渐渐传来一丝微弱、颤动的旋律，像飓风掠过遥远的海面，波涛呻吟着、骚动着，转眼间，轰然作响，摇天撼地，那压抑在人们心头的泪水，像惊涛骇浪撞击在礁石上，在高高的苍穹下回荡起悲怆的和声……"其二，哀的氛围："滞重的空气中回荡着低沉的哀乐，礼堂大门两侧垂挂着白色的挽幛……成排的花圈分放在礼堂里四面墙壁旁，舞台的中央摆放着那张熟悉的、放大的黑白遗像……舞台两侧高高悬垂着一幅长长的挽联，笔酣墨饱，醒目动心：一尘不染两袖清风视名利安危淡似狮泉河水，二离桑梓独恋雪域置民族事业重如冈底斯山。"其三，招魂的呼唤："千山万水留不住，云呼水唤魂不归。""雪山有情，千尺素装裹身；河水有泪，万里流水奏哀，三十多万平方公里的雪原极域，山山水水都呼喊你。""孔繁森——我们的好书记！"作者对上述意象的描绘所极力渲染的正是一种普遍的时代情绪。泪的波涛渲染时代情绪的深广，哀的氛围渲染时代情绪的内涵，招魂的呼唤渲染时代情绪的急切。作品通过这意象的渲染完成了情绪的升华，把群众对英雄的哀悼升华为对社会、时代的呼唤。

上述时代情绪笼罩全书，不仅形成作品抒情的基调，而且深化了作品的内涵，使其更具有鲜明的时代性与现实的针对性。第六章《血，永远浓于水》写孔繁森为养育藏族孤儿而卖血，这本是表现英雄人物无私奉献的典型事例，但作者在描写中却注入强烈的时代情绪，深化了这一行为的思想内涵。在作者看来，一个地委书记卖血深藏着深刻的动机，这绝不仅仅是由于经济困难，而是基于深刻的忧患与激愤所采取的极端行动，它本身就是对党内腐败现象的抗议与批判，是反腐倡廉这一时代政治要求情绪化的夸张实践。因此，作者便把这一章作为全书情绪的爆发点，彰善瘅恶，爱憎分明，将满腔怒火喷向贪官污吏。

《高原雪魂》的抒情性特征还表现为不拘泥于英雄事迹的一般叙述，而精于人物心灵世界的描写与展现。作品告诉读者的不是英雄人物的动人事迹，而是在这些事迹下掩藏着的伟大而深刻的动机——心灵美。作者在谈创作过程时曾说过，他不想编故事，而是要在心理描写上下功夫，有时从人物的一句话便生发成一节的内容。可见从分析人物言行去挖掘与展示英雄的心灵世界是作者所运用的基本写作方法，作者认为孔繁森是一个"好人"，构成这"好人"心灵场域的是一个广阔丰富的"爱"的世界。他在《爱，是第二颗太阳》和《在爱的天平上》这两章的开篇语中，都以"爱"的独特内涵来揭示这位英雄的心灵美。

——爱，就是牺牲，就是奉献，就是彻底地忘我。当你把所有的爱付给对方时，也就是你最富有之时。

——无情未必真丈夫。他有情也有爱。他说，一个人民公仆，在感情的天平上，始终应该把砝码放到人民一边。

这两段富有哲学韵味的话，是对英雄心灵世界情感内涵的概括，也是作品心理描写所展示的核心内容。作者笔下的孔繁森是一个情感最丰富的人，是一个人格完美的人。他有亲情之爱，更有人民之爱，作品不仅不回避这两种爱的矛盾，而且以大量笔墨去描写与展示这两种情感在人物心灵天平上的撞击与冲突，以此揭示智、情、意三者在人物人格中的和谐统一及独特内涵。

在孔繁森的人格中，智、情、意是一个和谐的统一体，并且具有独特的内涵。智是为人民服务的信仰，情是基于这种信仰的博大无私的爱，意是这信仰与爱相结合而产生的坚强的意志力与行动欲望。其中信仰是核心，它驾驭情感，决定着意志的方向，是心灵天平上的价值标准。孔繁森的格言是："最好的爱是爱别人，最高的爱是爱人民。"英雄心灵世界中的两种情感"亲情之爱与人民之爱"的矛盾冲突在此得以统一。但作者的高明之处在于并没有将这种统一做简单化描写，而是真实地令人信服地揭示出这一过程中两种爱的撞击与冲突在人物心灵上所造成的痛苦与波折。本书中的第四章《爱，是第二颗太阳》和第十章《在爱的天平上》的艺术魅力正来自这种情感冲突的真实描写。

第四章主要描写了孔繁森对高原人民爱的奉献，但最后一节"我也想家"却写出了他心灵深处的思乡之苦。这一节运用的是抒情笔调，引用人物的日记和春节饮酒时击碗吟唱的歌曲，情意绵绵，真切感人，催人泪下。作者这样描写孔繁森在除夕之夜与同乡聚会时的心境：

> 歌曲唱了一遍又一遍，这些远离故乡的游子，在风雪高原谁能不思念故乡？谁能不思念远隔万里的亲人？谁不想在节日里和亲人团聚，共享天伦之乐？人非草木，孰能没有七情六欲？
>
> 大家唱着唱着，眼泪滂沱肆流起来。孔繁森眼眶里也噙满晶莹的泪花。不知多少个夜晚，他常常被梦中"儿子""爸

爸"的呼唤声惊醒，睁眼一看，高原孤月一轮，清辉如水。
枯树瘦影摇曳，雁鸣长空，触景生情，怎样不让他思乡念
母，热泪沾巾？

孔繁森怕同志们过于悲伤，强忍着眼泪又领着大家唱起歌曲《圣
地拉萨》《少年壮志不言愁》《骏马奔驰保边疆》。这是他最喜欢的几
首歌……诗言志，歌抒情，每首歌都倾注着这位铮铮汉子、共产党人
高尚的节操和炽热的情爱。

这种情感的冲突与波澜，真实而深切地写出了英雄精神世界的丰
富性与恪守信仰的坚定性。

第十章写孔繁森因公务而不能关照到西藏考大学的女儿在情感上
所引起的波澜，所写的也是亲情之爱与人民之爱的冲突。女儿见不到
爸爸，便哭着在电话里恳求相见。当孔繁森听到女儿在电话里哭泣时，
他的心里同样是极其痛苦的。作者这样写道：

"孔繁森什么话都说不出来，心打颤，手打颤，默默流泪，他咽
到肚里，咽到心里……""生活啊，你为什么这么折磨人？在爱的天平
上让我永远难以掌握平衡？一个秤盘里放着六万人，一个秤盘里放着
六口人，这爱的天平怎能不发生倾斜？电话里又传来一阵儿哭叫声、
啜泣声。孔繁森头嗡嗡响，骨肉之情啃啮着他的心，公仆之重压在他的
肩上，他的嘴角频频抽动着，心里隐隐发痛。他说不出话来，默默忍
受着爱的折磨……好一阵儿才说出一句话：'你们原谅我吧……' 说着，
眼泪扑簌簌地掉下来。"这些情感冲突的细致描写正是作品最为感人之
处。"无情未必真豪杰，怜子如何不丈夫。"从这些真实描写中，我们看
到的英雄不再是超人的神，而是活生生的亲切熟悉的好人。

《高原雪魂》的抒情性特征在语言上的表现是语言的诗化。这一

点是极为突出的，也是这篇长篇报告文学艺术个性的集中体现。诗化的语言在作品中表现为以下三个特点：哲理性、音乐性和形象性。语言的哲理性是作者刻意追求的，所以哲理性便成为作品诗化语言最为突出的特点。全书包括序章在内共十六章，每章的标题及开篇语的设计，在语言形式上颇像旧章回体小说。具体来说就是在整饰简洁的语句中注入具有思辨性与哲理性的语意内涵。如标题："爱，是第二颗太阳""血，永远浓于水""彩虹逝去，留下一个黑色的镜头""他的生命没有跋"等都具有哲理韵味。每章的开篇语都是语意深刻的哲理散文诗。现引几段于下。

第七章的开篇语：

> ——人生是由大大小小的抉择组成的，每一次抉择都是一个音符，这一串音符便是生命的一曲旋律，或高亢、悲壮、辉煌，或喑哑、低沉、阴郁。

第十五章的开篇语：

> ——他说：青山处处埋忠骨，生命的价值在于奉献。他看见一道彩虹。彩虹来自天地，来自日月，它的消失，也是它永恒的存在。

第十六章的开篇语：

> ——人生本应该是一部辉煌壮丽的史诗，如果它的出生是序言，那么死亡便是跋文，而他的生命没有跋……

　　音乐性是语言诗化的另一特征，这种音乐性是由情绪节奏造成的，在该书中凡抒情的段落，其语言都具有鲜明的情绪节奏。和谐的情绪节奏便形成诗的语言的音乐美。这和谐的情绪节奏在作品中是通过音节的构成与特定的修辞形式体现的。

　　通过音节有规律的变化构成语言的音乐美是作者在语言运用上的成功之处，也是这篇报告文学在语言上的特色。作品中的抒情文字在句式的音节构成上具有新格律诗的特点，即每个句式字数虽不同，但却有大致相同的音节，形成错落有致统一和谐的节奏，有的句式形成对仗。如："惨云／愁雾／笼罩着／拉萨，悲痛的／飓风／袭击着／圣地。"这两句字数不同，音节却相同，且形成对仗。又如："白花／朵朵／绽放着／干部和群众的／哀思，哈达／条条／系着／人民的／爱和悲痛。""风卷／沙飞，残阳／如血；雪峰／垂首，冰河／缄默。"这类句式在作品中极其普遍，它几乎成为所有抒情段落中的基本句式。

　　情绪节奏表现在修辞上便是排比与反复的大量运用。在作品中作者运用了三种语言技巧，即描写技巧、叙述技巧和抒情技巧。在抒情技巧中主要是成功地运用了排比与反复。在序章《风萧萧兮阿里寒》中，作者就是运用大量排比与反复的修辞手法来表现阿里人民强烈深切的悲哀与痛惜之情的。如写孔繁森去世的噩耗在阿里群众中所引起的突如其来的剧烈打击时，作者连用四个以"就在昨天"开头的排比句强调人们感到突兀、难以置信的痛惜至深的情绪。在写人们跪倒在墓前垂泪痛悼时，又运用"孔书记，你回来呀！"这同一句式的连续七次反复，淋漓尽致地宣泄了群众的怀念之情。除此之外，作者还运用语意凝练的短句表现情绪。如在序章中，抒情文字按照悼念英雄情绪的发展脉络明显地分为三个层次，但基调是天地同悲。作者便以"人神落泪，天地觳觫""雪山垂泪，残阳沥血"和"水涸狮泉，云散冈底"等短句分别插入三个抒情层次中，用语义的反复强化情绪基调，收到了很好的效果。

语言的形象性构成绘画美。这在作品中也表现得较为突出。作者是把英雄的人格美与西藏雪山高原的自然美结合为一体描写的。书的标题《高原雪魂》就揭示了这一写作特点，自然美的描写给形象性语言的运用提供了广阔的天地，使绘画美成为该书语言的重要特色。在作品中，形象性语言的运用主要表现为通过语言色彩与形象的组合构成雪原独有的意象，表现与英雄人格相谐和的壮丽自然美。如对阿里自然环境的描写，便是以"草滩""荒漠""冰峰""溪流"构成的一幅壮美的图画。在描写中作者特别注意语言的色彩与意象："白雪皑皑的冰峰，苍凉的荒漠，灰褐色的草滩……高高尖尖的山峰犹如矗立在高空中的白色经幡，这是银光闪耀的冰雪世界，虽是盛夏，白天雪水融化，流水潺潺……草滩、荒漠、冰川、溪流，构成一幅宁静壮美的图画……"又如对戈壁大漠的描写，作者所选择的则是形象博大、色彩壮丽的"苍穹""荒原""彩虹"三种意象："苍穹万里，荒原万里，构成天地之大美，那是摄人心魄的美，那是感人心旌的美！"

报告文学可谓文艺轻骑兵。由于它敏捷迅速地反映群众所关注的社会问题，往往会产生较大的影响和轰动。但创作过程的短暂性，常使作家无暇顾及艺术的构思与锤炼，以致影响了作品的审美价值。《高原雪魂》则避免了上述不足，是一部思想价值与审美价值都达到较高境界的不可多得的佳作。它的成功大约与作者散文写作技艺圆熟，且与所写人物共事交往过一段时间很有关系。

（原载《河北经济日报》1995 年 11 月 8 日）

时代呼唤作家的良知和使命

——写在《高原雪魂——孔繁森》出版之后

郭保林

　　几年前，一位广州作家朋友在来信中感叹道：你的散文写得大气，格调高亢，充满激情和诗意，富有崇高之美。不过，遗憾的是，我们的时代不是"英雄主义""理想主义"的时代了，那意思是"劝君莫唱前朝曲"。我当时并未"醒过腔"来，且很固执，甚至在几次全国散文创作笔会上极力呼吁散文创作要反映生活、表现时代，呼吁散文的崇高之美、悲壮之美、悲怆之美，得到与会者的赞同。

　　然而，在扑面而来的商品经济的狂涛巨澜中，一切似乎都在变位、变形、变质、变味：传统美德的沦丧，信仰的危机，精神的荒芜，更令人愤慨的是拜金主义、享乐主义、官场腐败、不正之风日趋严重……难道，真像那位作家朋友所言："现在不是英雄主义和理想主义时代"了吗？难道生活中没有真善美吗？

　　正当我为此迷惘、困惑时，山东省委宣传部、省委组织部委派我去西藏采访孔繁森的英雄事迹。我们"新闻记者、作家采访团"飞赴拉萨后，翌日便参加了西藏自治区党委和政府在拉萨市革命烈士陵园举行的"孔繁森同志骨灰安放仪式",那么多党政军民沉痛哀悼催人泪下的场面,使我十分震惊。继而,在深入广泛采访孔繁森英雄事迹的过程中,他那强烈的公仆意识、超人的道德风范、崇高的人格、高洁的节操、广阔的胸襟、博大的爱心、无与伦比的奉献和牺牲精神,以及高度的组织性、纪律性和党性原则,廉洁奉公、一尘不染的品质,使我的心灵多次受到巨大的震撼,我的灵魂也受到一次次庄严的洗礼。

在采访中,许多干部、职工、军人、教师、藏族孤寡老人、农牧民、个体商户……哭着向我们讲述孔繁森的感人事迹。有的听说我们来采访孔繁森,主动打来电话;有的通过《西藏日报》、西藏电视台打听我们采访团的住址,热泪涌流地倾吐他们的心声:"你们要好好宣传我们的孔书记,好人呀!他是活佛,是救苦救难的菩萨呀!"人民群众对孔繁森的不幸殉职,无限悲痛。一个花圈店的老板并不认识孔繁森,但却知道"孔市长是个好人",他声明,凡是为孔市长做的花圈,一律不收钱!天地人心,一个个体老板竟然如此爱戴他们的孔市长,更不用说那些曾深得孔繁森生前关怀和帮助的孤寡老人、农牧民、战士、教师和干部了……更使我们难忘的是山东老乡座谈会,那种泪飞如雨、号啕痛哭的场面,令人肝肠寸断……

人民公仆爱人民,人民公仆人民爱。当一个人把自己全部的爱奉献给人民时,他的精神世界是富有的。正如孔繁森所说:"为国为民滴尽最后一滴血,让别人洒下诚实的泪珠,数一数,那是人生价值的珍珠。"这正道出了他崇高的人生观和生命价值观。

回到山东后,我又几次去聊城、北京等地,踏着孔繁森生前的足迹,向他的亲人和他曾在单位的领导、同事、部下,以及同学、战友,进行更为广泛深入的采访,获取了大量鲜为人知的素材,特别是孔繁森的爱人王庆芝在悲痛中一次次向我讲述了丈夫许多感人肺腑、催人泪下的事迹，使我的心灵再次受到巨大的震撼。我深深感到，孔繁森是中华民族乃至全人类真善美的化身，他已超越了时代，超越了历史。人民群众对孔繁森的爱戴，正说明人们对真善美、对英雄主义、对理想主义的强烈呼唤，对正确的、崇高的人生观、伦理观、道德观、生命价值观以及爱心的呼唤。

面对孔繁森丰富的、大量的感人肺腑可歌可泣的英雄事迹，面对被采访者热泪涌流的哭诉，面对这个喜剧和悲剧同台演出而色彩纷呈的人生舞台，面对一代人迷惘的眼睛和饥渴的心灵，我深感到写好这部报告文学，真实地艺术地再现一代公仆光辉形象的巨大社会意义，也深感到一个作家的社会责任和沉重的使命。我必须遵时代之命，遵人民之命，满怀激情地抒写时代的英雄，为真善美高唱赞歌，为人民公仆树碑立传。否则，有愧于孔繁森同志的在天之灵，有愧于党和人民的期望。

我回到书房，铺下稿纸，感情的波涛拍打着我的心灵，热泪一次次打湿稿纸，伏案疾书，常常通宵达旦。二十多万字的初稿一气呵成。春节之后，我带着厚厚一摞初稿，又去聊城，补充素材，核实材料。回来，又是日夜奋战。当这部书稿送到印刷厂时，我心里依然忐忑不安：是否真实地艺术地再现了孔繁森的英雄形象？是否做到了用优秀的作品鼓舞大众？

出乎意料，此书出版后，社会反响强烈，全国近百家报刊、电台、电视台陆续播发消息，书在一个月之内连续三次开机印刷，仍供不应求，每天都接到大量来函、来电。面对这种场景，我心里热浪翻腾。我深知，是孔繁森的事迹感动了千百万读者，我只不过起了个"笔录者"的作用。但是通过采访和撰写孔繁森的英雄事迹，却给我很多深刻的体会和启迪。

其一，真善美仍是我们现实生活的主导，英雄人物并没有从生活舞台上消失。关键是发现。作家的良知和责任感，就是再现时代的心声、人民的喜怒哀乐、人民的追求和希冀、人民的呐喊和呼号。只有站在人民的立场上，歌颂人民之所爱，鞭挞人民之所恨，其作品才会受到人民的欢迎，受到广大读者的喜爱。文学艺术是烛照人类精神的圣火，文学的火种之所以能一代一代地传递下去，正因为文学是民族精神之光。作家必须对社会、对人民、对历史、对民族负有高度的责任，担当起时代和人民赋予的神圣使命。否则，脱离时代，脱离人民，其作品就会被人民群众唾弃，其艺术价值、审美价值也无从谈起。我们要敢于正视现实，高举严肃文学的大旗，固守严肃文学的堡垒，创作更多的优秀作品，为新时期精神文明建设做出应有的贡献。

其二，我感到，在新的历史形势下，一个真正有出息的作家，必须继续坚持毛主席《在延安文艺座谈会上的讲话》精神，无条件地、长期地、全心全意地深入生活，投身于伟大时代的潮流，去感应时代生机勃勃的脉搏，描绘时代的风景线。到波澜壮阔、丰富多彩的大社会、大人生、大世界中发掘生活的真善美，去结识和熟悉那些推动改革、推动历史前进，而又默默无闻创造新生活的人们。

生活是创作的源泉，是被成千上万的作家及其作品所检验的真理。通过采访孔繁森的英雄事迹，创作《高原雪魂——孔繁森》这部长篇报告文学，我再一次感到深入生活的重要性、必要性。且不说孔繁森的英雄事迹是通过深入采访而获得的，西藏的自然景观、人文景观、风俗人情如果不去亲临目睹，而是关在铺着地毯的小屋里，坐在沙发上，喝着咖啡，是怎么也不会想象和描绘出来的。

其三，世界观的改造仍然是作家、艺术家的一个重大课题。作家是人类灵魂的工程师，工程师的灵魂如果是肮脏的、卑下的、龌龊的，怎能创作出高雅的作品？怎能用真善美去教育人、鼓舞人、感动人？孔繁森说得好："己不正何以正人？"他能在这金钱喧嚣的时代，自觉抵制不正之风和腐败现象的污染和侵蚀，廉洁自律，反对拜金主义、享乐主义，到最艰苦、最困难的地方，献身于人民的事业，正是他不断地改造世界观，使自己的思想达到崇高境界的结果。看看孔繁森，想想自己，我找到了思想境界上的差距，感到了自己的渺小。孔繁森是巍峨的喜马拉雅山，而自己不过是一抔黄土。通过采访和撰写这部长篇报告文学，我更感到改造世界观的必要性。只有树立正确的世界观、文艺观、生命价值观，才能写出有利于弘扬爱国主义、集体主义、社会主义思想和精神的作品，有利于推动改革开放和现代化建设的优秀作品，有利于加强民族团结、促进社会进步、实现人民幸福的作品，有利于鼓励人们用诚实劳动创造美好生活的优秀作品。